दु:ख में खुश क्यों और कैसे रहें?

सरश्री द्वारा रचित श्रेष्ठ पुस्तकें

१. इन पुस्तकों द्वारा आध्यात्मिक विकास करें

- विचार नियम - आपकी कामयाबी का रहस्य
- विश्वास नियम - सर्वोच्च शक्ति के सात नियम
- आध्यात्मिक उपनिषद्
- शिष्य उपनिषद्
- संपूर्ण भगवद्गीता - जीवन की अठारह युक्तियाँ
- २ महान अवतार - श्रीराम और श्रीकृष्ण
- जीवन-जन्म के उद्देश्य की तलाश - खाली होने का महासुख कैसे प्राप्त करें
- सत् चित्त आनंद - आपके 60 सवाल और 24 घंटे
- निराकार - कुल-मूल लक्ष्य
- गुरु मुख से उपासना - गुरु करें तो क्यों करें वरना न करें

२. इन पुस्तकों द्वारा स्वमदद करें

- स्वास्थ्य के लिए विचार नियम - मनः शक्ति द्वारा तंदुरुस्ती कैसे पाएँ
- नींव नाइन्टी - नैतिक मूल्यों की संपत्ति
- वर्तमान का जादू - उज्ज्वल भविष्य का निर्माण और हर समस्या का समाधान
- वार्तालाप का जादू - कम्युनिकेशन के बेहतरीन तरीके
- इमोशन्स पर जीत - दुःखद भावनाओं से मुलाकात कैसे करें
- मन का विज्ञान - मन के बुद्ध कैसे बनें
- रहस्य नियम - प्रेम, आनंद, ध्यान,समृद्धि और परमेश्वर प्राप्ति का मार्ग
- समय नियोजन के नियम- समय संभालो, सब संभलेगा

३. इन पुस्तकों द्वारा हर समस्या का समाधान पाएँ

- पैसा - रास्ता है मंज़िल नहीं
- खुशी का रहस्य - सुख पाएँ, दुःख भगाएँ : ३० दिन में
- विकास नियम - आत्मविकास द्वारा संतुष्टि पाने का राज़
- समग्र लोकव्यवहार - मित्रता और रिश्ते निभाने की कला

४. इन आध्यात्मिक उपन्यासों द्वारा जीवन के गहरे सत्य जानें

- मृत्यु पर विजय - मृत्युंजय
- स्वयं का सामना - हरक्युलिस की आंतरिक खोज
- बड़ों के लिए गर्भ संस्कार - १० अवतार का जन्म आपके अंदर
- सूखी लहरों का रहस्य

खुशी से खुशी पाने का राज़

दु:ख में खुश क्यों और कैसे रहें?

अपना लक्ष्य कैसे प्राप्त करें?

सरश्री

दुःख में खुश क्यों और कैसे रहें
अपना लक्ष्य कैसे प्राप्त करें

by **Sirshree** Tejparkhi

प्रथम आवृत्ति : अगस्त 2017

रीप्रिंट : दिसंबर 2019

प्रकाशक : वॉव पब्लिशिंग्ज् प्रा. लि., पुणे

ISBN: 978-81-8415-631-7

© Tejgyan Global Foundation
All Rights Reserved 2009.
Tejgyan Global Foundation is a charitable organization
with its headquarters in Pune, India.

© सर्वाधिकार सुरक्षित

वॉव पब्लिशिंग्ज् प्रा. लि. द्वारा प्रकाशित यह पुस्तक इस शर्त पर विक्रय की जा रही है कि प्रकाशक की लिखित पूर्वानुमति के बिना इसे व्यावसायिक अथवा अन्य किसी भी रूप में उपयोग नहीं किया जा सकता। इसे पुनः प्रकाशित कर बेचा या किराए पर नहीं दिया जा सकता तथा जिल्दबंद या खुले किसी भी अन्य रूप में पाठकों के मध्य इसका परिचालन नहीं किया जा सकता। ये सभी शर्तें पुस्तक के खरीददार पर भी लागू होंगी। इस संदर्भ में सभी प्रकाशनाधिकार सुरक्षित हैं। इस पुस्तक का आंशिक रूप में पुनः प्रकाशन या पुनः प्रकाशनार्थ अपने रिकॉर्ड में सुरक्षित रखने, इसे पुनः प्रस्तुत करने की प्रति अपनाने, इसका अनूदित रूप तैयार करने अथवा इलेक्ट्रॉनिक, मैकेनिकल, फोटोकॉपी और रिकॉर्डिंग आदि किसी भी पद्धति से इसका उपयोग करने हेतु समस्त प्रकाशनाधिकार रखनेवाले अधिकारी तथा पुस्तक के प्रकाशक की पूर्वानुमति लेना अनिवार्य है।

प्रस्तुत पुस्तक 'अपना लक्ष्य' इस नाम से तेजज्ञान फाउण्डेशन द्वारा पूर्वप्रकाशित की जा चुकी है।

प्रस्तुत पुस्तक 'दुःख में खुश क्यों और कैसे रहें' इस नाम से हिन्द पॉकेट बुक्स द्वारा भी पूर्वप्रकाशित हो चुकी है।

Dukh Main Khush Kyun Aur Kaise Rahen
Apana Lakshya kaise prapt karen

यह पुस्तक समर्पित है ब्रह्माण्ड
के उस तत्त्व को
(उसे तत्त्व कहना भी गलत है)
जिसे आज तक समझा नहीं गया है
या गलत समझा गया है।
उस तत्त्व का नाम है,
'जीओडी'।

आवश्यक सूचना

अधिकांश पाठकों को गुरु द्रोणाचार्य और एकलव्य की कथा विदित होगी ही। यदि न हो तो यह कहानी संक्षेप में परिशिष्ट (पृ. संख्या 252) में दी गई है। जिसे पढ़कर आपको इस पुस्तक में दी गई कहानी समझने में आसानी होगी।

इस कहानी के सभी पात्र काल्पनिक हैं। वास्तविक घटनाओं तथा व्यक्तियों से इनका कोई संबंध नहीं है। यदि किसी वास्तविक घटना अथवा व्यक्ति से इनका कोई संबंध जुड़ता है तो उसे कहानी को जल्दी समझने के लिए उपयोग करें।

पुस्तक से लाभ कैसे लें

१) पुस्तक का अंत पहले न पढ़ें तथा पुस्तक के अंतिम अध्याय पर रुककर गौर करें। इसमें कई गुप्त पहलुओं पर मार्गदर्शन दिया गया है। इन पहलुओं को समझने के लिए इस अध्याय को धीरे-धीरे, कदम-दर-कदम हर पंक्ति पर मनन करते हुए पढ़ें।

२) पुस्तक में जगह-जगह पर चुटकुलों का समावेश किया गया है। उन्हें सिर्फ हँसकर न टालें। हास्य के पीछे छिपी शिक्षा ग्रहण करने का प्रयत्न करें।

३) पुस्तक में कई जगहों पर दोहरे गूढ़ अर्थ के शब्दों का प्रयोग किया गया है। उन शब्दों पर विशेष ध्यान दें। हो सकता है, आपको जिसकी तलाश है, वह उन्हीं शब्दों में छिपा हो।

४) यह पुस्तक नहीं बल्कि दुःख में भी खुश रहने के लिए तीस दिनों का शिविर है। जिसका लाभ उठाकर यकीनन आप सदा खुश रहने का दृढ़ संकल्प कर पाएँगे।

५) दो खण्डों में विभाजित इस पुस्तक से आप 'नौ कारणों (K1 to K9) के बीच अपना लक्ष्य' तथा 'खुशी से खुशी की खोज के १० उपाय (U1 to U10)' जानकर अपने संकल्प पर अटल रह सकते हैं।

६) पुस्तक में दुःख में खुश रहने के दस उपाय दिए गए हैं। हर उपाय अपने आप में परिपूर्ण है। किसी एक उपाय पर भी निरंतरता से काम किया जाए तो खुशी आपके साथ सदा बनी रहेगी।

७) 'खुशी से खुशी की खोज' इस पंक्ति को सार्थक करते हुए खुश होकर इस पुस्तक को पढ़ना शुरू करें।

अपना लक्ष्य

विषय सूची

१.	एकलव्य और ऊपरवाले की कहानी	9-254
२.	प्रस्तावना	9-16
३.	परिशिष्ट–एकलव्य की कथा	251-254
४.	विस्तृत विषय सूची	255-256
५.	सरश्री –एक परिचय	257
६.	तेजज्ञान, महाआसमानी शिविर	259-266

कहानी के पात्र और शब्दावली

एकलव्य	: मध्यम कदकाठी का स्फूर्तिवान और हँसमुख नौजवान जो एक मध्यम परिवार में माँ, पिताजी और छोटी बहन अंकीता के साथ रहता है
मि. द्रोणनाथन	: एकलव्य के बॉस
अर्जुन, अश्विन	: एकलव्य के सहकर्मी
एकांत मल्होत्रा	: ऊपरवाले के सहयात्री, एक लेखक
फार्म हाऊस के सदस्य	: एकांत मल्होत्रा, डेविड, हमीद, अक्षय, दलपत सिंह
एकाम्बरम मैडम	: 'हैपी होम' नामक बाल आश्रम चलानेवाली महिला
फादर फ्रान्सिस	: ऊपरवाले का शिष्य
इकबाल	: ऊपरवाले का शिष्य
एकता	: मि. द्रोणनाथन की बेटी
ऊपरवाला	: कहानी का मुख्य किरदार, दुःख में भी खुश रहने का संदेश देनेवाला और......?

■ ■ ■

रिपीट ऑर्डर	: पुनःमाँग करना
खुशंग संग	: खुश लोगों के साथ किया गया संग
मनबुद्धिआत्मबल	: मानसिक, बौद्धिक और आत्मिक बल
महाग्नेट	: सकारात्मक चुंबक बनना
K & U	: कारण और उपाय
KBN, उपाय	: कोई बात नहीं
जीओडी	: गॉड, ईश्वर और ......?

■ ■ ■

स्वीकारयुक्त अनुमति मुद्रा

महाअनुवाद मुद्रा

1

अपना लक्ष्य

'अरे! मेरे हाथ में इतना दर्द क्यों हो रहा है? और इतना खून...! अरे... अरे... मिस्टर द्रोणनाथन, आप इतने निर्दयी कैसे हो सकते हैं... आपने मेरा अंगूठा क्यों काट डाला?'

दर्द से कराहते हुए एकलव्य जाग उठा, उसने अपना दाहिना हाथ टटोला। अपना अंगूठा सलामत देखकर उसने राहत की साँस ली। उसे लगा कि कहीं यह डरावना सपना उसकी ज़िंदगी में होनेवाले दुःख-दर्दों का दर्पण तो नहीं! उसने मन ही मन कहा, 'पता नहीं ये दुःख-दर्द कब तक मेरे साथ रहेंगे।' वह उठकर कमरे से लगी बाल्कनी में गया। बाहर का खुला आकाश देखकर उसने अपने दोनों हाथ फैलाए और ईश्वर से गुहार लगाई, 'हे ऊपरवाले तू कब तक मेरी बेबसी यूँ ही देखता रहेगा? सिर्फ देखता रहेगा या नीचे भी आएगा...?'

तभी उसने खिड़की से नीचे देखा कि उसकी सोसायटी के पार्किंग में सामान से भरा एक टेम्पो आ खड़ा हुआ। वह उत्सुकतावश नीचे गया। नीचे आते ही उसने देखा कि टेम्पो के पीछे एक रिक्शा आ खड़ा हुआ। रिक्शे में से करीबन छह फुट लंबा आकर्षक व्यक्तित्व का एक इंसान नीचे उतरा। उसने जीन्स और सफेद रंग का कुरता पहन रखा था। इस सादे लिबास में भी उसकी प्रतिमा असामान्य रूप से तेजस्वी प्रतीत हो रही थी। एकलव्य को लगा मानो महाभारत टी.वी. सीरियल से साक्षात किसी दिव्य पुरुष का आगमन हुआ है क्योंकि उसकी प्रसन्न मुखमुद्रा से दिव्यत्व झाँक रहा था। नए इंसान के इस रूप को देखकर एकलव्य के मन में खुशी की लहर दौड़ उठी। एकलव्य को उस वक्त पता नहीं था कि ईश्वर ने उसकी प्रार्थना कितनी जल्दी सुन ली थी। एकलव्य के मन में उस नए इंसान का परिचय प्राप्त करने की उत्सुकता जाग उठी। उस इंसान के करीब जाकर एकलव्य ने पूछा, 'पहले कभी

आपको यहाँ देखा नहीं, क्या आप इस बिल्डिंग में नए रहने के लिए आए हैं?'

एकलव्य को पता था कि उसकी बिल्डिंग में ऊपरी मंज़िल पर एक फ्लैट खाली पड़ा है।

'हाँ और ना।' नए इंसान ने गंभीरता से कहा।

उस इंसान का यह दोहरा जवाब सुनकर एकलव्य सोच में पड़ गया। उसे ऐसे जवाब की आशा न थी... हाँ भी और ना भी, इसका क्या अर्थ हो सकता है? कुछ पल चुप्पी साधकर उलझनभरी नज़रों से वह उस नए इंसान को निहारने लगा और अपने सवाल का ठीक-ठीक जवाब जानने की कोशिश में आगे बोल पड़ा, 'वह कैसे?'

'यह फ्लैट मेरे मित्र का है, इस फ्लैट पर कोर्ट का केस चल रहा है। कोर्ट का फैसला यदि मेरे मित्र के हक में हुआ तो मैं यहाँ रहूँगा। नहीं... तो मैं यहाँ से कहीं और चला जाऊँगा।' नए इंसान ने अपने पहले जवाब का रहस्य खोला।

एकलव्य ने बात को समझते हुए 'हाँ' में सिर हिलाया, 'अच्छा, ऐसी बात है... आपके पास काफी सामान दिखाई दे रहा है। क्या मैं आपका सामान ऊपर ले जाने में आपकी मदद कर सकता हूँ?'

एकलव्य को पता नहीं था कि नए इंसान का एक और जवाब उसे फिर से उलझन में डाल देगा। 'हाँ ज़रूर', नए इंसान का यह दूसरा जवाब था, 'तुम मेरी मदद कर सकते हो यदि तुम अपनी मदद करते हो तो?'

'क्या मतलब?' एकलव्य ने चौंकते हुए पूछा।

'स्वयं की मदद करनेवाला इंसान ही खुश रह सकता है और मैं खुश लोगों से ही मदद लेता हूँ।'

नए इंसान की यह शर्त सुनकर एकलव्य को थोड़ी शर्मिंदगी महसूस हुई। उसे अपने सामने मिस्टर द्रोणनाथन का चेहरा दिखाई देने लगा। द्रोणनाथन उसके बॉस का नाम था, जिनके शब्द एकलव्य को अब भी सुनाई दे रहे थे... 'आपकी ड्रॉईंग मुझे पसंद आई। आप काबिल इंसान हैं लेकिन आपकी काबिलीयत का फायदा हम अगले प्रोजेक्ट में उठाएँगे। परेशान होने की ज़रूरत नहीं है। आपकी ड्रॉईंग को किसी अन्य बड़े प्रोजेक्ट के लिए इस्तेमाल किया जाएगा।'

ऑफिस की यह घटना सोचकर एकलव्य कुछ पल के लिए चुप हो गया... फिर अपनी मदद करने की इच्छा ज़ाहिर करते हुए उसने बुझे स्वर में कहा, 'मैं इस वक्त दुःखी हूँ लेकिन आपकी मदद करके मुझे खुशी महसूस होगी।'

'तब तो तुम ज़रूर मेरी मदद करो लेकिन पहले एक चुटकुला सुनो।' नए इंसान ने पहले जैसी गंभीरतापूर्वक कहा। अब एकलव्य का धैर्य जवाब दे गया। नए इंसान की बातों से एकलव्य को कहीं से भी यह नहीं लगा कि नया इंसान मज़ाक कर रहा है। वह सोचने लगा, 'शक्ल से तो यह इंसान खुश और तेजस्वी दिखाई देता है मगर कैसी बहकी-बहकी बातें करता है। कुछ पूछो तो अजीबो-गरीब जवाब देता है।' फिर उसे लगा जहाँ इतनी देर से इसे सह रहा हूँ, वहाँ थोड़ी देर और सही...। यह सोचकर उसने चुटकुला सुनने के लिए हामी भरी।

'क्या तुम सुन रहे हो?' नए इंसान ने अपनी मुस्कराहट छिपाते हुए कहा।

'जी हाँ।'

'दो मित्र अपनी ही धुन में आपस में बातचीत करते हुए रास्ते से कहीं चले जा रहे थे। तब पहले मित्र ने दूसरे मित्र से शिकायत करते हुए कहा, 'तुम यह चश्मा क्यों पहनते हो? तुम्हें पता है जब तुम चश्मा पहनते हो, तब तुम मुझे बिलकुल उल्लू दिखाई देते हो।'

पहले मित्र की शिकायत का जवाब देते हुए दूसरे मित्र ने शांत स्वर में कहा, 'क्या करूँ दोस्त! यदि मैं चश्मा नहीं पहनता हूँ न, तब तुम मुझे उल्लू दिखाई देते हो।'

चुटकुला सुनकर और उसके कहने के अंदाज़ पर एकलव्य ठहाका मारकर हँसने लगा। एकलव्य को दिल खोलकर हँसते हुए देख नए इंसान ने शरारतभरे लहजे में कहा, 'अब तुम मेरी मदद करने के कुछ काबिल हुए हो।'

'इसका क्या मतलब?'

नए इंसान ने एकलव्य की बात का जवाब न देते हुए दूसरा चुटकुला बताना शुरू कर दिया। एक मित्र ने अपने गँवार मित्र से पूछा, 'गांधी जयंती के बारे में तुम क्या जानते हो?' तब गँवार मित्र ने कहा, 'गांधीजी एक महान इंसान थे, जयंती कौन थी, यह मैं नहीं जानता।'

एकलव्य उलझनभरी हँसी हँसने लगा, उसे समझ में नहीं आ रहा था कि वह केवल हँसे या वहाँ से खिसक जाए। तभी उसे नए इंसान के ये शब्द सुनाई दिए, 'खड़े क्यों हो, चलो मेरी मदद करो।'

एकलव्य ने नए इंसान का सामान उठा लिया और बिल्डिंग की ओर चल पड़ा।

'अब तुम मेरी मदद कर पा रहे हो क्योंकि अब तुम खुश हो।'

'क्या आप सदा ऐसा ही करते हैं?' एकलव्य ने सामान्य अवस्था में आते हुए पूछा।

'हाँ, मैं सदा खुश लोगों से मदद लेता हूँ और यदि वे खुश न हों तो पहले उन्हें खुश करता हूँ। क्योंकि खुश इंसान ही किसी की सही ढंग से मदद कर पाता है वरना अपने दुःख में दुःखी होकर, इंसान योग्य मदद देने के काबिल ही नहीं रहता।'

नए इंसान की यह बात एकलव्य को बुद्धि से ज़्यादा हृदय से पसंद आई। उसने अजनबी इंसान का सामान बिल्डिंग के ऊपरी फ्लैट तक, लिफ्ट द्वारा पहुँचाने में मदद की।

सामान ले जाते हुए बिल्डिंग की लिफ्ट में दोनों की बातचीत चलती रही।

'मेरा नाम एकलव्य है और आपका?'

'माफ करें, मैं अपना नाम और काम किसी को बताने में वक्त लेता हूँ।'

'कोई बात नहीं, मैंने तो बस यूँ ही आपको जानने के लिए पूछ लिया।'

'क्या कभी एकलव्य को जानने का प्रयास भी करते हो?'

'जी, मैं कुछ समझा नहीं।' एकलव्य ने हड़बड़ाते हुए कहा। एकलव्य के लिए इस तरह का सवाल अनपेक्षित और अनोखा था।

'कुछ नहीं, मैंने तो यूँ ही मज़ाक किया... ये लो मेरे मित्र का फ्लैट आ गया।' नए इंसान ने लिफ्ट से बाहर निकलते हुए कहा। उसने एकलव्य की मदद से अपना सामान फ्लैट के दरवाज़े तक रखवाकर ताला खोला। एकलव्य को आशा थी कि वह इंसान उसे अंदर आने के लिए आमंत्रित करेगा मगर अजनबी इंसान अजनबी ही रहा।

'एकलव्य, तुमसे मिलकर खुशी हुई।' एकलव्य को अंदर बुलाए बिना ही हाथ मिलाते हुए नए इंसान ने उसे जाने का हलका इशारा कर दिया।

'मुझे भी आपसे मिलकर बहुत खुशी हुई।' एकलव्य ने भी अपना हाथ बढ़ाकर नए इंसान से विदा ली। नए इंसान के अनपेक्षित व्यवहार से एकलव्य अचकचा गया। 'इसने तो मुझे बाहर से ही कटा दिया', एकलव्य मन ही मन बुदबुदाया।

अपने घर की ओर लौटते हुए, जो नए इंसान के फ्लैट के नीचे ही था, एकलव्य मन ही मन सोचने लगा कि 'यह इंसान ज़रूर कुछ ऐसी बातें जानता है, जिस कारण वह इतना आनंदित और तेजस्वी दिखाई दे रहा है लेकिन वह अपना नाम क्यों नहीं बता रहा!'

दूसरों की मदद करना एकलव्य के स्वभाव में था। नए इंसान की मदद करके वह जो आनंद महसूस कर रहा था, ऐसा आनंद उसने पहले कभी महसूस नहीं किया था। वह खुशी और आश्चर्य मिश्रित भावों को लेकर घर लौट आया।

■ ■ ■

दूसरे दिन सुबह-सुबह हमेशा की तरह एकलव्य मॉर्निंग वॉक करके वापस लौट रहा था। उसके मन में ऑफिस में अपने ऊपर हुए अन्याय के विचार चल रहे थे। वह सोच रहा था कि इस मामले को कैसे सुलझाया जाए? तभी उसे अपनी बिल्डिंग में रहने आया हुआ नया इंसान दिखाई दिया। वह भी मॉर्निंग वॉक करके वापस लौट रहा था। एक-दूसरे को 'गुड मॉर्निंग' कहने के बाद दोनों साथ में टहलने लगे।

'क्या बात है?' नए इंसान ने बातचीत का सिलसिला जारी रखने के लिए कहा, 'सुबह-सुबह लोग ताज़ी हवा खाकर फ्रेश दिखाई देते हैं और तुम्हारे चेहरे पर हवाइयाँ उड़ रही हैं!'

'हाँ', एकलव्य ने मंद स्वर में हामी भरी, 'मैं अपने ही कुछ विचारों से परेशान हूँ।'

नए इंसान ने गंभीर लेकिन सहानुभूतिभरे स्वर में एकलव्य के कंधे पर हाथ रखते हुए कहा, 'अगर तुम्हें कोई ऐतराज़ न हो तो तुम अपनी परेशानी मुझे बता सकते हो।'

दुःख में खुश क्यों और कैसे रहें 13

'आज के इस स्पर्धात्मक युग में हर इंसान तनाव में रहता है और किसी न किसी परेशानी से ग्रस्त होकर दुःखी जीवन जी रहा है।' एकलव्य किसी अदृश्य प्रेरणा से बोलता चला गया, 'क्या ऐसा संभव है कि इंसान अपने दुःख से बाहर आकर आनंदित जीवन जी सके?'

अजनबी इंसान ने तुरंत एकलव्य की समस्या का समाधान थोड़े से शब्दों में दे दिया, 'आज तक लोगों ने दुःख की घटना को या समस्या को दुःख की नज़र से ही देखा है। इंसान को जब समस्या आती है तब पहले वह दुःखी होता है, फिर दुःख की नज़र से समस्या को देखता है। यह व्यवहार सभी को तार्किक लगता है। लेकिन दुःखी इंसान केवल दुःख ही निर्माण कर सकता है। इसलिए किसी भी दुःखद घटना को पहले तो दुःख की नज़र से देखना बंद करो और खुश हो जाओ।'

'शायद आप ठीक कह रहे हैं...लेकिन यह कैसे संभव है!' एकलव्य का तर्क जवाब दे रहा था, 'दुःख में और खुश...!'

'हाँ बिलकुल, समस्या आए तो पहले खुश हो जाओ, फिर उसे सुलझाओ। अच्छा बताओ, दुःखी इंसान समस्या जल्दी सुलझा सकता है या खुश इंसान?'

'बुद्धि तो यही कह रही है कि खुश इंसान ही समस्या का समाधान ढूँढ़ सकता है लेकिन...' एकलव्य बोलते-बोलते रुक गया।

नए इंसान ने एकलव्य की उलझन समझते हुए कहा, 'यह तुम्हारे तर्क में चाहे न बैठे मगर यही सत्य है। तुम्हें पहले अपने दुःख और समस्याओं को खुशी की नज़र से देखना होगा, फिर उससे बाहर आना सरल होगा।'

एकलव्य के लिए उस इंसान की बातें राहत देनेवाली थीं, जिसका नाम भी वह नहीं जानता था। बातें करते-करते उनका घर नज़दीक आ गया। नए इंसान से अलविदा कहकर एकलव्य ने अपने घर में प्रवेश किया। जैसे ही एकलव्य हॉल में रखी अपने पिताजी की आराम कुर्सी पर बैठकर सुस्ताने लगा तभी उसकी माँ उसकी आहट सुनकर रसोईघर से बाहर आई।

'क्या बात है आज तुम्हें आने में बड़ी देर हो गई?' माँ ने उत्सुकता दिखाते हुए पूछा।

'हाँ, यूँ ही ज़रा बातचीत करते हुए देर हो गई। वैसे भी आज गांधी जयंती की

छुट्टी है, ऑफिस से तो आज के दिन राहत है इसलिए थोड़ा आराम से ही आना हुआ।'

'किससे बातचीत हुई? क्या रास्ते में कोई जान-पहचान का मिल गया?'

एकलव्य ने माँ की उत्सुकता दूर करने के लिए कहा, 'नहीं, हमारी ही बिल्डिंग में, ऊपर के फ्लैट में एक नया इंसान रहने के लिए आया है। सुबह-सुबह टहलते वक्त उससे मुलाकात हो गई। बस... उसी से बातें करने में देर हो गई।'

'नया इंसान! हमारी ही बिल्डिंग में... कौन है वह? उसका नाम क्या है?'

'उसका नाम है 'ऊपरवाला'। एकलव्य अनायास ही बोल पड़ा।

'ऊपरवाला' कहने के साथ ही एकलव्य को खुद पर बड़ा आश्चर्य हुआ कि यह नाम मेरे अंदर से कैसे आया! मानो उसे यह लग रहा हो कि कहीं उस ऊपरवाले ने इस ऊपरवाले को हमारे लिए तो नहीं भेजा है...।

एकलव्य यह सोचकर हैरान था कि 'यह ऊपरवाला भी उस ऊपरवाले की तरह ही किसी रहस्य से कम नहीं है, जो न अपना नाम बताता है, न अपना काम बताता है लेकिन बातें तो बहुत ही बढ़िया और समझदारी की करता है।'

अपनी सोच में डूबे हुए एकलव्य को फिर से माँ की आवाज़ सुनाई दी, 'ऊपरवाला! यह भी कोई नाम हुआ?'

'क्यों क्या खराबी है इस नाम में, अच्छा तो है।'

'मैंने तो ऐसा नाम पहले कभी नहीं सुना, शायद तुम मज़ाक कर रहे हो।'

'मुझे भी उसका नाम पता नहीं है लेकिन तुम्हारे सवाल पर मुझे यही नाम सूझा।' एकलव्य ने अपनी असमर्थता व्यक्त करते हुए कहा।

'वह क्या करता है? उसके साथ और कौन-कौन हैं?' माँ के सवाल जारी रहे।

'ऊपरवाले के साथ कोई नहीं है, वह अकेला ही रहता है।' यह कहकर एकलव्य अपने ही शब्दों पर मुस्कराने लगा।

दूसरी तरफ नए इंसान को लेकर माँ ने सवालों की झड़ी लगा दी। वह लगातार

बिना साँस लिए एकलव्य से पूछे जा रही थी कि 'यह ऊपरवाला कौन है... कहाँ से आया है? क्या करता है... वह अकेले क्यों है... उसका परिवार कहाँ है... यहाँ क्या करने आया है...? क्या उसका कोई बिजनेस है... क्या उसका तबादला इस शहर में हुआ है...? वह कब तक यहाँ रहेगा...?' और न जाने क्या-क्या...।

माँ के सभी सवालों के जवाब तो एकलव्य न दे सका क्योंकि वह खुद भी उस इंसान के बारे में कुछ नहीं जानता था। उसके सामने सिर्फ एक ही शब्द था 'ऊपरवाला'।

आगे क्या हुआ? ऊपरवाले की मित्रता ने एकलव्य को धोखा दिया या दी दुःख मुक्ति साधना? जानने के लिए पढ़ना जारी रखें। कहानी में ऊपरवाले से हुए संवाद द्वारा एकलव्य ने जो ज्ञान पाया, वह आप भी तुरंत ग्रहण कर पाएँ इसलिए कहानी को आगे संवाद रूप में प्रस्तुत किया जा रहा है।

आगे इस कहानी में जहाँ-जहाँ ऊपरवाला शब्द लिखा गया है, वहाँ-वहाँ आपको अमृत की बूँदें, ज्ञान के मोती, अदृश्य रहस्य के अंश, सच्चे हास्य के फौवारे मिलेंगे। इसलिए कहानी में दर्शाए गए पात्रों के नाक-नक्शों में न उलझें। घर, बिल्डिंग, ऑफिस तथा बाज़ार के विवरण में कहानी को न खोजें, केवल कहानी में पिरोए गए मूल संदेश को 'अपना लक्ष्य' बनाएँ।

सरश्री...

2

अनोखा तरीका-ऊपरवाला

एकलव्य मध्यम कदकाठी का स्फूर्तिवान और हँसमुख नौजवान था। बुद्धिमान होने के साथ ही वह लोगों से मधुर संबंध बनाने में विश्वास रखता था। उसने सन् १९९२ में मुंबई के 'जे.जे.स्कूल ऑफ आर्टस्' से आर्किटेक्ट की डिग्री हासिल की थी। वह सात सालों से 'पैराडाइज़ कन्स्ट्रक्शन कंपनी' में चीफ आर्किटेक्ट के ओहदे पर काम कर रहा था। वह एक मध्यम परिवार से था। अतः उसे इस मुकाम तक आने में बहुत संघर्ष करना पड़ा था। उसने अपनी योग्यता के बल पर कंपनी में अपनी विशेष जगह बना रखी थी। अपने बॉस मिस्टर द्रोणनाथन को संतुष्ट रखने के लिए वह सदा प्रयत्नशील रहता था।

एकलव्य एक छोटी सी सोसायटी में रहा करता था। उसके घर की सीढ़ियाँ संकरी और अंधेरी थीं। छोटे से एक बेड रूम के फ्लैट में वह अपने माँ-पिताजी और छोटी बहन के साथ रहा करता था। उसके घर के पास ही एक बगीचा था, जहाँ वह अकसर मॉर्निंग-वॉक के लिए जाया करता था। घर की बाल्कनी ही एक ऐसा स्थान था, जहाँ वह रिलैक्स होकर बैठता था। वहाँ से खुला आकाश व हरियाली देखकर उसे प्रकृति के करीब होने का एहसास होता था। वहाँ बैठकर घर की तथा ऑफिस की उलझनों व जीवन के अलग-अलग पहलुओं पर मनन करना उसे अच्छा लगता था।

रोज़ की आदत के अनुसार सुबह-सुबह एकलव्य सैर के लिए निकल पड़ा। रास्ते में कल की तरह ही आज भी उसकी मुलाकात ऊपरवाले से हुई। उसे देख एकलव्य मन ही मन बहुत खुश हुआ। दोनों ने मुस्कराकर एक-दूसरे का अभिवादन किया।

ऊपरवाला- कैसे हो एकलव्य?

'ठीक हूँ', अपनी संभ्रमित अवस्था छिपाते हुए किसी तरह एकलव्य ने जवाब दिया।

एकलव्य का 'ठीक हूँ' कहने का अंदाज़ ही कुछ इस कदर था, जैसे उसके साथ कुछ भी ठीक नहीं चल रहा हो। उसकी दबी-दबी आवाज़ सुनकर ऊपरवाले ने उसके दर्द को भाँप लिया। उसका दुःख कुछ कम करने के लिए उसने एकलव्य से आगे पूछा, 'क्या बात है, तुम्हारे शब्दों और भाव में तालमेल नहीं दिखाई दे रहा है। तुम्हारे शब्द कुछ कह रहे हैं मगर भाव कुछ अलग ही बता रहे हैं। यदि तुम्हें कोई संकोच न हो तो तुम अपने दिल की बात मुझे बता सकते हो ताकि तुम्हारा मन कुछ हलका हो जाए।'

ऊपरवाले का अपनापन देखकर एकलव्य से भी रहा न गया। अपना संकोच छोड़कर उसने बताना शुरू किया।

एकलव्य - कल ऑफिस में हमारे प्रमोशन की सूची लगाई गई थी। मुझे पूरी उम्मीद थी कि मेरा नाम सूची में ज़रूर आएगा मगर मेरी उम्मीद गलत निकली। प्रमोशन की सूची में मेरा नाम ही नहीं था। इस बात का मुझे बहुत दुःख हुआ। मुझे मिस्टर द्रोणनाथन पर बहुत क्रोध आया। आज तक मैंने इतनी लगन और ईमानदारी से काम किया तो क्या उसका यही सिला उन्होंने मुझे दिया?

'मेरे साथ ही ऐसा क्यों हुआ?' इस विचार से कल से मैं बहुत परेशान हूँ। मेरी तो कुछ समझ में नहीं आ रहा है कि आखिर कब तक मैं यूँ ही परेशानी से भरा जीवन जीता रहूँगा?

ऊपरवाला - जो कुछ हो रहा है, वह तुम्हारी प्रार्थना का ही फल है।

ऊपरवाले का यह जवाब सुन एकलव्य को गहरा झटका लगा और थोड़ा सा गुस्सा भी आया कि यह ऐसे कैसे बोल रहा है। उसे तो उम्मीद थी कि ऊपरवाला उसकी पीठ पर हाथ रखकर उसे सांत्वना देगा। उसकी परेशानी का कुछ हल बताएगा। मगर ऊपरवाले की यह बात एकलव्य को झट से बोलने पर मजबूर कर गई...

एकलव्य - ये आप क्या कह रहे हैं... मैंने तो ईश्वर से अपनी उन्नति के लिए प्रार्थना की थी, जबकि मेरी तो अवनति ही हुई है। मेरी इतनी मेहनत, लगन और

ईमानदारी से काम करने का ईश्वर ने मुझे क्या फल दिया? मेरे साथ तो धोखा ही हुआ और आप कह रहे हैं कि जो कुछ भी हुआ है, वह मेरी प्रार्थना का फल है! इसका अर्थ क्या मैंने ईश्वर से गलत प्रार्थना की थी?

ऊपरवाला- नहीं, तुमने तो बिलकुल सही प्रार्थना की मगर तुम्हारी प्रार्थना को ईश्वर अपने तरीके से पूरी करेगा। तुमने अपनी उन्नति की प्रार्थना की है तो यह ज़रूरी नहीं कि वह तुम्हारे प्रमोशन के ज़रिए ही हो। हो सकता है प्रमोशन का न होना तुम्हारे उन्नति की सीढ़ी हो।

ऊपरवाले का नया जवाब सुनकर एकलव्य के कान खड़े हो गए। उसे लगा, 'वाकई ये जो कह रहे हैं, इन बातों पर मैं कभी गौर न करता। इन्होंने तो मेरे प्रमोशन की घटना को देखने का एक अलग ही आयाम खोल दिया।' अब एकलव्य के दिमाग में इतनी देर से चल रही झल्लाहट कुछ कम हुई। अपने बॉस मिस्टर द्रोणनाथन पर आया गुस्सा भी कुछ कम हुआ और वह ऊपरवाले से आगे की बातचीत करने की मनःस्थिति में आया।

एकलव्य - माफ कीजिए मैं अपनी परेशानी के कारण अब तक कुछ सुनने और समझने की तैयारी में न था। अभी-अभी आपने जो कहा कि 'जो कुछ हो रहा है, वह तुम्हारी प्रार्थना का ही फल है।' क्या इस पर आप कुछ विस्तार से बता सकते हैं? पहले यह बात सुनकर मुझे कुछ अटपटा सा लगा था मगर मुझे लग रहा है कि ज़रूर इसमें कुछ और पहलू छिपे हुए हैं, जिन्हें समझना आवश्यक है।

ऊपरवाला- बिलकुल सही कहा तुमने, एक कहानी द्वारा मैं इस बात को और विस्तार से समझाता हूँ, सुनो।

एक इंसान प्रतिदिन ईश्वर से प्रार्थना किया करता था कि 'मेरी लॉटरी लग जाए, ताकि मेरी आर्थिक समस्याएँ सुलझ जाएँ और पैसों की तंगी से उत्पन्न मेरा दुःख समाप्त हो जाए।'

प्रतिदिन ईश्वर से प्रार्थना करके भी कोई फल न आने के कारण हताश होकर उसने ईश्वर से कहा, 'हे ईश्वर! आखिर तुम मेरी प्रार्थना क्यों नहीं सुनते?' उसी समय आकाशवाणी हुई कि 'पहले लॉटरी का टिकट तो खरीद।'

हर दिन प्रार्थना करने पर भी उस इंसान को यह बात पकड़ में नहीं आई थी

कि उसने अभी तक लॉटरी का टिकट ही नहीं खरीदा है।

जैसे ही आकाशवाणी हुई, वह भागता हुआ गया और तुरंत उसने लॉटरी का एक टिकट खरीदा। लॉटरी के परिणाम की तारीख आई और चली भी गई मगर उसकी लॉटरी नहीं लगी। वह फिर परेशान हुआ और उसने ईश्वर से पूछा, 'अब मेरी लॉटरी क्यों नहीं लगी?' उसके सवाल पूछने पर उसे आवाज़ सुनाई दी कि 'घर से बाहर तो निकल।' आवाज़ सुनते ही वह घर से बाहर निकला तो उसे रास्ते पर खाने का डिब्बा यानी टिफिन दिखाई दिया। उसने वह टिफिन खोलकर देखा तो उसमें एक दीया, कपास, तेल, माचिस और लॉटरी का एक टिकट भी था। ये सभी चीज़ें देखकर वह बड़ा खुश हुआ।

उसने सोचा कि 'अब ईश्वर ने खुद लॉटरी का टिकट भेजा है तो मेरी लॉटरी ज़रूर लगेगी।' मगर हमेशा की तरह वह तारीख भी आकर चली गई, उसकी लॉटरी नहीं लगी। वह बड़ा दुःखी हुआ। परेशान होकर उसने ईश्वर से गुहार लगाई, 'आखिर मेरी लॉटरी क्यों नहीं लगती?' फिर आकाशवाणी हुई, 'पहले दीया तो जला।' आकाशवाणी सुनकर उसने दीया जलाने के लिए दीए में तेल डाला, बाती बनाई और फिर माचिस की तीली जलाने के लिए माचिस की डिब्बी खोली तो उसमें से एक हीरा निकला। हीरा पाकर वह अत्यंत खुश हुआ। वह सोच रहा था कि उसकी समस्या लॉटरी का टिकट लगने से ही सुलझेगी मगर ईश्वर ने उसकी प्रार्थना किसी अलग और अनोखे तरीके से पूरी की।

यह कहानी सुनकर अब तुम्हें समझ में आया होगा कि ईश्वर तुम्हारी उन्नति किसी और माध्यम से पूरी करना चाहता है। अतः सबसे पहले इस घटना पर दुःखी होना बंद कर दो। हो सकता है, कुछ दिनों बाद तुम्हारी ही कंपनी में तुम्हें कोई विशेष पद बहाल किया जाय या किसी अन्य कंपनी में तुम्हें किसी ऊँचे ओहदे पर नियुक्त किया जाए या फिर तुम्हारे द्वारा कोई निजी व्यवसाय शुरू किया जाए। तुम्हारी उन्नति के कई मार्ग हैं, एक नहीं।

एकलव्य – मेरा निजी व्यवसाय! उन्नति के कई मार्ग ... आपकी सोच के क्या कहने!

ऊपरवाला– मेरी बात अभी अधूरी है, आगे सुनो।

अकसर इंसान से यह गलती हो जाती है कि वह ईश्वर से प्रार्थना करता है

और ईश्वर को ही अपनी प्रार्थना पूर्ति का रास्ता बताता है कि 'इस-इस तरीके से मेरी फलाँ-फलाँ समस्या सुलझा दो।' जब कि यह कहानी इस बात की ओर संकेत करती है कि तुम्हें ईश्वर को दुःख मुक्ति का रास्ता नहीं बताना है, सिर्फ दुःख से मुक्त होने की प्रार्थना करनी है। फिर ईश्वर चाहे किसी भी तरीके से तुम्हारा दुःख दूर करे क्योंकि ईश्वर का रास्ता ही सर्वोत्तम है, परिपूर्ण है।

एकलव्य - आपकी बातों ने तो मेरी 'प्रमोशन' वाली परेशानी बिलकुल ही दूर कर दी। आज तक मैं समझ रहा था कि प्रमोशन ही मेरी उन्नति का द्योतक है। लेकिन आज आपसे बात करके मुझे एक नया नज़रिया और नया आयाम मिल गया है। मुझे ईश्वर से सिर्फ प्रार्थना करनी है, फिर वह किस तरीके से पूर्ण होगी, इस पर मुझे नहीं सोचना है।

ऊपरवाला- इस कहानी में एक और संदेश छिपा हुआ है। जब इंसान अपने जीवन में ज्ञान रूपी खुशी का दीया जलाता है तब उसे न सिर्फ हीरा बल्कि पारस भी मिलता है। पारस रूपी ज्ञान पाकर इंसान आगे आनेवाले दुःखों से भी मुक्त हो सकता है।

यह हमेशा याद रहे कि हर हाल में, हर परिस्थिति में हमें खुश रहना चाहिए क्योंकि खुशी हमारा मूल स्वभाव है, स्रोत है। जैसे पानी का स्वभाव है गीला रहना, उसी तरह सेल्फ, सत्य, ईश्वर, अनुभव, जो हम सबके अंदर है, उसका स्वभाव है प्रेम, खुशी और आनंद में रहना। हम हकीकत को भूलकर अपनी मान्यकथा में खोकर दुःख मनाते हैं, जो केवल झूठ है, स्वविस्मरण है।

एकलव्य - आपकी बातें सुनने में तो अच्छी लग रही हैं लेकिन इनमें अनेक ऐसे शब्द हैं, जो मुझे बिलकुल अनजाने लगे। आपकी बातें बड़ी सरल हैं लेकिन दुःख में खुश रहना... कठिन है।

ऊपरवाला- इंसान दुःख में खुश इसलिए नहीं रह पाता क्योंकि उसका मन पहले हर बात को अपनी तराजू में परख लेना चाहता है। मन सोचता है, 'पहले मैं ये देख लूँ... पहले मैं ये जान लूँ... पहले मैं यह पा लूँ... पहले मेरी समस्या सुलझ जाए... पहले मैं यह पक्का कर लूँ कि जो बताया जा रहा है वाकई वह सच है, फिर ही मैं नए ढंग से जीऊँगा।' मन की इस आदत के कारण इंसान खुश होने के लिए इंतज़ार ही करता रहता है। जो लोग इंतज़ार न करते हुए तुरंत खुश रहना शुरू

करते हैं, उन्हें परिणाम दिखाई देता है, उन्हें सकारात्मक सबूत मिलते हैं और खुश रहना उनके जीवन का अंग बन जाता है।

ऊपरवाले की बातें सुनकर एकलव्य बहुत प्रभावित हुआ। हालाँकि ऊपरवाले की कुछ बातें एकलव्य की समझ से परे थीं लेकिन फिर भी वे बातें उसे बहुत भली लगीं। आज तक वह जैसे जीता आया, उसके परिणाम तो वह जीवन में देख ही रहा था। अब उसे इस बात की दृढ़ता हुई कि जीवन में कुछ नया देखना है तो नए ढंग से सोचना चाहिए। एकलव्य ने बिनती भरे स्वर में ऊपरवाले से पूछा ...

एकलव्य - क्या हम इस तरह रोज़ नहीं मिल सकते? आज मुझे आपकी बातें सुनकर एक अनोखा सुकून मिला है। मैं चाहता हूँ कि उन पर अमल करके अपने जीवन से दुःख दूर करूँ और दूसरों के लिए भी दुःख मुक्ति का कारण बनूँ।

ऊपरवाला- क्यों नहीं! सोमवार और शुक्रवार को छोड़कर हफ्ते में हम रोज़ इस समय पर ज़रूर मिल सकते हैं।

एकलव्य - इन दो दिनों में आप कहीं बाहर जाते हैं?

ऊपरवाला - नहीं, बाहरवालों को अंदर बुलाने जाता हूँ।

एकलव्य को ऊपरवाले की बातों का कोई ओर-छोर पकड़ में नहीं आया। उसने ऊपरवाले की बातों को नज़रअंदाज़ कर कहा,

एकलव्य- अच्छा, आप बाकी के पाँच दिन तो आएँगे न!

ऊपरवाला - हाँ, अवश्य लेकिन एक बात और सुन लो- हर महीने की एक तारीख और पंद्रह तारीख को मैं न आ सकूँगा।

इस बात की परवाह किए बिना ऊपरवाले से हफ्ते में पाँच दिन आने का आश्वासन पाकर एकलव्य मारे खुशी के फूला न समाया। उसने ऊपरवाले को धन्यवाद दिए और कहा,

एकलव्य - पता है मैंने आपका नाम क्या रखा है?

ऊपरवाला- कुछ भी रखा होगा लेकिन द्रोणनाथन नहीं रखा होगा, यह मुझे पता है।

एकलव्य - (हँसते हुए) मैंने आपका नाम 'ऊपरवाला' रखा है।

ऊपरवाला- जैसे तुम ठीक समझो, वैसे मेरी तरफ से तुम इसे एकपरवाला, दोपरवाला या बाटलीवाला कर दो तो भी कोई हर्ज नहीं।

एकलव्य - आपका तो जवाब नहीं! नाम भी नहीं, फिर कैसे आपको पुकारें? खैर, आपका जवाब नहीं है लेकिन आपके जवाब मेरी ज़रूरत हैं। हर दिन आपके साथ बातचीत करने का अवसर मैं याद रखूँगा।

इतना कहकर एकलव्य ऊपरवाले से रोज़ मिलने की खुशी में घर की ओर चल पड़ा।

घर जाकर एकलव्य ऑफिस जाने की तैयारी में जुट गया। एकलव्य की माँ टिफिन बनाने में लगी थी और पिताजी आराम से चाय पीते-पीते अखबार पढ़ रहे थे। उसकी बहन अंकिता को तैयार होने में इतनी देर हो गई कि वह हड़बड़ी में अपना टिफिन भूलकर कॉलेज के लिए निकल गई। अतः माँ नाराज़ हो गई। एकलव्य ने देखा कि आज उसकी नापसंद की सब्ज़ी बनी है। यह देख वह माँ पर झुँझला उठा। माँ ने मन ही मन सोचा, 'मैं घर के सभी सदस्यों के लिए इतना खपती हूँ, फिर भी कोई संतुष्ट नहीं रहता।' तभी उसे याद आया कि उसकी दवाइयाँ खत्म हो गई हैं।

माँ ने एकलव्य से पूछा, 'बेटे, मेरी दवाइयाँ खत्म हो गई हैं। क्या तुम मुझे अभी लाकर दे सकते हो?'

सुबह की जल्दबाजी में माँ का एक और काम एकलव्य के लिए भारी पड़ गया। वह खीज उठा और माँ से कहने लगा,

एकलव्य - माँ, तुम्हें भी सुबह का समय ही दिखाई देता है। कोई काम बताना हो तो शाम को नहीं बता सकती? मैं शाम को दवाइयाँ ले आऊँगा, मुझे दवाई की परची दे दो।

ऑफिस जाने से पहले उसने सोचा कि जाते-जाते एक नज़र अखबार की सुर्खियों पर डाल लूँ लेकिन पिताजी हैं कि अखबार छोड़ने का नाम ही नहीं लेते।

एकलव्य के घर में हर सुबह कुछ इसी तरह का दृश्य दिखाई देता था। अंत में वह किसी तरह घर से बाहर निकला और उसने ऑफिस की बस पकड़ी। बस में बैठकर उसे थोड़ा सुकून मिला। फिर आराम से बैठकर वह उन बातों पर गौर करने

दुःख में खुश क्यों और कैसे रहें

लगा, जो सुबह ऊपरवाले से हुई थीं। उसने सोचा, 'ऊपरवाले ने तो कहा है कि हर घटना में खुश रहना है लेकिन रोज़मर्रा की इस खिटपिट में कैसे कोई आनंदित रह सकता है?'

इस तरह सारा दिन एकलव्य पर नकारात्मक भाव हावी रहे। वह चाहकर भी इन घटनाओं में खुश न रह सका। तब ऊपरवाले की याद तो उसे बहुत आई लेकिन वह उसकी बातों पर अमल नहीं कर पाया।

रात को सोते समय उसने सोचा, 'अच्छा हुआ मैंने ऊपरवाले से रोज़ मिलने का आग्रह किया है। रोज़ ही ऐसी कुछ न कुछ बातें हो जाती हैं, जिस कारण मेरा मन दुःखी हो जाता है। कल ही मैं ऊपरवाले से आज हुई घटनाओं पर बातचीत करूँगा।'

3

मस्तिष्क की केबिन

पिछले दिन तय किए अनुसार एकलव्य और ऊपरवाला दोनों सुबह-सुबह साथ में ही सैर के लिए निकल पड़े। एकलव्य को ऊपरवाले के चेहरे पर वही ताज़गी, प्रसन्नता और तेज दिखाई दिया, जो उसने पहले दिन देखा था। उसे थोड़ा आश्चर्य हुआ कि ऊपरवाला हमेशा इतना प्रफुल्लित कैसे रहता है। तभी ऊपरवाले ने मुस्कराते हुए एकलव्य से पूछा, 'कैसा रहा तुम्हारा कल का दिन?'

एकलव्य ने दुःखी स्वर में कल का सारा वृत्तांत कह सुनाया और कहा, 'अब आप ही बताइए, ऐसी परिस्थिति में भला कोई कैसे खुश रह सकता है?'

ऊपरवाला- यदि तुम चाहो तो इन सभी घटनाओं में खुश रह सकते हो क्योंकि तुम खुद ही खुशी हो।

ऊपरवाले की यह बात सुनकर एकलव्य चौंक उठा।

एकलव्य - 'मैं खुद ही खुशी हूँ...' वह भला कैसे?

ऊपरवाला- इस वक्त तुम खुशी का असली अर्थ नहीं समझ पाओगे मगर हमारे प्रतिदिन के वार्तालाप के दौरान सच्ची खुशी का अर्थ तुम्हें स्पष्ट होता जाएगा।

आज के दिन मैं तुम्हें एक मंत्र देने जा रहा हूँ। जिसके उपयोग से तुम रोज़मर्रा की छोटी-छोटी घटनाओं में दुःखी नहीं होगे।

एकलव्य - अवश्य, मुझे इसकी सख्त ज़रूरत है।

ऊपरवाला- इस मंत्र का नाम है के.बी.एन. (KBN) यानी 'कोई बात नहीं'।

एकलव्य - (आश्चर्य से) यह भी भला कोई मंत्र हुआ ?

ऊपरवाला – सुनने में ये मात्र तीन सादे अक्षर प्रतीत होते हैं लेकिन समझ के साथ उनका प्रयोग किया जाए तो ये सादे अक्षर ही बहुत शक्तिशाली मंत्र सिद्ध हो सकते हैं। समझने के लिए तुम इसे 'केबिन' कह सकते हो। इस मंत्र के उपयोग से तुम हर नकारात्मक परिस्थिति को स्वीकार कर पाओगे और उसमें दुःखी भी नहीं होगे। किसी भी दुःखद घटना को तुमने यदि स्वीकार किया, इसका अर्थ तुमने उसे केबिन में रखा। उस स्थिति में तुमने 'कोई बात नहीं' मंत्र का इस्तेमाल किया है।

एकलव्य – मैं इस मंत्र का इस्तेमाल अपने जीवन में कैसे करूँ? क्या आप मुझे कोई उदाहरण देकर समझा सकते हैं?

ऊपरवाला– जैसे कभी कोई तुम्हें देखकर मुँह टेढ़ा करके चला जाए तो तुम्हें थोड़ा दुःख होता है लेकिन अब ऐसी स्थिति में 'कोई बात नहीं' कहते ही तुम्हें दुःख नहीं होगा। तुम सामनेवाले के इस बरताव को स्वीकार कर पाओगे।

यदि तुम्हें किसी इंसान का प्रतिसाद पसंद न आए और तुम सोचने लगो कि 'उसने ऐसा गलत प्रतिसाद क्यों दिया... मेरे साथ ऐसा व्यवहार क्यों किया... अब आगे मैं इसे देखूँगा...' तो ऐसी स्थिति में 'कोई बात नहीं' कहते ही एक नया दृष्टिकोण, एक स्वीकृत वातावरण शुरू होगा और मन की उलझन सुलझने लगेगी।

यह उदाहरण सुनकर एकलव्य को याद आया कि उसके ऑफिस में उसका एक सहकर्मी अश्विन कभी भी उसके साथ अच्छी तरह से बात नहीं करता। उसके बॉस मिस्टर द्रोणनाथन की उस पर विशेष मर्ज़ी भी है ।अश्विन हमेशा एकलव्य को नीचा दिखाने का प्रयास करता है।

एकलव्य को वे सारे लोग, जो उसे अच्छा प्रतिसाद नहीं देते थे, अपनी आँखों के सामने नज़र आने लगे। उसे समझ में आया कि यहाँ भी के.बी.एन. मंत्र का प्रयोग करना चाहिए।

KBN (केबिन) का एक और अर्थ है 'किनारा ब्रोकन' यानी किनारे बिना, अर्थात किनारा तोड़ दिया। जब हम दुःख को अस्वीकार करके किनारा देते हैं तब दुःख की नदी गहरी बनती है और दुःख को स्वीकार करके, कोई बात नहीं कहकर यही किनारा तोड़ दिया जाए तो दुःख विलीन हो जाता है।

इसे इस तरह समझो जैसे किसी भी समस्या में यदि हमने दुःख को स्वीकार

नहीं किया तो हमने दुःख को किनारा दे दिया, उसकी नदी बना दी लेकिन जब उसे स्वीकार करके केबिन में रख दिया तो दुःख का किनारा टूट जाता है और दुःख किनारा न पाकर विलीन हो जाता है।

एकलव्य - क्या समस्या को केबिन में रखने से दुःख सिर्फ विलीन होगा या समस्या का समाधान भी मिलेगा?

ऊपरवाला- समस्या को केबिन में रखने से ही उसका समाधान मिलता है। बड़े-बड़े वैज्ञानिक, जिन्होंने महान आविष्कार किए, जब उन्हें किसी समस्या का हल न मिलता तब वे उस समस्या को अपने मस्तिष्क की केबिन में रख दिया करते थे। फिर अचानक किसी दिन नहाते समय बाथटब में या सपने में उन्हें उस समस्या का समाधान मिल जाता था तब उन्हें युरेका इफेक्ट होता। अतः ऐसा न समझो कि केबिन में रखकर समस्या पर कुछ नहीं होता। 'कोई बात नहीं', कहते ही उस समस्या पर नए ढंग से काम शुरू होता है। मस्तिष्क समस्या के हल पर लगातार काम करता रहता है। अस्वीकार करते ही मस्तिष्क अपना काम बंद कर देता है।

एकलव्य - अरे वाह! यह तो एक नई बात पता चली। अब यह बताइए कि क्या 'कोई बात नहीं' कहकर समस्या को केबिन में रखकर छोड़ देना चाहिए या उसे सुलझाने का प्रयास भी करना चाहिए?

ऊपरवाला- 'कोई बात नहीं' इस मंत्र से तुम रोज़मर्रा के जीवन में होनेवाली छोटी-छोटी घटनाओं में तो दुःखी नहीं होगे लेकिन कोई बड़ी घटना होने पर तुम्हें 'कोई बात नहीं' इस मंत्र के इस्तेमाल के साथ-साथ आई हुई परिस्थिति का समाधान ढूँढ़ने का प्रयत्न भी करना चाहिए। 'कोई बात नहीं' कहने से तुम उस परिस्थिति को स्वीकार कर पाओगे तथा मन की इस स्थिर अवस्था में किसी का नकारात्मक व्यवहार देखकर अंदर उत्पन्न हुआ प्रतिरोध पिघल जाएगा और समस्या का समाधान मिलना आसान हो जाएगा। आज के बाद जब कोई तुमसे पूछे कि 'तुम्हारी फलाँ समस्या का क्या हुआ?' तब तुम उसे बताना कि 'फिलहाल इस समस्या को मैंने केबिन में रखा है क्योंकि केबिन में समस्याएँ उलझती नहीं, सुलझती हैं।'

यह सुनकर एकलव्य को एहसास हुआ कि उसने दुःख की कितनी बड़ी नदी बनाकर रखी थी। 'कोई बात नहीं (KBN)' नामक मंत्र से उस नदी का किनारा टूट

सकता है। रोज़ दिनभर में घटी घटनाओं में यदि के.बी.एन. मंत्र का इस्तेमाल किया जाए तो क्या बचेगा? आनंद, खुशी और शांति ही तो बचेगी।

लेकिन उसके मन की एक शंका अब भी उसे सताए जा रही थी। उसी शंका के निवारण के लिए उसने ऊपरवाले से पूछा,

एकलव्य - क्या समस्या को केबिन में रखना, यह कहीं उससे भागना तो नहीं है?

ऊपरवाला- कदापि नहीं, समस्या को केबिन में रखना, उससे भागना नहीं बल्कि यह अपने आपमें मन को दिया जानेवाला प्रशिक्षण है। यह प्रशिक्षण तो पृथ्वी पर अपना लक्ष्य पाने के लिए एक मौका है। इसे पाकर यदि हम दुःख में खुश रहने की कला सीख जाएँ तो प्रशिक्षण का हमने सही लाभ लिया।

बातें करते-करते दोनों 'आनंद सोसायटी' के नज़दीक पहुँचे ही थे कि अचानक ऊपरवाले ने बातों का सिलसिला तोड़ते हुए कहा,

ऊपरवाला - तुम्हारे इस महत्वपूर्ण सवाल पर हम आगे बात करेंगे। आज मुझे किसी महत्वपूर्ण काम से बाहर जाना है इसलिए आज की बातचीत हम यहीं पर रोकते हैं।

एकलव्य - कोई बात नहीं।

यह कहते ही एकलव्य अपने ही शब्दों पर हँसने लगा। ऊपरवाला भी हँसते हुए ही अपने फ्लैट में चला गया। एकलव्य ने भी अपने घर की ओर रुख किया।

एकलव्य को दिनभर ऊपरवाले की बातें याद आती रहीं और वह घटनाओं में केबिन का प्रयोग भी करता रहा। दिनभर वह किसी भी घटना में दुःखी नहीं हुआ और हर बात को स्वीकार कर पाया। आज का पूरा दिन एकलव्य काफी खुश था और रात को भी वह ऊपरवाले की बातों पर मनन करते-करते सो गया।

■ ■ ■

आज सुबह नींद खुलते ही एकलव्य को सैर के लिए बाहर निकलने की धुन सवार थी। उसने जल्दी-जल्दी सुबह के क्रियाकलाप निपटाए और घर के बाहर कदम बढ़ाए। उसे ऊपरवाले द्वारा कही गई बातें याद आ रही थीं। ड्रॉईंग पास न

होना, प्रमोशन सूची में नाम न आना आदि घटनाओं को पहले वह किस तरह लेता था! इस तरह की घटनाओं में उसे लगता था मानो उसका अंगूठा ही काटा जा रहा है। उसे समझ में आया कि स्वीकार करने से इस नकारात्मक भावना से वह मुक्त हो रहा है।

मनन करते हुए वह काफी दूर निकल गया। फिर भी ऊपरवाला उसे कहीं दिखाई नहीं दिया। लौटते वक्त भी उसकी निगाहें ऊपरवाले को खोजती रहीं। तभी उसे याद आया कि आज शुक्रवार है। वह अनमने मन से घर की ओर लौट पड़ा। उसे अब ऊपरवाले के साथ की आदत सी होने लगी थी। अतः उसकी अनुपस्थिति में वह सूनापन महसूस कर रहा था।

आज एकलव्य रोज़ की अपेक्षा कुछ जल्दी ही लौट आया। तैयार होकर वह ऑफिस के लिए चल पड़ा।

ऑफिस पहुँचकर उसने देखा कि उसका सहकर्मी अर्जुन अभी तक आया नहीं है। अर्जुन उसका अच्छा मित्र था। वे दोनों आपस में अपने सुख-दुःख बाँटा करते थे। तभी एकलव्य को सामने से अर्जुन चेहरा लटकाकर आते हुए दिखाई दिया। एकलव्य ने पूछा-

एकलव्य - कहो क्या बात है? देर कैसे हुई?

अर्जुन - (चिंतित स्वर में) कल माँ-पिताजी मेरी मौसी के यहाँ जाने के लिए रवाना हुए और अचानक रास्ते में उनकी बस दुर्घटनाग्रस्त हो गई। दुर्घटना इतनी ज़बरदस्त थी कि अधिकांश यात्री अपनी जान गँवा बैठे।

एकलव्य - (व्यग्रता से) चाचा और चाची खैरियत से तो हैं!

अर्जुन - हाँ, मैं खुशकिस्मत हूँ कि माँ-पिताजी बच गए लेकिन वे दोनों ही गंभीर रूप से घायल हैं। फिलहाल उन्हें अस्पताल में भरती करवाया गया है।

एकलव्य - तुम बिलकुल भी चिंता मत करो। हम सब तुम्हारे साथ हैं।

अर्जुन - फिलहाल तो मुझे वापस अस्पताल जाना पड़ेगा लेकिन बॉस को मुझे आज ही एक रिपोर्ट बनाकर देनी है। कृपया तुम उसे पूरी करके बॉस को दे देना। साथ ही शाम को अस्पताल में एक चक्कर लगा लेना।

एकलव्य ने उसे सांत्वना देते हुए कहा, 'यह भी कोई बोलने की बात है! तुम निश्चिंत रहो।'

अर्जुन जल्दबाजी में ऑफिस से बाहर हो लिया। एकलव्य ने अर्जुन के बताए अनुसार रिपोर्ट बनाकर बॉस को दे दी। शाम को ऑफिस से छूटने पर एकलव्य अस्पताल जाकर अर्जुन के माता-पिता से मिला। अर्जुन को जो मदद चाहिए थी, वह की और घर वापस आ गया।

रात को सोने से पहले एकलव्य ने दिनभर की घटनाओं पर मनन किया। अर्जुन के माता-पिता की हालत देखकर वह भी चिंतित था। उसे इस स्थिति में ऊपरवाले की बातें याद हो आईं। परिस्थिति को स्वीकार करके उसका चित्त शांत हुआ। अब उसे ये खयाल आने लगे कि किस तरह वह अर्जुन और उसके माता-पिता की और मदद कर सकता है। दूसरे दिन सुबह ऊपरवाले से मुलाकात की उत्सुकता में उसने नींद को अपने करीब कर लिया।

4

खुशी की नज़र

प्रसन्नचित्त मनःस्थिति में ही आज एकलव्य नींद से जागा। प्रभात की ताज़गी ने उसके मन को भी ताज़ा कर दिया। सुबह-सुबह मॉर्निंग वॉक के लिए निकलते समय वह अपने आपको रोक न सका और सीधे ऊपरवाले के घर जा पहुँचा। दरवाज़े पर 'फ्लैट नंबर १३' पढ़कर एकलव्य एक पल के लिए ठिठककर रुक गया। उसे लगा १३ नंबर तो अशुभ माना जाता है, कहीं इसीलिए तो यह फ्लैट कोर्ट-कचहरी के चक्कर में नही फँसा है? जो भी हो, सब कुछ सामने ही है, इसका फैसला भी हो जाएगा। यह सोचते हुए एकलव्य ने दरवाज़े की घंटी बजाई।

घंटी बजाते ही ऊपरवाले ने दरवाज़ा खोला। व्यग्र एकलव्य पूछ बैठा, 'क्या आज सैर के लिए नहीं जाना है?'

ऊपरवाला - (हँसते हुए) सैर के लिए...! सैर करने के लिए ही तो हम पृथ्वी पर आए हैं।

ऊपरवाले की अबूझ बातें सुनकर एकलव्य विचारों में खो गया। उसने सोचा कि इसकी बातें कभी भी आसानी से समझ में नहीं आतीं। पता नहीं यह मुझसे क्या सुचवाना चाहता है? फिलहाल यही सोचते हुए उसने कहा,

एकलव्य - पृथ्वी पर सैर करने! वह कैसे? मैं कुछ समझा नहीं।

ऊपरवाला - इंसान इस पृथ्वी पर सैर करने के लिए ही आया है। सैर का पूरा आनंद उसे प्राप्त हो सके इसके लिए उसे 'समझ' प्राप्त करना ज़रूरी है। समझ के अभाव में ही वह सारा जीवन दुःख में बिताता है।

एकलव्य - मैं कितना खुशनसीब हूँ, जो आप मुझे वह 'समझ' प्रदान कर रहे हैं। अब मैं स्पष्ट रूप से देख पा रहा हूँ कि मेरा आगे का जीवन कितना खुशहाल होगा।

आपके बताए अनुसार कल दिनभर मैंने के.बी.एन. मंत्र का प्रयोग किया। 'कोई बात नहीं' कहते ही हर घटना को मैं स्वीकार कर पाया। इस खयाल से ही मैं आनंदित हूँ कि नकारात्मक घटना में भी मैं विचलित नहीं हुआ।

ऊपरवाला – अभी तक तुमने छोटी-छोटी घटनाओं में केबिन का प्रयोग करके देखा है। किसी बड़ी घटना में भी इस मंत्र का उपयोग करके तुम दुःखी नहीं हुए तो इसका अर्थ है कि इस मंत्र को हर घटना में इस्तेमाल करने का गुर तुम्हें आ गया है।

एकलव्य – ठीक कहा आपने। कल दिनभर में ऐसी कोई बड़ी घटना नहीं हुई, जिसमें इस मंत्र का संपूर्ण उपयोग पूर्ण समझ के साथ किया जा सकता था लेकिन शाम को एक ऐसी घटना हुई, जिसमें घर के सारे लोग दुःखी थे। उस घटना में 'कोई बात नहीं' कहते ही मेरा दुःख विलीन हो गया और मैं अपनी ज़िम्मेदारी सही तरह से निभा पाया। मैं वह घटना आपको नीचे चलकर विस्तार से बताना चाहता हूँ।

नीचे पहुँचकर, टहलते हुए बातचीत का सिलसिला फिर से शुरू हो गया।

एकलव्य – पिछले दो-तीन दिनों से मेरे पिताजी का स्वास्थ्य खराब चल रहा है, बुखार से वे तप रहे हैं। पिताजी के स्वास्थ्य को लेकर घर में माँ, बहन सभी लोग परेशान और दुःखी हैं। सभी चाहते हैं कि पिताजी जल्द से जल्द ठीक हो जाएँ।

इस घटना में के.बी.एन. का प्रयोग करने से इसका मुझ पर कोई असर नहीं हुआ। पर अब एक नई समस्या आन खड़ी हुई है। पिताजी की बीमारी में मेरे दुःखी न होने के कारण घर के सदस्यों को गलतफहमी हो गई है कि मैं पिताजी से प्यार नहीं करता। क्या दूसरों के दुःख में शामिल होकर ही प्रेम जतलाया जा सकता है?

ऊपरवाला – लोगों की यह मान्यता है कि 'दूसरों का दुःख देखकर हमें भी उनके दुःख में दुःखी होकर शामिल होना चाहिए' क्योंकि लोगों ने आज तक सभी को ऐसा ही व्यवहार करते हुए देखा है। यदि कोई ऐसा नहीं करता तो लोग यह सोचते हैं कि उस इंसान के अंदर सामनेवाले के प्रति प्रेम, करुणा, दया, आस्था की कोई भावना ही नहीं है। लोग उसे निर्दयी, संगदिल, क्रूर, बुरा इंसान समझते हैं इसलिए आज तक लोग एक-दूसरे के दुःख में दुःखी होने की गलत धारणा के साथ जी रहे हैं।

इंसान को लगता है कि 'दूसरों के दुःख में मैं दुःखी हो रहा हूँ तो मैं कुछ अच्छा कर रहा हूँ' और सामनेवाले को भी यह देख अच्छा लगता है कि 'कोई तो है जो मेरे दुःख में दुःखी हो रहा है, उसे मुझसे कितना प्यार है।' मगर जब दो अज्ञानियों का प्यार मिलेगा तब दुःख दुगना ही होगा। इसके पीछे कारण यह है कि जो दुःखी है, उसकी चेतना का स्तर पहले ही कम हो चुका है, अर्थात वह नकारात्मक मनोदशा में है। ऐसे में यदि कोई उससे मिलकर नकारात्मक संवाद करे तो उसका दुःख बढ़ने ही वाला है। उसे इस अवस्था से बाहर लाने के लिए उच्च चेतना और सकारात्मक तरंग की आवश्यकता होती है। ऐसा केवल वही इंसान कर सकता है, जो इन सबसे ऊपर उठ चुका है, जो खुश है, जो उच्च चेतना के स्तर पर है।

लोगों को यह पता ही नहीं कि सामनेवाले के दुःख में दुःखी होकर वे उसके दुःख को कम करने के बजाय बढ़ा रहे हैं। जैसे घर में यदि कोई सदस्य बीमार हुआ हो, अचानक कोई दुर्घटना हुई हो या किसी की मृत्यु हुई हो तो उस घर के सारे सदस्य पहले दुःखी होते हैं, फिर उस घटना को दुःख की नज़र से देखते हैं। उन्हें लगता है कि उनके साथ ऐसा नहीं होना चाहिए था, यह तो बहुत ही गलत हुआ। इंसान को खुद पता नहीं होता कि अज्ञान में वह जो सोचता है, वह सही है या गलत। इंसान यदि सामनेवाले को दुःखी देखकर खुद भी दुःखी हो जाता है तो यह उसका सामनेवाले के प्रति अंधा प्यार है, आसक्ति है। इसे ही अंधश्रद्धा और अज्ञान कहा गया है।

एकलव्य - ऐसी स्थिति में सामनेवाले को उसके दुःख से बाहर लाने के लिए क्या किया जा सकता है?

ऊपरवाला - यदि तुम सामनेवाले को दुःख से बाहर निकालने के लिए उसकी मदद करना चाहते हो तो पहले उसका दुःख सुनो मगर तुम खुश रहो। सामनेवाला तुम्हारी खुशी बरदाश्त न कर पाए तो तुम केवल बाहर से दुःखी होने का अभिनय करो मगर अंदर से खुश रहो। यदि सामनेवाला समझदार होगा तो वह तुम्हारी खुशी से दुःखी नहीं होगा।

एकलव्य - आपकी बातें सुनकर मेरा दुःख काफी कम हुआ है लेकिन वह स्थायी रूप से खत्म नहीं हो रहा। इसके लिए क्या किया जाए ?

ऊपरवाला - किसी घटना में दुःख आने पर उसके पीछे हमारी जो मान्यकथा

या मूल खता छिपी हुई है, उसकी खोज कर उसे प्रकाश में लाकर, उस मान्यता को अंदर से निकालना ही दुःखमुक्ति का स्थायी उपाय है। जब इंसान खोज करेगा तब उसके सामने हकीकत प्रकट होगी, वह हकीकत में रहना शुरू करेगा, हकीकत से प्रेम करने लगेगा, न कि दुःख मनाएगा।

एकलव्य – दुःख की खोज यानी निश्चित रूप से क्या करना होगा?

ऊपरवाला – खोज करना यानी जैसे किसी की बीमारी देखकर इस तरह सोचना कि 'शरीर अगर बीमार नहीं हुआ तो शरीर की उम्र घट सकती है। शरीर को स्वस्थ रखने के लिए बीमारी एक संकेत है। यह संकेत पकड़कर इंसान शरीर का इलाज करवाता है।'

'बीमारी की वजह से इंसान यह जान पाता है कि यह बीमारी मेरे शरीर को हुई है, मुझे नहीं। अनुभव के स्तर पर जाँचकर देखें तो वहाँ स्वास्थ्य है ही। अनुभव को महसूस करने के लिए शरीर माध्यम है इसलिए शरीर को संभालना ज़रूरी है, यही संकेत रोग आकर करते हैं।' ऐसा मनन जब इंसान से हो पाएगा तब उसे बीमारी का दुःख नहीं होगा। फिर तो वह खुश होकर सामनेवाले की अथवा अपनी बीमारी का इलाज करवाएगा क्योंकि बीमारी उसके लिए निमित्त बन रही है। वरना घर के किसी सदस्य की तकलीफ देखकर इंसान का मन दुःखद भावना से भर जाता है। अनजाने में अज्ञान के कारण उसे पता नहीं चलता कि मदद करने की जगह पर वह सामनेवाले की तकलीफ में बढ़ोतरी कर रहा है। अज्ञान ही यह करवा सकता है।

एकलव्य – अब मुझे समझ में आया कि दुःखद भावना के कारण दुःख का निर्माण होता है। इस दुःखद भावना को तुरंत बदलने के लिए क्या किया जा सकता है?

ऊपरवाला – इंसान को यदि उसका अज्ञान दिखाया जा सके तो वह दुःखद भावना से मुक्त हो जाएगा। आज की तारीख में इंसान को उसका अज्ञान दिखाया नहीं जा सकता क्योंकि अपनी मान्यताओं में उलझे रहने के कारण वह अपनी ग्रहणशीलता खो बैठा है। 'आज की तारीख में' यह बात बहुत ही महत्वपूर्ण है, यह शुभ स्वसंवाद का प्रभाव है। जब आपको कोई समस्या आए तब आप कहें, 'आज की तारीख में मुझे यह समस्या आई है।' इसका अर्थ यही है कि आगे यह समस्या नहीं रहेगी, बहुत जल्द ही यह हल होने जा रही है। इस तरह तुम्हारे अंदर सुखद

भावना निर्माण होगी।

हर समस्या का हल खुशी में है। खुशी में शक्ति है इसलिए यह पंक्ति कही गई है कि 'कम से कम हमें तब खुश ज़रूर होना है, जब हम दुःख में हैं' क्योंकि दुःख में समस्याओं को सुलझाया नहीं जा सकता। समस्याएँ केवल आनंदित अवस्था में ही सुलझती हैं। अतः दुःख में हर हाल में खुश रहें। ऐसा करके इंसान किसी और पर एहसान नहीं करता बल्कि अपनी ही मूल इच्छा पूरी करता है। इंसान हकीकत में जो है, उसका स्वभाव है खुशी। जब इंसान दुःखी होता है तो वह अपने मूल स्वभाव यानी अपने स्रोत से, आनंद से दूर हो जाता है। चूँकि कोई भी इंसान अपने आपसे दूर होना नहीं चाहता और समस्या को जल्दी सुलझाना चाहता है इसलिए समस्या को खुशी की नज़र से देखो।

इस तरह बातें करते-करते आनंद निवास सोसायटी नज़दीक आ गई।

एकलव्य - आज आपने इस बात को स्पष्ट किया कि किसी दुःखी इंसान के साथ कैसे बरताव किया जाए ताकि वह अपने दुःख से बाहर आ सके। मैं चाहता हूँ कि दुःख के सभी आयाम जान सकूँ। इसके बारे में जल्द ही मुझे मार्गदर्शन पाने की इच्छा है।

ऊपरवाला - क्यों नहीं? अगर विचार उठा है तो वह तुम्हारी इच्छा पूर्ण होने का पहला कदम है मगर आज हम यहीं रुकते हैं। कल से प्रतिदिन हम दुःख के नौ कारणों और उसके निवारण को एक-एक करके जानेंगे।

5

बेहोशी का फल

आज रविवार... छुट्टी का दिन...। एकलव्य पूरी तरह से आलस्य में डूबा हुआ...। सालों से घर के सभी सदस्यों को उसने हिदायत दे रखी थी कि रविवार के दिन कोई उसे न उठाए। छुट्टी के दिन वह मनमरज़ी सोएगा। सुबह आठ बजे एकलव्य की नींद खुली लेकिन आज उसे अपना देर से उठना बहुत खला क्योंकि वह ऊपरवाले के साथ मॉर्निंग वॉक पर नहीं जा सका। अतः उसे मॉर्निंग टॉक से भी महरूम रहना पड़ा। आज से ऊपरवाला दुःख के नौ कारणों को विस्तार से बतानेवाला था।

एकलव्य ने मन ही मन सोचा अब अगले रविवार से मैं जल्दी उठूँगा। वरना अपने देर से उठने की आदत की वजह से मैं रविवार को ऊपरवाले के अनमोल वचनों से वंचित रह जाऊँगा। कुछ सोचकर वह तुरंत ही उठा और फ्रेश होकर सीधे ऊपरवाले के घर जा पहुँचा। उसके घर पर ताला लटकता देख एकलव्य रुआँसा होकर वापस आ गया। दिनभर में दो-तीन बार उसने ऊपरवाले के घर के चक्कर लगाए मगर हर बार ताला ही मुँह चिढ़ाता रहा।

एकलव्य अपनी देर से उठने की आदत पर बौखला उठा। उसे याद आया कि कल यानी सोमवार को भी ऊपरवाला सैर के लिए नहीं आएगा। यह सोचकर उसे और भी बुरा लगने लगा। उसने प्रण किया कि अब मैं रविवार को भी हर दिन की तरह जल्दी उठूँगा।

शाम को एकलव्य अपने मित्र अर्जुन से मिलने अस्पताल गया। अपने साथ वह 'स्वीकार का चमत्कार' यह पुस्तक रखना नहीं भूला। अर्जुन के माता-पिता का इलाज कुशल डॉक्टर के हाथों चल रहा था फिर भी वह बहुत चिंता में था। अर्जुन ने एकलव्य से कहा, 'मेरे साथ ही यह हादसा क्यों हुआ? मैं ही क्यों? मेरे माँ-पिताजी ने तो कभी किसी का बुरा नहीं किया... उन्होंने हमेशा सभी की मदद ही की है।

धार्मिक कर्मकाण्डों को करने में भी कोई कसर नहीं छोड़ी। ईश्वर उनके साथ इतना निर्दयी कैसे हो सकता है? वह अपने भक्तों को कैसे सता सकता है?'

एकलव्य - बस... बस... अब बस भी करो। सबसे पहले तुम सामने आई परिस्थिति को स्वीकार करो। तब कहीं जाकर आगे की बात सोच पाओगे।

अर्जुन - (नाराज़गी से) इतनी बड़ी घटना हुई है और तुम मुझे स्वीकार करने के लिए कह रहे हो! तुम्हारे साथ होता तो तुम्हें पता चलता। कहना आसान है मगर निभाना कठिन है।

एकलव्य - नाराज़ मत हो, मैं तुम्हारी मनःस्थिति समझ सकता हूँ लेकिन परिस्थिति को स्वीकार करके ही तुम दुःख से बाहर निकल सकते हो। (अर्जुन को पुस्तक देते हुए) फिलहाल तुम 'स्वीकार का चमत्कार' यह पुस्तक अपने पास रखो और घर जाकर ठंडे दिमाग से इसे पढ़ो।

पुस्तक देकर वह अपने घर लौट आया। रात सोने से पहले दिनभर की घटनाओं पर मनन करके वह सो गया।

दूसरे दिन सुबह-सुबह एकलव्य रोज़ की तरह सैर के लिए निकला। उसे याद था कि आज सोमवार के दिन ऊपरवाला नहीं आएगा। लौटते समय अचानक उसे ऊपरवाला कहीं जाते हुए दिखाई दिया। एकलव्य ने मन ही मन सोचा - मुझे सैर के लिए मना करके यह कहाँ जा रहा है? इसका पता लगाने के लिए एकलव्य छिपते-छिपाते उसके पीछे हो लिया। एकलव्य को आश्चर्य हुआ कि ऊपरवाले ने एक चर्च में प्रवेश किया। उसने सोचा ऊपरवाले का चर्च में क्या काम? वह तो मुझे हिंदू दिखाई देता है। एकलव्य ने कुछ समय तक ऊपरवाले के बाहर आने की राह देखी। उसके न आने पर वह घर लौट पड़ा।

ऊपरवाले का पीछा करने के कारण उसे आज लौटने में देर हो गई। जल्दी-जल्दी तैयार होकर वह ऑफिस पहुँचा। ऑफिस के काम-काज में आज उसका मन नहीं लगा। उसे लग रहा था कि कब वह ऊपरवाले से मिलेगा। उसे आश्चर्य हुआ कि ऊपरवाले से मिलकर ऐसा क्या होता है, जिससे मन सकारात्मक तरंग से तरंगित हो जाता है। इन विचारों के चलते वह ऊपरवाले से मिलने के लिए व्याकुल हो उठा।

शाम को घर पहुँचते ही एकलव्य फ्रेश होकर ऊपरवाले के घर गया। उसके घर पर ताला न देखकर एकलव्य ने राहत की साँस ली। घर की बेल बजाते ही ऊपरवाले ने दरवाज़ा खोला।

ऊपरवाला - आओ... आओ... अभी कैसे?

एकलव्य - आज आप सुबह चर्च में क्यों गए थे?

ऊपरवाला - (हँसते हुए) क्यों न जाऊँ...? लेकिन तुम बाहर क्यों खड़े हो? अंदर तो आओ।

एकलव्य अंदर आते हुए-

एकलव्य - क्या आप क्रिश्चियन हैं, जो चर्च में जाते हैं?

ऊपरवाला - मैं सभी धर्मों से परे हूँ। मैं हर धर्म का तत्त्व जानता हूँ। मेरा पीछा मत करो, मेरे साथ चलो।

एकलव्य अवाक होकर ऊपरवाले की ओर देखता रह गया। कुछ पल के लिए वह भूल गया कि ऊपरवाले से वह क्या पूछने आया है। ऊपरवाले ने उसे कंधे से हिलाकर उसकी तंद्रा तोड़ी।

ऊपरवाला - हर सोमवार को सुबह-सुबह मैं चर्च में फादर फ्रान्सिस (प्रीस्ट) से मिलने जाता हूँ।

एकलव्य - (आश्चर्य से) फादर से मिलने?

ऊपरवाला - अच्छा छोड़ो। यह बताओ कि पिछले दो दिनों में तुम्हारे साथ क्या हुआ?

एकलव्य ने अपने मित्र अर्जुन के साथ घटी घटना कह सुनाई और उसे 'स्वीकार का चमत्कार' यह पुस्तक देने की बात बताई। साथ ही दो दिन ऊपरवाले की अनुपस्थिति में उसके मन की क्या हालत हुई, इसका बयान किया। एकलव्य ने कहा-

एकलव्य - रविवार को देर से उठने के पैटर्न के कारण मैं अपना ही नुकसान किए जा रहा हूँ।

ऊपरवाला - हाँ, सत्य की खोज में पैटर्न ही सबसे बड़ी बाधा है। सबसे पहले इस पर ही काम करना चाहिए। अच्छा, अब बाकी बातें कल करेंगे।

एकलव्य ऊपरवाले का इशारा समझकर उससे कल मिलने का वादा लेकर अपने घर चला आया।

खण्ड १

नौ कारणों के बीच अपना लक्ष्य

6

खुद खुदा जुदा

आज एकलव्य तड़के ही उठ बैठा। दुःख के अन्य कारणों को जानने की उत्सुकता में उसने सुबह के कार्य शीघ्रता से पूर्ण किए। चूँकि पिछले दो दिनों से सुबह-सुबह ऊपरवाले से बातचीत नहीं हो पाई थी इसलिए एकलव्य आज ऊपरवाले से मिलने के लिए बहुत ही लालायित था। उसने सोचा कि 'ऊपरवाले की चार बातें सुनकर ही मैं फूल सा हलका महसूस कर रहा हूँ, सारी बातें जानकर तो मैं आसमान में सैर करने लगूँगा। खैर एकलव्य, अभी तो तुम्हें ज़मीन पर सैर के लिए जाना है।' यह सोचकर वह मन ही मन हँस पड़ा और घर से बाहर चल दिया। सामने ही उसे ऊपरवाला जाते हुए दिखाई दिया। फिर क्या था, दोनों एक साथ हो लिए।

एकलव्य - आज मैं दुःख के सभी कारणों को गहराई से समझना चाहता हूँ ताकि अपने जीवन से 'दुःख' इस शब्द को ही मिटा दूँ।

ऊपरवाला - तुम्हारा इरादा तो बहुत नेक है लेकिन इसके साथ ही साथ बताई हुई बातों पर तुम्हें काम करना होगा ताकि यह ज्ञान तुम्हारे जीवन का अभिन्न अंग बन जाए।

एकलव्य - जी, बिलकुल।

ऊपरवाला - इंसान के दुःख के कई कारण होते हैं। आज हम उनमें से पहले कारण के बारे में जानेंगे।

इंसान के दुःख का सबसे पहला कारण है, **'खुदा से जुदा होना, खुद बनना और उलटा हो जाना।'**

एकलव्य - (मन ही मन में बुदबुदाते हुए) खुदा से जुदा होना, उलटा होना,

क्या यही कहा आपने या मैंने उलटा सुना।

ऊपरवाला – 'खुदा से जुदा होना, खुद बनना और उलटा हो जाना', इस पंक्ति पर यदि तुम गहराई से मनन करोगे तो इसका अर्थ स्पष्ट होगा कि खुदा से जुदा होना यानी खुदा को भूल जाना और खुद बनना यानी अपने आपको एक अलग व्यक्तित्व मान लेना। यहाँ पर खुदा का अर्थ किसी मूरत से नहीं है बल्कि खुदा का अर्थ है – स्रोत, स्वअनुभव, सेल्फ, स्वसाक्षी जो हर एक के अंदर है। जिसके होने से ही इस संसार का निर्माण हुआ है। इंसान अपने सच्चे स्वभाव को भूलकर सभी दुःखों को आमंत्रित करता है और उन्हें भुगतता है। स्वयं को भूलकर सब कुछ उलटा-पुलटा हो जाता है।

अतः 'खुदा से जुदा होना, खुद बनना और उलटा हो जाना' दुःख की शुरुआत है। खुद (khud) शब्द को उलटा किया तो दुःख (dukh) शब्द बनता है। इंसान के दुःख का पहला कारण वह स्वयं है मगर वह इसे मानने को तैयार नहीं होता। वह हमेशा यह शिकायत करता है कि 'मेरे दुःख का कारण कोई और है।' यदि वह अपनी शिकायत पर गौर करे तो उसे पता चलेगा कि उसकी शिकायत में ही जवाब छिपा है कि दुःख का असली कारण वह खुद ही है।

एकलव्य – क्या आप मुझे यह गूढ़ बात कोई उदाहरण देकर नहीं बता सकते?

ऊपरवाला – नहीं..., मैं तुम्हें एक नहीं तीन उदाहरण दूँगा।

राजू ने अपने पिताजी से कहा, 'आज मास्टरजी ने मेरी बहुत पिटाई की।' इस पर पिताजी ने राजू से कहा, 'स्कूल में ज़रूर तुमने कोई शरारत की होगी।' राजू ने तपाक से उत्तर दिया, 'बिलकुल नहीं, मैंने कोई शरारत नहीं की बल्कि मैं तो कक्षा में अपनी बेंच पर चुपचाप सोया हुआ था।'

इससे तुम्हें समझ में आया होगा कि राजू की शिकायत में ही उसका जवाब छिपा है। यदि कोई कक्षा में सो जाए तो मास्टरजी द्वारा उसकी पिटाई नहीं होगी तो क्या होगा!

एकलव्य केवल मुस्कराकर रह गया।

ऊपरवाला – इंसान किस तरह दूसरों को अपने दुःख का कारण समझता है, इसे एक और किस्से से समझो।

किसी होटल में पार्टी चल रही थी। एक सज्जन ने देखा कि एक मोटी औरत अंदर आते हुए दरवाज़े में फँस गई है। यह देख उसने अपने बाजूवाले इंसान को कोहनी मारते हुए कहा, 'यह मोटी, काली औरत कौन है, जो दरवाज़े में फँस गई है? उस औरत को देखकर बाजूवाले इंसान ने रूखे स्वर में कहा, 'वह कोई और नहीं बल्कि मेरी ही पत्नी है।' यह सुनकर वह सज्जन शर्मसार हो गया और घबराते हुए बोला, 'माफ कीजिए मुझसे गलती हो गई।' इस पर उस इंसान ने कहा, 'नहीं, गलती तुमसे नहीं बल्कि मुझसे हुई है। तुम क्यों ख्वाहमख्वाह परेशान हो रहे हो ?'

एकलव्य - हा...हा...हा...। यह चुटकुला है या चोट है?

ऊपरवाला - न चुटकुला है, न चोट है, यह सत्य की सोच है, जिसकी आज के दुःखी समाज को ज़रूरत है। जब इंसान दुःख का कारण ढूँढ़ता है तब उसे पता चलता है कि वह खुद ही अपने दुःख का कारण है। मगर इंसान कारण को समझे बिना हमेशा यही सोचता रहता है कि 'कोई और सुधर जाए, कोई और बदल जाए, कोई और सत्संग में जाए, कोई और डॉक्टर के पास जाए तो मैं दुःख से मुक्त हो जाऊँगा।'

एकलव्य - आप ऊपर रहकर क्या यही सब देखते हैं? आपका जवाब नहीं! क्या तीसरा उदाहरण भी एक चुटकुले के रूप में है?

ऊपरवाला - इसका फैसला तुम करो।

किसी शिक्षक ने अपने एक शरारती विद्यार्थी से कहा, 'मुझे तुम्हारे पिताजी से मिलना पड़ेगा।' इस पर विद्यार्थी ने तुरंत जवाब दिया, 'ज़रूर मिलिए, मेरे पिताजी दिमाग के अच्छे डॉक्टर हैं। आपको तो उनसे ज़रूर मिलना चाहिए।'

एकलव्य - (हँसते हुए) आप दुःख की दवा हँसाकर पिलाना चाहते हैं।

ऊपरवाला - यही सही नियम है लेकिन पहले चुटकुले के पीछे की सोच समझो। चुटकुला भूल गये तो चलेगा। वास्तव में शिक्षक विद्यार्थी के पिताजी को उसकी कमजोरियों के बारे में इत्तला करना चाहते थे मगर उस विद्यार्थी को यही लगा कि शिक्षक अपने दिमाग का इलाज करवाने के लिए उसके पिताजी से मिलना चाहते हैं। चूँकि शिक्षक उसे बहुत डाँटा करते थे तो उसे लगता था कि 'शिक्षक का दिमाग खराब है, जिस वजह से वे मुझे सदा डाँटते रहते हैं और मुझे दुःख भुगतना

पड़ता है।' वह यह नहीं समझ पा रहा था कि शिक्षक के डाँटने का कारण उसकी खुद की कमजोरियाँ हैं, न की शिक्षक का पागलपन। इन तीनों उदाहरणों द्वारा तुम्हें समझ में आया होगा कि हर एक इंसान अपने ढाँचे के अनुसार दुःख भोगता है।

एकलव्य - इसका अर्थ यह हुआ कि इंसान का दुःख स्वनिर्मित है!

ऊपरवाला - हर इंसान अपनी सोच के अनुसार दुःख की कथा बनाता है, जो उसे सही लगती है। दुःख से बाहर आने के लिए उसे हकीकत जानना जरूरी है। जैसे बच्चों और उनके अभिभावकों के बीच अकसर अनबन होती हुई देखी जाती है। बच्चे कुछ चाहते हैं तो माता-पिता कुछ अलग चाहते हैं। माता-पिता अपने बच्चों की शादी के समय जाति, वर्ण, आर्थिक स्थिति, शिक्षा, पदवी आदि कई बातें देखते हैं लेकिन सबसे महत्त्वपूर्ण बात 'सत्य' को वे उपेक्षित कर देते हैं। वे कभी इस बात पर ध्यान ही नहीं देते कि बाहरी संपन्नता के साथ-साथ सामने वाले में अंदरूनी सात्विकता, नैतिकता और चरित्र की दृढ़ता है या नहीं। इन सारे गुणों को अनदेखा करके इंसान सामनेवाले को अपनी अपेक्षाओं के ढाँचे में बिठाना चाहता है और अपेक्षाभंग का दुःख भोगता है।

इन्हीं सद्गुणों के अभाव में अज्ञानवश इंसान खुद ही अपने जीवन में वे सारी चीजें आमंत्रित करता है, जो दुःख लाती हैं, फिर उस दुःख को वह बढ़ावा भी देता है। इसके बाद दुःख का सिलसिला ही शुरू हो जाता है। हालाँकि वह खुद भी दुःख में नहीं रहना चाहता मगर समझ न होने की वजह से, वह उस दुःख को भी भुगतता है, जो उसे नहीं दिया गया है। इस तरह इंसान स्वनिर्मित दुःख के जाल में फँसता चला जाता है। वह इस बात को जान ही नहीं पाता, कोई बताये तो मान ही नहीं पाता।

एकलव्य- बहुत खूब! जान नहीं पाता... कोई बताये तो मान नहीं पाता... इंसान के साथ ऐसा ही होता है। आपकी इस बात पर मेरे मन में सवाल उठ रहा है कि क्या मेरे पिताजी की बीमारी भी स्वनिर्मित थी? उन्होंने तो कभी नहीं सोचा था कि उन्हें कोई तकलीफ हो, बीमारी हो।

ऊपरवाला - कोई भी इंसान कभी ऐसा कहता या सोचता नहीं है कि मुझे कोई बीमारी हो जाय या मेरे साथ कोई दुर्घटना हो जाय लेकिन जब वह किसी बीमार इंसान को देखता है या कोई दुर्घटना होते हुए देखता है तब उसके मन में डर की

भावना पैदा होती है। इस डर की भावना पर जब इंसान ज़रूरत से ज़्यादा फोकस (ध्यान) करता है तब वह अनजाने में उन घटनाओं को अपनी ओर आकर्षित करता है।

फिल्मों में अकसर दिखाया जाता है कि किसी इंसान के साथ दुर्घटना हो गई और उसे अस्पताल में भरती किया गया। लोग पुष्पगुच्छ लेकर उससे मिलने जाते हैं। यह दृश्य देखकर इंसान कल्पना करने लगता है कि 'मैं भी दुर्घटनाग्रस्त हो गया हूँ, मैं भी बीमार हो गया हूँ और लोग मेरे लिए भी पुष्पगुच्छ लेकर आ रहे हैं। काश... ऐसा होता तो कितना अच्छा होता।' फिल्मों में ये सब देखना अच्छा लगता है मगर इंसान यह नहीं जानता कि इन दृश्यों को देखकर वह कौन से विचार अपने अंदर ले रहा है। टी.वी. पर समाचार देखकर वह बेहोशी में नकारात्मक चीज़ों को ही आमंत्रित करता है। जब इंसान अज्ञान में होता है तब अकसर उससे यह गलती होती है। विवेक जागने पर यह समझ में आता है कि इस तरह सोचने की कोई आवश्यकता नहीं है। छोटे बच्चे अनजाने में ऐसे ऑर्डर देते रहते हैं और फिर सालों बाद उसका परिणाम आता है तो वे यही कहते हैं कि 'मेरे जीवन में यह घटना किसी और की वजह से हुई है।'

इस तरह इंसान खुद ही बेहोशी में दुःख का निर्माण करता है। वह जो सदा देखता रहता है, जिस चीज़ से बेवजह भयभीत होता रहता है, उसे ही आकर्षित करता है और वैसा ही अपने जीवन में भी होते हुए देखता है।

एकलव्य - अरे! यह बात तो बड़ी जादुई लगती है। आज तक मैंने ऐसा सोचा ही नहीं था। रोज़मर्रा के जीवन में कितनी ही बातों को देखकर हम भयभीत होते रहते हैं कि हमारे साथ यह न हो जाए, वह न हो जाए। अब मैं समझा कि भय की यह भावना ही अनचाही घटनाओं को बुलावा देती है। क्या मुझे भय से मुक्त होने के लिए और जानकारी मिल सकती है?

ऊपरवाला - ठीक है, आज तुम मेरे घर चलो, मैं तुम्हें 'भय के बारूद से कैसे बचें' नामक एक पुस्तक देता हूँ। उसे पढ़कर तुम भय की भावना को सही ढंग से समझ पाओगे।

बातें करते-करते वे घर के नज़दीक पहुँच गए। एकलव्य ऊपरवाले के साथ कुछ ही देर में उसके घर पहुंचा। घर के दरवाज़े पर लगी नेमप्लेट देखकर वह चौंक

उठा। नेमप्लेट पर नाम के बदले लिखा था–'क्या आप दुःख में भी खुश रह सकते हैं?' एकलव्य ने सोचा, 'यह भी कोई बात हुई?' उसने जैसे ही ऊपरवाले से इसका कारण पूछा तो ऊपरवाले ने उसे एक पुस्तक थमाकर 'कल मिलेंगे' कहकर मंद स्मित किया और दरवाज़ा बंद कर लिया।

एकलव्य कभी नेमप्लेट तो कभी पुस्तक को देखता रहा... होश आते ही वह नीचे उतर आया। घर आकर वह अपनी नित्य की दिनचर्या में जुट गया। उसने सोचा कि कल नेमप्लेट के बारे में ऊपरवाले से ज़रूर पूछूँगा। सारा दिन जब भी समय मिला एकलव्य ऊपरवाले की बातों में खोया रहा।

दिनभर की भागदौड़ के बाद रात को भोजन उपरांत एकलव्य अपने प्रिय स्थान घर की बाल्कनी में जा बैठा और जीवन की घटनाओं पर मनन करने लगा। अचानक उसे वे घटनाएँ क्यों हुईं, इसका जवाब साफ-साफ दिखाई देने लगा। एकलव्य को अपने सवाल का जवाब मिल चुका था कि प्रमोशन लिस्ट में उसका नाम क्यों नहीं आया। उसे महसूस हुआ कि मन ही मन तो वह अपने प्रमोशन की प्रार्थना किया करता था लेकिन दूसरी तरफ उसे यह खयाल भी सताता था कि प्रमोशन होने पर क्या वह इतनी बड़ी ज़िम्मेदारी अपने कंधों पर उठा पाएगा? उसे स्पष्ट हुआ कि इस विचार के कारण उसने स्वयं ही अपने प्रमोशन में रुकावट डाल रखी है। उसे इस बात की दृढ़ता हुई कि इस दुःख का असली कारण वह खुद ही है।

अगले दिन दुःख का दूसरा कारण जानने की उत्कंठा में उसने सहज ही नींद को गले लगा लिया।

7

खुशी रोकने का बटन

प्रातः चिड़ियों की चहचहाहट से एकलव्य की नींद टूटी। प्रसन्नचित्त मन से वह सुबह की सैर के लिए निकल पड़ा। उसे डर था कि कहीं ऊपरवाला उससे पहले ही सैर के लिए न निकल जाए। उसे अपने पाँच मिनट जाया करना भी मंज़ूर न था। उसने सोचा कि कल से हम घर से निकलने का समय ही निश्चित कर लेंगे ताकि कोई आगे-पीछे न निकले।

बिल्डिंग के गेट पर दोनों की मुलाकात हो गई।

ऊपरवाला - आज तुम बहुत प्रसन्न दिखाई दे रहे हो!

एकलव्य - हाँ, कल रात मनन के द्वारा मुझे इस बात की दृढ़ता हुई कि मैं खुद ही अपने दुःख का कारण हूँ। यह समझ ही मुझे बहुत खुशी दे रही है।

मुझे आपसे एक सवाल पूछना है कि आपने अपने घर की नेमप्लेट पर अपना नाम लिखने के बदले 'क्या आप दुःख में भी खुश रह सकते हैं?' ऐसा क्यों लिखा है?

ऊपरवाला - क्योंकि यही मेरा नाम है।

एकलव्य - वह कैसे?

ऊपरवाला - किसी इंसान का काम ही उसका नाम होना चाहिए। काम ही उसकी पहचान होनी चाहिए।

एकलव्य - यानी आप दुःख में भी खुश रहने की कला से भली-भाँति परिचित हैं!

ऊपरवाला एकलव्य की बात सुनकर मुस्कराने लगा। उसकी मुस्कराहट में ही

उसका जवाब छिपा हुआ था।

एकलव्य – मैं भी यह कला आपसे सीखना चाहता हूँ। मैं हमेशा आपके पास रहना चाहता हूँ, आप मेरा साथ कभी न छोड़ें।

ऊपरवाला – साथ छोड़ने की बात ही कहाँ आती है? मैं तो हमेशा से ही तुम्हारे साथ हूँ। (मुस्कराते हुए) यहाँ तक कि तुम्हारी ही बिल्डिंग में रहता हूँ।

ऊपरवाले का यह विचित्र जवाब सुनकर एकलव्य असमंजस में पड़ गया। उसके मन में विचार उठा कि ऊपरवाला सदा से ही मेरे साथ है अर्थात ऊपरवाला है कौन? वह किस दृढ़ता से यह कह रहा है?

एकलव्य को एहसास हुआ कि ऊपरवाला औरों से कुछ अलग है। उसमें एक अलग ही दिव्यत्व है। ऊपरवाले की बातें उसे सत्य प्रतीत हुईं। उसने ऊपरवाले से पूछा-

एकलव्य – अगर आप मेरे साथ सदा से ही हैं तो मैं जीवन में दुःख क्यों मनाता आ रहा हूँ?

ऊपरवाला – इसका जवाब ही दुःख का दूसरा कारण है। इंसान को दुःख में रहने की आदत पड़ गई है और वह दुःख से बाहर निकलना ही नहीं चाहता। इस आदत की वजह से आज तक तुम दुःख मनाते आए हो। इसे एक मज़ेदार उदाहरण से समझो –

पति ने अपनी पत्नी से खुश होकर कहा, 'मुझे पागलखाने में नौकरी मिल गई है।' इस पर पत्नी ने पति से पूछा, 'क्या तुम्हें पागलखाने में काम करने का कोई तजुर्बा है?' तब पति ने पत्नी को तुरंत जवाब देते हुए कहा, 'नहीं, मुझे पागलखाने में काम करने का कोई तजुर्बा तो नहीं है मगर तुम्हारे साथ तीस साल से जो रह रहा हूँ।'

एकलव्य – (हँसते हुए) क्या आप कोई चुटकुलों की किताब पढ़ रहे हैं?

ऊपरवाला – नहीं, मैं चुटकुलों की किताब लिख रहा हूँ।

एकलव्य – यानी आप लेखक भी हैं।

ऊपरवाला – फिलहाल मैं तुम्हें दुःख का दूसरा कारण समझा रहा हूँ, पहले उसे सुनो।

आज तक कुदरत द्वारा दुःख लाने के लिए कोई व्यवस्था नहीं की गई है। सारी व्यवस्था खुशी लाने के लिए ही की गई है मगर अज्ञान जो करवाए कम है। ज्ञान मिलने पर इंसान को यह समझ में आता है कि हमारे जीवन में जो अस्वीकार का अवरोध है, वह अवरोध यानी स्पीड ब्रेकर ही खुशी को हमारी ओर आने से रोक रहा है। खुशी उपलब्ध है ही, प्रकाश उपलब्ध है ही, उसे रोकने के लिए इंसान जो व्यवस्था कर बैठा है सिर्फ उसे ही तोड़ना है।

एकलव्य – कैसी व्यवस्था?

ऊपरवाला – इसे ऐसे समझो कि रोशनी लाने का एक बटन होता है। बटन दबाते ही चारों ओर रोशनी फैल जाती है। आज तक ऐसा कोई बटन नहीं बना है, जिससे हम अंधेरा ला सकें। जिस प्रकार अंधेरा लाने का कोई बटन नहीं होता, उसी प्रकार दुःख लाने का भी कोई बटन नहीं होता। बटन होता है सिर्फ खुशी लाने का, रोशनी लाने का। हाँ, ऐसा ज़रूर हो सकता है कि इस बटन को बंद करके इंसान अपने जीवन में रोशनी और खुशी को आने से रोके। लोग अपने जीवन में खुशियों को आने से रोकते हैं इसलिए उनके जीवन में दुःख और अंधेरा आता है।

एकलव्य – तो क्या इंसान आदतन खुशी के बटन को बंद कर रहा है?

ऊपरवाला – वास्तव में इंसान के अंदर सतत् खुशी का अनुभव चल ही रहा है, उसके अंदर सतत खुशी की लहर बिजली की तरह दौड़ ही रही है मगर इंसान को खुशी का बटन बंद करने की आदत पड़ चुकी है। बचपन से उसकी वैसी ही प्रोग्रामिंग हो चुकी है। अतः यंत्रवत उसका हाथ हमेशा, खुशी को रोकने का बटन दबाता रहता है। जैसे नींद में भी लोग लाइट का बटन चालू-बंद कर लेते हैं। उन्हें पता होता है कि बटन कहाँ है इसलिए अंधेरे में भी उनका हाथ ठीक वहीं पर जाता है। वैसे ही अज्ञान में लोग दुःख में दुःख का बटन यानी रोशनी को रोकने का, खुशी को रोकने का बटन दबाते रहते हैं। अब यह तय हो जाए कि दुःख लाने के लिए कुदरत ने कुछ नहीं किया है मगर दुःख में रहने की आदत की वजह से इंसान उससे बाहर आने के लिए कुछ करना नहीं चाहता।

एकलव्य – मेरी समझ से तो हर इंसान खुशी पाने के लिए बेचैन है। यह कैसे हो सकता है कि इंसान दुःख से बाहर आने के लिए कुछ करना ही न चाहे!

ऊपरवाला – इसे ऐसे समझो कि कोई जब उसे सत्संग में चलने के लिए

कहता है या कोई अच्छी पुस्तक पढ़ने के लिए बाध्य करता है तो आदत से लाचार इंसान कहता है कि 'नहीं, मुझे आज टी.वी. पर अपना पसंदीदा कार्यक्रम अथवा खेल देखना है। दिनभर की परेशानियों के बाद मैं टी.वी. देखता हूँ तो मुझे दुःख से थोड़ी राहत मिलती है।' इस तरह इंसान को दुःख में रहने की आदत पड़ गई है। उसे केवल दुःख से राहत चाहिए, मुक्ति नहीं। इस आदत के कारण वह बेहोशी में वही घिसे-पिटे जवाब देता है। इसे एक हवलदार के उदाहरण से और अच्छी तरह से समझो।

आधी रात को पत्नी ने अपने हवलदार पति को नींद से जगाया और कहा, 'देखो, कुछ आवाज़ें आ रही हैं, लगता है घर में चोर घुस आया है।' तब हवलदार ने अपनी पत्नी से कहा, 'सो जाओ, मुझे परेशान मत करो, मैं इस वक्त ड्यूटी पर नहीं हूँ।'

एकलव्य – ही...ही...ही..., क्या कोई इतना पागल हो सकता है?

ऊपरवाला – बिलकुल इस तरह नहीं लेकिन कुछ इस तरह ही इंसान मूर्खता करता है। अब उदाहरण बताने का कारण समझो। अनेक हवलदारों की आदत ऐसी होती है कि वे थोड़ा बहुत जो भी काम करते हैं, ड्यूटी के वक्त में ही करते हैं। अतः पत्नी के जगाने पर भी उसे यह समझ में नहीं आया कि उसके ही घर में चोर घुस आया है और उसके ही घर में चोरी हो रही है। इस तरह अपनी पुरानी आदत की वजह से वह अपना ही नुकसान कर रहा है। अपने ही घर में चोर को चोरी करने की खुली छूट दे रहा है। हालाँकि उस वक्त वह ड्यूटी पर है या नहीं, यह सवाल ही नहीं उठता बल्कि उसे तो तुरंत अपनी ज़िम्मेदारी समझनी चाहिए थी।

ठीक इसी तरह दुःख आए तो तुरंत क्रिया होनी ही चाहिए, मनन होना ही चाहिए, खोज होनी ही चाहिए, कोई भी बहाना नहीं बनाना चाहिए।

एकलव्य – बात तो बिलकुल ठीक लगती है किंतु... (थोड़ा सोचकर) क्या किसी ने इस विषय पर काम किया है या मार्गदर्शन दिया है?

ऊपरवाला – हर युग में मार्गदर्शन दिया गया है, हर काल में खोज हुई है।

बुद्ध को जब दुःख आया तब बुद्ध ने कौन सी क्रिया की? उस वक्त उन्होंने यह नहीं सोचा कि 'मैं ड्यूटी पर हूँ या नहीं' बल्कि यह सोचा, 'क्या हम ऐसे ही

जीएँगे...? क्या हम भी ऐसे ही कभी बीमार पड़ेंगे...? क्या एक दिन हम भी बूढ़े होकर मर जाएँगे...? क्या यही जीवन है...? इन सब बातों का कुछ तो हल होना चाहिए।' इस तरह की प्रतिपुष्टि यानी आंतरिक फिडबैक, जो उन्हें अपने अंदर से मिली, इतनी ज़ोरदार थी कि वही उनके खोज का बल बन गई।

एकलव्य - आपकी बातें सुनकर मुझे एक बड़ी शिफ्टिंग मिली कि इंसान का दुःख ही उसकी खोज का बल बने। मैंने दुःख को इस नज़र से कभी देखा ही नहीं था। मुझे एक बात समझ में नहीं आ रही है कि बुद्ध ने अपनी खोज में दुःख को बल बनाया तो हम ऐसा क्यों नहीं कर पाते?

ऊपरवाला - क्योंकि इंसान अपनी आदत से मजबूर है। इंसान को जब दुःख आता है तब वह उस दुःख से मुक्ति का रास्ता खोजने के बजाय अपनी आदत के मुताबिक कहता है कि 'मेरा यह समय टी.वी. देखने का है, मेरा यह समय आराम करने का है... मेरा यह समय अखबार पढ़ने का है... मेरा यह समय घूमने जाने का है... इत्यादि।' आदतन इंसान कहता है कि दुःख में खोज करने के लिए मेरे पास समय नहीं है क्योंकि उसे दुःख में रहने की आदत पड़ चुकी है। जिस चीज़ की आदत पड़ जाती है, इंसान उसे बेहोशी में बार-बार दोहराता रहता है।

केवल इस आदत की वजह से घर में जब सब कुछ राजी-खुशी चल रहा होता है तब भी लोग एक-दूसरे को चिढ़ाकर, झगड़ा करके, दुःख को आमंत्रित करते हैं और फिर बैठकर उसे सुलझाते हैं। झगड़ा सुलझने के बाद सभी बैठकर प्रेम-प्यार से होटल से खाना मँगवाकर खाते हैं तब कहीं जाकर सभी को अच्छा लगता है। इससे समझो कि इंसान द्वारा पहले दुःख निर्मित किया जाता है, फिर उसे सुलझाया जाता है क्योंकि इंसान को बिना दुःख के रहना अच्छा ही नहीं लगता। आदत की वजह से वह बिना कारण दुःख को आमंत्रित करता रहता है।

एकलव्य - इंसान को दुःख की आदत कैसे पड़ती है?

ऊपरवाला - इंसान को दुःख की आदत एक दिन में नहीं पड़ती। बचपन से आस-पास के लोगों द्वारा उसे बहुत प्रशिक्षण दिया जाता है तब कहीं जाकर उसे दुःख की आदत पड़ती है। दुःख की आदत पड़ने में इंसान को कई साल लग जाते हैं।

एकलव्य - अब मुझे इस आदत को तोड़ना ही है।

ऊपरवाला – यदि तुम्हें अपनी इस आदत को तोड़ना है तो क्या सोचते हो तुम, इसे तोड़ने के लिए तुम्हें कितने दिन लगेंगे? २००८ ! १००८ ! या १०८ दिन ? यह आदत १०८ दिनों में भी टूट सकती है। हो सकता है कि कुछ लोगों को इससे भी कम समय लगे। कुछ बातें तर्क में नहीं बैठतीं इसलिए जल्दी विश्वास नहीं आता मगर जैसे ही वे बातें तुम अमल में लाओगे, उन पर सही ढंग से खोज करोगे तो देखोगे कि दुःख में रहने की आदत टूट गई है।

एकलव्य – मुझे अपनी दुःख करने की आदत जल्द से जल्द तोड़नी है। इसके लिए मैं १०८ दिनों का संकल्प करने के लिए तैयार हूँ। मैं आपकी बताई हुई बातों को अमल में लाऊँगा।

इतना कहकर एकलव्य ने ऊपरवाले से विदा ली और अपने घर की ओर चल पड़ा।

आज एकलव्य बड़े आराम में था क्योंकि आज उसने एक दिन की छुट्टी ले रखी थी। आज भारत और पाकिस्तान के बीच होने वाली क्रिकेट मैच का वह भरपूर आनंद लेना चाहता था। घर पहुँचकर उसने देखा कि माँ और बहन के बीच एकलव्य की शादी को लेकर वाद-विवाद छिड़ा हुआ है। एकलव्य को इन हालात में शादी का निर्णय लेना मुश्किल लग रहा था। 'इस विषय पर हम फिर कभी चर्चा करेंगे', कहकर एकलव्य ने सीटी बजानी शुरू कर दी। माँ कुछ कहे उसके पहले ही एकलव्य अपने कमरे में खिसक गया। माँ की आवाज़ें कुछ देर तक उसे सुनाई देती रहीं।

उसने सारा दिन भारत-पाकिस्तान क्रिकेट मैच देखने में व्यतीत किया। मैच में भारत की हार के कारण वह उदास हो गया। ऊपरवाले द्वारा बताई हुई शिक्षाओं में वह अपनी उदासी का कारण ढूँढ़ने लगा पर उसे जवाब न मिला। कल सुबह ऊपरवाले से इस बारे में पूछने की ठानकर वह सो गया।

8

सीक्रेट इज़ सी ग्रेट

सुबह उठते ही अपनी उदासी का निवारण करने के लिए एकलव्य रोज़ की अपेक्षा जल्दी ही सैर के लिए निकल पड़ा। ऊपरवाले ने उसे खिड़की से देखा और वह भी नीचे उतर आया।

ऊपरवाला - आज तुम उदास दिखाई दे रहे हो?

एकलव्य - (व्यथित होकर) कल भारत और पाकिस्तान के बीच खेले गए क्रिकेट मैच में भारत खेल हार गया इसलिए मैं दुःखी हूँ। मैंने अपने मित्र से शर्त लगाई थी कि भारत ही जीतेगा पर मेरा अनुमान गलत साबित हुआ।

ऊपरवाला - यदि कोई देश क्रिकेट मैच हार जाए तो उस देश के लोगों को बड़ा दुःख होता है। तुमने अपने मित्र से यह शर्त लगाई थी कि भारत क्रिकेट मैच जीत जाएगा मगर वह हार गया। अब ज़रा गौर से सोचो कि हकीकत में तुम्हारे दुःख का कारण क्या है? क्या शर्त हार जाना तुम्हारे दुःख का कारण है या तुम्हारा अनुमान गलत सिद्ध हुआ, इस बात का तुम दुःख मना रहे हो? अपने देश के प्रति आसक्ति तुम्हारे दुःख का कारण है या पड़ोसियों (पड़ोसी देश) का सुख तुम्हारा दुःख है?

एकलव्य - बाप रे, इतनी गहराई! आपने तो दुःख की पोथी ही खोल दी। मुझे तो इन कारणों पर काफी मनन करना होगा।

ऊपरवाला - ईमानदारी से मनन करने के उपरांत तुम्हें समझ में आएगा कि कई बार पड़ोसी का सुख ही हमारे दुःख का कारण होता है।

इंसान के दुःख का तीसरा कारण यही है- पड़ोसी का सुख यानी किसी और का सुख। किसी और को सुख मिल रहा है, यह देख इंसान दुःखी हो जाता है। इंसान को जब कोई सुख नहीं मिलता तो उसे कोई दिक्कत नहीं होती लेकिन जब

पड़ोसी को सुख मिलता है तो उसे दिक्कत होने लगती है। यदि पड़ोसियों के सारे सुख समाप्त हो जाएँ तो इंसान के पचास प्रतिशत दुःख तुरंत समाप्त हो जाएँगे। इस तरह पड़ोसियों का सुख लोगों में नफरत जगाता है। कुदरत का यह अटूट नियम है कि जिस चीज़ को देखकर इंसान नफरत करता है, वह चीज़ उसके पास नहीं आती। पड़ोसी की खुशी देखकर यदि तुम्हारे अंदर नफरत जागे तो तुम्हारे जीवन में कभी भी खुशी नहीं आएगी। पड़ोसी की खुशी देखकर यदि तुम खुश होगे तो खुशी तुम्हारे पास अवश्य आएगी।

एकलव्य – क्या इस बात को समझाने के लिए आपके पास कोई और उदाहरण नहीं है?

ऊपरवाला – नफरतीलाल है न।

एकलव्य – मैं समझा नहीं।

ऊपरवाला – नफरतीलाल एक काल्पनिक किरदार है, जो हमें बहुत कुछ सिखाएगा।

नफरतीलाल नामक इंसान जब भी पैसा कमाने जाता है तब उसके पीछे भैंसा पड़ जाता है। उसे आश्चर्य होता है कि ऐसा क्यों होता है? वह सोचता है, 'मैं कोई अन्य काम करने जाता हूँ तो भैंसा मेरे पीछे नहीं आता मगर जब भी मैं कमाने जाता हूँ पैसा तब पीछे पड़ता है भैंसा। आखिर ऐसा क्यों होता है?' नफरतीलाल ने इसके कारणों की बहुत छान-बीन की। अंत में उसने आत्मपरीक्षण किया और जाना कि उसके विचार ही इन सारी बातों की जड़ हैं।

एकलव्य – विचार किसी बात की जड़ कैसे हो सकते हैं?

ऊपरवाला – इसे ऐसे समझो कि नफरतीलाल जब पैसे कमाने निकलता है तब उसके मन में ये विचार आते हैं कि 'पड़ोसी ने कार खरीद ली, मैं तो अब तक स्कूटर भी नहीं खरीद पाया... फलाँ इंसान का तो बंगला बन गया... मेरा तो अपना मकान तक न बन सका। पड़ोसी से मिलने ऊँचे और रईस खानदान के मेहमान आते हैं... हमसे मिलने, हमारी शान बढ़ाने कोई नहीं आता...।' जब नफरतीलाल ऐसा सोचता है तब वह पीतल यानी दुःखी बन जाता है और नफरत में, गुस्से से लाल हो जाता है। अब लाल हो गया तो भैंसा पीछे आएगा ही। लाल रंग देखकर भैंसा

ही तो पीछे आता है।

एकलव्य - (हँसते हुए) आपका काल्पनिक पात्र तो बड़ी मज़ेदार समस्या में उलझा हुआ है।

ऊपरवाला - हाँ, समस्या मज़ेदार है लेकिन कारण गंभीर है क्योंकि इस उदाहरण से तुमने समझा होगा कि जिस बात को लेकर इंसान किसी दूसरे से नफरत करता है, वह बात इंसान के जीवन में कभी नहीं आ पाती। इस नफरत के कारण वह पूर्ण रूप से नकारात्मक भाव से भर उठता है। नकारात्मक भाव नकारात्मकता को ही आकर्षित करता है। इस तरह लाल रंग (नकारात्मक भाव) को देखकर भैंसा (नकारात्मक परिणाम) बार-बार पीछे पड़ जाता है।

ये सारी बातें सुनकर एकलव्य को समझ मिली कि वह खुद ही भैंसों को निमंत्रण दे रहा है। पड़ोसी का सुख (पड़ोसी देश की जीत, मित्र से शर्त हारना) ही उसके लिए दुःख बन गया है।

एकलव्य - आपने मुझे हँसाते-हँसाते गंभीर कर दिया।

ऊपरवाला - जिस इंसान के अंदर नफरत है, उसे किसी और दुश्मन की आवश्यकता ही नहीं है। उसे दुःखी होने के लिए केवल नफरत ही काफी है। दूसरों के लिए अपने मन में नफरत पालकर इंसान अनजाने में अपना ही दुश्मन बन बैठता है। तुम्हें अपना दुश्मन नहीं बनना है। अनजाने में इंसान दूसरों के सुख से नफरत करके अपना सुख रोक देता है। अतः नफरत को समझ की मशाल से भस्म करना चाहिए। नफरत खुशी को रोकने का बटन है। जिस दिन तुम दूसरों की खुशी में खुश होने की आदत डाल लोगे, उसी दिन तुम देखोगे कि तुम्हारे जीवन में हर सुख आ रहा है, तुम्हारी खुशी बढ़ती जा रही है।

एकलव्य - तो क्या मैं पड़ोसी की खुशी देखकर ताली बजाऊँ? क्या ऐसा करने से मेरे जीवन में खुशी आएगी?

ऊपरवाला - ताली या गाली के पीछे की भावना उसे असरदार, मज़ेदार, बेअसर या बदतर बनाती है। नफरत की भावना इंसान को पीतल बनाती है। इसलिए इंसान के अंदर की नफरत जड़ सहित नष्ट होनी चाहिए। वरना कोई अपने पड़ोसी की ऊपरी तौर पर प्रशंसा करे कि 'मेरे पड़ोसी के पास कार है, बंगला है, मोटर है,

गाड़ी है, जिसकी मुझे बहुत खुशी है' मगर वास्तव में वह अंदर से जलता ही रहे तो ऐसा व्यवहार उसे पीतल बनाता है, मैगनेट नहीं। जो मैगनेट बनते हैं, चुंबक बनते हैं, उनके पास खुशी आती है। जो पीतल बनते हैं, उनसे खुशी दूर भागती है।

एकलव्य - दूसरों की खुशी में खुश होना चाहिए, दिल तो यह मान रहा है लेकिन दिमाग अब भी तर्क संगत जवाब चाहता है।

ऊपरवाला - हृदय की आवाज़ को खुलने दो, बढ़ने दो तब तक तर्क को कुतर्क बनने मत दो। पड़ोसी के सुख में जब तुम खुश होना सीख जाओगे तब खुशी तुमसे दूर नहीं रहेगी। यदि पड़ोसी के घर में टेलिफोन आ गया तो संभावना है कि भविष्य में तुम्हारे घर में भी आसानी से टेलिफोन की लाइन ली जा सकती है।

एकलव्य - अरे! इस नज़र से तो मैंने घटनाओं को देखा ही नहीं था। अगर पड़ोसी के घर टेलिफोन की लाइन आ गई है तो मेरे घर तो बहुत जल्द आ सकती है। पड़ोसी की सुख-समृद्धि को मैं यदि खुशी की नज़र से देखूँ तो सुख- समृद्धि मेरे द्वार पर ज़रूर आएगी। मुझे अब यह बात सुतर्कपूर्ण लग रही है। ये देखो, आपकी संगत में मैं भी बड़े-बड़े शब्द कहने लगा।

ऊपरवाला - शब्द तो कुल्फी की डंडी हैं। कुल्फी बोध का प्रतीक है। बोध ग्रहण करने में शब्द मदद करें तो कोई दिक्कत नहीं।

एकलव्य ऊपरवाले की ओर एकटक देखता रहा। कुल्फी और कुल्फी की डंडी दोनों का आस्वाद लेता रहा।

एकलव्य - अच्छा, ज़रा यह बताइए कि मेरे जीवन में अच्छी चीज़ें आकर्षित करने के लिए मुझे और क्या-क्या करना चाहिए?

ऊपरवाला - किसी चीज़ के इंसान तक पहुँचने से पहले बीच में कुछ कदम होते हैं। आओ समझते हैं कि ये कदम क्या हैं। सबसे पहले खुशी पर नज़र रखो। कोई चीज़ अगर तुम्हें दिखाई देगी तो ही वह तुम्हारे पास आ सकती है। यदि वह दिखाई ही न दे तो पास कैसे आएगी? यहाँ एक छूटी हुई कड़ी है, जिसे ठीक से समझो। किसी चीज़ को यदि तुम खुशी की नज़र से देखते हो तो वह चीज़ अपनी तरफ लाने में तुम उसे बल देते हो और यदि तुम उसे दुःख की नज़र से देखते हो तो उस चीज़ के आने में तुम रुकावट डालते हो। जीवन का नियम भी यही है कि

किसी चीज़ को दु:ख की नज़र से देखने पर वह तुम्हारे पास नहीं आती। सुख को दु:ख से देखा तो वह तुम्हारे पास नहीं आएगा। सुख चाहता है कि 'तुम उसे खुशी से देखो।' सुख प्राप्ति का यह नियम है कि 'सुख देखकर खुश होना शुरू कर दो।' फिर वह सुख किसी का भी हो- चाहे पड़ोसी, मित्र, रिश्तेदार या अनजान इंसान का हो। किसी खुश इंसान को देखकर तुमने खुश होना शुरू कर दिया तो यह खुशी को अपनी तरफ लाने का एक शक्तिशाली कदम होगा।

अपने इर्द-गिर्द जो कुछ भी अच्छा चल रहा है, उसका निरीक्षण करने की आदत विकसित करो। टी.वी. सीरियल देखते समय भी यही देखो कि कौन से किरदार खुश हैं। यह सच है कि सीरियल में बहुत कम संख्या में खुश लोग दिखाई देंगे मगर जितने भी दिखाई दें, उन पर ही अपना ध्यान रखो।

मन में नफरत का भाव न रखते हुए अपना ध्यान खुश लोगों पर रखने से तुम्हारे पास खुशी आने लगेगी। खुशी का सहज-सरल राज़ है **'बढ़िया देखें, सी-ग्रेट इज सीक्रेट।'**

एकलव्य - क्या बात है! सी-ग्रेट इज सीक्रेट।

ऊपरवाला - बिलकुल, इसे अपने जीवन का अंग बनाना इससे भी बड़ी बात है। जब भी बीच में समय मिले तो अपने आस-पास जो अच्छा चल रहा है, उसे देखो। यदि तुम खुद अच्छाई देखने का प्रयत्न नहीं करोगे तो लोग तो बैठे ही हैं टी.वी., अखबार, न्यूज़ चैनल के ज़रिए तुम्हें दु:ख दिखाने के लिए। फिर गलत खबरें देखकर इंसान अनजाने में गलत चीज़ों को आकर्षित करने लगता है। अतः अब होश के साथ हर चीज़ को सही ढंग से देखने का प्रयत्न करो। टी.वी. हो या अखबार उसमें भी खुश-खबर ही देखो। इस तरह अपने चारों ओर लोगों की खुशियों को देखो और उन्हें महसूस करो।

जब तुम लोगों के लिए मंगलमय भावना रखोगे, उनके लिए प्रार्थना करोगे, उनके सुख में खुश होगे तब भाव के प्रभाव से तुम्हारे जीवन में भी खुशी अवश्य प्रवेश करेगी।

एकलव्य- सी-ग्रेट इज़ सीक्रेट यह बड़ा ही शक्तिशाली कदम आज आपने मुझे बताया है। अब अगला कदम जानने के लिए मैं बहुत ही उत्सुक हूँ।

ऊपरवाला - दूसरा कदम है- दिखावटीपन से बाहर रहना, इंसान को जब तक

बुरा बनने का मौका नहीं मिलता तब तक वह अच्छा बना रहता है, दिखावे के लिए वह बहुत भला बना रहता है। मगर जैसे ही उसे सामनेवाले को, फिर चाहे वह उसका भाई हो या बॉस, बहू हो या सास, नीचा दिखाने का पहला मौका मिलता है तो वह मौकापरस्त बन जाता है।

जैसे एक कर्मचारी और उसके वरिष्ठ अधिकारी के बीच जो वार्तालाप हुआ, उसे सुनकर आरंभ में तुम्हें लगेगा कि कर्मचारी को अपने वरिष्ठ अधिकारी के प्रति कितना आदर है। मगर पूरा वार्तालाप सुनकर चित्र कुछ अलग ही नजर आएगा।

अधिकारी कर्मचारी से : अंदर आओ, कुर्सी पर बैठो।

कर्मचारी : नहीं, मैं आपके सामने कुर्सी पर नहीं बैठ सकता, मेरे लिए स्टूल ही ठीक है। मैं आपकी इज़्ज़त करता हूँ, इस तरह आपके सामने कुर्सी पर बैठकर मैं आपकी तौहीन नहीं कर सकता।

अब कर्मचारी के शब्द सुनकर, अधिकारी को अपने प्रति गर्व महसूस होता है और उसे मज़ाक सूझता है।

अधिकारी : (मज़ाक में चुटकी लेते हुए) अच्छा, अगर मैं स्टूल पर बैठ जाऊँ तो तुम क्या करोगे?

कर्मचारी : तब मैं दरी यानी कारपेट पर बैठ जाऊँगा।

अधिकारी : अगर मैं दरी पर बैठ जाऊँ तो तुम क्या करोगे?

कर्मचारी : तो मैं ज़मीन पर बैठ जाऊँगा।

अधिकारी : मैं ज़मीन पर बैठ जाऊँ तो तुम क्या करोगे?

कर्मचारी : मैं गड्ढा खोदकर उसके अंदर बैठ जाऊँगा।

अधिकारी : अगर मैं उस गड्ढे में बैठ जाऊँ तो तुम क्या करोगे?

कर्मचारी : फिर मैं उस गड्ढे को मिट्टी से भर दूँगा।

एकलव्य – हा... हा... हा..., (कुछ क्षण कहकहे लगाने के बाद) आप मनोवैज्ञानिक भी लगते हैं।

ऊपरवाला – यह मन का विज्ञान नहीं, अज्ञान है। इस उदाहरण से यह भी

समझो कि सिर्फ दिखावे के लिए तुम्हें किसी का शुभचिंतक नहीं बनना है। लोगों के मंगल के लिए जब तुम्हारे अंतर्मन से प्रार्थना निकलती है तब तुम सकारात्मक मैगनेट बनते हो। ऐसा करके तुम दूसरों पर एहसान नहीं करते बल्कि यह एहसान तुम अपने आप पर ही करते हो। दूसरों की खुशी देखकर खुश होना शुरू करोगे तो देखोगे कि तुम्हारे आँगन में खुशियों की बहार आ जाएगी।

नफरत और नकारात्मक सोच से अनचाही बातें जीवन में चींटी की रफ्तार से आती हैं इसलिए इंसान यह जान ही नहीं पाता कि ये चीज़ें उसकी तरफ धीरे-धीरे सरक रही हैं। वह जितना ज़्यादा नकारात्मक बातों पर ध्यान देता है, उतनी आसानी से नकारात्मक घटनाएँ उसके जीवन में प्रवेश करती हैं। इंसान सोचता है कि 'मैंने तो ऐसा कभी नहीं सोचा था, फिर यह बुरा व्यवहार मेरे साथ कैसे हुआ?' हालाँकि उसे यह नहीं पता कि उसने एक दिन बैठकर ये सब नहीं सोचा बल्कि सालों से नकारात्मक सोचने और देखने की उसकी आदत रही है, जिस कारण पड़ोसी का सुख उसे सदा से खलता आया है और जो खुशी उसकी तरफ आ रही थी, वह भी रुक गई है।

एकलव्य - काश! कोई मुझे पहले यह समझाता कि मेरी नकारात्मक सोच की वजह से मैंने ही खुशी का रास्ता रोक रखा है तो मैं कब से खुश होना शुरू कर देता। चूँकि मैं जानता नहीं था इसलिए मैं लोगों के सुख को खुशी से नहीं देख पाता था। जैसे अश्विन की प्रगति, मिस्टर द्रोणनाथन का अश्विन के प्रति रुझान, इन सभी बातों को मैं दुःख की नज़र से देखता रहा लेकिन अब ऐसा नहीं होगा। अब मुझे समझ में आ रहा है कि हर हाल में खुश रहना कितना महत्वपूर्ण है।

ऊपरवाला- हाँ, खुश लोगों की वजह से ही यह विश्व चल रहा है। विश्व में आज भी कुछ लोग खुश दिखाई देते हैं, यह बहुत बड़ी कृपा है। अगर कोई भी खुश नहीं दिखायी देता तो लोगों के पास खुशी आने का सवाल ही नहीं था। जिस दिन पृथ्वी पर एक भी खुश इंसान नहीं बचेगा, समझना कि पृथ्वी उस दिन खत्म हो गई। लोग तो अनुमान लगाते रहते हैं कि 'इस-इस तारीख तक दुनिया खत्म हो जाएगी।' मगर ऐसे लोगों को बताया जाना चाहिए कि 'अभी पृथ्वी पर बहुत से खुश लोग मौजूद हैं। अभी दुनिया समाप्त होने की कोई संभावना नहीं है।'

एकलव्य - (हँसते हुए) और आगे भी नहीं होगी क्योंकि ये खुश लोग ही खुश

लोगों की एक नई फौज बनाएँगे।

ऊपरवाला- खुश लोगों के होने से कुदरत के नियमों का पालन अपने आप होता ही है और खुद-ब-खुद सकारात्मक चीज़ें बढ़ने लगती हैं। ईश्वर इस पृथ्वी को उच्चतम अवस्था तक ले जाना चाहता है। जैसे कोई इंसान खिलौना भी बनाता है तो धीरे-धीरे करके उसमें हर बार नई चीज़ें जोड़ता जाता है कि इसमें यह सुविधा भी हो, वह व्यवस्था भी हो। आजकल के आधुनिक इलेक्ट्रॉनिक उपकरणों में तरह-तरह की सुविधाएँ उपलब्ध हैं। हर नई चीज़ में आपको ज़्यादा से ज़्यादा सुविधाएँ दिखाई देती हैं क्योंकि ईश्वर चाहता है पृथ्वी पर हरदम कुछ नया, अनोखा और अजूबा घटित हो तथा आगे का विकास हो। ईश्वर चाहता है कि मानव का अगला संस्करण उच्चतम हो। ईश्वर कहीं भी, कभी भी रुकना नहीं चाहता।

कुछ लोग जब ईश्वर का कार्य करने के लिए तैयार होते हैं तब उनके द्वारा बड़ी संभावनाएँ प्रकट होती हैं। उनके अंदर स्पष्टता यानी दूरदृष्टि तथा विवेक दृष्टि तैयार होती है। वे हर पल खुश रहना शुरू कर देते हैं। आस-पास चाहे जो भी हो, वे खुश रहना सीख लेते हैं। ऐसे ही लोग अव्यक्तिगत जीवन जीकर विश्व की बड़ी सेवा करते हैं।

एकलव्य - आपकी बातें सुनकर मेरे अंदर भी अव्यक्तिगत सेवा का भाव ज़ोर पकड़ रहा है। अब तक मैं सिर्फ अपनी ही खुशी के बारे में सोचा करता था लेकिन अब मैं चाहता हूँ कि सारा विश्व ही आनंदित हो। इसके लिए मैं क्या करूँ?

ऊपरवाला - विश्व को आनंदित करने की तुम्हारी इच्छा तो बहुत ही नेक है। इसके लिए पहले लोगों को प्रेमभरी नज़र से देखना शुरू करो ताकि उनका दुःख कुछ हलका हो जाए। यह एक बड़ी सेवा है। तुम्हारे अंदर यह समझ भी विकसित हो जाए कि अब तुम्हें पड़ोसियों की खुशियों को देखना सीखना है। साथ ही दूसरों को दुःखी देखकर उन्हें यह याद दिलाओ कि उनके पास क्या-क्या चीज़ें हैं, जिन्हें देखकर वे खुश रह सकते हैं। अकसर इंसान अपने पास की वस्तुओं को अनदेखा करता है और जो नहीं है, उसके लिए दुःख मनाता है। अतः अब तुम्हारी यह ज़िम्मेदारी है कि तुम हर एक को उसकी गुणवत्ता, कुशलता, विशेषता, श्रेष्ठता, सौजन्यता की याद दिलाओ।

एकलव्य - क्या हर इंसान में गुण होते हैं?

ऊपरवाला - हर इंसान, हर वस्तु में गुण होते हैं। बंद घड़ी भी दिन में दो बार सही समय बताती है।

एकलव्य - वाह, आपके द्वारा मिली समझ और तरीका दोनों लाजवाब हैं।

ऊपरवाला - खुश होने के लिए सिर्फ यह समझ ही काफी है। कुदरत का यह सिद्धांत इंसान की समझ में आ जाए तो वह खुश होना शुरू कर देगा, न कि यह सोचेगा कि 'पहले मेरा फलाँ-फलाँ काम हो जाए, मेरी सगाई हो जाए, रिजल्ट आ जाए, मैं पास हो जाऊँ, लड़का हो जाए, घर बन जाए, कार आ जाए, जन्मदिन या नया साल आ जाए, फिर मैं खुश होऊँगा।' जब इंसान को खुशी का रहस्य समझ में आ जाएगा तब वह खुश होने के लिए सुखद घटना होने का इंतज़ार नहीं करेगा बल्कि हमेशा खुश रहेगा।

यूँ बातें करते-करते कब घर नज़दीक आ गया, यह एकलव्य को पता ही नहीं चला। एकलव्य को अब ऑफिस दिखाई देने लगा। एकलव्य के मन में खयाल आया कि ऊपरवाले को कभी घर जाने की जल्दी ही नहीं होती। क्या ये कहीं काम नहीं करता?

एकलव्य - आप कभी ऑफिस जाते दिखाई नहीं देते? क्या आप नाइट शिफ्ट में काम करते हैं?

ऊपरवाले ने मुस्कराते हुए जवाब दिया

ऊपरवाला - मैं नाइट शिफ्ट में नहीं बल्कि होल शिफ्ट में काम करता हूँ। घर पर ही मेरा ऑफिस है। मैं घर से ही ऑपरेट करता हूँ।

एकलव्य को यह जवाब कुछ अटपटा सा लगा। न कोई स्टाफ..., न ऑफिस का फर्नीचर...! इनके बिना यह क्या और कैसे काम करता होगा...! छोड़ो, मुझे इससे क्या लेना-देना कि वह क्या करता है? वह जो भी करता हो करे मगर उसकी बातें सुनकर मेरे जीवन में परिवर्तन हो रहा है, यही मेरे लिए बड़ी बात है।

एकलव्य - अब तक आपने दुःख के इतने कारण बताए, जिस वजह से मैं जीवन की छोटी-मोटी घटनाओं में आसानी से दुःख से बाहर आ पा रहा हूँ। अब मैं दुःख का अगला कारण जानने के लिए उत्सुक हूँ।

ऊपरवाला - हाँ, ज़रूर लेकिन अब परसों तक के लिए इंतज़ार करो।

9

दुःख का दुःख

आज की सुबह एकलव्य को बड़ी खुशनुमा लगी। कल शुक्रवार होने के कारण ऊपरवाले से मुलाकात न हो सकी थी। अतः आज वह इस प्रतीक्षा में था कि कब ऊपरवाले से आगे की बातें सुने। प्रातः की ठंढी बयार का आनंद उठाते हुए आज दोनों एक ही समय पर सैर के लिए निकल पड़े।

ऊपरवाला - परसों तुम दुःख का अगला कारण जानने के लिए बहुत उत्सुक थे। अतः आज मैं वह कारण न बताकर तुम्हें दुःखी नहीं करूँगा।

एकलव्य - धन्यवाद, मैं उसकी ही प्रतीक्षा कर रहा हूँ।

ऊपरवाला - लो, मैं तुम्हारी प्रतीक्षा का अंत किए देता हूँ। दुःख का चौथा कारण है- दुःख का दुःख करना।

एकलव्य - दुःख का दुःख करना...! ये भी कोई कारण हुआ!

ऊपरवाला - हाँ, दुःख का दुःख करना ही इंसान के दुःख का बहुत बड़ा कारण है। मैं तुम्हें सर्कस के जोकर का उदाहरण बताता हूँ, जिससे तुम्हें समझ में आएगा कि जिस तरह सर्कस में जोकर का आना सामान्य बात है, उसी तरह जीवन में दुःख का आना भी स्वाभाविक है। यह समझ मिलने पर इंसान दुःख का दुःख करना बंद कर देता है तथा दुःख को दुनिया की सर्कस का जोकर मानकर मुस्कराना सीख लेता है।

एकलव्य - अरे वाह! आपने तो दुःख का नाम ही बदल दिया। दुःख - दुनिया की सर्कस का जोकर! कृपया इसे और स्पष्ट करें।

ऊपरवाला - जब तुम सर्कस देखने जाते हो तब जोकर देखकर क्या तुम्हें बुरा

लगता है? क्या तुम्हें यह दुःख होता है कि 'अरे! सर्कस में जोकर क्यों आया?'

एकलव्य – नहीं तो।

ऊपरवाला – बल्कि सर्कस में जोकर को देखकर तुम खुश होते हो और कहते हो, 'सर्कस है तो जोकर आएगा ही।' जिस प्रकार सर्कस में जोकर आता ही है, उसी प्रकार पृथ्वी पर इस जीवन रूपी सर्कस में दुःख आता ही है। इसे ही तथाकथित (so-called) दुःख कहा गया है। सर्कस के जोकर को देखकर तुम्हें बुरा नहीं लगता तो पृथ्वी के जोकर यानी दुःख को देखकर बुरा क्यों लगता है? पृथ्वी पर दुःख आना सामान्य बात है, उसका मातम मत मनाओ। उस जोकर पर गुस्सा मत करो कि 'हमें देखकर यह हँसता क्यों है? हमारा मज़ाक क्यों उड़ाता है?' कुछ दुःख तुम्हें देखकर हँसते हैं, उससे तुम परेशान न हो।

एकलव्य – पृथ्वी पर यदि दुःख आना स्वाभाविक ही है तो आप दुःख में खुश रहने के लिए क्यों कह रहे हैं?

ऊपरवाला – यदि तुमने मेरी बातों का ऐसा अर्थ लिया है तो तुमने असली बात समझी ही नहीं। मैं जब भी 'दुःख' शब्द का इस्तेमाल करूँगा तब समझना कि उसका अर्थ तथाकथित दुःख है। इंसान जिसे दुःख समझता है, वास्तव में वह दुःख है ही नहीं। वह तो दिखावटी सत्य है, बल है, विकास है, जोकर है।

एकलव्य – दिखावटी सत्य, बल और विकास ये सब क्या जोकर के नौकर हैं?

ऊपरवाला – ये सब तथाकथित दुःख के अलग-अलग नाम हैं। कोई एक शब्द लेकर उलझ मत जाओ। इंसान के साथ यही गलती हो जाती है कि वह सिर्फ एक उदाहरण लेकर बैठ जाता है इसलिए 'तथाकथित' शब्द बताना आवश्यक हो जाता है। कहीं कोई यह न सोच बैठे कि 'पृथ्वी पर दुःख है ही तो अब इससे मुक्ति संभव नहीं है। उसे अब ऐसे ही रोते-धोते रहना पड़ेगा' मगर ऐसा नहीं है। जब इंसान खोज करेगा तो उसे पता चलेगा कि तथाकथित दुःख मनाकर इंसान खुद ही अपनी ओर आनेवाली सकारात्मक चीज़ों को दुःख की भावना द्वारा रोक रहा है।

एकलव्य – आज तक मैं यह बात समझ न सका कि दुःख का दुःख करना ही इंसान के दुःख का कारण है। दुःख की भावना ही आनेवाले भविष्य को दुःखद बनाती है।

ऊपरवाला – यह गलती हर एक से हो रही है। अगर कुछ ही लोगों से यह गलती हो रही होती तो इंसान को शायद लगता कि 'मैं गलती कर रहा हूँ' मगर आस-पास के सभी लोग वही गलती कर रहे हैं इसलिए इंसान को यह महसूस ही नहीं होता कि वह गलती कर रहा है। सबके मन में यह बैठ गया है कि दुःख में दुःखी ही होना चाहिएमगर सच्चाई ठीक इसके विपरीत है कि कम से कम दुःख के समय में तो खुश रहना ही चाहिए। जब दिखावटी दुःख आए, तथाकथित दुःख आए तब मुस्कराना चाहिए।

एकलव्य – (मुस्कराते हुए) कितना आसान लगता है यह सुनकर लेकिन कितना कठिन है इसे निभाना लेकिन आपसे आज मुझे दुःख में दुःखी न होने की प्रेरणा मिली है। अब मैंने ठान ही लिया है कि ऑफिस में द्रोणनाथन की वजह से होनेवाले दुःख का दुःख बिलकुल नहीं करना है।

ऊपरवाला – 'पृथ्वी पर दुःख आना नॉर्मल बात है', इस पर जब तुम्हारी दृढ़ता बढ़ेगी तब तुम इसे कठिन नहीं समझोगे, तुम कहोगे कि 'दुःख है पर अब मुझे दुःख का दुःख नहीं है। शरीर को तकलीफ हो सकती है मगर उसका दुःख नहीं हो सकता।' दिक्कत अलग बात है और दुःख अलग बात है। दुःख का दुःख करना बंद करोगे तो अगली बात समझ पाओगे कि इंसान को छोड़कर पृथ्वी पर और कोई प्राणी दुःखी नहीं है।

एकलव्य – सचमुच कैसी विडंबना है। अब मुझे यह भी बताइए कि दुःख का दुःख करने का मूल कारण क्या है?

ऊपरवाला – दुःख का दुःख करने का मूल कारण है – इंसान का अज्ञानयुक्त अहंकार। इंसान हर घटना के बाद उस पर अज्ञान द्वारा विश्लेषण करता है। इससे उसके अहंकार को चोट पहुँचती है और वह दुःखी होता है। वह खुद को शरीर मानता है इसलिए दर्द को दुःख समझता है। वह सोचता है कि 'कोई बाह्य कारण ही मेरे दुःख का ज़िम्मेदार है।' इसलिए जब भी इंसान को किसी बात पर दुःख हो तब उसे अपने आपसे ईमानदारी से पूछना चाहिए कि 'यह दुःख मुझे क्यों हुआ? क्या फलाँ इंसान ने मुझे यह गाली दी इसलिए दुःख हुआ? क्या मुझे इसी गाली के साथ दुःख होता है या हर गाली के साथ होता है? क्या मुझे गधा कहा गया इसलिए दुःख हुआ? यदि शेर कहा गया होता तो क्या दुःख नहीं होता? यदि ऐसा है तो गधे

और शेर में क्या फर्क है? क्या गधे का चेहरा खराब है? गधा किस बात में कम है? आखिर दोनों जानवर ही तो हैं।' जैसे एक बार पिताजी ने बेटे से कहा, 'तुम गधे हो।' इस पर बेटे ने कहा, 'मैं गधा नहीं, शेर हूँ।' तब पिताजी ने राज़ खोला, 'तुम गधे हो या शेर आखिर हो तो जानवर ही।'

एकलव्य – (हँसते हुए) आपने तो सीधे मेरे अहंकार पर ही डाका डाल दिया।

ऊपरवाला – यही तो मुझे करना है। अहंकार पर डाका डालकर मान्यकथाओं की डकैती करनी है।

एकलव्य – आपका काम आप ही समझो। मुझे तो गधा अच्छा लगता है। मेरे पिताजी कभी-कभी मुझे प्यार से गधा कहते हैं।

ऊपरवाला – (प्यार से) हाँ, हो तो तुम गधे ही। केवल एक उदाहरण के तौर पर यह शब्द लिया है, इसके पीछे की समझ पर ध्यान दो। इस उदाहरण से समझो कि इंसान को गधा या कोई अपशब्द कहने के साथ दुःख क्यों होता है। इसके पीछे कुछ तो कारण ज़रूर होगा। हो सकता है, उसने बचपन से अपने आस-पास के लोगों द्वारा कुछ सुन रखा हो। जिस वजह से उसने यह मान्यकथा बना ली हो कि 'गधा यानी बुरा... गधा यानी बोझ ढोने वाला... गधा यानी गंदगी में रहने वाला...' इसलिए वह उस मान्यकथा में अटककर दुःख मना रहा है।

एकलव्य – यानी आपका कहना है कि मान्यकथा ही दुःख का कारण है!

ऊपरवाला – तुमने सही समझा। इस पर यदि कोई गहराई से मनन करेगा तो उसके मन में प्रश्न उठेगा कि 'मेरे अंदर गधे के बारे में ऐसी कौन सी मान्यकथा है, जिस कारण गधा कहलाने पर मुझे बुरा लगता है। यदि किसी ने गधे का पड़ोसी, गधे का बेटा या गधे का चाचा कहा होता तो क्या उतना ही दुःख हुआ होता?'

एकलव्य – नहीं, शब्द बदलते ही भावना बदलती है। तो क्या गाली मिलने पर मैं ताली बजाऊँ?

ऊपरवाला – ताली नहीं, पोस्टमार्टम करो।

एकलव्य – अब ये क्या नया बम आपने डाल दिया।

ऊपरवाला – सुनो तो, हर एक अपने साथ हुई घटना पर यदि पूरा पोस्टमार्टम

(विश्लेषण) करके देखे कि निश्चित रूप से दुःख की शुरुआत कहाँ से होती है तब उसे अपनी सोच के ठीक विपरीत जवाब मिलेगा।

गहराई से मनन करोगे तो तुम्हें समझ में आएगा कि हर शब्द के साथ इंसान की कोई न कोई मान्यता या भावना जुड़ी हुई है। हर घटना में यदि इंसान अपनी पूछताछ करेगा तो उसे ज्ञात होगा कि जब कोई गाली देता है तब उसके भीतर दर्द की भावना जागती है क्योंकि उन शब्दों को सुनते ही उस शब्द के साथ जुड़ी हुई भावनाएँ ऊपर आ जाती हैं और दुःख शुरू हो जाता है यानी इंसान की याददाश्त में उस शब्द से संबंधित जो पुरानी रेकॉर्डिंग हो चुकी है, वह शुरू हो जाती है।

एकलव्य – अब इस पुरानी रेकॉर्डिंग को कैसे तोड़ा जाए?

ऊपरवाला – उसे समझ के हथौड़े से तोड़ना होगा, डिलीट करना होगा और उसकी जगह पर नयी भावना डालनी होगी। इंसान को गधा कहने पर भी उसके मन में खुशी के भाव आ सकें, इसके लिए नई प्रोग्रामिंग करनी होगी। कम से कम उसे दुःख का दुःख तो बिलकुल न हो। इस तरह उसे अपनी पुरानी फाइल री-प्लेस करनी होगी। यह तब हो पाएगा जब 'गधा' शब्द पर उसने इतनी सारी नई बातें सोची हों कि 'गधा' शब्द सुनकर ही उसे हँसी आए। गधा शब्द सुनकर भी नकारात्मक भाव न आए तो तुम कह सकते हो कि 'अब हम इस दुःख से मुक्त हो गए, इस चीज़ का असर अब हम पर नहीं होता है, हमारी फाइल री-प्लेस हो गई।'

एकलव्य – अरे वाह, यानी अपना असली लक्ष्य पाने के लिए पृथ्वी पर दुःख के द्वारा मौका तैयार किया गया है। फाइल री-प्लेस करने का अवसर मिला है।

ऊपरवाला – यही तो पृथ्वी की खूबसूरत व्यवस्था है। दुःख आएगा तो तुम कुछ अलग बातें सोच पाओगे वरना तुम रोज़ के कामों के अलावा कुछ अलग सोच ही नहीं पाते।

किसी ने इंसान को गाली दी तो यह समस्या नहीं है, उसके साथ जो दुःख का विचार आता है, वह दुःख है। दुःख का दुःख मनाना आपकी खुशी को रोकता है। इसलिए आपको भली-भाँति पता होना चाहिए कि दुःख आना नॉर्मल बात है। दुःख का दुःख करने की कला सिर्फ इंसान को अवगत है। किसी जानवर को यह कला नहीं आती।

एकलव्य - यह कला भूलने के लिए मैं क्या करूँ?

ऊपरवाला - जितना दुःख तुम्हें मिला है उतना ही भोगो, उससे ज़्यादा न भोगो। किसी दुःख में यदि तुम्हें दो मिनट रोना है तो दो मिनट रो लो मगर दो मिनट के बाद पूर्ववत हो जाओ। जैसे बच्चे एक पल झगड़ा करते हैं तो दूसरे ही पल खेलने लगते हैं।

एकलव्य- आपकी बातें सुनकर मुझे बहुत बड़ी सीख मिली है। घर में चल रही एक समस्या का समाधान मुझे तुरंत मिल गया है।

ऊपरवाला- कौन सी समस्या?

एकलव्य- मेरी बहन अंकिता ने कॉलेज में प्रवेश पाने के लिए प्रतियोगात्मक परीक्षा दी थी। उसमें वह उत्तीर्ण न हो सकी। मैं पिछले पाँच-छ: दिनों से उसे बहुत समझा रहा हूँ मगर उसका रोना नहीं थम रहा। इस दुःख के कारण वह अन्य कॉलेज की प्रवेश परीक्षा भी नहीं दे सकी। अब मेरी समझ में आ रहा है कि दुःख का दुःख करके इंसान खुद की ही बहुत बड़ी हानि कर बैठता है। मैं उसे आगे किस तरह समझाऊँ, कृपया इस पर मार्गदर्शन दें।

ऊपरवाला - मैं बहुत खुश हूँ कि तुम्हें जो ज्ञान दिया जा रहा है, उसे तुम अपने जीवन से जोड़ पा रहे हो। अपनी बहन अंकिता से कहना-

दुःख आने पर स्वयं से पूछो कि 'मुझे कितना दुःख आया है और इस पर कितनी देर तक रोना चाहिए? फिर जो भी जवाब आए उसके अनुसार तय करके आधा घंटा..., एक घंटा..., एक दिन..., दो दिन परेशान रहो। जैसे कोई एक दिन का उपवास करता है और घर में बताता है कि 'आज मेरा उपवास है' तो कोई उसके सामने खाना लेकर नहीं आता। उसी प्रकार तुम भी अपने घरवालों को बताओ कि 'आज मैं दुःख में रहनेवाली हूँ' तो घरवाले समझ जाएँगे कि आज तुमसे ज़्यादा कुछ नहीं बोलना है। एक दिन दुःखी रहने के बाद दूसरे दिन तुम पूर्ववत, तरोताज़ा और उत्साही हो जाओगी और दुःख में दुःखी न रहते हुए उचित निर्णय ले पाओगी।'

एकलव्य - अरे वाह! आपने तो उदाहरण सहित मेरे सवाल का जवाब दिया है। आपकी बातें सुनकर यूँ लग रहा है कि इंसान साल के ३६५ दिन खुश रह सकता है।

दुःख में खुश क्यों और कैसे रहें

ऊपरवाला – हाँ, इंसान साल के ३६५ दिन खुश रह सकता है मगर पहले वह जिस कदम पर है, उस कदम से उसे ऊपर उठना होगा वरना हर दिन खुश रहने के चक्कर में एक दिन भी वह खुश नहीं रह पाएगा। कुछ लोग बहुत बड़ी-बड़ी बातें करते हैं पर उन्हें क्रियारूप में नहीं ला पाते। अतः पहले कुछ कदम उठाने शुरू करो यानी जितना दु:ख मिला है, उतना ही भुगतो, उससे ज़्यादा नहीं।

इस तरह यदि साल के ३६५ दिनों में से कुछ दिन दु:ख-भरे भी बीते तो शेष दिनों में वह खुश रहेगा। साल में १००-१५० दिन भी इंसान खुश रहा तो उसके लिए यह बेहतर होगा। वरना जो दु:ख उसके हिस्से में नहीं है, उससे कई गुना ज़्यादा दु:ख भुगतते हुए वह साल में ८-१० दिन ही खुश रह पाता है, कुछ गिने-चुने त्यौहारों पर ही आनंदित रहता है। होशियारी इसी में है कि जितना दु:ख मिला है, उतना ही भुगतो।

एकलव्य – मेरे मन में यह बात जानने की उत्सुकता बहुत बढ़ गई है कि ३६५ दिन खुश रहनेवाले इंसान का जीवन कैसा होता होगा?

ऊपरवाला – आज तक पृथ्वी पर बहुत सारे मनोशरीर यंत्र यानी इंसान हो चुके हैं, जो साल के ३६५ दिन खुश रहते थे अर्थात उन्होंने स्वअनुभव प्राप्त किया था। आज भी ऐसे लोग पृथ्वी पर मौजूद हैं। वे लोग ही ईश्वर के लिए आगे के अनुभव लाते हैं। बाकी लोग अपने जीवन में बार-बार दु:ख को ही आमंत्रित करते रहते हैं। आज तक दु:ख के जो अनुभव लिए जा चुके हैं, उन्हें ही याद कर-करके वे जीवनभर दु:खी रहते हैं। जिन शरीरों में स्वअनुभव होता है, उन शरीरों में कुछ नई, अनोखी और ईश्वरीय बातें खुलती हैं। ऐसी अवस्था के लोग पूरी तरह से दु:ख मुक्त होकर खुशी से जीवन जीते हैं। यह अवस्था हर एक को मिल सकती है क्योंकि यही सत्य है, जिसमें तथ्य है।

एकलव्य – आपकी बातें सुनकर मेरा मन अंत:प्रेरणा से भर उठा है। अब यह विश्वास हो चला है कि मेरे शरीर में भी दु:ख मुक्त अवस्था आना संभव है वरना मैं सोचा करता था कि आत्मसाक्षात्कार (स्वअनुभव) तो हमारे जैसे लोगों के लिए दुर्लभ है। यह कुछ मनोशरीर यंत्रों तक ही सीमित है। अब मुझे यकीन हो गया है कि पृथ्वी पर इंसान इस लक्ष्य को प्राप्त करने के लिए ही आया है ताकि वह पूर्णत: दु:ख मुक्त हो जाए।

ऊपरवाला – अच्छा अब बाकी बातें कल करेंगे। आज की बातों पर मनन ज़रूर करना, तब तक के लिए शुभ विचार।

इतना कहकर ऊपरवाले ने अपने घर की ओर रुख किया। एकलव्य को उम्मीद थी कि उसके वक्तव्य पर ऊपरवाला कुछ न कुछ प्रतिक्रिया ज़रूर देगा मगर उसके यूँ अचानक चले जाने पर एकलव्य कुछ पल असमंजस में खड़ा रहा। एकलव्य को ऊपरवाले के व्यक्तित्व में अपूर्व विलक्षणता दिखाई दी। उसकी स्थिरता, अनासक्ति, स्थितप्रज्ञता देखकर वह आश्चर्य में डूब गया। उसे लगा ऊपरवाला मेरे साथ होकर भी मेरे साथ नहीं होता और मेरे साथ न होकर भी मेरे साथ होता है। 'उसका होना' सर्वव्यापी है। इन विचारों के साथ एकलव्य के कदम अपने घर की ओर बढ़ गए।

■ ■ ■

प्रातः एकलव्य हड़बड़ाकर उठ बैठा। सूरज की किरणें एकलव्य के मुख पर पड़ रही थीं। 'अरे! दिन निकल आया और मैं यूँ ही सोता रहा', एकलव्य बड़बड़ाया, 'क्या अलार्म नहीं बजा?'

आज रविवार होते हुए भी एकलव्य जल्दी उठना चाहता था क्योंकि वह ऊपरवाले के साथ मॉर्निंग वॉक का एक भी मौका नहीं छोड़ना चाहता था। लेकिन अपनी आदत से लाचार एकलव्य अलार्म बजने के बाद भी जल्दी न उठ सका। अतः वह बहुत दुःखी हुआ।

एकलव्य ने मन ही मन सोचा– मैं स्वयं को कब अनुशासित कर पाऊँगा! क्या सारी उम्र ऐसे ही निकल जाएगी? पिछले रविवार को भी मैंने यही गलती दोहराई थी। अब तक तो ऊपरवाला सैर से वापस आ चुका होगा। अपनी देर से उठने की आदत पर एकलव्य ने बहुत पश्चाताप किया। उसने निश्चय किया कि आज छुट्टी के दिन अब तक के बताए चार कारणों पर मनन करके उन्हें डायरी में लिखेगा और उसने वैसा किया।

दूसरे दिन सुबह हमेशा की तरह एकलव्य सैर के लिए निकला। उसे याद था कि आज ऊपरवाला नहीं आएगा। रास्ते में वह अपने मित्र अर्जुन के बारे में सोचता रहा कि कैसे मैं उसे उसके दुःख से उबारूँ?

ऑफिस पहुँचते ही उसकी अर्जुन से मुलाकात हुई। एकलव्य ने अर्जुन से पूछा-

एकलव्य - कैसे हैं चाचा-चाची? उनके हालत में कोई सुधार आया?

अर्जुन - ठीक ही हैं। अस्पताल से तो उन्हें छुट्टी मिल गई है लेकिन अभी कई जगह प्लास्टर चढ़ा हुआ है। इस बुढ़ापे में ऐसी यातना... मुझसे तो देखा नहीं जाता। उनकी दिनभर की देखभाल के लिए मैंने एक परिचारिका रखी है। इस खर्च की भी मुझे फिक्र लगी रहती है। मुझे महसूस हो रहा है कि समस्याओं ने मुझे चारों तरफ से जकड़ लिया है।

एकलव्य - पहले मुझे यह बताओ कि मैंने दी हुई 'स्वीकार का चमत्कार' पुस्तक तुमने पढ़ी कि नहीं?

अर्जुन - तुम पुस्तक पढ़ने की बात कर रहे हो, मुझे तो दवाइयों की परचियाँ पढ़ने से फुरसत नहीं मिल रही है।

एकलव्य उसकी बात का कोई जवाब न दे पाया। उसने महसूस किया कि अर्जुन इस समय कुछ भी सुनने की हालत में नहीं है। इसे क्या सलाह दी जाए ताकि वह कुछ सोचने के काबिल तो हो जाए, इसके बारे में मुझे ऊपरवाले से ही पूछना पड़ेगा।

अर्जुन के दुःख को देखकर उसे अपना संकल्प याद हो आया। उसे महसूस हुआ कि अर्जुन की तकलीफ देखकर भी उसका मन अविचल है। पहले की तरह दूसरे के दुःख में दुःखी होना कम हो गया है। उसे अपने अंदर आए इस परिवर्तन पर सुखद आश्चर्य हुआ। एकलव्य को इस बात की अपार प्रसन्नता हुई कि कुछ ही दिन ऊपरवाले की बातें सुनकर इतना फर्क आया है तो १०८ दिनों में क्या होगा? मन ही मन ऊपरवाले के प्रति आभार मानकर वह ऑफिस के काम में जुट गया।

10

लक्ष्य पर ध्यान

आज सुबह-सुबह एकलव्य गुनगुनाते हुए ही नींद से जागा। अनायास उसके मुँह से शब्द निकल पड़े -

मेरा तो ऊपरवाला, दूजा न कोई

जाके मुख ज्ञान-वाणी, मेरा वही होई।।

एकलव्य को स्वयं की रचना पर हँसी आ गई। आज वह बहुत प्रसन्नचित्त था क्योंकि उसे अपनी अनंत संभावनाएँ दिखाई दे रही थीं। कल की घटना में स्वयं के स्थिर रहने की बात भी उसे ऊपरवाले को बतानी थी। जल्द से जल्द दुःख मुक्त होने की अभिलाषा उस पर हावी हो गई। इसी बेताबी में वह दुःख का अगला कारण जानने के लिए घर से बाहर निकल पड़ा।

बाहर ऊपरवाले को देखकर वह दौड़कर उसके पास गया और बड़ी गर्मजोशी से उसका अभिवादन किया। ऊपरवाले ने पूछा -

ऊपरवाला - आज तो तुम खुशी के साथ-साथ ऊर्जावान भी दिखाई दे रहे हो!

एकलव्य - खुद 'खुशी' मेरे साथ होते हुए मुझे खुशी और ऊर्जा की कमी कैसे हो सकती है?

ऊपरवाला - बिलकुल ठीक कहा तुमने... मगर इसी को उच्चतम खुशी मानने की गलती मत करो। जैसे-जैसे खुशी को जज़्ब करने की तुम्हारी ताकत बढ़ती जाएगी वैसे-वैसे महा खुशी तुम्हारे दरवाज़ें पर दस्तक देगी।

एकलव्य को ऊपरवाले की यह बात नहीं समझी लेकिन उसे इस बात पर

सोचने का समय ही कहाँ था। वह तो खुशी से खुशी की खोज करना चाहता था। उसने अपनी शंका को बाजू में रखकर ऊपरवाले से पूछा-

एकलव्य - आज आप दुःख मुक्ति का अगला कारण बतानेवाले हैं न!

ऊपरवाला - हाँ, आज का विषय भी यही है। कल जो तुम अपने लक्ष्य को लेकर बात कर रहे थे कि 'पृथ्वी पर इंसान इस लक्ष्य को प्राप्त करने के लिए ही आया है कि वह पूर्णतः दुःखमुक्त हो जाए' तो इसमें ही दुःख का पाँचवाँ कारण छिपा हुआ है।

एकलव्य - वह कैसे?

ऊपरवाला - इंसान का ध्यान जब अपने लक्ष्य से हट जाता है तब उसे जीवन में दुःख दिखाई देने लगता है। अपने लक्ष्य से ध्यान हट जाना ही इंसान के दुःख का पाँचवाँ कारण है।

एकलव्य - मैं कुछ समझा नहीं।

ऊपरवाला - इसे ऐसे समझो कि इंसान के विचारों में दो बातें एक साथ नहीं रहतीं। जब वह एक बात पर ध्यान देता है तब दूसरी बात रुकी रहती है। पहली बात से ध्यान हटने पर ही वह दूसरे विषय पर जा पाता है। इस नियम के अनुसार इंसान का ध्यान जब अपने लक्ष्य से हट जाता है तब उसे दुःख दिखाई देने लगता है। उस वक्त इंसान खुद को याद दिलाए कि 'अपना लक्ष्य' क्या है।

एकलव्य - हाँ, अपना लक्ष्य क्या है?

ऊपरवाला - अपना।

एकलव्य - मतलब?

ऊपरवाला - अपना लक्ष्य है 'अपना।'

एकलव्य - आप पहेलियाँ क्यों बुझा रहे हैं?

ऊपरवाला - यह पहेली नहीं, तुम्हारे सवाल का एक शब्द में जवाब है।

एकलव्य - वह कैसे?

ऊपरवाला - अपना का अर्थ है अ.प.न.आ. (APNA)

अ – A : का अर्थ है अकंप यानी अपने मन को अकंप बनाना

प – P : का अर्थ है प्रेमन यानी अपने मन को प्रेममयी बनाना

न – N : का अर्थ है निर्मल यानी अपने मन से नफरत की मैल निकालना

आ – A : का अर्थ है अखण्ड आज्ञाकारी यानी अपने मन को धीरज के साथ आज्ञाकारी बनाना

इस तरह मन को 'अपना' बनाना ही अपना असली लक्ष्य है। मन अकंप, प्रेमन, निर्मल और आज्ञाकारी तब बनेगा जब वह अखण्ड बन जाएगा अर्थात उसके भाव, विचार, वाणी और क्रिया एक हो जाएँगे। ऐसे मन को लेकर जब इंसान इस पृथ्वी से वापस जाएगा तब वह आगे की यात्रा में महानिर्वाण निर्माण यानी उच्चतम चेतना के स्तर पर कार्य कर पाएगा।

एकलव्य – मन को 'अपना' बनाना इतना महत्वपूर्ण है, यह तो मैंने सोचा ही नहीं था। इंसान तो आज तक भौतिक सुख-सुविधाओं में ही उलझा हुआ है। उसी में अपनी खुशी ढूँढ़ रहा है।

ऊपरवाला – तुमने ठीक समझा। आज इंसान का ध्यान अपने लक्ष्य से इसलिए भी हट गया है क्योंकि उसे लगता है कि पैसा कमाना ही उसका परम लक्ष्य है। उसे नहीं पता कि पैसा रास्ता है, मंज़िल नहीं। लोगों से यह गलती हो जाती है कि वे पैसे को ही अपना लक्ष्य बना लेते हैं। पैसा सुविधा है, मज़बूत रास्ता है मगर मंज़िल नहीं है। सिर्फ करियर बनाकर, पैसे कमाकर, शादी करके, बच्चे पैदा करके, उन बच्चों का करियर बनाकर, उनके बच्चों को पालकर मर जाना, अपना लक्ष्य नहीं है। जीवन में इन घटनाओं के साथ अगर इंसान का मन अकंप, प्रेमन, निर्मल और आज्ञाकारी नहीं बन रहा है तो वह बिना अपना असली लक्ष्य पाए, दुःखी रहकर पृथ्वी से कूच कर जाएगा।

एकलव्य – मैंने तो अपने आसपास के लोगों को कभी 'अपना' लक्ष्य पर बात करते हुए नहीं सुना है।

ऊपरवाला – तुम्हारा कहना सही है। लोगों के बीच सर्वेक्षण करके देखोगे तो तुम्हें पता चलेगा कि लोगों ने जीवन में यह लक्ष्य कभी बनाया ही नहीं। अतः तुम आज से ही 'अपना' लक्ष्य अपनाओ। दूसरों की अच्छाइयों पर फोकस करके अपने

अंदर अच्छे गुण बढ़ाओ। फिर सच्चाई ही तुम्हारी अच्छाई होगी और अच्छाई ही तुम्हारी सच्चाई होगी।

एकलव्य - वाह, आपके जवाब का कोई जवाब नहीं। अपना लक्ष्य अपना, पैसा रास्ता है मंज़िल नहीं, सच्चाई ही हमारी अच्छाई है। मैं निःशब्द हो रहा हूँ।

ऊपरवाला - (कुछ देर के मौन के बाद) तुम्हारा लक्ष्य तुम्हारे सामने है और तुम चुप हो।

एकलव्य - (आँसुओं को रोकते हुए) सब आपकी कृपा है।

ऊपरवाला - चलो इस पेड़ के नीचे बैठकर एक मौन-मनन ब्रेक लेते हैं।

पेड़ के नीचे एकलव्य अपनी अवस्था में शांत बैठा रहा। उसे अपनी अवस्था पर आश्चर्य भी हो रहा था। पहली बार उसका अपने लक्ष्य से साक्षात्कार हुआ था। दूसरी तरफ ऊपरवाला अपनी आँखें बंद किए हुए न जाने किस अवस्था का साक्षात्कार कर रहा था। एकलव्य जब बोलने की स्थिति में आया तब उसने कहा -

एकलव्य - लक्ष्य और दुःख का संबंध आज मुझे समझ में आया है।

ऊपरवाला - (आँखें खोलकर) हाँ, जब तुम अपने लक्ष्य पर ध्यान रखोगे तब तुम खुद तो दुःख के आँसुओं से मुक्त होगे ही, दूसरों को भी दुःख मुक्त करने के लिए निमित्त बनोगे।

एकलव्य - मेरे अंदर खुद दुःख मुक्त होकर औरों के लिए निमित्त बनने की अभिलाषा जाग उठी है। इसके लिए मुझे क्या करना होगा?

ऊपरवाला - इसके लिए तुम्हें अपने लक्ष्य पर ध्यान केंद्रित करना चाहिए। इंसान की नज़र जब अपने लक्ष्य से हट जाती है तब उसे दुःख दिखाई देना शुरू होता है। जैसे बच्चों को खेलते-कूदते हुए देखकर माता-पिता को बहुत आनंद आता है। फिर कुछ देर बाद जब माता-माता का ध्यान बच्चों से हटकर आस-पास फैले कीचड़ और गंदगी पर जाता है तब वे दुःखी हो जाते हैं। उसी तरह जीवन में 'अपने लक्ष्य' से नज़र हटाने पर इंसान को दुःख दिखाई देने लगता है। अतः अपने लक्ष्य को मत मिटाओ, सतत अपनी नज़र अपने लक्ष्य पर ही रखो।' खुद दुःख मुक्त होने पर ही तुम लोगों के लिए सही निमित्त बन पाओगे।

एकलव्य - आज के आधुनिक युग में टी.वी., इंटरनेट, अखबार, मीडियावाले हिंसा और अपराध की वारदातें दिखा-दिखाकर लोगों को अपराध करने के लिए बढ़ावा दे रहे हैं। उन्हें लगता है कि ऐसे कार्यक्रमों द्वारा वे समाज से हिंसा और अत्याचार खत्म कर देंगे मगर मुझे नहीं लगता है कि ऐसा होता है। इन कार्यक्रमों को देखकर लोग और भ्रमित हो जाते हैं। इसके बारे में आप क्या कहेंगे ?

ऊपरवाला - तुम्हारी बात सोलह आने सच है। कुदरत का यह नियम है, 'जिस चीज़ पर नज़र रखोगे, वह बढ़ती है।' इंसान को तय करना चाहिए कि उसे जीवन में किसे बढ़ावा देना है। यदि इंसान माया की तरफ आकर्षित होगा तो वह अपने लक्ष्य से हट जाएगा। जिस प्रकार गुण दिखा-दिखाकर, अच्छाइयों पर फोकस करके गुण बढ़ाए जा सकते हैं, उसी प्रकार टी.वी. और अखबार में अपराध दिखा-दिखाकर अपराध को ही बढ़ावा दिया जा रहा है। अपराध की घटनाओं को देखकर अनजाने में हमारे अंदर की अपराध भावना बढ़ती है इसलिए उससे नज़र हटानी चाहिए। यह इंसान के तर्क में नहीं बैठता। उसे तो लगता है कि टी.वी., अखबार, इंटरनेट के ज़रिए वह अपनी जगह बैठे-बैठे ही पूरे विश्व की जानकारी हासिल कर रहा है। मगर उन्हें देखकर, सुनकर वह अपने आस-पास के लोगों में, सोसायटी में, घर में नकारात्मक बातें ही फैला रहा है। यह बात वह खुद भी नहीं जानता। घंटे-घंटों नकारात्मक घटनाएँ देखकर इंसान अनजाने में उन चीज़ों को अपने जीवन में आकर्षित करता है। यदि कोई ऐसा सालों से कर रहा है तो निश्चित ही उसे पीतल यानी दुःखी बनते देर नहीं लगेगी। इसलिए पहले अपने आपको सकारात्मक मैग्नेट बनाना सीखो यानी हर घटना को खुशी की नज़र से देखना सीखो।

एकलव्य - क्या आप मुझे विस्तार से बता सकते हैं कि सकारात्मक मैग्नेट बनने के लिए मुझे और किन-किन बातों पर ध्यान देना चाहिए?

ऊपरवाला - सकारात्मक मैग्नेट बनने के लिए सबसे पहले दुःखी होना बंद करना होगा तथा मन को 'अपना' बनाना होगा। अकसर देखा गया है कि लोग दुःखी होकर समस्या को मिटाने की कोशिश करते हैं लेकिन समस्या पूरी तरह से जड़ तक नहीं मिटती और कुछ समय बाद वापस समस्या अपनी जड़ पकड़ लेती है। समस्या को समूल नष्ट करने के लिए आपको खुशी का चुंबक बनना होगा। खुशी का चुंबक बनकर आपको अपने तथा दूसरों के जीवन से दुःख दूर करना होगा।

एकलव्य – खुशी का चुंबक! सकारात्मक मैग्नेट इन शब्दों से मुझे प्रेरणा मिल रही है। इनका वास्तविक अर्थ क्या है? खुशी का चुंबक कैसे बना जा सकता है?

ऊपरवाला – अपने मन को निर्मल बनाकर तुम खुद-ब-खुद खुशी का चुंबक बन जाओगे। तुम्हारे जीवन में रोज़ मैल निकालने यानी मन को निर्मल, प्रेमन, अकंप बनाने के मौके आ रहे हैं। रोज़मर्रा होनेवाली घटनाओं को मौका समझो। जैसे किसी टंकी में भरा पानी ऊपर से साफ देखकर इंसान खुश होता है कि पानी साफ है मगर उस पानी को हिलाया जाए तो पानी की तली में बैठी गंदगी ऊपर आ जाती है और सारा पानी मटमैला हो जाता है। तब इंसान को पता चलता है कि वास्तव में पानी साफ नहीं था। उसे स्वच्छ करने के लिए इस गंदगी को निकालना ज़रूरी है। तभी वह पानी सच्चे अर्थ में निर्मल कहलाएगा।

एकलव्य – अच्छा... जब जीवन में कोई दु:ख नहीं होता, सब कुछ मन मुताबिक चल रहा होता है तब वास्तव में कचरा तली में बैठा हुआ होता है!

ऊपरवाला – हाँ, तुमने ठीक सोचा। ऐसी अवस्था में इंसान कहता है कि 'मेरे जीवन में कोई मैल नहीं है, मेरा मन तो निर्मल है लेकिन वह बड़े धोखे में है। तुम्हें इस धोखे में नहीं रहना है और तली में बैठे कचरे को अनदेखा नहीं करना है। दु:खद घटनाओं के तूफान में सारा कचरा दृष्टिपथ में आ जाता है। अत: इन घटनाओं को कचरा निकालने का मौका बनाएँ।

एकलव्य – अब मुझे समझ में आ रहा है कि मेरे अंदर कितना कचरा भरा पड़ा है। उसे निकालने के लिए तो पता नहीं कितना समय लगेगा!

ऊपरवाला – एकलव्य, इतने अधीर मत बनो। यह कचरा निकालने के लिए ही तो तुम पृथ्वी पर आए हो। पृथ्वी पर इसके लिए ही इंसान को समय और मौका दिया गया है। इंसान को जो उम्र दी गई है, उसके एक चौथाई हिस्से में यह मैल निकल सकती है, इसका अर्थ इंसान को चार गुना ज़्यादा समय दिया गया है। लेकिन इंसान उस पर काम नहीं करता, समझ न होने की वजह से उसके अंदर मैल वैसी की वैसी ही रह जाती है। इंसान के जीवन में आनेवाला हर मौका 'अपना लक्ष्य' का हिस्सा है। हर मौके पर काम करने के लिए अपने मन को निर्मल, अकंप, प्रेमन और आज्ञाकारी बनाना है। यही अपना लक्ष्य है। इस तरह अपना लक्ष्य पाकर इंसान दु:ख से मुक्त हो सकता है।

एकलव्य - मैं तो अब तक सोचता था कि करियर बनाना, नौकरी में उच्च पद प्राप्त करना ही मेरा मुख्य लक्ष्य है। क्या यह अपना लक्ष्य नहीं है?

ऊपरवाला - यह बात ठीक से समझो कि इंसान का एक अपना लक्ष्य होता है और एक व्यक्ति लक्ष्य होता है। आजीविका चलाने के लिए अलग-अलग व्यवसाय अपनाना व्यक्ति लक्ष्य है। जैसे डॉक्टर, कारपेंटर, इंजीनियर, चित्रकार, प्रोड्युसर आदि। आजीविका के लिए इंसान जो लक्ष्य बनाता है, वह तो पूर्ण होगा ही पर उसका मूल लक्ष्य है कुल-मूल उद्देश्य (अपना लक्ष्य) प्राप्त करना। अपना लक्ष्य है मन को 'अपना' बनाना।

एकलव्य - क्या अपना लक्ष्य पाकर इंसान धन-दौलत, गाड़ी, बंगले का मालिक भी बन सकता है?

ऊपरवाला - अगर इंसान मन को 'अपना' बना पाए तो यह उसकी सबसे बड़ी दौलत होगी। इसके सामने हर दौलत फीकी है। जिन्होंने अपना लक्ष्य 'अपना' बनाया है, वे ही संपूर्ण सफल हैं। चाहे लोग उनकी हरदम तारीफ होते हुए नहीं देखते या उन्हें बड़े पद, शोहरत, ताज, बंगला, गाड़ी मिलते हुए नहीं देखते। अतः लोगों को उनका बाहरी जीवन देखकर यह प्रेरणा नहीं मिलती कि हम 'अपना लक्ष्य' प्राप्त करें। मगर जो दूरदर्शिता रखते हैं, वे बता पाते हैं कि भविष्य में यही काम में आएगा।

एकलव्य - मगर मुझे इन बातों पर ज़्यादा यकीन नहीं आ रहा है।

ऊपरवाला - जो दिखता है, उस पर यकीन करवाना कोई बड़ी बात नहीं है, यह तो कोई भी करवा सकता है। जो अदृश्य में चल रहा है, उस पर यकीन करवाने के लिए और उसे दिखाने के लिए ही मार्गदर्शक (गुरु) की आवश्यकता होती है। मार्गदर्शक ही अदृश्य का दर्शन करवाते हैं, दूरदर्शिता का दृष्टिकोण रखना सिखाते हैं। इंसान की क्षमता और बुद्धि केवल वह देखने की है, जो दृश्य स्वरूप में उसके इर्द-गिर्द मौजूद है मगर मार्गदर्शक उसे अदृश्य को देखने की दृष्टि प्रदान करते हैं।

एकलव्य - अदृश्य को न देख पाने की वजह से क्या हो सकता है?

ऊपरवाला - अदृश्य को न देख पाने की वजह से इंसान बेवजह दुःख भुगतता है इसलिए वह पृथ्वी पर जो बनने आया है, जो करने आया है, वह नहीं कर पाता।

उदाहरण के तौर पर अगर तुम पृथ्वी पर राष्ट्रपति बनने नहीं आए हो और राष्ट्रपति बन गए तो तुम दुनिया के सबसे बड़े दुःखी राष्ट्रपति होगे क्योंकि जो तुम नहीं करने आए हो, यदि वह करोगे तो दुःख ही होगा। जो तुम करने आए हो, वह जब तुमसे होने लग जाएगा तब तुम्हें खुशी मिलेगी।

एकलव्य – आपकी बातें मुझे कुछ-कुछ समझ में आ रही हैं लेकिन हम यह कैसे जानें कि जो करने हम पृथ्वी पर आए हैं, हम वही कर रहे हैं या नहीं?

ऊपरवाला – इंसानी शरीर में कुदरतन ऐसी व्यवस्था की गई है, जिससे उसे अपने बारे में निरंतर प्रतिपुष्टि (फीडबैक) मिलती रहती है। इंसान को दुःख और खुशी दोनों ही अवस्थाओं में अपनी भावना द्वारा फीडबैक (संकेत) मिलता रहता है। यदि किसी काम को करने में सुखद भावना महसूस होती है तो समझो कि तुम वही काम कर रहे हो, जो करने तुम आए हो।

अतः जागृत अवस्था में हर फीडबैक को सुनना सीखो। जैसे ही तुम्हें दुःखद विचारों द्वारा फिडबैक मिले तब यह जाँचो कि कहीं ईश्वर के साथ ताल-मेल टूट तो नहीं गया? जब ईश्वर के साथ तालमेल नहीं टूटता तब इंसान को अच्छा महसूस होता है।

जब आप सोते हैं और शरीर से आपका नाता धुँधला होता है तब भी आपका शरीर काम करता रहता है। ऐसे समय में भी इंसान को फीडबैक मिलता रहता है लेकिन पहले जागृत अवस्था के फीडबैक सुनना सीखो फिर नींद में मिलनेवाले फीडबैक भी सुन पाओगे।

एकलव्य – (आश्चर्य से) फीडबैक सुनने का तो बहुत फायदा है!

ऊपरवाला – फीडबैक यानी कुदरत के संकेत का सिर्फ इतना ही नहीं बल्कि और भी फायदा होता है। सही ढंग से हर फीडबैक सुनने से तुम सकारात्मक मैग्नेट बन जाओगे। जिसका लाभ तुम्हें भविष्य में मिलेगा। उस वक्त तुम समझ भी नहीं पाओगे मगर बहुत जल्द ही उसके परिणाम तुम्हें दिखाई देंगे। फिर एक समय ऐसा आएगा, जब तुम कहोगे कि 'अब अपने शरीर के साथ जो भी बचा हुआ जीवन है, उसमें मुझे खुश रहना है।'

एकलव्य – आज की बातों का मुझ पर बहुत गहरा प्रभाव पड़ा है। यूँ लगता

है कि बस अब ऐसे ही जीऊँ जैसा आपने बताया है। मगर इसके लिए मुझे प्रबल प्रेरणा की आवश्यकता है। मैं कई बार ऐसा सोचता हूँ लेकिन अपनी सोच पर टिक नहीं पाता। मुझे ऐसी कोई कार्य योजना बताएँ, जिससे मैं यह लक्ष्य प्राप्त कर पाऊँ।

ऊपरवाला - अवश्य... आज तुम यह दृढ़ संकल्प करो कि अपना लक्ष्य पूरा करके ही पृथ्वी से जाओगे। जैसे गलत चीज़ों की आदत हो जाती है, वैसे ही सही चीज़ों की आदत भी डाली जा सकती है। खुद में यह आदत डालने का संकल्प लेकर तुम्हें अपने जीवन में कार्य करना होगा। इसके लिए पहले छोटे-छोटे संकल्प लेकर उन्हें पूर्ण करो, जिससे तुम्हारा आत्मविश्वास बढ़े, साथ-ही-साथ तुम्हें अपने लक्ष्य पर ध्यान (फोकस) रखने का प्रशिक्षण भी मिले। दुःख से मुक्त होने के लिए १०८ दिनों की मोहलत इसलिए ही दी गई है ताकि तुम्हें खुश रहने की आदत पड़ जाए। इसके लिए ही यह प्रयास चल रहा है।

एकलव्य - (कृतज्ञता जतलाते हुए) आज आप मुझे देवतुल्य प्रतीत हो रहे हैं। आप कौन हैं... जो हमारे दुःखों को दूर करने के लिए सदा तत्पर रहते हैं... आपके सामने आज नतमस्तक होने को जी चाहता है। आपका बहुत-बहुत धन्यवाद।

ऊपरवाला - यदि तुम दुःखमुक्ति का संकल्प लेते हो तो यही तुम्हारी नतमस्तक होने की भावना का परिचायक है। तुम यदि दुःख के कारणों को ठीक से जान पाओ तो समझो कि तुम्हारा धन्यवाद मुझ तक पहुँच गया।

ऊपरवाले की बातें सुनकर एकलव्य का हृदय असीम कृतज्ञता से भर उठा। उसकी आँखें छलछला गईं। उसे ऊपरवाले की आँखों में दिव्य प्रेम की झलक दिखाई दी। एकलव्य को लगा कि अपने लिए न सही ऊपरवाले के प्रेम की खातिर मैं १०८ दिनों का संकल्प अवश्य करूँगा। एकलव्य ने ऊपरवाले के समक्ष अपना संकल्प दोहराया और अपने घर की ओर निकल पड़ा।

दुःख में खुश क्यों और कैसे रहें

11

ज्ञानयुक्त कर्म

आज एकलव्य रोज़ की अपेक्षा जल्दी उठा। १०८ दिनों में दुःखमुक्ति का संकल्प पूरा करने के लिए उसने मन ही मन एक योजना बनाई। उसमें पहला कदम यह था कि रोज़ दिनभर में हुई घटनाओं तथा ऊपरवाले से हुई बातचीत को वह डायरी में लिखकर रखेगा। यह सोचकर वह डायरी लिखने बैठ गया। दिनभर की घटनाओं को डायरी में लिखते हुए उसे अपने मित्र की समस्या का ध्यान हो आया। सैर के वक्त वह ऊपरवाले से मित्र की समस्या के बारे में चर्चा करेगा, यह सोचकर वह जाने की तैयारी में लग गया। नीचे जाकर उसने ऊपरवाले के नीचे आने का इंतज़ार किया। इंतज़ार खत्म होने का नाम ही नहीं ले रहा था। वह ऊपरवाले को बुलाने की सोच ही रहा था कि उसे ऊपरवाला नीचे आते हुए दिखाई दिया। उसने तुरंत ही ऊपरवाले से सवाल पूछा-

एकलव्य - क्या बात है आज आपको देर हो गई?

ऊपरवाला - देर है, अंधेर दूर करने के लिए।

एकलव्य - क्या मतलब?

ऊपरवाला - अपनी घड़ी में देखो, जो पाँच मिनट आगे चल रही है। मैं बिलकुल समय पर नीचे उतरा हूँ।

एकलव्य - सॉरी, मैं अपनी घड़ी ठीक कर लेता हूँ।

ऊपरवाला - कोई बात नहीं (KBN), वैसे न देर है, न अंधेर है केवल समझ का फेर है। लेकिन लगता है तुम आज ज़्यादा ही उतावले हो।

एकलव्य - हाँ, आज मुझे आपको एक बात बतानी है।

ऊपरवाला - हाँ हाँ, ज़रूर बताओ।

एकलव्य - मेरे एक मित्र को जीवन में आर्थिक परेशानियों का सामना करना पड़ रहा है। वह चाहता था कि वह जल्द से जल्द आर्थिक दृष्टि से सक्षम हो जाए ताकि अपने परिवारवालों को ऐशो-आराम में रख सके। इसके लिए उसने अपना बहुत सा पैसा शेयर बाज़ार में लगा दिया मगर उसे मुँह की खानी पड़ी, उसका सारा पैसा डूब गया। आज उसकी हालत पहले से भी बदतर है। इस घटना के बारे में आप क्या कहेंगे?

ऊपरवाला - तुम्हें आज मैं इसी विषय पर बतानेवाला हूँ। अच्छा हुआ तुम खुद ही इसका सटीक उदाहरण लेकर हाज़िर हुए। अज्ञान में होनेवाला कर्म ही इंसान के दुःख का छठवाँ कारण है। तुम्हारे मित्र के जीवन में यही हुआ है। अज्ञान में उठाये गए कदम हमेशा दुःख ही देते हैं। तुम्हारे दोस्त ने बिना सोचे-समझे, उस विषय की जानकारी हासिल किए बिना अज्ञानयुक्त कर्म किया इसलिए वह असफल हुआ। अतः इंसान को अपना अज्ञान दूर करना अति आवश्यक है।

एकलव्य - अज्ञानयुक्त कर्म! क्या आप इसे और स्पष्ट कर सकते हैं?

ऊपरवाला - क्यों नहीं, इसे डाकिया के उदाहरण द्वारा समझो।

एक बार एक डाकिया किसी गाँव में एक इंसान को पत्र देने के लिए गया। डाकिये ने उस इंसान को पत्र देते हुए कहा, 'तुम्हारे एक पत्र की वजह से मुझे चार मील दूर चलकर यहाँ आना पड़ा।' इस पर उस गँवार ने जवाब दिया, 'इसके लिए आपने इतने कष्ट क्यों उठाए? वहीं कहीं आसपास लेटर बॉक्स देखकर उसमें पत्र डाल दिया होता।' अब वह गँवार खुद ही नहीं समझ पा रहा कि वह क्या कह रहा है?

एकलव्य - यह तो अज्ञान की अति हो गई।

ऊपरवाला - इसलिए कहा गया है, 'अज्ञान जो सुचवाए सो कम है। अज्ञान में इंसान सोचता है कि 'ऐसा हो सकता था, वैसा हो सकता था' मगर वह जो कह रहा है, उससे इंसान का अज्ञान ही झलकता है इसलिए सबसे पहले अज्ञान दूर करना ज़रूरी है।

एकलव्य - अच्छा, ज़रा बताइए कि यह अज्ञान कैसे दूर किया जा सकता है?

ऊपरवाला – ज्ञान के प्रकाश से ही अज्ञान दूर हो सकता है।

एकलव्य – (दुविधा में) आपकी बातें मुझे हज़म नहीं हुईं। आप बताइए कि निश्चित तौर पर मुझे क्या करना होगा?

ऊपरवाला – तुम्हें सिर्फ इतना करना है कि कर्म करते समय यह ध्यान रहे कि हर कर्म ज्ञानयुक्त हो। ज्ञानयुक्त कर्म में भक्ति है और भक्ति में है खुशी। ज्ञानयुक्त कर्म में आज तक के प्रसिद्ध ज्ञानमार्ग, भक्तिमार्ग और कर्ममार्ग ये तीनों राजमार्ग समाए हुए हैं। ज्ञानयुक्त कर्म में युक्ति हो, विवेक हो, बुद्धि हो। यह ज़रूर देखो कि जो भी कर्म किया जा रहा है, वह ज्ञान से किया जा रहा है या अंध भक्ति से किया जा रहा है और उसका परिणाम किस तरह आएगा। कोई भी क्रिया बाहर से देखने में कितनी भी सही लगे पर यह जाँचना ज़रूरी है कि वह कर्म ज्ञानयुक्त है या नहीं।

एकलव्य – कोई भी कर्म अंध भक्ति से किया जा रहा है या वह कर्म ज्ञानयुक्त है, इसे क्या आप किसी उदाहरण से समझा सकते हैं?

ऊपरवाला – उदाहरणों की मेरे पास कोई कमी नहीं है, तुम सिर्फ ग्रहणशील रहो तथा उदाहरणों में छिपी सीख ग्रहण करो। लो सुनो–

एक इंसान के घर में आग लग गई। आग देखकर उसके पड़ोसी ने उससे पूछा, 'तुम्हारे घर में आग लगी है और तुम इतने शांत कैसे बैठे हो? तुम कुछ करते क्यों नहीं?' तब उस इंसान ने कहा, 'मैं प्रार्थना तो कर रहा हूँ कि बारिश हो जाए।'

एकलव्य – यह तो हद हो गई।

ऊपरवाला – इसे ही अंध भक्ति कहते हैं। यह उदाहरण बताता है कि उस इंसान के पास ज्ञान और विवेक दोनों नहीं हैं। उस समय आग बुझाने का कर्म करना आवश्यक था सो उसे वही करना चाहिए था। मेरे कहने का मतलब यह नहीं है कि ऐसे समय प्रार्थना नहीं करनी चाहिए। प्रार्थना तो करनी ही है पर साथ ही ज्ञानयुक्त कर्म भी करना है। हालाँकि वह इंसान अज्ञान में केवल प्रार्थना कर रहा है कि 'बारिश हो' मगर सिर्फ प्रार्थना करके उसने सही कर्म किया, ऐसा नहीं है बल्कि उसे उस वक्त आग बुझाने का कर्म भी करना चाहिए था। उसे आग बुझाता देख चार लोग मदद करने आ सकते थे लेकिन उसने वह कर्म नहीं किया।

इस उदाहरण से यह समझो कि हर इंसान को इस बात का ज्ञान प्राप्त करना

चाहिए कि वह किस परिस्थिति में किसे कैसा प्रतिसाद दे।

एकलव्य - क्या उचित प्रतिसाद देना ही हमारी खुशी का मूल है?

ऊपरवाला - हाँ, इंसान का प्रतिसाद हमेशा भक्तियुक्त ही होना चाहिए। जब इंसान भक्तियुक्त प्रतिसाद देने लगेगा तब उससे सभी कार्य सहजता से होने लगेंगे। उसका कर्म भक्ति बन जाएगा, प्रेम उसका स्वभाव बन जाएगा। ज्ञानयुक्त कर्म में भक्ति का समावेश होता है। यदि इंसान के जीवन से भक्ति निकाल दें तो खुशी भी निकल जाएगी। ज्ञान के साथ-साथ भक्ति इसलिए आवश्यक है क्योंकि भक्ति इंसान की भावना के साथ जुड़ी हुई है। भावना इंसान के हृदय के नज़दीक होती है और हृदय के साथ ही स्वअनुभव का आनंद लिया जा सकता है।

एकलव्य सुध-बुध खोकर ऊपरवाले के अमृत वचनों का आस्वाद ले रहा था। ऊपरवाले ने आगे कहा,

सबसे पहले स्वअनुभव है, उसके बाद भावना यानी स्वभाव आता है। फिर विचार, वाणी और अंत में क्रिया आती है। क्रिया सबसे आखिरी में दिखाई देती है। ज्ञान युक्त कर्म में इस तरह के कर्म हों- जिसमें जहाँ क्रिया की आवश्यकता हो, वहाँ क्रिया की जाए; जहाँ बात करनी है, वहाँ बात की जाए; जहाँ विचार करना है, वहाँ विचार किया जाए और जहाँ मनन करना है, वहाँ मनन किया जाए। इसका अर्थ ही है कि जहाँ जिस प्रतिसाद की ज़रूरत है, वहाँ वैसा प्रतिसाद दिया जाए।

एकलव्य - क्या यह सीख आप मुझे उदाहरण के साथ बता सकते हैं?

ऊपरवाला - हाँ, ज़रूर। मैं तुम्हें यह बात अलग-अलग उदाहरणों के साथ बताता हूँ।

एक होटल में बैठे ग्राहक से वेटर ने पूछा, 'खाने में क्या लाऊँ साहब?' ग्राहक ने कहा, 'नूडल्स् ले आओ।' तब वेटर ने पूछा, 'कौन से नूडल्स् लाऊँ? चायनीज़, फ्रेंच या जॅपनीज़?' इस पर ग्राहक ने वेटर के प्रति अपनी नाराज़गी व्यक्त करते हुए कहा, 'अरे भई! कोई भी लेकर आओ, मुझे थोड़े ही नूडल्स् से बात करनी है।'

एकलव्य - (ठहाका लगाते हुए) क्या इसका अर्थ यह है कि खाते वक्त बोलना नहीं चाहिए?

ऊपरवाला - न केवल इतना बल्कि जहाँ जो करना चाहिए, वहाँ वह होना

चाहिए। जहाँ पर आवश्यकता नहीं है, वहाँ पर निरर्थक बातें बोलने की ज़रूरत नहीं है। जहाँ बात करनी है, वहाँ अलग ऑर्डर होगा; जहाँ क्रिया करनी है, वहाँ अलग ऑर्डर होगा और जहाँ सोचना है, वहाँ अलग ऑर्डर होगा। अर्थात हर घटना के अनुसार कर्म करना चाहिए। सिर्फ हवाई बातें नहीं करनी चाहिए।

इस तरह अज्ञान की वजह से लोगों से कर्म न करने का गलत कर्म होता है। कई लोग तथाकथित ज्ञानी बनकर हवाई बातें करते रहते हैं। ऐसे लोग जहाँ क्रिया करनी चाहिए, वहाँ क्रिया नहीं करते और ज्ञान के शब्दों का इस्तेमाल अपने तमोगुण को छिपाने के लिए करते रहते हैं। आप यदि उनसे कहें कि 'ऐसा-ऐसा करो' तो वे कहते हैं, 'इसकी आवश्यकता नहीं है।' फिर वे उसके पीछे का ज्ञान बघारने लगते हैं। अपनी योग्यता दिखाने के लिए आवश्यकता से अधिक बोलते हैं। जैसे- 'यह तो ठीक नहीं है... ऐसा नहीं करना चाहिए... वगैरह।'

जैसे अर्जुन ने कुरुक्षेत्र में कृष्ण से कहा कि 'दुश्मन की सेना में तो सभी मेरे सगे-संबंधी हैं, मैं उनके साथ युद्ध कैसे करूँ?' अज्ञान की वजह से अर्जुन ऐसा कह रहा था। वह इस बात से अनजान था कि वह जो कह रहा है, उसे कहने की आवश्यकता है भी या नहीं। कुछ साल पहले वह खुद ही युद्ध करने के लिए छटपटा रहा था। है न मज़ेदार बात।

एकलव्य - जी बिलकुल, आपकी बात बिलकुल सही है, 'अज्ञान जो बुलवाए वह कम है।' बहुत ही सरल उदाहरणों द्वारा आपने हमेशा की तरह बड़ी गहरी बातें बताई हैं। मैं इन पर अवश्य मनन करूँगा।

ऊपरवाला - मुझे खुशी है कि इन उदाहरणों द्वारा तुम असली बात समझ पा रहे हो, शब्दों के पीछे छिपे सत्य को पहचानने की कोशिश कर रहे हो। तुम्हें मैं कुछ और उदाहरण बताता हूँ, जिन्हें सुनकर तुम्हें समझ में आएगा कि लोग कैसे हवाई बातों में उलझकर, अज्ञानयुक्त कर्म करके अपना समय व शक्ति खर्च करते हैं और कुछ भी साध्य नहीं कर पाते।

एक लड़के ने अपने मित्र से गंभीरतापूर्वक सवाल पूछा, 'मेरी पतंग तारों में अटक गई है, अब मुझे क्या करना चाहिए?' तब मित्र ने उसे जवाब दिया, 'कानून को बुलाना चाहिए, अब तो कानून ही तुम्हारी मदद कर सकता है।'

मित्र का अजीबों-गरीब जवाब सुनकर लड़के ने आश्चर्य से उससे पूछा,

'कानून को क्यों बुलाना चाहिए, पतंग का तारों में अटकना और कानून का क्या संबंध है?' तब मित्र ने ज़ोर से ठहाका लगाते हुए कहा, 'क्योंकि कानून के हाथ लंबे होते हैं।'

अब यह बात सुनने में कितनी भी सही और मज़ेदार लगे मगर है तो हवाई। इस तरह के हवाई जवाबों से किसी भी समस्या का, कभी भी हल नहीं निकलता।

ऊपरवाले की बातें सुनकर एकलव्य उछल पड़ा। कल ही उसने अखबार में कुछ चुटकुले पढ़े थे, जिनका अर्थ ठीक इसी तरह निकलता है। उसे महसूस हुआ कि इन चुटकुलों में भी कितने गहरे अर्थ छिपे हैं। उसने सोचा कि अब मैं चुटकुलों को भी ऊपरवाले के दृष्टिकोण से ही पढ़ूँगा। उसने ऊपरवाले से कहा,

एकलव्य - मैं भी आपको दो चुटकुले सुनाना चाहता हूँ।

ऊपरवाला - बहुत अच्छे, खुशी से सुनाओ।

एकलव्य - एक बार बेवजह लाइट जलते हुए देखकर नफरतीलाल ने अपने बेटे को डाँटते हुए कहा, 'पहले ही विश्वव्यापी तापक्रम वृद्धि (ग्लोबल वार्मिंग) की समस्या चल रही है, ऊपर से दिन में यह लाइट किसकी वजह से जल रही है?' इस पर बेटे ने पिताजी की बातों पर बिना सोचे, समझे तुरंत जवाब दिया, 'एडिसन की वजह से।'

एकलव्य की बातें सुनकर ऊपरवाला मुस्कराने लगा। एकलव्य ने कहा, अब दूसरा चुटकुला सुनिए।

किसी रोगी ने अपना दुखड़ा एक मित्र को सुनाया और कहा, 'मुझे खट्टी डकारें आ रही हैं' तो मित्र ने जवाब दिया, 'थोड़ा गुड़ खा लो, फिर मीठी डकारें आएँगी।'

ऊपरवाला - (हँसते हुए) और नमकीन खाने से? (दोनों हँसने लगे)।

ऊपरवाला - खैर, इन चुटकुलों से तुमने क्या समझा?

एकलव्य ने खुश होकर जवाब दिया-

एकलव्य - इन चुटकुलों से मुझे यह समझ में आया कि ऐसे जवाब देकर इंसान कर्म से बचना चाहता है अथवा अज्ञान में दूसरों को ऐसे सुझाव या इलाज

बताता रहता है, जिससे कोई परिणाम नहीं आता।

ऊपरवाला - बिलकुल सही। इस तरह की अनावश्यक बातचीत से कभी समस्या का हल नहीं निकलता। इसे ही अज्ञान में होनेवाला कर्म कहा गया है। अतः सदा ज्ञानयुक्त कर्म करें। जब आप ज्ञानयुक्त कर्म करेंगे तब भक्ति बढ़ेगी, हर काम अभिव्यक्ति बन जाएगा और भक्ति की अभिव्यक्ति में आनंद ही आएगा।

ऊपरवाले की बातें सुनकर एकलव्य को महसूस हुआ कि अज्ञानयुक्त कर्म करके ही लोग दुःख पाते हैं। बे सिर-पैर की बातें कर वास्तव में वे समस्या से मुख मोड़ लेते हैं। इससे वातावरण तो हलका हो जाता है मगर समस्या जड़ से नहीं जाती। 'मैं इस बात का अवश्य खयाल रखूँगा', एकलव्य ने मन ही मन में यह प्रण लिया। बातें करते-करते घर कब नज़दीक आ गया पता ही नहीं चला। एकलव्य ने दूसरे दिन दुःख का सातवाँ कारण बताने का वचन लेकर ऊपरवाले से विदा ली।

आज दुःख का छठवाँ कारण जानने के बाद दिनभर वह इसी सोच में डूबा रहा कि उसके द्वारा होनेवाले कौन से कर्म अज्ञानयुक्त हैं? रात को उन्हें डायरी में लिखकर एकलव्य को अपनी गलतियों का एहसास हुआ। उसे इस बात का आश्चर्य हुआ कि गलतियों के एहसास के बावजूद उसे कोई अपराध बोध महसूस नहीं हुआ बल्कि उसका मन अपने अज्ञान के ज्ञान पर खुशी से भर उठा। एकलव्य ने सोने से पहले प्रार्थना की- हे ऊपरवाले, ऊपरवाले का साथ सदा यूँ ही बना रहे ताकि हँसते-खेलते आत्मोन्नति का मौका मिलता रहे।

12

अकल से कल का बीज

प्रातः एकलव्य जल्दी ही उठ बैठा। वह महसूस कर रहा था कि लिखकर मनन करने के लिए उसे भरपूर समय नहीं मिल पाता है। साथ ही उसे इस बात का भी खेद था कि ऊपरवाले की बताई हुई बातों को वह प्रयोग में नहीं ला पा रहा है। कल सारा दिन एकलव्य के मन में इसी बात को लेकर उथल-पुथल चलती रही। उसे समझ में नहीं आ रहा था कि इस 'समय' को वह कैसे काबू में लाए? इसी सोच में वह सैर के लिए निकल पड़ा। सोसायटी के गेट पर ही उसकी ऊपरवाले के साथ मुलाकात हो गई। ऊपरवाले को अभिवादन करके उसने अपने मन की चल-विचल का बयान किया। एकलव्य की बातें सुनकर ऊपरवाले ने कहा -

ऊपरवाला - इसका जवाब जानने के लिए तुम्हें दुःख का सातवाँ कारण समझना होगा। पृथ्वी पर इंसान अपने साथ मन को लेकर आया है तथा मन के साथ कल और अकल ये दो चीज़ें भी लाया है।

एकलव्य - कल...! अकल...! ये आप क्या कह रहे हैं ?

ऊपरवाला- कल का अर्थ है समय और अकल का अर्थ है समझ। कल (समय) का इस्तेमाल जब तुम अकल (समझ) से करोगे तब तुम्हारे लिए अपना लक्ष्य पाना आसान हो जाएगा।

वरना इंसान कल-कल करता रहता है। कल-कल यानी हर काम कल पर टालता रहता है। अर्थात इंसान हमेशा कल में ही जीता है, वर्तमान में जीना उसने बंद कर दिया है। अब इंसान को यह कला सीखनी है कि कल का इस्तेमाल अकल से कैसे किया जाए क्योंकि कल में है दुःख और अकल में है सुख। इंसान सोचता है कि कल कुछ तो अच्छा होगा इसलिए वह सदा कल की प्रतीक्षा में रहता है।

वर्तमान में आनंदित रहना वह भूल चुका है। वर्तमान में खुश होना सीखने के लिए कल का इस्तेमाल अकल से करना होगा।

एकलव्य (कुछ सोचते हुए)- हाँ... शायद आप ठीक ही कह रहे हैं।

ऊपरवाला - शायद नहीं, शर्तिया ऐसा ही है। मन हमेशा जो कल हो चुका और कल जो आनेवाला है, उसके बारे में ही सोचता है। जैसे बहुत सारे त्योहार आते हैं और चले जाते हैं, उदाहरण के तौर पर दशहरा, दिवाली, होली आदि। हर त्योहार के साथ इंसान कहता है, 'पिछली दिवाली ज़्यादा अच्छी थी, इस बार की दिवाली में कुछ मज़ा नहीं आया। पिछली होली में जो रंग चढ़ा था, उसकी तुलना में इस बार की होली फीकी है।' इस तरह इंसान हमेशा कल में जीता है इसलिए जब कोई त्योहार आता है तब वह सोचता है कि 'पिछले सालवाला त्योहार ज़्यादा अच्छा था।'

एकलव्य - इसका अर्थ जो चल रहा है, उसका आनंद वह कभी नहीं ले पाता है।

ऊपरवाला- हाँ, सर्वेक्षण द्वारा लोगों से जब यह सवाल पूछा गया कि 'आप कब ज़्यादा खुश थे? दिवाली की तैयारियों के दौरान या दिवाली के दिन? तब लोगों ने जवाब दिया कि 'वे दिवाली के पहले ज़्यादा खुश थे, दिवाली के दिन उतना मज़ा नहीं आया।'

एकलव्य - (कुछ याद करते हुए) कल ही घटी एक घटना से मुझे इस बात की सत्यता का एहसास हो रहा है। कल मेरे पड़ोसी का बेटा स्कूल से आकर बेहद खुश था। खुशी में वह बहुत उछल-कूद कर रहा था। मैंने उससे पूछा, आज तुम इतनी खुशी क्यों मना रहे हो? रविवार तो कल है, छुट्टी तो कल है। इस पर उसने जवाब दिया कि 'मुझे रविवार की अपेक्षा शनिवार को ज़्यादा खुशी होती है। शनिवार के दिन स्कूल से लौटने के बाद यह विचार आता है कि कल रविवार है, छुट्टी है, मज़ा है। छुट्टी के दिन यानी रविवार के दिन तो यह विचार आता है कि कल मनडे है, स्कूल जाना है।

ऊपरवाला- (हँसते हुए) मनडे यानी मन का डे, कल्लू मन का डे। मन जो कल-कल करता है, किर-किर करता है, बड़-बड़ करता है, उसकी वजह से सब गड़बड़ होती है। उसकी बड़-बड़ ही दुःख का कारण है। इस कल-कल करनेवाले

मन को नाम दिया गया है, 'कल्लू मन।'

एकलव्य - फिर इस कल्लू मामा यानी मन की बड़बड़ का क्या किया जाए?

ऊपरवाला- कल्लू मन सदा कल में रहता है, फिर चाहे वह पिछला कल हो या आनेवाला कल हो। जब भी मन कहे, 'कल मनडे है, कल ऐसा-ऐसा काम है' तब स्वयं को याद दिलाओ कि 'कल यानी कल्लू मन। कल मनडे नहीं, कल्लू मन डे है।' इस कल्लू मन को जब तुम पहचानोगे तब दुःख से बाहर आ जाओगे क्योंकि कल में है दुःख और अकल में है खुशी। अकल से, समझ की मशाल से अज्ञान को नष्ट करना चाहिए, नफरत को मिटाना चाहिए।

एकलव्य - उदाहरण प्लीज़।

ऊपरवाला - इंसान जब पृथ्वी पर आता है तब वह बैक ब्रिज तोड़कर आता है। फिर वह कई साल तक इस पृथ्वी से वापस नहीं जा सकता है।

एकलव्य - (बीच में ही टोकते हुए) बैक ब्रिज! मैं कुछ समझा नहीं।

ऊपरवाला- जैसे प्राचीन काल में किसी राज्य की सेना जब युद्ध के लिए कूच करती थी तब ब्रिज (पुल) पार करने के पश्चात उसे तोड़ दिया जाता था ताकि कोई युद्ध-भूमि से डरकर पीछे भाग न पाए। सैनिकों के पास दो ही विकल्प बचते थे। लड़ो या मरो। उसी तरह इंसानी शरीर मिलना यानी बैक ब्रिज का टूटना है।

बैक ब्रिज तोड़कर पृथ्वी पर आने के बाद लोगों के पास भी दो ही विकल्प बचते हैं- लड़ो या जीओ। मगर इंसान को लड़ना और मरना, ये दो ही बातें याद रहती हैं, जीनेवाली बात वह भूल जाता है। जिन लोगों को आत्महत्या के विचार आते हैं, उन्हें बहुत अच्छे ढंग से समझ लेना चाहिए कि वे बैक ब्रिज तोड़कर पृथ्वी पर आए हैं इसलिए उन्हें लड़ना है। यहाँ पर लड़ने का मतलब किसी सेना के साथ लड़ना नहीं है बल्कि यहाँ समझ और तोलू मन की लड़ाई है। यह लड़ाई समझ की है, तलवार की नहीं। इस लड़ाई में विवेक की तलवार और समझ की ढाल का उपयोग करना है। विवेक की तलवार से जब इंसान लड़ेगा तब वह सच्चे अर्थों में जीवन बनकर जीएगा।

एकलव्य - यानी अब मेरा जितना भी जीवन बचा है, उसमें यदि मैं अकल से कल का इस्तेमाल करूँगा तो आनेवाला कल मेरे लिए खुशियों भरा होगा!

ऊपरवाला- हाँ बिलकुल। अगर तुम अकल का इस्तेमाल नहीं करोगे तो तुम्हारे जीवन में कल-कल, मन की बड़-बड़ और उलझनों की गड़बड़ चलती ही रहेगी। जब इंसान बीते हुए कल और आनेवाले कल का गलत इस्तेमाल करता है तब वह वर्तमान में रहना बंद कर देता है। इंसान को चाहिए कि वह कल का इस्तेमाल करे, कल उसका इस्तेमाल न करे। इंसान यदि वर्तमान में नहीं रह पाता तो इसका मतलब है कि कल उसका इस्तेमाल कर रहा है, वह अकल से कल का इस्तेमाल नहीं कर रहा है।

एकलव्य - क्या मैं अकल से कल का इस्तेमाल करने के लिए कल्पना का इस्तेमाल कर सकता हूँ?

ऊपरवाला- हाँ, अकल से कल का इस्तेमाल करने के लिए कल्पना का इस्तेमाल किया जा सकता है लेकिन कल की पनाह यानी कल्पना में नहीं जाना है। कल्पना का अर्थ है कल की पनाह। तुम प्रार्थना करते हो, 'हे ईश्वर मुझे अपनी पनाह में रखना यानी मुझे कल्पना की पनाह में मत रखना।' कल की पनाह में नहीं जीना है यानी कल्पना का केवल उपयोग करना है।

एकलव्य - मुझे यह बताइए कि कल्पनाशक्ति का उपयोग कौन से कार्यों के लिए किया जा सकता है?

ऊपरवाला - नई तकनीक, नई तरकीब, नया हुनर तथा रचनात्मक कार्य योजना निर्धारित करने के लिए कल्पना का इस्तेमाल किया जा सकता है। इसके अलावा कल्पना के ज़रिए तुम्हें कल जो कार्य करने हैं, उसके लिए वर्तमान में ही सही बीज डालो यानी स्वस्थ और समृद्ध जीवन की कल्पना पर विश्वास जतलाओ, जिससे आनेवाला कल ब्राइट होगा, खुशियों भरा होगा। वर्तमान में रहते हुए सही बीज डालने की कला सीखने से आज जो तुम्हें थोड़े बहुत दुःख दिखाई दे रहे हैं, वे भी धीरे-धीरे समाप्त हो जाएँगे। आज तक तुम मिश्रित यानी थोड़े खुशी के तो थोड़े दुःख के बीज अपने जीवन में डाल रहे थे। जाने-अनजाने में जो थोड़े बहुत अच्छे बीज तुम्हारे द्वारा डाले गए हैं, उस वजह से आज तुम असली आनंद की झलक ले पा रहे हो।

एकलव्य - लेकिन मुझे तो ऐसा याद नहीं पड़ता कि मैंने कोई ऐसे बीज डाले हैं, जिनके फलस्वरूप मुझे आपकी अपूर्व बातें सुनने को मिल रही हैं।

ऊपरवाला- याद करो, एक दिन तुमने अपने दोनों हाथ फैलाकर पूरे हृदय से ईश्वर से गुहार लगाई थी कि 'हे, ऊपरवाले तू कब तक मेरी बेबसी को यूँ ही देखता रहेगा? सिर्फ देखता रहेगा या मेरी मदद करने के लिए नीचे भी आएगा ?'

एकलव्य को याद आया कि कुछ दिनों पहले उसने लगभग ऐसी ही प्रार्थना की थी। एकलव्य को आश्चर्य हुआ कि ऊपरवाले को कैसे पता चला कि मैंने ऐसी प्रार्थना की थी? ऊपरवाले ने बोलना जारी रखा।

अनजाने में तुमने शोकाकुल होकर दुःख से बचने के लिए विलाप किया होगा, वह विलाप ही तुम्हारी प्रार्थना बन गया। इंसान के शब्दों में भाव, जितने ज़्यादा प्रबल होते हैं, प्रार्थना का परिणाम उतना ही जल्दी आता है।

एकलव्य - मैं आपसे पूरी तरह सहमत हूँ। मैंने बिलकुल आपके कहे अनुसार ही प्रार्थना की थी या सच कहूँ तो ऐसी प्रार्थना मुझसे निकली थी लेकिन...

ऊपरवाला - तुमने पहली बार शब्दों का सही चयन किया है। मैं तुम्हारी ईमानदारी से खुश हूँ। दुःखद घटनाओं में मुक्ति की चाह अपने आप प्रबल हो उठती है। जैसे बुद्ध ने दुःख का दर्शन कर जब पूरी तन्मयता से कहा, 'अब बस हो गया, अब दुःख से मुक्त होना ही है' तब उनके अंदर वह भाव इतनी तीव्रता से आया कि उनसे खुद-ब-खुद सत्य खोज की क्रियाएँ होने लगीं। क्रियाएँ (कर्म) भावनाओं का परिणाम होती हैं। इंसान से जो प्रार्थनाएँ निकलती हैं, उनसे अपने आप योग्य क्रियाएँ होने लगती हैं।

एकलव्य - मैं भी अपनी प्रार्थनाएँ जारी रखूँगा। मैं परिणाम देख रहा हूँ।

ऊपरवाला - अब तक तुमने दुःख के सात कारणों को जाना है। इन कारणों की चपेट में आकर इंसान अपना असली लक्ष्य भूल गया है। अपना लक्ष्य भूलने की वजह से वह केवल समय की बरबादी कर, नकली आनंद पाने में ही लगा हुआ है। दूसरों को चिढ़ाकर, दूसरे की टाँग खींचकर वह नकली आनंद में ही खुश है।

एकलव्य - इसके तो कई उदाहरण होंगे आपके पास।

एकलव्य का इशारा समझते हुए गंभीर वातावरण को हलका बनाने के लिए ऊपरवाले ने कहा

ऊपरवाला - हाँ, जैसे एक इंसान रास्ते से कहीं जा रहा था तब उसे रास्ते में

एक पत्थर पड़ा हुआ दिखाई दिया, जिस पर लिखा था, 'पत्थर के नीचे देखो।' उसने पत्थर पलटकर देखा मगर वहाँ कुछ नहीं था लेकिन पत्थर के नीचे लिखा हुआ था कि 'पत्थर को वापस वैसे ही रख दो। अभी बहुत मूर्ख आने बाकी हैं।'

एकलव्य – (हँसते हुए) वाकई में इंसान भी अपने जीवन में दूसरों के साथ यही कर रहा है।

ऊपरवाला – हूबहू वह ऐसा नहीं करता मगर इसी तरह की बातें करता रहता है। इसे कहते हैं, नकली आनंद। इंसान नकली आनंद पाने में ही लगा हुआ है। वास्तव में इंसान जब असली खुशी की तलाश करेगा तब उसके सारे दुःख एक साथ विलीन हो जाएँगे।

एकलव्य – आपकी बातें सुनकर अब मुझे असली और नकली खुशी में भेद समझ में आ रहा है। अब कहीं जाकर मेरे अंदर से असली खुशी के लिए प्रार्थना निकल रही है। कल दुःख का आठवाँ कारण जानने के लिए मैं बहुत बेताब हूँ।

ऊपरवाला – भूल गए न! कल शुक्रवार है।

एकलव्य – अच्छा बताइए तो सही कि आप शुक्रवार को जाते कहाँ हैं?

ऊपरवाला – शुक्रवार को मैं मस्जिद में जाता हूँ।

एकलव्य – मस्जिद में! वाह! कभी मंदिर, कभी मस्जिद तो कभी चर्च? आप तो अमर, अकबर, एंथनी हैं।

ऊपरवाला – हाँ हूँ। लेकिन क्या तुम इन शब्दों का असली अर्थ जानते हो?

एकलव्य – (कुछ सोचते हुए) ये तीन अलग-अलग धर्मों के लोगों के नाम हैं और क्या!

ऊपरवाला – ये सिर्फ नाम नहीं अवस्था हैं। अमर, जो कभी मरता नहीं। अकबर, जिसकी कबर (कब्र) नहीं और एंथनी, जिसका अंत नहीं यानी जो अकाल मूरत, एक मूरत एकलव्य है।

एकलव्य स्तब्ध होकर ऊपरवाले की बातें सुनता रहा। वह सोचता रहा कि ऊपरवाला कौन है, जो हर एक में एक ही चीज़ देखता है। मौन को तोड़ते हुए उसने ऊपरवाले से कहा-

एकलव्य - आपकी बातों के जवाब में मेरे पास शब्द ही नहीं हैं।

ऊपरवाला - (हँसते हुए) यह एक अच्छी अवस्था है।

एकलव्य - (सामने अपना घर देख) मैं आपका संकेत समझ रहा हूँ लेकिन मस्जिद जानेवाली बात अभी भी मेरे लिए पहेली है। फिलहाल मैं चलता हूँ, परसों मिलूँगा।

ऊपरवाला - खुदाहाफिज़।

■ ■ ■

आज सुबह एकलव्य कुछ आराम से उठा। माँ ने उससे पूछा, 'आज सैर के लिए नहीं जाना?' एकलव्य ने हाँ में सिर हिलाया और बिस्तर से उठ बैठा। माँ भी सोचती रही कि एकलव्य को ऐसी कौन सी लगन लगी है, जिसकी वजह से वह एक दिन भी सैर पर जाने से नहीं चूकता। ऊपरवाले की बातों ने उसे किस कदर बाँध रखा है। रोज़ की तरह एकलव्य मॉर्निंग वॉक के पश्चात तैयार होकर ऑफिस के लिए रवाना हुआ।

ऑफिस में दिनभर एकलव्य को ऊपरवाले की याद आती रही। भूत-भविष्य में न जाते हुए उसने सारा दिन वर्तमान में रहने की कोशिश की। ऑफिस से आने के बाद एकलव्य यूँ ही ज़रा शाम को बाज़ार से कुछ सामान लाने के लिए निकल पड़ा। बाज़ार में घूमते हुए अचानक उसकी नज़र ऊपरवाले पर पड़ी, जो रद्दी की दुकान पर कुछ पुरानी किताबें उलट-पलटकर देख रहा था। जैसे ही एकलव्य उससे मिलने रद्दी की दुकान की तरफ बढ़ा, ऊपरवाला वहाँ से निकल पड़ा। आज एकलव्य ने उसका पीछा करने का निश्चय किया। वह ऊपरवाले के पीछे हो लिया। एकलव्य ने रेल्वे स्टेशन तक ऊपरवाले का पीछा किया लेकिन वहाँ पहुँचकर ऊपरवाला अचानक फिर गायब हो गया।

एकलव्य के आश्चर्य का ठिकाना न रहा। उसने सोचा रेल्वे स्टेशन पर ऊपरवाले का क्या काम? इसका तो कोई रिश्तेदार भी नहीं है। यह किसे पहुँचाने या लेने यहाँ आया होगा? क्या वह खुद ट्रेन से किसी और शहर चला गया है? कहाँ? क्यों? घूमने अथवा किसी चर्च को देखने? ऊपरवाला ईसाई है, मुस्लिम है या हिंदू है? वह अपनी हकीकत क्यों नहीं बताता, जब कि गहरे से गहरे सवालों के जवाब

वह तुरंत दे देता है? इन्हीं विचारों के साथ एकलव्य घर लौट आया।

रात को सोने से पहले एकलव्य को रह-रहकर ऊपरवाले की बातें याद आती रहीं। कल्लू मन, बैक-ब्रिज, कल की पनाह, सत्य अनुभव शरीर पर नहीं, शरीर की वजह से पता चलता है, सिद्धियाँ, सवाल पूछने का प्रशिक्षण, कौन परेशान, कौन दुःखी, मैं कौन, कल्पना का सही उपयोग, अमर, अकबर, एंथनी और जाने क्या-क्या। एकलव्य को असीम कृपा का एहसास भी हो रहा था कि ऊपरवाले से उसे ये सारी बातें सुनने को मिल रही हैं। कुछ बातें उसने पार्किंग में रखने की ठान लीं और कुछ बातों पर गहरा मनन करते-करते वह निद्रा की गोद में समा गया।

13

सुख ही दुःख है

सुबह नींद खुलते ही एकलव्य का मन कृतज्ञता के भाव से भर उठा। उसने ईश्वर को नया दिन दिखाने के लिए धन्यवाद दिया। आज का दिन उसकी अब तक की समझ में इज़ाफा करने के लिए आया है, इस भाव के साथ वह बेताबी से ऊपरवाले से मिलने निकल पड़ा। नीचे पहुँचते ही ऊपरवाले की हँसी ने उसका स्वागत किया। जवाब में एकलव्य ने भी हँसकर उसे अभिवादन किया।

एकलव्य - आज आप दुःख का आठवाँ कारण बतानेवाले हैं, उसे सुनने के लिए मैं बेहद उत्सुक हूँ लेकिन उससे पहले मैं आपसे कुछ कहना चाहता हूँ।

ऊपरवाला - कहो, क्या कहना चाहते हो।

एकलव्य - जब आपसे असली खुशी के बारे में सुना तो लगा कि यह खुशी मेरे साथ ही साथ औरों को भी मिले। अतः कल अपने पड़ोसी से मैंने अध्यात्म पर चर्चा की। मैंने उससे कहा, 'आत्मविकास करके ही मानव जन्म सार्थक हो सकता है। हम सभी को इसके लिए प्रयत्नशील रहना चाहिए।' इसके लिए मैंने उसे आपकी दी हुई 'दुःख मुक्ति' की पुस्तक पढ़ने के लिए दी। इस पर वह बोला, 'मुझे इसकी कोई आवश्यकता नहीं है। आर्थिक और पारिवारिक दृष्टि से मैं बहुत खुश हूँ। मुझे भला और क्या चाहिए?' बहुत कहने पर भी वह न माना।

ऊपरवाला - यही तो इंसान के दुःख का आठवाँ कारण है।

एकलव्य - वह भला कैसे?

ऊपरवाला - आज तुम्हारा पड़ोसी इसलिए सुखी है क्योंकि उसके पास पद है, पैसा है, परिवार जनों का प्रेम है। यह सब नहीं रहा तो क्या इंसान खुश रह सकता है? नहीं न! तो समझो कि यह सुख ही इंसान के दुःख का कारण है।

एकलव्य – मैं कुछ समझा नहीं.... इंसान का सुख ही उसके दुःख का कारण कैसे हो सकता है?

ऊपरवाला – इंसान जिन कारणों से सुखी होता है, उनके लुप्त हो जाने पर वह दुःखी हो जाता है। अतः अप्रत्यक्ष रूप से इंसान के सुख का कारण ही उसके दुःख का कारण बनता है।

पृथ्वी को घर समझकर सुख पाने की कामना ही इंसान का दुःख बन जाती है। जिन चीज़ों को इंसान सुख देनेवाली चीज़ें समझता है, वही मान्यता उसके दुःख का कारण बन जाती है। यदि इंसान स्टोव या गैस को बिस्तर समझकर उस पर सो जाए तो हर सुबह क्या होगा?

एकलव्य – वह दुःखी व बीमार होकर उठेगा या नर्क की आग से बाहर आया है, ऐसा महसूस करेगा।

ऊपरवाला – बिलकुल ठीक कहा,

ऊपरवाला – इंसान सोचता है कि 'जीभ को स्वादिष्ट खाना मिले, आँखों को मनोरम दृश्य देखने को मिले, कानों को मधुर संगीत सुनने को मिले तो ही मुझे सुख मिलेगा।' धीरे-धीरे इंसान की आसक्ति इतनी बढ़ती जाती है कि वह पृथ्वी को ही अपना घर मान बैठता है।

ऊपरवाले की बातें सुनकर एकलव्य सकते में आ गया। उसे लगा ऊपरवाला कैसी बहकी-बहकी बातें कर रहा है। पर अब तक के अनुभव से उसने सोचा कि ऊपरवाले पर शंका करने के बजाय मुझे ही इस बात पर मनन करना चाहिए।

एकलव्य – आपकी बातें सुनकर मैं बड़ी उलझन में पड़ गया हूँ कि यह पृथ्वी यदि हमारा घर नहीं है तो हमारा घर कौन सा है?

ऊपरवाला – तुम्हारे इस सवाल का जवाब मैं एक ऐनालॉजी से समझाऊँगा लेकिन उससे पहले इस पृथ्वी को अपना घर मानने के क्या परिणाम होते हैं, यह सुनो। इस पृथ्वी रूपी संसार यानी 'नगर' को कोई अपना घर मान ले तो उस घर में वह कैसे रहेगा?

एकलव्य – उस घर पर वह अपनी मालकियत जताकर रहेगा।

ऊपरवाला - बिलकुल ठीक। उस घर में कॉकरोच भी आएगा तो वह कहेगा, 'मेरे घर में कॉकरोच क्यों आया?' अगर कोई तुमसे कहे कि 'घर तो कॉकरोच का ही है, तुम तो इस घर के मेहमान हो। कॉकरोच तुम्हें यहाँ पर रहने दे रहे हैं, यही बहुत बड़ी बात है। वे तुम्हारे साथ समन्वय (ऐडजस्टमेंट) साध रहे हैं। वे बेचारे तुम्हारे सो जाने के बाद बाहर आकर घूमते हैं।'

इंसान मानकर बैठा है कि घर में टी.वी., फ्रीज, वॉशिंग मशीन, गाड़ी का होना सुख है; नित-नए कपड़े, गहने मिलना सुख है; शरीर को आरामदेह बिस्तर मिलना सुख है। यह सुख ही उसका दुःख बन जाता है। बाहरी सुखों से मिलनेवाला नकली आनंद ही इंसान के दुःख का मुख्य कारण है।

एकलव्य - आज तक मेरी भी यही मान्यता थी कि ये सारी सुख-सुविधाएँ मिलने पर ही इंसान को आनंद मिलता है लेकिन अब इस मान्यता को कैसे तोड़ा जाए?

ऊपरवाला - इस मान्यता को तोड़ने के लिए यह समझ प्राप्त करनी चाहिए कि पृथ्वी घर नहीं, न-घर यानी नगर है। यदि तुमको यह स्पष्ट हो जाए तो फिर तुम जिस सुख को अंतिम सुख मान बैठे हो, उस भ्रम से बाहर आ जाओगे। वह माया टूट जाएगी।

एकलव्य - पृथ्वी नगर है, न घर है, न मंज़िल है। नगर में माया है तो अब माया कैसे टूटे?

ऊपरवाला - माया तब टूटेगी जब तुम ठीक से पैदा होगे।

एकलव्य - फिर क्या आपके सामने मेरा भूत खड़ा है।

ऊपरवाला - सचमुच पैदा होना यानी सारे बंधनों से, मान्यताओं से मुक्त हो जाना। इंसान ठीक से पैदा ही नहीं हुआ है तो उसे दुःख होगा ही। जैसे माँ के पेट में बच्चा बंधन में होता है तो उसे लगता है कि माँ के पेट से बाहर निकलकर वह आज़ाद होगा। मगर माँ के पेट से निकलकर बच्चा माया के पेट में चला जाता है और माया का पेट इतना बड़ा है कि इंसान को लगता ही नहीं कि वह माया में है। वह अभी तक पैदा ही नहीं हुआ है।

एकलव्य - माँ का पेट... माया का पेट...? मुझे तो कुछ पल्ले नहीं पड़ रहा।

ऊपरवाला – अच्छा ठीक है, एक काल्पनिक उदाहरण से इसे समझो।

यदि एक बहुत बड़ी जेल बनाई जाए और उसमें तुम्हें रख दिया जाए तो तुम्हें पता भी नहीं चलेगा कि तुम जेल में हो। जैसे एक शहर के क्षेत्रफल जितनी बड़ी जेल में तुम्हें रखा जाए और तुम इस बात से अनजान हो तो तुम हर जगह बेफिक्र होकर घूमोगे। यदि तुमसे कोई कहे कि 'तुम कैदी हो, जेल (बंधन) में हो' तो तुम कहोगे, 'मैं कहाँ कैदी हूँ! मैं तो बड़े मज़े में हर जगह घूमता हूँ।' तुमको अपने कैदी होने का पता उस दिन चलता है, जब तुम रेल्वे प्लेटफार्म पर दूसरे शहर की टिकट निकालने के लिए जाते हो और तुमसे कहा जाता है कि 'तुम इस शहर से बाहर नहीं जा सकते, तुम जेल में हो।' यदि तुम इसी शहर में ही घूमते रहते तो तुम्हें कभी यह पता नहीं चलता कि तुम जेल में हो।

इसी तरह माया के पेट में भी इंसान मज़े से घूमता रहता है। माया में रहकर उसे पता ही नहीं चलता कि इससे बाहर निकलकर असली आनंद की दुनिया में रहा जा सकता है क्योंकि माया के पेट में माया तय करती है कि 'तुम इससे ज़्यादा खुश नहीं हो सकते या तुम कितना खुश हो सकते हो।'

एकलव्य – ओह! अब मैं समझा कि माया का पेट यानी क्या। इस भ्रम से मुक्त होना तो बहुत ज़रूरी है।

ऊपरवाला – यदि तुम माया के पेट (दुःख) से मुक्त होना चाहते हो तो पहले ठीक से पैदा हो जाओ यानी माया में रहकर माया को समझो और उससे बाहर आ जाओ। जब तुम माया के पेट से बाहर आ जाओगे तब तुम देखोगे कि तुम्हारे सारे दुःख एक साथ समाप्त हो गए हैं। आज़ादी मिलने पर यह समझ में आएगा कि इंसान का सुख ही उसके दुःख का सातवाँ कारण है। पृथ्वी उसका घर नहीं बल्कि दूसरा पेट है। इंसान यहाँ पर विशेष काम करने आया है।

एकलव्य ये सारी बातें सुनकर गंभीर हो उठा। उसके मन में खलबली मच गयी। ऊपरवाले ने सीधे उसकी मान्यताओं पर वार किया था। वह तो इस मायावी संसार को ही सत्य समझ रहा था। वह सोचने लगा मैं कौन हूँ? मेरा असली घर कौन सा है? मैं कहाँ से आया हूँ? मैं कौन सा विशेष काम करने इस पृथ्वी पर आया हूँ? इन सवालों ने एकलव्य को झकझोर कर रख दिया। उसने व्यग्र होकर ऊपरवाले से पूछा–

एकलव्य - मुझे इस सृष्टि का रहस्य टॉप व्ह्यू से जानना है। आज तक मैं अपने दृष्टिकोण से ही इस दुनिया को देखता रहा। मैं इस बारे में संपूर्ण मार्गदर्शन प्राप्त करना चाहता हूँ।

ऊपरवाला - मैं तो चाहता ही हूँ कि अधिक से अधिक लोग सृष्टि के रहस्य को जानें। तुम्हारे अंदर इसे जानने की प्यास जगी है तो इसे कृपा समझना। मैं तुम्हें संपूर्ण जीवन रहस्य बताने जा रहा हूँ मगर कल।

एकलव्य - (रुआँसा होकर) कल क्यों? अभी क्यों नहीं?

ऊपरवाला - आज घर जाकर अब तक की बताई हुई बातों पर गहरा मनन करो। तब जाकर तुम आगे की बातें आत्मसात कर पाओगे। इस वक्त यहीं से मुझे किसी और काम के लिए जाना है, कल मिलते हैं।

ऊपरवाले के अचानक इस तरह चले जाने से एकलव्य कुछ क्षण हतप्रभ होकर रास्ते पर खड़ा रहा। ऊपरवाले की सलाह उसे उचित लगी लेकिन उसके मन में अजब सी व्याकुलता भी छा गई। फिर भी उसने ऊपरवाले के निर्देश को स्वीकार किया और घर की ओर निकल पड़ा।

■ ■ ■

खिड़की से झाँकते उजियारे ने एकलव्य को नींद से जगाया। कल रात उसने ऊपरवाले की बातों को डायरी में लिखकर मनन किया था। तब से वह अंतर्मुख हो उठा था। उसे समझ में आया कि वह कॉकरोच और छिपकलियों के संसार में रहने के लिए आया है। अर्थात इस माया की दुनिया में दुःख रूपी कॉकरोच के बीच ही उसे रहना है, वह भी खुशी से। यह सब सोचते हुए वह घर के बाहर निकल पड़ा।

काफी दूर निकल जाने पर भी उसे ऊपरवाला कहीं दिखाई नहीं दिया। तभी पीछे से किसी ने उसकी पीठ पर धौल जमाई और पूछा, 'कहो कैसे हो?'

एकलव्य ने चौंकते हुए मुड़कर देखा। मुस्कराते हुए उसने जवाब दिया-

एकलव्य - कॉकरोच और छिपकलियों के संसार में खुश हूँ और उनके संसार में मैं क्यों आया हूँ, आज यह जानने के लिए बेताब हूँ।

ऊपरवाला - मैं भी यही चाहता था कि तुम खुश होकर आगे का श्रवण

करोगे तो अधिक से अधिक ज्ञान ग्रहण कर पाओगे। आज मैं तुम्हें एक ऐनालॉजी (कहानी) द्वारा संपूर्ण जीवन रहस्य बताने जा रहा हूँ, उसे तुम बहुत ध्यान से सुनो।

एक गाँव में एक बहुत बड़ा घर था। उस घर में हर तरह की सुविधाएँ उपलब्ध थीं। उसमें लोग खुशी से रहते थे। उस घर में कुछ लोग इतने खुश थे कि उन्होंने घर के ऊपर एक-एक करके सात मंज़िलों का निर्माण किया। उस घर की नींव बहुत मज़बूत होने के कारण ही वे इन मंज़िलों का निर्माण कर पाए। उन्होंने हर मंज़िल पर नए-नए आश्चर्य तथा नए-नए आनंद निर्मित किए। सातवीं मंज़िल पर चढ़कर जब वे पूरे गाँव को देखते थे तब उन्हें एक अलग ही अलौकिक दृश्य दिखाई देता था। वहाँ से उन्हें महानिर्माण की संभावना दिखाई दी।

अतः वे चाहते थे कि नीचे की मंज़िलवाले लोग भी ऊपर आएँ ताकि सभी मिलकर महानिर्वाण निर्माण कर सकें मगर नीचे रहनेवाले लोग ऊपर आने के लिए तैयार ही नहीं थे। वे जहाँ थे, वहीं खुश और संतुष्ट थे।

एक दिन गाँव के कुछ लोग अपने रिश्तेदारों से मिलने कुछ दिनों के लिए नगर गये। वहाँ से लौटने के बाद उनमें से कुछ लोग ऊपर की मंज़िल पर आने के लिए राज़ी हो गए।

एकलव्य - ऐनालॉजी की बातें मेरे लिए कुछ भारी पड़ रही हैं। गाँव, सात मंज़िलें, बहुत खुश लोग, नगर ये सारे किस बात की ओर संकेत करते हैं, कृपया इसे स्पष्ट करें।

ऊपरवाला - कहानी में गाँव का अर्थ है सूक्ष्म जगत। वहाँ पर रहनेवाले बहुत खुश लोग यानी आत्मसाक्षात्कारी लोग। उनकी बनाई हुई सात मंज़िलें चेतना के सात स्तरों की ओर इशारा करती हैं। कुछ लोग अपने रिश्तेदारों से मिलने नगर गए यानी इस पृथ्वी पर आए।

एकलव्य - अच्छा मुझे कुछ-कुछ बातें स्पष्ट हो रही हैं। अब मेरे मन में यह सवाल उठ रहा है कि नगर जाकर ऐसा क्या हुआ होगा कि लोग ऊपर जाने के लिए तैयार होने लगे?

ऊपरवाला - दरअसल नगर में जाकर लोगों को अलग-अलग प्रकार की सीढ़ियाँ चढ़नी पड़ती थीं। जैसे रेल्वे प्लेटफार्म हो, बस स्टॉप हो या रिश्तेदारों से

मिलने के लिए किसी इमारत में जाना हो, सीढ़ियाँ चढ़े बगैर कोई चारा न था। इस तरह नगर में उन्हें सीढ़ियाँ चढ़ने की आदत पड़ गई। इस वजह से नगर से वापस आने के बाद उन्हें गाँव में अपने घर की सीढ़ियाँ चढ़ना आसान लगने लगा और वे सहजता से घर की ऊपरी मंज़िलों पर जा पाए।

एकलव्य – नगर में जाकर सीढ़ी चढ़ना यानी आप निश्चित रूप से किस ओर संकेत कर रहे हैं?

ऊपरवाला – इसे यूँ समझो कि नगर में जाकर इंसान को थोड़ा दुःख मिलता है इसलिए वह आत्मविकास करने के बारे में सोचता है, विकास की सीढ़ी चढ़ना सीखता है। जो सीढ़ी चढ़ना सीख जाता है, वह गाँव में वापस आकर चेतना के उच्च स्तरों पर जाने को तैयार हो जाता है।

खुश लोग चाहते हैं कि नगर से वापस आकर सभी की उन्नति होनी चाहिए, अवनति नहीं। अगर लोगों ने नगर में जाकर विकास की सीढ़ी चढ़ने और विकास करने का स्वभाव बना लिया तो वे लचीले बनेंगे और उच्चतम स्तर पर जा पाएँगे।

अतः खुश लोगों ने यह तय किया कि किसी न किसी बहाने हर एक को नगर में भेजा जाए, चाहे नगर में उसका रिश्तेदार हो या न हो। इस निर्णय के अनुसार सभी को एक-एक संघ बनाकर नगर भेजा जाने लगा।

एकलव्य – अरे वा! खुश लोगों ने सभी को ऊपरी मंज़िल पर भेजने के लिए कितनी अच्छी तरकीब ढूँढ़ निकाली।

ऊपरवाला – फिर भी कुछ लोग ऐसे निकले, जो नगर से आने के बाद भी ऊपरी मंज़िल पर जाने के लिए तैयार नहीं हुए। वे जिस मंज़िल पर थे, वहीं रहे। अतः लोगों को रिमाईंडर देने के लिए 'बहुत खुश लोगों' में से कुछ लोगों को नगर भेजा गया। बहुत खुश लोगों का काम यही था कि वे नगरवासियों को यह याद दिलाएँ कि उन्हें नगर में इसलिए भेजा गया है ताकि गाँव में जाकर वे ऊपर की मंज़िलों पर जा सकें। दरअसल खुश लोगों को नगर में जाने की आवश्यकता नहीं थी।

एकलव्य – ये 'बहुत खुश' लोग कौन थे और उन्होंने किस तरह से अपना कार्य निभाया?

दुःख में खुश क्यों और कैसे रहें

ऊपरवाला – पहले, पहला जवाब सुनो। भगवान बुद्ध, भगवान महावीर, संत तुकाराम, संत ज्ञानेश्वर, संत मीराबाई, संत एकनाथ, संत कबीर, जीज़स, गुरु नानक, चैतन्य महाप्रभु इत्यादि लोग 'बहुत खुश' लोग थे, जो हमें 'अपना लक्ष्य' की याद दिलाने आए थे।

यह सुनकर एकलव्य के मन में तुरंत एक विचार आया कि निश्चित ही ऊपरवाले को मेरे लिए ही नगर में भेजा गया है ताकि गाँव में जाकर मैं ऊपरी मंज़िल पर जा पाऊँ। तभी उसे ऊपरवाले के शब्द सुनाई दिए।

अब दूसरा जवाब सुनो– जो भी संत गाँव से नगर में आए, उन्होंने आकर सत्य का ही संदेश दिया मगर लोग उन संतों के संदेश समझ नहीं पाए। अतः उन्होंने संदेश को थोड़ा सा बदल दिया कि 'कम से कम इतना तो करो... पड़ोसी के साथ झगड़ा मत करो... कपट मत करो... दूसरों को तकलीफ मत पहुँचाओ... आदि। इस तरह उन्होंने लोगों को कई छोटी-छोटी शिक्षाएँ दीं ताकि पृथ्वी से कूच करने के बाद वे सातवीं मंज़िल पर न सही, कम से कम पहली या दूसरी मंज़िल पर तो पहुँच सकें। किसी ने इतना भी किया तो सीढ़ी चढ़ने का काम शुरू हो गया।

एकलव्य – यानी सभी संत यही चाहते होंगे कि लोगों को उच्चतम ज्ञान दिया जाय ताकि गाँव में जाकर उन्हें चेतना के उच्चतम स्तर पर प्रवेश मिल सके।

ऊपरवाला – हाँ, ऐसा ही है। पर सामनेवाले की ग्रहणशीलता के अनुसार ही उन्हें मार्गदर्शन देना पड़ता है। संत चाहते हैं कि पृथ्वी पर आकर इंसान मन को अकंप, प्रेमन, निर्मल और आज्ञाकारी बना पाए ताकि वह गाँव में वापस जाकर उच्च चेतना के स्तरों पर जा सके। जो लोग यह ज्ञान प्राप्त करते हैं, वे स्थूल शरीर की मृत्यु के बाद ऊपर की मंज़िलों यानी उच्च चेतना के स्तर पर जा पाते हैं।

एकलव्य – पृथ्वी पर तो इंसान यही मानकर बैठा है कि जीवन सिर्फ मृत्यु तक ही सीमित है और आप तो आगे के जीवन की बातें बता रहे हैं!

ऊपरवाला – हाँ, यह ऐनालॉजी इस भ्रम को तोड़ने के लिए ही बताई जा रही है कि जीवन सिर्फ मृत्यु तक ही सीमित नहीं है। स्थूल (बाहरी) शरीर की मृत्यु के बाद भी जीवन है। उसी को जानने की तैयारी चल रही है। अगर यह काम सही तरीके से न हो पाए तो कुछ खुश लोगों को इसकी याद दिलाने के लिए पृथ्वी पर आना पड़ता है। जो लोग सही संदेश सुन और समझ पाते हैं, वे अपना लक्ष्य प्राप्त

करके इस पृथ्वी से जाते हैं। जो लोग संदेश नहीं सुन पाते, वे अज्ञानवश गलतियाँ करते जाते हैं और बाद में उन्हें यह अफसोस होता है कि 'अरे! हमें जिस काम के लिए भेजा गया था, वही काम नहीं हुआ।' अतः वे स्थूल शरीर की मृत्यु के बाद चेतना के उच्चतम स्तर पर नहीं जा पाते।

एकलव्य - चेतना के उच्चतम स्तर पर जाने के लिए हमें क्या करना चाहिए?

ऊपरवाला - चेतना के उच्चतम स्तर पर जाने के लिए अपने मन को अकंप, प्रेमन, निर्मल और आज्ञाकारी बनाना होगा। नगर में (पृथ्वी पर) रहकर ही इस लक्ष्य की पूर्ति की जा सकती है।

एकलव्य - (कृतज्ञता के भाव से) मुझे यह विश्वास हो चला है कि आपकी शिक्षाओं पर चलकर मैं अपना असली लक्ष्य अवश्य प्राप्त करूँगा और गाँव में लौटकर आपको धन्यवाद दूँगा कि 'पृथ्वी पर रहकर मैंने आपकी आज्ञा का पालन किया। मैंने चारों ओर दिखाई देनेवाली चीज़ों को सत्य नहीं माना, दिखावटी सत्य में नहीं उलझा। मुझ पर बड़ी कृपा हुई, जो आप मुझे मिले। वरना यह ज्ञान सुनने को मिलना भी दुर्लभ है, ज्ञान मार्ग पर चलना तो दूर की बात है।

ऊपरवाला - इस ऐनालॉजी से यह भी समझो कि नगर यानी पृथ्वी पर ही उच्चतम चीज़ें निर्माण करने की तैयारी हो सकती है। गाँव यानी सूक्ष्म जगत में तो बहुत कुछ निर्माण होगा ही पर कुछ प्रयोग पृथ्वी पर भी किए जा सकते हैं। जो लोग तैयार होते हैं, वे वैसे प्रयोग करना चाहते हैं। गाँव के बहुत खुश लोग चाहते हैं कि नगर (पृथ्वी) से आकर कुछ लोग ऊपरी मंज़िल पर जाने के लिए तैयार हो पाएँ वरना कहीं ऐसा न हो कि नगर से आने के बाद उन्हें तबेले में ही भेजना पड़े।

एकलव्य - (प्रश्नार्थक नज़रों से) यह तबेला क्या होता है? वहाँ किन लोगों को भेजा जाता है?

ऊपरवाला - गाँव में घर के पिछवाड़े में एक तबेला है। तबेला वह स्थान है, जहाँ पर ऐसे लोगों को रखा जाता है, जिनमें सत्य पाने की कोई प्यास नहीं होती। जो माया और गलत मान्यताओं में पूरी तरह से उलझे हुए हैं। ये लोग नगर से जाकर आने के बाद गाँव में रहने लायक नहीं बचते। ऐसे लोगों को तबेले में डाल दिया जाता है।

एकलव्य – अरे बाप रे, कहीं हमारी ऐसी हालत न हो जाए।

ऊपरवाला – घबराओ मत, सत्य प्राप्ति की प्यास रखनेवाले लोगों की ऐसी हालत कभी नहीं होती। गाँव के तबेले में भी मार्गदर्शन देनेवाले लोग होते हैं मगर तबेले में गए हुए लोग कट्टर होते हैं, वे सत्य सुनना ही नहीं चाहते। वे अपनी मान्यताओं में जकड़े हुए होते हैं और यही सोचते हैं कि 'यहाँ हमें सालों-साल रहना है। जब कयामत का दिन आएगा तब प्रभु हमारे पास आएगा।' उन्हें पता नहीं कि प्रभु तो उनके पास रोज़ आ रहा है मगर वे उसे पहचान नहीं पा रहे हैं। उन्होंने पृथ्वी पर जिन विचारों से नर्क तैयार किया होता है, उन्हीं विचारों से वे यहाँ पर भी नर्क तैयार कर रहे होते हैं। अतः इंसान को चाहिए कि अपने मन को सख्त (रिजिड) बनने से बचाए, उसे सीखने की आदत देकर सदा लचीला रखे।

गाँव के घर में तबेले के साथ-साथ एक अतिथि कक्ष यानी गेस्ट रूम भी है। कुछ लोगों को नगर से आने के बाद कुछ समय के लिए अतिथि-कक्ष में रखना पड़ता है।

एकलव्य – (असमंजस में पड़कर) अब ये अतिथि-कक्ष क्या है? वहाँ किस तरह के लोगों को भेजा जाता है?

ऊपरवाला – कुछ लोग नगर से ऐसा कुछ सीखकर आ जाते हैं, जिसे ठीक करने की ज़रूरत होती है। ऐसे लोगों को अतिथि-कक्ष में रखकर सत्य के प्रति उनकी प्यास जगाई जा सकती है। जो लोग तबेले में हैं, उन पर तो तुरंत कुछ काम नहीं किया जा सकता मगर अतिथि-कक्ष में रहनेवालों पर काम किया जा सकता है। अतिथि-कक्ष में उलझे हुए अतिथियों को मार्गदर्शन की सेवा देने के लिए कुछ लोग उपलब्ध होते हैं। वे उन लोगों की चेतना बढ़ाकर उन्हें उच्चतम के लिए तैयार करते हैं।

एकलव्य – क्या तबेला ही नर्क है?

ऊपरवाला – निम्न चेतना के इंसान अनुसार वह नर्क नहीं है। उच्च चेतना रखनेवाला इंसान सबसे बड़ी संभावना जानता है इसलिए उसके लिए वह जगह नर्क समान है।

एकलव्य – आज तक कहानियों और फिल्मों में जिस नर्क के बारे में सुना है,

क्या वास्तव में नर्क वैसा ही होता है?

ऊपरवाला - बिलकुल नहीं। जैसे कहानियों, फिल्मों में नर्क दिखाया जाता है, वास्तव में नर्क वैसा नहीं होता। वास्तविक नर्क वह है, जहाँ इंसान नर्क में रहते हुए भी यह सोचता है कि 'मैं स्वर्ग में हूँ।' जैसे पृथ्वी पर जो लोग धर्म के नाम पर हिंसा कर रहे हैं, मार-काट कर रहे हैं, वे अपने बारे में यह नहीं सोचते कि वे नर्क में जी रहे हैं। वे अपने आप पर धर्म के लेबल लगाकर यह सोचते हैं कि वे तो धर्मरक्षक हैं। ऐसे लेबल लगाकर वे अपने आपको खुश करने की कोशिश करते हैं। नर्क में रहता हुआ इंसान अगर यह नहीं जानता कि वह नरक में है तो इससे बड़ा नरक और कोई नहीं हो सकता। ऐसे इंसान की नर्क से निकलने की कोई संभावना नहीं है।

एकलव्य - आपके कहने के अनुसार हमें अपने आपको लचीला बनाना है लेकिन समाज में हमें अहंकारी लोग ही ज़्यादा दिखाई देते हैं।

ऊपरवाला - इसका कारण यह है कि लोग उम्र के साथ-साथ सख्त (कट्टर) हो जाते हैं। वे बाकी लोगों को भी ऐसी धारणाएँ देते हैं कि 'यदि तुम मंदिर, मस्जिद, जाति, वर्ण अथवा देश के नाम पर युद्ध करोगे तो शहीद होकर प्रभु के साथ रहोगे, जन्नत में जाओगे।' अज्ञानवश लोगों को मालूम ही नहीं होता कि ये सब करने के बाद वे तबेले में रहेंगे या वाकई प्रभु के साथ रहेंगे। उनकी चेतना का स्तर पहले ही बहुत कम होता है और जो लोग पृथ्वी पर उन्हें मार्गदर्शन देते हैं, वे खुद भ्रमित तथा डरे हुए होते हैं। जो स्वयं को इतना असुरक्षित महसूस करते हैं, वे क्या किसी को मार्गदर्शन दे पाएँगे? छोटे लाभ में उलझकर वे अन्य लोगों को गलत चीज़ें सिखाने में लगे रहते हैं।

एकलव्य - ये अर्धज्ञानी गुरु तो बड़े खतरनाक साबित हो सकते हैं। इंसान को खंदक से निकालकर खाई में डाल सकते हैं।

ऊपरवाला - हाँ, वे ऐसा कर सकते हैं मगर तभी जब इंसान अज्ञान की बेहोशी में धुत हो। अगर इंसान को किसी सच्चे मार्गदर्शक द्वारा इन सारी बातों की स्पष्टता पहले ही मिली हो तो वह सामनेवाले की चेतना का स्तर समझ सकता है क्योंकि उच्च चेतनावाले लोग उच्च और निम्न दोनों स्तरों की चेतना को समझ सकते हैं। निम्न चेतनावाले लोग उच्च चेतनावालों को कभी नहीं समझ सकते। उनकी उतनी पात्रता ही नहीं होती कि वे उच्च दृष्टिकोण से देख सकें।

एकलव्य - यह कहानीनुमा ऐनालॉजी तो संपूर्ण जीवन दर्शन की ओर एक गहरा संकेत है।

ऊपरवाला - हाँ, इस संकेत के द्वारा गाँव से नगर, नगर से गाँव और फिर उच्चतम उपखण्डों की यात्रा को समझकर अपनी चेतना को बढ़ाया जा सकता है तथा शब्दों में न आनेवाले ज्ञान को प्राप्त कर विकास किया जा सकता है।

एकलव्य - अब मुझे समझ में आ रहा है कि थोड़े विकास में खुश रहना यानी क्या। इंसान जिन चीज़ों से आकर्षित होता है जैसे मिष्ठान्न, पद, प्रतिष्ठा, पैसा, रिश्ते आदि उनमें वह सुख ढूँढ़ता है। उनके मिलने पर वह इतना खुश हो जाता है कि आगे बढ़ना ही नहीं चाहता।

ऊपरवाला - (हँसते हुए) अब कुछ बातें हज़म होती हुई दिखाई दे रही हैं। तुमने ठीक सोचा कि इंसान थोड़े से आत्मविकास में ही खुश हो जाता है। उसी तरह सूक्ष्म जगत में जाकर भी उसे लगता है कि नीचे की मंज़िल पर क्या बुरा है? सूक्ष्म शरीर का पूरा जीवन वहीं पर गुज़ार दिया जाए तो भी क्या फर्क पड़ता है? मगर पृथ्वी पर जिसने कुदरत के नियमों का पालन किया है वह कहेगा, 'हमें तो कुदरत से यह सीख मिली है कि कितनी भी सुविधाएँ दिखाई दे रही हों लेकिन हमें उनमें नहीं अटकना है, आगे ही बढ़ना है।' जो ऐसे विचार रखता है, वह निम्न स्तर से उच्चतम स्तर पर बड़ी आसानी से जा पाता है। कुछ लोगों की तो ऐसी तैयारी होती है कि वे सीधे सातवें स्तर पर चले जाते हैं। पृथ्वी पर तैयारी करने की इतनी संभावनाएँ हैं। इंसान का लक्ष्य इतना बड़ा है कि वह इस लक्ष्य पर रोज़ थोड़ा-थोड़ा काम करने लग जाए तो उसका उच्च खण्ड पर जाने का विश्वास बढ़ता जाएगा, अपने असली लक्ष्य पाने की प्यास उसमें बढ़ती जाएगी।

ऊपरवाले की बातें सुनकर एकलव्य अभिभूत हो उठा। उसे लगा कि किन शब्दों में वह ऊपरवाले का धन्यवाद जतलाए!

एकलव्य - ऊपरवाले... आपको अपरिमित धन्यवाद, जो ऐसी अश्रव्य बातें सुनने का मौका मिला। क्या आप आज की बताई हुई बातों का सार कुछ वाक्यों में दोहरा सकते हैं?

ऊपरवाला - मैं तुम्हें यही बताना चाहूँगा कि दूसरे पेट यानी पृथ्वी पर आकर, स्वयं को पहचानकर, अपने सुखों की परिकल्पना से अब तुम बाहर निकलो। जब

तुम संपूर्ण जीवन को समझ जाओगे तब जीवन में आनेवाले दुःखों को उच्च चेतना के दृष्टिकोण से देख पाओगे। फिर वे दुःख तुम्हें दुःख नहीं बल्कि विकास की सीढ़ी या लक्ष्य प्राप्ति का मौका लगने लगेंगे। जब तुम किसी सुदूर यात्रा पर निकलते हो तब रास्ते में, ट्रेन में, स्टेशन पर, बस में आनेवाली परेशानियों को आसानी से अनदेखा कर पाते हो क्योंकि तुम्हें केवल अपना गंतव्य ही दिखाई देता है। वहाँ पहुँचने के आनंद की तुलना में रास्ते में आनेवाली मुश्किलें तुम्हें फीकी लगती हैं। इसी दृष्टिकोण से अपने जीवन में आनेवाले दुःखों का साक्षात्कार अभिव्यक्ति मानकर आनंद के साथ करो।

ऊपरवाले के मुख से झरती अविरल वाणी को एकलव्य मंत्रमुग्ध होकर सुनता रहा। अनायास ही उसकी आँखें बंद हो गईं। उसे महसूस हुआ कि उसकी समझ में एक बड़ा परिवर्तन आया है। उसे बगीचे से उठने का मन ही नहीं हो रहा था। अब उसे संपूर्ण जीवन का चित्र स्पष्ट होने लगा तथा यह भी समझ में आया कि यह पृथ्वी उसका घर नहीं है – न घर (नगर) है। दुःख का आठवाँ कारण, आठवें अजूबे से कम न था।

14

अलग अस्तित्व

प्रातः नींद से जागकर एकलव्य ने मन ही मन दुःख के आठ कारणों पर किया हुआ मनन दोहराया। अपने मनन को ऊपरवाले के समक्ष रखने की उत्सुकता में वह घर से बाहर निकलकर सीढ़ियाँ उतरने लगा। पीछे से आती हुई कदमों की आहट ने उसे ऊपरवाले के आने की खबर दी। दोनों साथ-साथ सैर के लिए निकल पड़े। एकलव्य ने पूछा-

एकलव्य - अब तक आपने दुःख के जो आठ कारण बताए, उन पर मनन करने के बाद मेरे मन में यह सवाल उठा है कि इंसान पृथ्वी पर क्यों आया है? क्या सिर्फ दुःख भोगने? या मिलनेवाले दुःखों का निवारण करने? यह करते-करते ही कहीं जीवन समाप्त न हो जाए!

ऊपरवाला - आज मैं तुम्हें दुःख का मूलभूत कारण बताने जा रहा हूँ। जिसमें तुम्हारे सारे सवालों के जवाब मिल जाएँगे। पहले तुम्हें वह जवाब स्वीकार नहीं होगा। मगर जब तुम उस जवाब पर अपने जीवन में काम करोगे तब कहोगे कि वाकई यह लाजवाब जवाब है।

एकलव्य - मैं कुछ समझा नहीं।

ऊपरवाला - इंसान को लगता है कि यह मेरा सुख है, यह मेरा दुःख है। मैं सुख-दुःख का अनुभव कर रहा हूँ। वास्तव में ईश्वर ही इंसान द्वारा अपना अनुभव करना चाहता है। यही मिसिंग लिंक है। अपने आपको स्वतंत्र अस्तित्त्व समझना ही दुःख का नौवाँ कारण है।

एकलव्य - यह बात मैं पहली बार सुन रहा हूँ इसलिए आश्चर्य भी हो रहा है और...

ऊपरवाला - पृथ्वी पर जब पहली बार किसी ने शीर्षासन के बारे में बताया

होगा तब सुननेवालों ने यही सोचा होगा कि 'ये तो अजीबो-गरीब क्रिया बता रहे हैं, इससे क्या होगा!'

किसी ने जब पहली बार प्राणायाम के बारे में बताया होगा तब लोगों को लगा होगा कि इस प्रकार प्रयास सहित साँस लेने की क्या आवश्यकता है? साँस तो वैसे भी खुद-ब-खुद आती-जाती रहती है, इस पर कसरत करने की क्या आवश्यकता है? मगर आज इंसान आसन और प्राणायाम का महत्त्व और उसकी आवश्यकता को समझ चुका है।

उसी तरह पहले तो आपको 'पृथ्वी पर हम क्यों आए हैं और अपना लक्ष्य क्या है', यह सवाल उतना महत्वपूर्ण नहीं लगेगा क्योंकि इसे जानने की इंसान को आवश्यकता ही महसूस नहीं होती। उसने कभी इस पर मनन ही नहीं किया होता है कि मुझे इंसान का जन्म क्यों मिला है? मैं कौन हूँ? मैं इस पृथ्वी पर क्यों हूँ? जीवन का मूल लक्ष्य क्या है? क्या इस शरीर द्वारा मैं वही लक्ष्य प्राप्त कर रहा हूँ या कुछ और कर रहा हूँ? जो मैं अपने आपको (शरीर) मान रहा हूँ क्या हकीकत में वही मैं हूँ? इस शरीर द्वारा पृथ्वी पर मुझे किस तरह का अनुभव लेना है? स्थायी खुशी क्या है और वह कैसे प्राप्त हो? वर्तमान में हम जो कर रहे हैं वही हमारा अपना लक्ष्य है या कुछ और है?

एकलव्य - बाप रे...! आपने तो प्रश्नों की झड़ी लगा दी। फिलहाल मैं अपना लक्ष्य पहले समझना चाहूँगा, हालाँकि आपने पहले भी इस पर मार्गदर्शन दिया है।

ऊपरवाला - अपना लक्ष्य यानी अपने मन को अकंप, प्रेमन, निर्मल और आज्ञाकारी बनाना। ऐसे मन के ज़रिए इंसान अपने आपको जान पाएगा तथा स्वअनुभव कर पाएगा। वास्तव में ईश्वर ही इंसान द्वारा अपना अनुभव करना चाहता है। लेकिन इंसान को लगता है कि मैं अनुभव कर रहा हूँ। यह मेरा सुख है, यह मेरा दुःख है। यही मिसिंग लिंक है। अपने आपको स्वतंत्र अस्तित्त्व समझना ही दुःख का नौवाँ कारण है।

एकलव्य - क्या आप मुझे यह कारण विस्तार से बताएँगे?

ऊपरवाला - हाँ, ज़रूर। पृथ्वी पर जितने भी लोग हैं, उन्हें पाँच वर्गों में विभाजित किया जा सकता है। हमारे हाथ की पाँचों उँगलियाँ इन पाँच लोगों को दर्शाती हैं।

हाथ की सबसे छोटी उँगली उन लोगों को दर्शाती है, जो दिनभर काम करते हैं। फिर वे चाहे फैक्टरी में काम करनेवाले मज़दूर हों या घर में काम करनेवाली गृहिणियाँ। ये लोग जहाँ काम करते हैं, उस जगह को स्वर्ग बनाते हैं और अपने आस-पास के लोगों को सुकून देते हैं।

एकलव्य - और अंगूठा ?

ऊपरवाला - हाथ का अंगूठा ऐसे लोगों की ओर इशारा करता है, जिनके पास बहुत ताकत होती है। अपनी ताकत का इस्तेमाल कैसे करना है, यह इंसान के मन की निर्मलता और पवित्रता पर निर्भर करता है।

अनामिका हाथ की तीसरी उँगली है। इस उँगली में लोग अंगूठी पहनते हैं। अनामिका उन लोगों को दर्शाती है, जो चंचल वृत्ति के होते हैं। जिनका मन हमेशा टी.वी. के रिमोट कंट्रोल के बटनों की तरह भटकता रहता है। माया की दुनिया में मन को बहुत से विषय मिल जाते हैं, जिससे चंचल मन तुरंत फिसल जाता है।

एकलव्य - मध्यमा और तर्जनी किस वर्ग के लोगों को दर्शाते हैं?

ऊपरवाला - हाथ की चौथी उँगली यानी मध्यमा, सबसे बड़ी उँगली, उन लोगों को दर्शाती है, जो महान होते हैं। मध्यमा से महानता की याद आती है।

हाथ की पाँचवीं उँगली को तर्जनी कहते हैं। यह उँगली इशारा करने के लिए प्रयोग में लाई जाती है। यह उँगली उन लोगों को दर्शाती है, जिनका जीवन सीधा, सहज और सरल होता है।

एकलव्य - इस उदाहरण में बताए गए पाँच उँगलियों के गुणधर्मों द्वारा हम यह जान सकते हैं कि हम किस वर्ग के लोगों में आते हैं और हमें कैसे बनना चाहिए।

ऊपरवाला - अब यह समझो कि हाथ की पाँच उँगलियाँ यानी पाँच प्रकार के लोग, जब पृथ्वी पर आते हैं तब क्या होता है।

एकलव्य - (उत्सुकता दर्शाते हुए) हाँ, हाँ बताइए।

ऊपरवाला - इंसान के हर सुख और दुःख में ईश्वर का ही हाथ होता है। ऐसी कल्पना करके देखो कि ईश्वर ने अपना हाथ एक ऐसे मटके में डाला हुआ है, जिसका आकार बहुत बड़ा है लेकिन मटके का मुँह बहुत छोटा है। अब पाँचों

उँगलियाँ उस मटके के अंदर अलग-अलग अनुभव ले रही हैं। अचानक किसी उँगली में सुई चुभ गई तो किसी उँगली को रूई मिल गई। इसका अर्थ है एक को सुखद अनुभव हुआ और दूसरे को दुःखद अनुभव हुआ।

किसी उँगली में धूल लग गई तो किसी उँगली को फूल मिल गया यानी एक खुश है और एक दुःखी है।

किसी उँगली को राख मिली तो किसी को रंगोली मिली यानी किसी को परेशानी मिली तो किसी को आनंद मिला।

एकलव्य - अच्छा, तो यह बात है।

ऊपरवाला - इस प्रकार मटके के अंदर सभी उँगलियों को सुखद और दुःखद दोनों प्रकार के अनुभव प्राप्त हुए। सभी उँगलियाँ अलग-अलग अनुभव ले रही हैं लेकिन हकीकत में अनुभव कौन ले रहा है? हकीकत में अनुभव तो वह ले रहा है, जो मटके के बाहर है, जिसका हाथ मटके के अंदर गया हुआ है। उँगलियाँ अनुभव नहीं ले रही हैं।

एकलव्य - अगर ऐसा है तो इंसान दुःखी या सुखी क्यों होता है?

ऊपरवाला - उँगलियों के द्वारा मटके के बाहर जो ईश्वर है, वह अनुभव ले रहा है लेकिन उँगलियाँ सोचती हैं कि 'यह मेरा अनुभव है, यह मेरा दुःख है, यह मेरा सुख है, यह मेरी खुशी है, यह मेरी सफलता है, यह मेरी असफलता है।' वह कभी भी मटके के बाहरवाले से यानी ईश्वर से सलाह नहीं लेता। वह भूल जाता है कि ये अनुभव मेरे लिए नहीं हैं बल्कि ईश्वर मेरे शरीर द्वारा इन्हें ले रहा है।

जिस दिन सभी उँगलियाँ (सारी मनुष्य जाति) यह रहस्य जान जाएँगी कि यह सुख-दुःख हमारा नहीं है तब उनमें एक नई चेतना जागेगी। उस वक्त उन्हें अपने (पृथ्वी) लक्ष्य का अर्थ समझ में आने लगेगा कि हम ईश्वर के लिए, जो मटके (पृथ्वी) के बाहर है, अनुभव ले रहे हैं। ईश्वर ही उँगलियों यानी अलग-अलग इंसानों द्वारा अपना अनुभव करना चाहता है। ईश्वर सिर्फ इंसानी शरीर के द्वारा ही अनुभव ले सकता है, किसी जानवर के शरीर से यह अनुभव लेना संभव नहीं है।

एकलव्य - मुझे लगता है कि ईश्वर तभी इंसानी शरीर से अनुभव ले पाएगा जब इंसान ईश्वर के संपर्क में होगा। है न?

ऊपरवाला – बिलकुल सही। जब इंसान खुश होता है तब वह ईश्वर के संपर्क में होता है और जब भी वह किसी घटना में दुःखी होता है तब वह ईश्वर से अपना तालमेल खो देता है। ईश्वर से अच्छा तालमेल होने पर इंसान की खुशी सदा के लिए उसके साथ ही रहेगी। इसलिए तुम्हें दुःख में भी खुश रहने की कला सिखाई जा रही है। यह कला सीखते वक्त पहले तो तुमसे बार-बार गलतियाँ होंगी। मगर बार-बार दुःखद घटनाओं में खोज करके, सही तरीके से मनन करके एक समय ऐसा आएगा कि फिर तुम्हारा ईश्वर से तालमेल टूटेगा ही नहीं। चाहे तुम कहीं पर भी जाओ, ईश्वर से तुम्हारा संपर्क सदा बना रहेगा और जो सदा ईश्वर के संपर्क में रहेगा वह भला दुःखी कैसे रह सकता है!

ऊपरवाले की गहरी बातें सुनकर एकलव्य अंतर्मुख हो उठा। आज तक वह यही मानता आया था कि जीवन में आनेवाले सुख-दुःख का अनुभव वह खुद ही कर रहा है। अब उसे सुख-दुःख की ओर देखने का एक नया आयाम मिला है। ईश्वर ही उसके द्वारा सुख-दुःख का अनुभव करना चाहता है। एकलव्य अपनी इस समझ से आनंदित हो उठा कि अब वह सुख में सुखी और दुःख में दुःखी नहीं होगा। वाह... क्या स्थिति है! एकलव्य ने मन ही मन कहा, 'हे ईश्वर, देखो अब मैं सच्ची खुशी में हूँ, तुम्हें यही अनुभव चाहिए था ना!' तब एकलव्य के अंदर से यह आवाज़ उठी, 'यस् मुझे तुमसे यही चाहिए था।' मानो ईश्वर ने स्वयं यह जवाब दिया हो।

खण्ड २

खुशी से खुशी की खोज

15

विश्वास का सूर्य

आज की सुबह एकलव्य के जीवन में एक नया उजाला लेकर आई। एकलव्य बेहद खुश था क्योंकि आज से ऊपरवाला उसे दुःख मुक्ति के उपाय विस्तार से बतानेवाला था। उसे यकीन हो चला था कि अब ईश्वर से उसका संपर्क सदा के लिए बना रहेगा। एकलव्य को आशा की किरण ही नहीं बल्कि विश्वास का चमकता हुआ सूर्य प्रत्यक्ष रूप से दिखाई देने लगा। उसे अपने सभी दुःख विलीन होते हुए नज़र आने लगे। वह बड़े ही उल्लसित मन से सैर के लिए निकल पड़ा। उसे लगा, क्यों न आज खुद ही ऊपरवाले के घर पहुँचकर उसे आश्चर्य में डाला जाय! यह विचार आते ही उसने अपने आप को सीढ़ियाँ चढ़ते हुए पाया। ऊपरवाले के घर की घंटी बजाते ही ऊपरवाले ने तुरंत दरवाज़ा खोला। एकलव्य ने कहा-

एकलव्य - लो, आज मैं आपको लेने आया हूँ।

ऊपरवाला- लेकिन आज तो मैं नहीं आ सकता।

एकलव्य - ऐसी क्या बात हो गई?

एकलव्य - भूल गए न! आज पंद्रह तारीख है। मैंने पहले ही तुम्हें बताया था कि महीने की एक और पंद्रह तारीख को मैं सुबह की सैर के लिए नहीं आ सकता। साथ ही आज मेरा मित्र भी बीमार है।

एकलव्य - आपका मित्र! वह कब आया ?

ऊपरवाला - वह तो मेरे साथ ही रहता है।

अब आश्चर्य करने की बारी एकलव्य की थी। एकलव्य ने सोचा, 'कहाँ तो मैं ऊपरवाले को आश्चर्य में डालना चाहता था और कहाँ मैं खुद ही आश्चर्य में पड़ गया। ऊपरवाले का मित्र भी उसके साथ रहता है, यह तो मुझे मालूम ही न था।'

ऊपरवाले ने आगे कहा-

आज तुम अब तक की बताई हुई सारी बातों पर मनन करो तथा खुद ही दुःख दूर करने के उपायों पर विचार करो। दुःख के कारण ही उसके इलाज की ओर संकेत करते हैं। देखो तो ज़रा तुम्हारे अंदर से क्या-क्या बातें निकलती हैं।

ऊपरवाले की बातें सुनकर एकलव्य ने सोचा, ऊपरवाला ठीक ही तो कह रहा है कि दुःख के कारणों में ही दुःख के उपाय छिपे हैं। एकलव्य के मन में एक अनोखी उमंग जाग उठी। फिर अचानक उसे खयाल आया कि क्यों न आज चर्च के फादर फ्रान्सिस से मुलाकात की जाए! ज़रा मैं भी तो सुनूँ कि चर्च में दोनों क्या चर्चा करते हैं? अतः उसने उत्साहित होकर ऊपरवाले से पूछा-

एकलव्य - क्या आज मैं फादर फ्रांसिस से मिल सकता हूँ? वैसे भी आज आप सैर के लिए नहीं आ रहे हैं तो कम से कम आपकी बातें फादर की जुबानी सुन लूँगा!

ऊपरवाला - (कुछ सोचते हुए) ठीक है, तुम चर्च में जाकर उनसे मिल सकते हो। मैं उन्हें फोन किए देता हूँ।

ऊपरवाले को धन्यवाद देकर उसने यह कहकर विदा ली कि आज वह उसकी बताई बातों पर मनन करेगा। सैर करते हुए एकलव्य मन ही मन अब तक बताए गए दुःख के कारणों पर मनन करने लगा। बगीचे में एकांत जगह देखकर वह चलते-चलते अपनी पूछताछ मन ही मन में करने लगा।

* दुःख का पहला कारण यदि मैं खुद हूँ तो दुःख दूर करने का उपाय भी मैं खुद ही होऊँगा। अगर अनजाने में मैंने अनचाही घटनाओं को अपने जीवन में आकर्षित किया है तो समझ मिलने के बाद क्या उन घटनाओं को मैं विकर्षित नहीं कर सकता?

* दुःख में रहने की आदत पड़ जाना, दुःख का दूसरा कारण है। इस आदत को तोड़कर क्या मैं दुःख मुक्त नहीं हो सकता?

* पड़ोसी का सुख न देख पाना दुःख का तीसरा कारण है। क्या मैं पड़ोसी के सुख को खुशी की नज़र से नहीं देख सकता?

* दुःख का दुःख करना दुःख का चौथा कारण है। क्या जीवन में आए दुःख को मैं सर्कस में आए हुए जोकर की तरह नॉर्मल नहीं मान सकता?

* अपने लक्ष्य से ध्यान हट जाना, दुःख का पाँचवाँ कारण है। क्या मैं 'अपने लक्ष्य' को नहीं अपना सकता?
* अज्ञान में होनेवाले कर्म ही दुःख का छठवाँ कारण हैं। ज्ञानयुक्त कर्म करके क्या मैं दुःख से मुक्त नहीं हो सकता?
* कल का इस्तेमाल अकल से न कर पाना यह इंसान के दुःख का सातवाँ कारण है। वर्तमान में सही बीज डालने से क्या मैं इस दुःख से मुक्त नहीं हो सकता?
* इंसान का सुख ही उसके दुःख का आठवाँ कारण है। क्या दुःख से मुक्त होने के लिए सुख से चिपकाव कम नहीं किया जा सकता?
* स्वयं को अलग अस्तित्त्व मानना ही दुःख का नौवाँ कारण है। क्या मैं इस अस्तित्त्व को कभी तोड़ नहीं पाऊँगा?

एकलव्य को लगा कि एक 'नहीं' के निकाल देने से सब कुछ हो सकता है। समझ हो तो सब कुछ संभव है। ऊपरवाले का साथ सदा बना रहे तो एक न एक दिन मैं दुःख से मुक्त अवश्य हो जाऊँगा। मनन करके एकलव्य को आनंद की अनुभूति होने लगी।

तभी उसे सामने ही चर्च दिखाई दिया। एकलव्य कुछ सकुचाते हुए अंदर गया। वहाँ फादर उसका ही इंतज़ार कर रहे थे। उन्होंने आगे बढ़कर एकलव्य से पूछा-

फादर – आप... एकलव्य...?

एकलव्य – हाँ, मैं ही एकलव्य हूँ।

फादर – आपसे मिलकर खुशी हुई। मुझे सर रॉबर्ट का फोन आया था कि आप मुझसे मिलने आनेवाले हैं।

एकलव्य – सर रॉबर्ट...? ये कौन हैं...?

ऊपरवाला – वही जो आपकी बिल्डिंग में रहते हैं।

एकलव्य सोच में पड़ गया। कहीं ऊपरवाले का नाम ही तो रॉबर्ट नहीं! ऊपरवाले का नाम तथा सभी बातें पहेली सी लगती हैं।

फादर – किस सोच में पड़ गए? आओ बैठते हैं। सर रॉबर्ट ने मुझे बताया कि तुम मुझसे कुछ बात करना चाहते हो!

एकलव्य पूछने तो कुछ और आया था मगर पूछ बैठा कि यह रॉबर्ट कौन है और कब से आपको मार्गदर्शन दे रहा है? फादर ने हँसते हुए जवाब दिया-

फादर - रॉबर्ट नाम का अर्थ जानते हो?

एकलव्य - अं... नहीं।

फादर - रॉबर्ट का अर्थ है, जिसने सारे दुःखों (hurts) को हर (rob) लिया।

एकलव्य अपनी हँसी को रोक न पाया। हँसते हुए उसने पूछा-

एकलव्य - यह नाम आपने रखा है या उन्होंने खुद बताया है?

फादर - (कुछ सोचते हुए) जो भी हो लेकिन वाकई ऐसा ही है। नाम के अनुसार ही उनका काम है।

एकलव्य - वह कैसे?

फादर - यद्यपि मैं एक प्रीस्ट हूँ फिर भी मैं महसूस करता था कि मुझे अब भी मानसिक स्थिरता प्राप्त नहीं हुई है।

एकलव्य - प्रीस्ट के सामने भी यह समस्या आ सकती है?

फादर - क्यों नहीं, आत्मबोध प्राप्त होने तक इस तरह की परेशानियों का सामना करना पड़ता है। लोग कनफेशन बॉक्स में आकर तरह-तरह के पाप कर्मों का कनफेशन (प्रायश्चित) करते हैं। उनके दुःख-दर्द और अपराध के किस्सों को सुनकर मेरा दिल भी दहल उठता था। सर रॉबर्ट की वजह से मैं इस कमज़ोरी से उबर पाया। साथ ही जीज़स की शिक्षाओं को खरे अर्थों में समझने में भी मुझे मदद मिली। अतः मैं उनका हृदय से आभारी हूँ।

एकलव्य - आपकी आध्यात्मिक उन्नति से चर्च में आनेवाले लोगों का कितना बड़ा लाभ होगा।

फादर - इसलिए सर रॉबर्ट के लिए असीम धन्यवाद निकलते हैं कि वे मुझे निमित्त बनाकर असंख्य लोगों तक ज्ञान पहुँचाने का कार्य कर रहे हैं।

फादर की बातें सुनकर एकलव्य भौंचक्का रह गया। आखिर यह ऊपरवाला है कौन? रह-रहकर यह प्रश्न हथौड़े की तरह उस पर चोट कर रहा था। कुछ संभलकर एकलव्य ने पूछा-

एकलव्य - अभी आपने बताया कि सर रॉबर्ट की वजह से जीज़स की शिक्षाओं को समझने में आपको बहुत मदद मिली तो इसके उदाहरणस्वरूप कोई शिक्षा बता सकते हैं?

फादर - हाँ, क्यों नहीं। जीज़स ने कहा है- 'जिनके पास है उन्हें और दिया जाएगा, जिनके पास नहीं है उनसे छीन लिया जाएगा।' लोग इस शिक्षा का संबंध धन-संपत्ति से लगाते हैं। वे इस महावाक्य का सही अर्थ जान ही नहीं पाते। सर रॉबर्ट ने बताया कि 'जिनके पास ज्ञान है, समझ है, वे खुद-ब-खुद और ज्ञान प्राप्त करना चाहते हैं, उनकी समझ और बढ़ती है।' लोग सोचते हैं कि हमें ज्ञान मिल जाएगा तो हम आगे श्रवण नहीं करेंगे मगर होता ठीक विपरीत है। जिन्हें जितनी ज़्यादा समझ प्राप्त होती है, वे श्रवण के लिए उतने ज़्यादा आतुर होते हैं। जिन्हें ज्ञान मिलने लगता है, वे चाहते हैं कि और सुनें, उन्हें और मिलता भी है। इसलिए कहा गया कि 'जिनके पास है उन्हें और दिया जाएगा, जिनके पास नहीं है उनसे छीन लिया जाएगा। जिन्हें ज्ञान का महत्त्व नहीं पता, वे समय के साथ पाई हुई समझ भी भूल जाते हैं।

एकलव्य को महसूस हुआ कि क्यों उसे दिन-ब-दिन समझ प्राप्ति हो रही है। उसने सोचा, मैं यूँ ही ग्रहणशील रहा तो मुझे और भी कृपा का प्रसाद मिलता जाएगा। फादर से काफी देर बात करने के बाद एकलव्य ने जाना कि सर रॉबर्ट वाकई दुःख भंजन का काम हर जगह बखूबी कर रहे हैं। नई जानकारी प्राप्त कर एकलव्य आनंदित हो उठा। इसी आनंद में फादर से विदा लेकर एकलव्य घर लौट आया।

एकलव्य की माँ को आजकल एकलव्य में बहुत परिवर्तन दिखाई दे रहा था। वह सदा खुश, चिंता रहित तथा ऊर्जावान दिखाई देता था। घर पर भी सबको मदद करता था तथा उसकी ऑफिस की शिकायतें भी बंद हो गई थीं। माँ को कुछ-कुछ अंदाज़ा तो था कि एकलव्य सुबह ऊपरवाले के साथ सैर के लिए जाता है तथा उससे ज्ञान की बातें सुनकर आता है। माँ ने सोचा, 'हो न हो एकलव्य में आया परिवर्तन उसी का परिणाम है।' माँ ने एकलव्य से पूछा- 'कैसी चल रही है, तुम्हारी ज्ञान-गोष्ठी?' एकलव्य ने मुस्कराते हुए कहा, 'ज्ञान भी मिल रहा है और गोष्ठी (कहानियाँ) भी सुनने को मिल रहीं हैं।' अपने बेटे की खुशी देखकर उसकी माँ भी खुशी से फूली न समाई।

16

स्वीकारयुक्त अनुमति

आज एकलव्य के मन में नई उमंग और स्फूर्ति का संचार हुआ था। उसे विश्वास हो चला था कि एक दिन उसका जीवन अवश्य ही काँच की तरह पारदर्शी बन जाएगा। जहाँ किंतु-परंतु के लिए कोई जगह नहीं बचेगी। उसका जीवन एक खुली किताब की तरह होगा और खुली किताब कौन नहीं पढ़ना चाहता! अपनी किताब को सँवारने की खुशी में एकलव्य बाहर निकल पड़ा। एक शंका उसे सता रही थी कि कहीं ऐसा न हो कि मित्र की तबीयत खराब होने के कारण ऊपरवाला सैर के लिए न आए। तभी ऊपरवाला उसे प्रसन्न मुद्रा में सीढ़ियों से नीचे आता हुआ नज़र आया। उसे देखकर एकलव्य की खुशी दुगनी हो गई। धन्यवाद में सिर झुकाते हुए उसने ऊपरवाले से पूछा-

एकलव्य - आपके मित्र की तबीयत अब कैसी है?

ऊपरवाला - अब वह अच्छा है।

एकलव्य ने ऊपरवाले से कल किया हुआ मनन बताया और साथ ही फादर से हुई दिलचस्प मुलाकात भी कह सुनाई।

एकलव्य - आज मैं सर रॉबर्ट से मिलने आया हूँ, जो मुझे दुःखों को हरने का पहला उपाय बतानेवाले हैं।

ऊपरवाला - क्या तुम सर रॉबर्ट से ज्ञान लेना चाहोगे? तुम तो हिंदू हो।

एकलव्य - क्या आप अब भी मुझे ज्ञान के मामले में अंगूठा छाप समझते हैं?

ऊपरवाला - (हँसते हुए) मैं तो मज़ाक कर रहा था। मुझे अब पता है कि तुम खुशी की खोज खुशी से करना चाहते हो। तुम्हारे लिए अब मंदिर और चर्च दोनों

एक समान हैं।

एकलव्य - आपकी इस टिप्पणी के लिए धन्यवाद। मैं तो दुःख मुक्त होना चाहता ही हूँ, साथ ही अपने आसपास के लोगों को भी आनंदित देखना चाहता हूँ।

ऊपरवाला - (हँसते हुए) बहुत अच्छे। तुम यदि दुःख मुक्त हो जाओगे तो तुम्हारे आसपास के लोग खुद-ब-खुद आनंदित हो जाएँगे। उन्हें आनंदित करने के लिए तुम्हें कुछ करना नहीं पड़ेगा। यह अपने आप घटित होगा।

एकलव्य - बस अब पहेलियाँ मत बुझाइए। बताना शुरू कीजिए।

ऊपरवाला - दुःख में खुश होने का पहला उपाय है, 'स्वीकारयुक्त अनुमति देना'। जैसे ही दुःख आए तो सबसे पहले उसे अनुमति देना सीखो। अपने जीवन में स्वीकार यानी अनुमति मुद्रा✻ (केबिन) का सही इस्तेमाल करो। इस बात का हलका सा ज़िक्र हमने पहले भी किया है।

एकलव्य - हाँ मैं बीच-बीच में केबिन (कोई बात नहीं) का इस्तेमाल करता रहता हूँ।

ऊपरवाला - देखो, अंगूठा और तर्जनी केवल इन दो उँगलियों को खोलने से उनके बीच में ब्रैकेट (केबिन) बनती है। यह अनुमति मुद्रा है। जिस बात को तुम अनुमति देना चाहते हो, उसे इस ब्रैकेट में रखो और अपने आपको यह मुद्रा दिखाकर सवाल पूछो कि 'क्या मैं इसे (जो जीवन में हो रहा है) स्वीकार कर अनुमति दे सकता हूँ?' जिस तरह कभी-कभी हम कोई बात ब्रैकेट में लिखते हैं, उसी तरह जीवन में होनेवाली कुछ घटनाओं को भी ब्रैकेट (अनुमति मुद्रा) में डालना सीखें। जैसे किसी इंसान के द्वारा सही प्रतिसाद न मिलना... कोई घटना अपने मन मुताबिक न होना... अपने पसंदीदा कार्यक्रम के वक्त लाइट चली जाना... इत्यादि। इस तरह छोटी-छोटी घटनाओं से लेकर बड़ी घटनाओं को अनुमति देना सीखना चाहिए।

एकलव्य - अनुमति और स्वीकार करने का सही मापदंड क्या है?

ऊपरवाला - यदि किसी ने तुम्हारे साथ बुरा व्यवहार किया और उसके प्रति

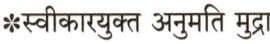✻स्वीकारयुक्त अनुमति मुद्रा

तुम्हारे मन में शिकायत नहीं उठी, वह जो कर रहा है, उसे वह करने की तुमने अनुमति दी तब समझो कि तुमने उस घटना को सही तरीके से स्वीकार किया है।

एकलव्य – दूसरे को उसकी इच्छानुसार कार्य करने की अनुमति देने से मुझे क्या लाभ होगा?

ऊपरवाला – जब तुम जो जैसा है, उसे वैसा रहने की अनुमति दे पाओगे तब तुम्हारे अंदर दुःख को किनारा नहीं मिलेगा। दुःख की नदी इसलिए विस्तीर्ण होती है क्योंकि उसे किनारा मिलता रहता है और उसमें दुःख भरता जाता है। यदि किनारा हटा दिया जाए तो दुःख भी पानी की तरह विलीन हो जाता है। जब तुम में अनुमति देने का भाव अंकुरित होगा तब तुम लोगों से झगड़ोगे नहीं बल्कि जो इंसान जैसा है, उसे वैसा स्वीकार कर पाओगे। इससे तुम्हारा यह लाभ होगा कि दुःख की नदी विलीन होने के साथ-साथ उसमें की जानेवाली खेती (ईर्ष्या, द्वेष, मोह, तुलना, लालच) भी नष्ट हो जाएगी।

एकलव्य – सबको अनुमति देने का क्या दूसरा कोई कारण भी है?

ऊपरवाला – हाँ, अनुमति देने का एक कारण और भी है।

एकलव्य – वह क्या?

ऊपरवाला – चूँकि हर इंसान एक ही घटना को अलग-अलग तरीके से देखता है। हर इंसान का दृष्टिकोण अलग होता है। अतः हर एक अपनी जगह पर सही होता है। कोई भी घटना अच्छी या बुरी नहीं होती। हम उसे जिस दृष्टिकोण से देखते हैं, वह दृष्टि ही उसे अच्छा या बुरा बनाती है। एक घटना में दो लोगों की सोच अलग-अलग हो सकती है इसलिए दोनों को सही और गलत से ऊपर उठकर देखना चाहिए। वरना समस्या आते ही लोग गलत-सही का लेबल लगाकर गलत दिशा में समस्या का समाधान ढूँढ़ने लगते हैं और अंत में पता चलता है कि वह तरीका ही गलत था। कई बार पूरी उम्र बीत जाने के बाद इंसान को पता चलता है कि वह जिस तरीके से समाधान की खोज कर रहा था, वह तरीका ही गलत था। इस तरह समय की बरबादी से बचने के लिए अनुमति मुद्रा हर एक के लिए एक मंत्र बन सकती है।

एकलव्य – एक शंका मुझे सताती है कि अनुमति देना कायरता या मुश्किलों

से भागना तो नहीं है?

ऊपरवाला - अनुमति देना मुश्किलों से भागना नहीं बल्कि उन्हें सुलझाने का पहला कदम है। कुछ लोगों को लगता है कि घटना को स्वीकार कर अनुमति देने से कहीं हम पलायन तो नहीं कर रहे हैं मगर ऐसा नहीं है। किसी भी बात को सही ढंग से हल करने का यह सही तरीका है। जैसे तुम घर से बाहर जाने के लिए निकले और तुमने देखा कि तुम्हारी कार के पीछे किसी ने अपनी कार लगाकर रखी है। अब यदि तुमने इस घटना को स्वीकार किया तो तुम ठंढे दिमाग से सोच पाओगे कि सामनेवाले ने किसी मजबूरी में ऐसा किया होगा। तुम शांति से जाकर उसे अपनी कार हटाने के लिए बता पाओगे। वरना तुम गुस्से में कार के मालिक से जाकर लड़ पड़ोगे। अनुमति देने की भावना के साथ इंसान के दोनों हाथ खुल जाते हैं और वह खुले हाथों से समस्याओं को सुलझा पाता है।

एकलव्य- वाह, लाजवाब जवाब।

ऊपरवाला - अस्वीकार के साथ मन की हालत ठीक वैसे ही होगी, जैसे तुम जीवन की गाड़ी धुँधली स्क्रीन के साथ चला रहे हो। सामान्य बुद्धि यानी कॉमन सेन्स तो यही कहता है कि पहले गाड़ी की स्क्रीन साफ करो ताकि आगे की यात्रा सुलभ हो सके। इसी तरह अनुमति देने से अगर जीवन रूपी गाड़ी की स्क्रीन साफ होती है तो उसे साफ करना कॉमन सेन्स है, पलायन नहीं।

इस तरह यदि सकारात्मक चुंबक बनने के लिए तुम कुछ समय तक दुनिया से अलग होकर सत्य की खोज करते रहे तो इसे पलायन नहीं कहते।

एकलव्य - यह पलायन नहीं तो और क्या है?

ऊपरवाला - यह पलायन नहीं सकारात्मक चुंबक बनने का प्लान है।

एकलव्य - वह कैसे?

ऊपरवाला - तुमने शुतुरमुर्ग को देखा होगा। जब गिद्ध उसके ऊपर हमला करता है तो वह रेत में अपनी गरदन छिपाकर बैठ जाता है। उसे लगता है कि 'अब मुझे कोई नहीं देख रहा है', इसे पलायन कहा गया है। अगर वह रेत में गरदन डालकर चुंबक निकाले (रेत में चुंबक के कण पाए जाते हैं), जो उसे ऐसा चुंबक बना दे कि उसकी वजह से रेगिस्तान में बारिश हो जाए और गिद्ध भाग जाएँ तो तुम

दुःख में खुश क्यों और कैसे रहें

कहोगे, 'यह पलायन नहीं, प्रज्ञा है, हल है।'

एकलव्य - बिलकुल, अगर ऐसा होनेवाला है तो पलायन प्रज्ञा है, समझदारी है।

ऊपरवाला - यही तो, अगर शुतुरमुर्ग यह कला सीख जाए कि कैसे अपने आपको सकारात्मक चुंबक बनाना है तो वह देखेगा कि गिद्ध भाग गए, समस्याएँ छँट गईं, बारिश आने लगी, कृपा बरसने लगी, धरती भीनी-भीनी खुशबू से महक उठी।

अनुमति के साथ जैसे ही तुम सकारात्मक चुंबक बनते हो, वैसे ही वे सारी चीज़ें तुम्हारे जीवन में आकर्षित होने लगती हैं, जो तुम चाहते हो। समस्याओं से बचने के लिए अगर तुमने अपना मुँह छिपा लिया यानी अपनी गरदन रेत में डाल दी तो तुम पीतल बन जाते हो। इससे जो भी मुसीबतें आई हैं, वे बढ़ती ही जाती हैं।

एकलव्य - क्या यही फर्क पीतल पलायन और चुंबक पलायन में है?

ऊपरवाला - जी हाँ, सकारात्मक चुंबक बनने के लिए कुछ समय तक तुम दुनिया से अलग होकर सत्य का श्रवण करते रहे या मौन में रहकर हकीकत जानते रहे और अपने विचारों को खोज के दृष्टिकोण से देखते रहे कि 'मैं कौन हूँ? किसे दुःख आया है? कौन बोर हो रहा है?' तो यह पलायन नहीं कहलाएगा, यह दुनिया से भागना नहीं है बल्कि यह तो कॉमन सेन्स है, समझ है, यही विजडम है, यही प्रज्ञा है। इस तरह घटनाओं को अनुमति देकर स्वीकार करने के साथ एक नई बात भी खुलेगी।

एकलव्य - कौन सी बात?

ऊपरवाला - घटनाओं को अनुमति देकर तुम यह भी जान जाओगे कि जो कुछ भी तुम्हारे साथ हो रहा है, वह तुम्हारी ज़रूरत है। अनुमति मुद्रा में यह रहस्य भी छिपा हुआ है, 'यह वह है, जिसकी मुझे ज़रूरत है।' इसका अर्थ है, इस समय तुम्हारे जीवन में जो भी चल रहा है, उसकी तुम्हें ज़रूरत है। इस समय तुमको जो भी मिल रहा है सत्कार, मार, प्यार, लोगों का अच्छा या बुरा व्यवहार, वह तुम्हारी ज़रूरत है।

एकलव्य - गाली मेरी ज़रूरत कैसे हो सकती है? यह बात मानना तो... बड़ा

कठिन लग रहा है।

ऊपरवाला – मानो नहीं, जानो।

एकलव्य – मगर कैसे?

ऊपरवाला – जैसे किसी ने तुम्हें गाली दी तो ही तुम दुःख का दर्शन करने तथा मुक्ति पाने के लिए पूछताछ करते हो कि दुःख किसे हुआ? क्रोध किसे आया? यदि किसी ने गाली न दी होती तो तुम अपनी पूछताछ भी नहीं करते। सारे काम मन मुताबिक ही हों तो क्या तुम अपनी गाड़ी की स्क्रीन (दृष्टिकोण) साफ करते? तुम तो इसी धोखे में रहते कि मैं बढ़िया वाहन चालक हूँ। यदि तुम्हारे गाड़ी की स्क्रीन धुँधली है तो दुर्घटना भी हो सकती है। यह तो कृपा है कि हाइवे है, कोई दुर्घटना नहीं हो रही है, तुम्हारे लिए खुला आसमान है। अर्थात तुम्हारे अंदर वृत्ति और संस्कारों के होते हुए भी तुम्हारा जीवन सुगम और अबाधित चल रहा है। इसे कृपा समझो मगर इसका अर्थ यह कदापि न समझो कि अपने दृष्टिकोण को बदलने की बिलकुल ज़रूरत नहीं है। जानो कि अपनी समझ को पैना करने के लिए गाली कितनी बड़ी भूमिका निभाती है। कहीं ऐसा न हो जाए कि कृपा वरदान के बजाय अभिशाप बन जाए।

एकलव्य – यह सब तो ठीक है लेकिन गाली कृपा कैसे हुई?

ऊपरवाला – प्रार्थना पूरी होना कृपा है। अब तक तुमने जो-जो प्रार्थनाएँ की हैं, उनके असर के कारण ही किसी ने तुम्हें गाली दी है। अर्थात तथाकथित दुःख की वजह से तुम्हारे अंदर से कभी तो मुक्ति की घोषणा निकली होगी, जो किसी की गाली द्वारा तुमसे मनन करवा रही है कि 'आप कौन हैं? किसे बुरा लगा? गाली देनेवाला कौन है?' इसी तरह कोई तुमको गाली दे तो समझो कि तुम्हें मनन का पूरा मौका मिल रहा है।

एकलव्य – कितने आश्चर्य की बात है कि कोई गाली देकर मुझे मदद ही कर रहा है! क्या कृपा है।

ऊपरवाला – तुम्हारे जीवन में गाली और ताली, सुख और दुःख, सफलता और असफलता, जीवन और मृत्यु, ऐसी अनेक घटनाएँ हो रही हैं। यह तुम पर निर्भर करता है कि तुम उन्हें किस तरह ले रहे हो। क्या घटनाओं को तुम इस तरह

ले रहे हो कि 'यह मेरी इस वक्त की ज़रूरत है और इनके द्वारा मुझे मेरे मन को, यह जानकर वश में करना सीखना है कि इस घटना में मेरे मन में क्या-क्या विचार उठे?' तुम्हारे विचार ही बताएँगे कि तुम्हें अपने मन पर और कितना काम करना है। तुम्हारे अंदर उठे विचारों से ही तुमको सही रास्ता मिलेगा। इससे यही सिद्ध होता है कि सारी दुनिया तुमको स्वअनुभव में स्थापित (सेल्फ रियलाइज़) कराने में लगी हुई है। हर चीज़ उसी बात के लिए तुमसे कार्य करवा रही है। इससे ज़्यादा खूबसूरत व्यवस्था इस पृथ्वी पर और क्या हो सकती है!

एकलव्य - (हैरानी से) ये आप क्या कह रहे हैं...? ऐसा तो मैंने सोचा ही नहीं था। यानी मैं कौन...? सारी दुनिया बनानेवाला कौन... और सब कुछ मेरे लिए ही है... तो...

ऊपरवाला - जैसे ही तुम जानोगे कि 'यह वह है, जिसकी मुझे ज़रूरत है' तो तुम्हारे मन में चलनेवाला वाद-विवाद तुरंत बंद हो जाएगा। तब तुम कहोगे कि 'वाह, बड़ी शांति है, इसकी मुझे ज़रूरत है' और थोड़ी देर में फिर अशांति आ गई तो भी तुम कहोगे कि 'अब इसकी मुझे ज़रूरत है।'

एकलव्य - एक बात समझ में नहीं आती कि एक बार शांति आने के बाद फिर अशांति क्यों आती है?

ऊपरवाला - शांति का सुख देखने के बाद अशांति यह बताने के लिए आती है कि 'तुम्हारे अंदर अभी भी कुछ कचरा बाकी है। उस कचरे को निकाले बगैर तुम आगे नहीं बढ़ सकते।' जैसे पहाड़ पर चढ़ते वक्त बीच में पठार (प्लैटो) आ जाए तो कोई उसे अपनी मंज़िल समझकर वहाँ बैठ नहीं जाता बल्कि आगे बढ़ता है। इसी तरह एक बार शांति आने के बाद वहाँ तुम रुक न जाओ, इसी के लिए जीवन में अशांति आती है। घटनाओं के द्वारा कुदरत तुम्हारे जीवन में हर वह चीज़ पहुँचा रही है, जिसकी तुम्हें ज़रूरत है। मन ये बातें जल्दी नहीं मानता इसलिए तरह-तरह के सवाल पूछता है।

एकलव्य - बुद्धि से समझ में आने पर भी मन में तो सवाल उठते ही हैं। मन तो प्रश्नशून्य होता ही नहीं।

ऊपरवाला - जब तक इंसान को जीवन का पूरा चित्र दिखाई नहीं देता तब तक वह मान नहीं पाता कि जो कुछ चल रहा है, वह उसकी ज़रूरत है और उसके

मन में अनगिनत सवाल उठते हैं। पूरा चित्र यानी पृथ्वी पर क्या चल रहा है? तुम पृथ्वी पर कौन सा लक्ष्य लेकर आए हो? आदि बातें वह देख नहीं पाता।

पृथ्वी पर अपना लक्ष्य है मन को अकंप, निर्मल, प्रेमन, आज्ञाकारी और अखण्ड बनाना और उसके लिए ही सारी व्यवस्था की गई है मगर तुम्हें ये सब बातें याद नहीं हैं। अतः तुम चित्र का एक ही हिस्सा देखकर अनुमान लगाते हो कि 'यह चित्र (सुख) अच्छा, यह चित्र (दुःख) बुरा।' मगर जब पूरा चित्र तुम्हारे सामने आएगा तब तुम्हें अपनी ही सोच पर हँसी आएगी कि 'यह मुझे पहले क्यों नहीं समझ में आया। चित्र के एक हिस्से में तो संकेत दिया गया था कि यह किस चीज़ का चित्र है मगर मैंने वह संकेत पकड़ा ही नहीं।' तुम अपनी मान्यता के अनुसार चित्र देखते हो और गलत अनुमान लगाते हो। जब तक तुम्हें पूरा चित्र दिखाई न दे, तब तक दुःख में रहकर इंतज़ार मत करते रहो बल्कि अब तक जो समझ तुम्हें मिली है, उस पर काम करना शुरू कर दो।

एकलव्य - यानी मुझे 'यह वह है, जिसकी मुझे ज़रूरत है' यह ब्रैकेट दिखानेवाली हाथ की मुद्रा कभी नहीं छोड़नी चाहिए।

ऊपरवाला - हाँ, यह मुद्रा सतत तुम्हें याद दिलाती रहे कि 'क्या मैं इसे स्वीकार कर अनुमति दे सकता हूँ?' जैसे कोई इंसान तुम्हारे विरुद्ध ऐसा कार्य करता है, जिससे तुम्हारी किसी प्रकार की हानि हुई हो, इसके पश्चात भी तुम उसे क्षमा करना चाहते हो तो अनुमति की मुद्रा बनाकर अपने आपसे पूछो कि 'क्या मैं उस इंसान को क्षमा कर सकता हूँ?' इस तरह यह मुद्रा स्वयं के साथ बातचीत करने के लिए इशारा भी है।

एकलव्य - क्या बिना मुद्रा के भी इस मंत्र को याद किया जा सकता है?

ऊपरवाला - क्यों नहीं, ऐसा हो सकता है लेकिन मुद्रा के निरंतर उपयोग से अंतर्मन तक बात आसानी से पहुँच जाती है। इसके अलावा लोग मुद्राएँ या इशारे इसलिए बनाते हैं ताकि दूर से ही कम शब्दों में, कम समय में, कम प्रयास से तुरंत पता चल जाए कि क्या कहा जा रहा है।

जैसे एक सास ने अपनी बहू से कहा, 'मुझे ज़्यादा बोलना अच्छा नहीं लगता इसलिए जब भी मैं अपनी उँगली द्वारा तुम्हें इशारा करूँ तो तुम यह समझ जाना कि मैं तुम्हें बुला रही हूँ।'

तब बहू ने सास से कहा, 'मुझे भी मौन पसंद है, जब मैं इशारे से अपनी गरदन हिलाऊँ तो आप समझ जाएँ कि मैं नहीं आऊँगी।'

एकलव्य – (हँसते हुए) इसका अर्थ हम मुद्रा द्वारा अपने अंतर्मन को चुपचाप ही समझ और मंत्र का संकेत दे देते हैं।

ऊपरवाला – (अपने दाहिने हाथ का अंगूठा ऊपर उठाते हुए, 'बिलकुल सही' की मुद्रा दिखाते हुए) तुमने सही समझा। लेकिन एक बात याद रखो कि यह मुद्रा तुम्हें अपने लिए बनानी है, किसी और के लिए नहीं। यदि तुम संघ में काम कर रहे हो तो मुद्रा द्वारा किसी और को रिमाईंडर दे सकते हो।

एकलव्य – सबको अनुमति देने के लिए और क्या समझ याद रखनी चाहिए?

ऊपरवाला – हमेशा याद रखो कि हर इंसान की गीता अलग है। अर्जुन की गीता अलग है और दुर्योधन की गीता अलग है। अर्थात हर इंसान की समझ अलग-अलग होती है। उसी तरह हर शरीर की प्रकृति अलग-अलग होती है। किसी की वात, किसी की पित्त तो किसी की कफ प्रकृति होती है। जो पित्त प्रकृति का है, उसे ठंडा पानी पसंद आता है। जो कफ प्रकृति का है, वह गरम पानी पसंद करता है। इसलिए हर एक को अपने-अपने तरीके से जीने की अनुमति देनी चाहिए।

एकलव्य – मन इस बात को मानने की अनुमति नहीं दे रहा है, कृपया थोड़ा विस्तार से बताएँ।

ऊपरवाला – इसे ऐसे समझो कि पृथ्वी एक स्नानघर है। तुम स्नानघर में नहाने गए हो। वहाँ पर ठंडे और गरम पानी से भरी हुई दो बाल्टियाँ रखी हैं। यदि तुम्हें ठंडे पानी से नहाना अच्छा लगता है तो तुम ठंडे पानी से नहाओ, वहाँ पर रखी हुई गरम पानी की बाल्टी देखकर परेशान न हो जाओ। जैसे एक इंसान कहता है, 'ठंडा पानी सेहत के लिए अच्छा होता है मगर गरम पानी यहाँ पर किसने रखा है?' और वह गरम पानी की बाल्टी उंडेलकर सारा पानी फेंक देता है। अब ऐसे इंसान से तुम क्या कहोगे?

तुम उससे यही कहोगे कि 'आपको ठंडे पानी से नहाना अच्छा लगता है तो आप ठंडे पानी से नहाएँ। यह गरम पानी की बाल्टी किसी और के लिए रखी होगी, उसे गरम पानी से नहाने दें। आप इस बात की अनुमति दें कि कोई और इंसान गरम पानी से नहाता है तो उसमें कुछ बुरा नहीं है।'

एकलव्य – (थोड़ा सोचकर) कफ प्रकृति का इंसान गरम पानी से नहाना चाहेगा, पित्त प्रकृति का इंसान ठंडे पानी से नहाना चाहेगा।

ऊपरवाला – ठीक कहा, उसी तरह एकलव्य, तुम इस बात को समझो कि स्नानघर में और भी बहुत सारी चीज़ें रखी होती हैं। तुमको जैसे फ्रेश होना है, वैसे फ्रेश हो मगर यह न कहो कि यह तेल ऐसा क्यों रखा है, वह साबुन वैसा क्यों रखा है? यह हेअरडाय यहाँ क्यों रखा है? यह फटी हुई जीन्स किसने टाँगी है, उसे डस्टबीन में डाल दो। शायद किसी को फटी हुई जीन्स पहनकर फ्रेश महसूस होता हो, किसी को बालों को रंग लगाकर फ्रेश लगता हो। चाहे तुम्हें उन चीज़ों के इस्तेमाल से फ्रेश नहीं लगता हो फिर भी तुम उन्हें मत फेंको। वे वस्तुएँ किसी और के काम में आएँगी। तुम्हें इसकी ज़रूरत नहीं है मगर किसी और को इसकी ज़रूरत है।

एकलव्य – हाँ, यह बात तो मैंने अपने अनुभव से जानी है।

ऊपरवाला – इसी अनुभव को ध्यान में रखकर स्नानगृह में जो भी व्यवस्थाएँ की गई हैं, सभी उसका लाभ लें। ऐसा न सोचें कि यहाँ कैंची क्यों रखी है... यहाँ प्लकर क्यों रखा है... यहाँ कपड़े धोने का साबुन क्यों रखा है... इसकी क्या ज़रूरत है...? बल्कि समझ यह हो कि हर एक की अपनी ज़रूरत है। उन्हें अपनी ज़रूरत के अनुसार कार्य करने दो। तुम्हारे लिए जो था, तुमने सब इस्तेमाल किया मगर जो तुम्हारी ज़रूरत नहीं है, वह सब नष्ट हो जाए, फेंक दिया जाए, ऐसी सोच न रखो।

कुछ लोग नहाते वक्त तेल लगाते हैं। अगर स्नानगृह में तुम्हारी पसंद के तेल के अलावा नारियल तेल भी रखा हुआ है तो ऐसा न कहो कि 'यह तो ना– रियल (सच्चा नहीं) है, इसकी ज़रूरत नहीं, इसे फेंक दो' बल्कि ऐसी स्थिति में कहो, 'कुछ लोगों को नारियल तेल की ज़रूरत है, यह उनके लिए रखा है। मुझे जो तेल चाहिए, मैं वही लगाऊँगा।'

एकलव्य – यानी मुझे दूसरों के लिए निर्णय नहीं लेना चाहिए क्योंकि मुझे पता नहीं है कि उनकी ज़रूरत क्या है।

ऊपरवाला – हाँ, अब तुम सही दिशा में सोच रहे हो। स्नानगृह यानी पृथ्वी पर और भी कई व्यवस्थाएँ की गई हैं। वहाँ पर शैम्पू भी है और बाल काले करने के लिए डाय भी है। किसी को बालों को कलर लगाना अच्छा लगता है तो किसी को नहीं। कोई कहता है, 'दाढ़ी काली होनी चाहिए, बाल सफेद रहें तो चल सकता

है।' इसमें कुछ गलत या सही है, ऐसा नहीं है। किसी को कुछ अच्छा लगता है तो किसी को कुछ। अतः सभी को अपना-अपना मज़ा लेने दो। कोई शैम्पू से नहाना चाहता है तो तुम उसकी निंदा न करो। उसे वैसा करने की अनुमति दो। जब तुम जान जाओगे कि हर एक की पसंद अलग-अलग होती है तो तुम उन्हें उस तरीके से नहाने दोगे, फ्रेश होने दोगे। स्नानगृह का उद्देश्य यही है कि इंसान नहा-धोकर, फ्रेश होकर बाहर आए।

एकलव्य - अकसर देखा जाता है कि इंसान जब दुनिया में कुछ ऐसा होते हुए देखता है, जो उसके मन मुताबिक नहीं हो रहा है तो उसका मन तुरंत बगावत कर उठता है और उसके अंदर यह दुःख निर्माण होता है कि 'इस दुनिया में कैसे रहें?'

ऊपरवाला - हाँ, कई बार ऐसे दुःख पाकर कुछ लोग शरीर हत्या तक कर लेते हैं मगर जब इंसान की समझ यह होगी कि जो चल रहा है, उसकी आवश्यकता किसी और को है तो वह सामनेवाले की सहायता करेगा। सामनेवाले को जैसे पानी की आवश्यकता होगी, उसके लिए वह वैसी व्यवस्था करेगा और कहेगा, 'तुम नहा लो, फ्रेश हो जाओ।' जो ठंडा पानी चाहेगा, वह ठंडे पानी से नहाएगा, जो गरम पानी चाहेगा, वह गरम पानी से नहाएगा और अगर उसकी समझ बढ़ गई तो वह एक और बाल्टी में ठंडे और गरम पानी का मिश्रण- कुनकुना पानी तैयार करके रखेगा, यह सोचकर कि शायद किसी को इसकी ज़रूरत हो। ऐसे लोग भी हो सकते हैं, जो ठंडा पानी बरदाश्त नहीं कर पाते और ज़्यादा गरम पानी भी नहीं चाहते।

एकलव्य - मुझे लगता है कि रिश्तों में जो अनबन होती है, वह इस समझ के अभाव से ही होती होगी।

ऊपरवाला - हाँ, जब माता-पिता यह समझ नहीं रखते तब वे अपने विचार बच्चों पर लादते हैं। जैसे, तुम्हें ऐसा भोजन करना चाहिए... यही कपड़े पहनने चाहिए... यह आज का फैशन है... तुम्हें ऐसे ही बोलना चाहिए... ऐसे ही हँसना चाहिए इत्यादि। हालाँकि बच्चों को कुछ और अच्छा लगता है। अज्ञान में माता-पिता बच्चों पर ज़ोर-ज़बरदस्ती करते हैं और यह बात उन्हें पता भी नहीं होती।

एकलव्य - मुझे अपना बचपन याद आ रहा है।

ऊपरवाला - तुम्हें यह ज्ञान पाकर अब देखना चाहिए कि जो लोग तुम्हारे

सामने हैं, उनकी ज़रूरतें क्या हैं? उनसे पूछो, उनसे वार्तालाप करो। यह ज़िद न रखो कि 'मुझे यह पसंद है इसलिए सभी यह खाएँ और उस खाने की तारीफ भी करें।'

इंसान अज्ञान में सोचता है कि जो उसे पसंद है, जो उसके काम की चीज़ें हैं, पृथ्वी पर सिर्फ उनकी ही ज़रूरत है, जब कि ऐसा नहीं है। पृथ्वी पर उसकी पसंद के अलावा और बहुत सारी चीज़ों की ज़रूरत है। जो व्यवस्था पृथ्वी पर हो चुकी है, उसे देखो लेकिन उसमें उलझो मत बल्कि दूसरों को भी उसका फायदा उठाने का मौका और अनुमति दो।

एकलव्य - आपने भी मुझे बड़ा मौका दिया है। ये बातें सुनकर मैं अपनी समस्याओं को सुलझते हुए देख रहा हूँ। कृपया आप कहते रहें।

ऊपरवाला - (मुस्कराकर) जैसे हाथ की पाँचों उँगलियों की लंबाई, मोटाई और बनावट अलग-अलग होती है। उन्हें तुमने अपनी जगह पर रहने की अनुमति दे रखी है। तुम अंगूठे को कभी यह नहीं कहते कि वह छोटी उँगली की तरफ आ जाए या छोटी उँगली को यह नहीं कहते कि वह अंगूठे की तरफ चली जाए। तुम कहते हो, 'इन्हें अपनी-अपनी जगह पर रहने दो।' तुम अपनी उँगलियों को स्वीकार कर चुके हो इसलिए तुम्हें उनके बारे में कभी भी यह विचार नहीं आता कि यह छोटी क्यों है, यह मोटी क्यों है? वैसे ही जीवन में जो भी चल रहा है, उसे अनुमति देकर स्वीकार करो, दुःख से मुक्ति का यह पहला उपाय है।

एकलव्य - आपने मुझे स्वीकार का महत्त्व पहले भी बताया था। तब से मैंने अपने बॉस मिस्टर द्रोणनाथन के व्यवहार को स्वीकार कर लिया है और मैंने देखा कि इससे मेरा दुःख बहुत ही कम हो गया है। अब मिस्टर द्रोणनाथन भी मेरे बारे में अच्छी राय रखते हैं। परसों उन्होंने मेरी छुट्टी तुरंत ही मंज़ूर कर ली। दुःख को स्वीकार करने से एक अलग ही आयाम खुलता है।

ऊपरवाला - हाँ, तुम्हें कोई दर्द महसूस हुआ और तुमने उसे स्वीकार किया तो तुम देखोगे अब दर्द वैसा नहीं लगता, जैसा पहले लगता था। स्वीकार के साथ ही दर्द और दर्द का दुःख कम हो जाता है। यदि तुम्हारे शरीर में कहीं दर्द है और यदि तुम सोचते रहे कि 'यह दर्द चला जाए... अब तक गया क्यों नहीं ...' तो तुम्हारा ऐसा सोचना ही दुःख को बढ़ाता है। जब तुम्हें दर्द स्वीकार होगा और स्वीकार होने का आनंद आएगा तब तुम्हें समझ में आएगा कि दर्द तो कुछ भी नहीं था बल्कि

दुःख में खुश क्यों और कैसे रहें 131

'यह दर्द मुझे क्यों है', इसका दुःख ज़्यादा था। अर्थात दर्द हो मगर दर्द का दुःख न हो, सुख हो मगर सुख जाने का दुःख न हो।

एकलव्य – क्या कहा आपने मैं कुछ समझा नहीं?

ऊपरवाला – चाहे दर्द हो पर दर्द का दुःख न हो, सुख हो पर सुख जाने का दुःख न हो।

एकलव्य – कितनी गहरी बात है इस पंक्ति में। मैं इसे अपने घर के आइने पर लिखकर रखना चाहूँगा।

ऊपरवाला – ज़रूर लिखना, क्या तुम यह सोच सकते हो कि जीज़स को सूली पर चढ़ते समय कितना आनंद आया होगा? तुम कहोगे, 'सूली और आनंद इन दो बातों का कोई मेल नहीं है।' मगर जीज़स के दोनों हाथों में कीलें ठोकी जा रही थीं और वे आनंद में थे। तुम कहोगे, 'कैसा आनंद?' जब उन्हें इतना दुःख पहुँचाया जा रहा था तब उन्होंने कहा, 'दाय विल बी डन, तुम्हारी इच्छा पूर्ण हो।'

एकलव्य – स्वीकार के साथ कैसे आनंद आता है, जीज़स इसका एक जीता–जागता उदाहरण है।

ऊपरवाला – हाँ, है। एक छोटी सी घटना में भी स्वीकार भाव आ गया तो तुम्हें आश्चर्य होता है लेकिन जीज़स को इतनी बड़ी घटना स्वीकार हो गई और यह भी स्वीकार हुआ कि 'मैंने स्वीकार नहीं किया है बल्कि प्रभु ने यह मुझ से स्वीकार करवाया है' इसलिए वे आनंद में थे।

एकलव्य – यह तो और भी गहरी बात लगती है।

ऊपरवाला – बिलकुल, इसमें स्वीकार और समर्पण का भक्ति योग है।

एकलव्य – जीज़स के भक्ति योग को मेरा सलाम। फिलहाल मुझे तो स्वीकार योग सीखना है।

ऊपरवाला – बिलकुल स्वीकार योग तुम्हारी गीता है। पहले तुम किसी घटना को स्वीकार नहीं करते थे मगर अब जब तुम तकलीफ में हो, फिर भी वह घटना तुम्हें स्वीकार हो गई तो कल्पना करके देखो कि तुम्हें कितना आनंद आएगा।

एकलव्य – अब मुझे अच्छी तरह से समझ में आया कि दुःख का अस्वीकार

ही दुःख है।

ऊपरवाला – हाँ, और यदि दुःख को स्वीकार किया तो दुःख है ही नहीं। फिर तो तुम्हें हर स्वीकार पर आनंद आएगा और यह समझ भी बढ़ेगी कि हमारे अंदर जो चैतन्य है, सेल्फ है, वही स्वीकार करवा रहा है वरना हमारी क्या औकात थी, हमारी क्या काबिलीयत थी? तब तुमसे धन्यवाद ही निकलेगा। धन्यवाद का भाव जितना बढ़ता जाएगा, स्वीकार भाव भी उतना ही बढ़ता जाएगा। स्वीकार भाव बढ़ेगा तो और ज़्यादा धन्यवाद निकलेगा। तुम्हारा जीवन ही धन्यवाद हो जाएगा, सिर्फ एक महा धन्यवाद...!

जब तुम्हारा जीवन ही धन्यवाद बन जाएगा तब तुम्हारे द्वारा अंतिम महा धन्यवाद निकलेगा कि 'हमारी औकात न होते हुए भी हमारा जीवन महा धन्यवाद बन गया, उसके लिए महा महा धन्यवाद!'

ऊपरवाले की बातें सुनकर एकलव्य कुछ देर के लिए मौन हो गया। फिर उसने कहा–

एकलव्य – जीवन जब महा धन्यवाद बनेगा तब बनेगा लेकिन फिलहाल यह सुनने को मिल रहा है कि ऐसा भी कुछ होता है, इसके लिए ही हृदय से धन्यवाद निकल रहा है। जाने का समय आ चुका है वरना मैं कभी नहीं जाता।

ऊपरवाला – तुम ठीक कह रहे हो, आज काफी लंबी सैर हो गई... अच्छा फिर मिलेंगे, सेवा का मौका देने के लिए धन्यवाद।

एकलव्य को महसूस हुआ कि उसे आज अनुमति और स्वीकार का असली अर्थ समझ में आया है। पहले स्वीकार करना यानी पलायन करना तो नहीं, यह शंका उसे सताया करती थी लेकिन अब स्वीकार में आनंद आ रहा है। एकलव्य को इस बात पर आश्चर्य हुआ कि जिन घटनाओं में पहले मन परेशान हो उठता था, अब उन्हीं घटनाओं में वह इतना शांत कैसे रह पाता है? और शांत रहने में उसे आनंद कैसे मिलता है? एकलव्य ने जाना कि ऊपरवाले की कुछ बातें हालाँकि समझ से परे हैं लेकिन यह किसी चमत्कार से कम नहीं कि वे अनुभव की जा रही हैं।

दुःख में खुश क्यों और कैसे रहें

17

महाअनुवादक

आज सुबह उठकर एकलव्य एक अलग ही मनःस्थिति में था। स्वीकार युक्त अनुमति का असर कुछ इस कदर छाया था कि उसे न सुख और न ही दुःख की स्थिति का एहसास हो रहा था। तभी पिताजी के कठोर शब्द उसके कानों पर पड़े। 'रोज़-रोज़ कहाँ जाते हो? सिर्फ ज्ञान की बातें सुनकर दुनिया नहीं चलती। नौकरी के साथ कुछ अन्य कोर्सेस भी किए जा सकते हैं। ज़रा इस ओर भी ध्यान दो।'

एक क्षण के लिए एकलव्य की संतुलित स्थिति में मानो किसी ने कंकर मार दिया लेकिन दूसरे ही क्षण उसे स्वीकार मुद्रा याद हो आई। उसका स्वयं के साथ वार्तालाप शुरू हो गया- 'क्या पिताजी के इन वाक्यों को मैं स्वीकार कर सकता हूँ? क्या इस घटना में मैं चुप रह सकता हूँ?' इन सवालों को पूछकर एकलव्य ने दुःख को किनारा नहीं दिया। दूसरों के द्वारा मिली डाँट को सुनकर मन की जो बड़बड़ शुरू हो जाती है, उसे एकलव्य ने स्टॉप कर दिया। एकलव्य ने पिताजी से कहा कि वह उनकी बातों पर गौर करेगा और सैर के लिए घर से बाहर निकल पड़ा। उसे अपने नये व्यवहार पर खुशी हो रही थी। कुछ कदमों के फासले पर ही उसे ऊपरवाला जाते हुए दिखाई दिया। एकलव्य अपनी चाल को तेज़ कर ऊपरवाले के साथ हो लिया। ऊपरवाले ने उसे देखकर हँसते हुए कहा-

ऊपरवाला - आओ एकलव्य, साथ-साथ चले चलो। चलते-चलते तुम बहुत कुछ सीखोगे।

एकलव्य - बहुत कुछ सीखने के लिए ही मैं रोज़ आपका साथ पाने के लिए बेताब रहता हूँ।

एकलव्य ने आज सुबह पिताजी द्वारा मिली डाँट कह सुनाई। साथ ही उस पर

अपना मनन भी बताया और कहा-

एकलव्य - आपके बताए गए तरीके से मैंने खुद से सवाल किए लेकिन फिर भी कुछ समय तक मेरे मन में कड़वाहट सी भरी रही।

ऊपरवाला - दुःख में खुश होने के दूसरे उपाय में अपनी भावना बदलने पर ही काम करना है अर्थात तुम्हें महाअनुवाद करना सीखना है। यह बहुत ही महत्वपूर्ण कदम है।

एकलव्य - महाअनुवाद...? अब यह कौन सी भाषा का ट्रान्सलेशन है?

ऊपरवाला - महाअनुवाद यानी अपने गलत विचारों का योग्य अनुवाद करके उन्हें सही दिशा देना।

एकलव्य - आज तक किसी भाषा का अनुवाद करने की बात तो सुनी है लेकिन विचारों का अनुवाद...! यह तो कभी सुना नहीं... कुछ खुलासा करेंगे?

ऊपरवाला - (हँसते हुए) मंदिर और दसेहरा का उदाहरण है न अपने पास।

एकलव्य - दसेहरा?

ऊपरवाला - सुनो तो...।

एक गाँव में दो मंदिर थे। दोनों मंदिरों में शादियाँ संपन्न हुआ करती थीं। देखा गया कि पहले मंदिर में जितने लोगों की शादियाँ हुईं, उन सबका तलाक हो गया। गाँव के लोगों को जब इस बात की स्पष्टता हुई कि पहले मंदिर में जिन लोगों की शादी हुई थी, उन सभी का आगे चलकर तलाक हो गया है। तब तलाक के कारण खोजे जाने लगे।

तलाकशुदा लोगों से उनके जीवन की वे घटनाएँ पूछी गयीं, जिस कारण उनका तलाक हुआ था। सबसे पहले यह पूछा गया कि 'आपको तलाक का पहला विचार कब आया?' किसी ने कहा कि 'फलाँ बात पर हमारा पहली बार झगड़ा हुआ तब मेरे मन में तलाक का विचार आया।' फिर पूछा गया, 'शादी का सेहरा पहनाते समय आपके मन में कौन से विचार आ रहे थे?' तब हर एक ने अपने-अपने विचार बताए। जैसे 'जिस लड़की के साथ मेरी शादी हो रही है, वह तो बहुत काली है... दहेज में भी कुछ खास नहीं मिला है... बाराती ही ज़्यादा सुंदर हैं... लड़की का मामा

तो बदमाश लगता है... इत्यादि।' सेहरा पहनाने से पहले उनके अंदर ये विचार नहीं आए लेकिन जैसे ही उन्हें सेहरा पहनाया गया, उनके अंदर रावण के (नकारात्मक) विचार आने शुरू हो गए।

इस तरह हर तलाकशुदा इंसान ने अपने-अपने अनुभव बताए। सर्वेक्षण करते-करते आखिर में यह पता चला कि शादी करने के लिए दूल्हे के सिर पर जो सेहरा बाँधा गया था, उस सेहरे में ही गड़बड़ थी। सेहरा बाँधने के बाद दूल्हे के मन में जो विचार आते थे, वे विचार ही तलाक के लिए कारण बनते थे। अतः तलाकशुदा लोगों के विचार जानने के बाद उस सेहरे की दिशा बदल दी गई। फिर जब सेहरा नए ढंग से पहनाया जाने लगा तब से लोगों के तलाक होने बंद हो गए। सेहरे की दिशा बदली तो दशहरा हो गया, रावण का अंत हुआ। सेहरा बाँधने के बाद मन में जो रावण के विचार आते थे, वे आने बंद हो गए। सेहरे की दिशा बदली तो सब बदल गया, विचार भी बदल गए।

एकलव्य - सेहरा और द सेहरा, क्या अनुवाद है! कहानी द्वारा मुझे समझ में आया कि विचारों की दिशा बदलना कितना महत्वपूर्ण है।

ऊपरवाला - हाँ, बिलकुल सही। कहानी से समझो कि सेहरा विचारों का प्रतीक है और सेहरे की दिशा बदलना यानी महाअनुवाद करना है। जब भी तुम्हारे अंदर नकारात्मक विचार आएँ तो तुरंत उनका अनुवाद करके उन्हें सकारात्मक विचारों में परिवर्तित करो। इस तरह महाअनुवाद करने से तुम्हारे अंदर की दुःखद भावना कैसे बदलती है, इसे कंप्यूटर के एक उदाहरण से समझो।

एकलव्य - (बड़ी उत्सुकता से) हाँ, हाँ बताइए।

ऊपरवाला - जो लोग कंप्यूटर इस्तेमाल करना जानते हैं, उन्हें पता है कि कंप्यूटर पर टायपिंग करते समय किसी शब्द की स्पेलिंग गलत हो जाने पर उसके नीचे लाल रंग की रेखा खिंच जाती है। ऐसा होने पर स्पेल चेक करना पड़ता है। उसी तरह जब तुम्हें ऐसे विचार (गलत शब्द) आएँ, जिनके आने पर दुःखद भावना (लाल रेखा) पैदा हो तब तुरंत उन विचारों का महाअनुवाद (स्पेल चेक) करो। यहाँ नकारात्मक विचार यानी गलत स्पेलिंग और दुःखद भावना यानी लाल रेखा। नकारात्मक विचारों का स्पेल चेक करना यानी उनका अनुवाद करना। स्पेलिंग सही होते ही लाल रेखा गायब हो जाती है। इसे ही 'महाअनुवाद करना' कहते हैं।

एकलव्य - वाह...! अद्भुत...! आपके समझाने के तरीके के क्या कहने! मुझे ज़रा एक महत्वपूर्ण महाअनुवाद करके देंगे?

ऊपरवाला - क्यों नहीं? यही तो मैं सबको सिखाना चाहता हूँ। पूछो क्या अनुवाद करवाना चाहते हो।

एकलव्य - अकसर ऑफिस के काम, निर्धारित समय पर पूर्ण करने का मुझे टेन्शन लगा रहता है। क्या आप इस स्थिति का महाअनुवाद करके बता सकते हैं?

ऊपरवाला - जब भी मन कहे, 'टेन्शन है' तब कहो कि टेन्शन नहीं, इंटेन्शन है। इंटेन्शन यानी संकल्प लेना है। सकारात्मक पंक्ति कहने के साथ तुम्हारे अंदर नई भावना जागृत होगी, नया उत्साह निर्माण होगा और तुम देखोगे कि केवल शब्द बदलने से ही सब कुछ (भाव, विचार, कर्म) बदलता नज़र आएगा।

एकलव्य - टेन्शन नहीं, इंटेन्शन... ऑफिस में 'कोई साथ नहीं' की जगह 'कोई बात नहीं', क्या यह सही है?

ऊपरवाला - हाँ-हाँ बिलकुल सही कहा, मैं तुम्हें और कुछ पंक्तियों के महाअनुवाद बताता हूँ ताकि उनमें से तुम्हारे काम में आनेवाली पंक्तियों को तुम ऑफिस जीवन में प्रयुक्त कर सको। सुनो- जैसे यदि सेहरा पहनाने के बाद किसी दूल्हे के मन में पहला विचार यह आए कि 'लड़की तो बहुत काली है' तो इस पंक्ति का अनुवाद यूँ होना चाहिए '...लेकिन दिलवाली है।' ऐसा अनुवाद करके यदि अच्छा महसूस हो तो समझो कि तुमने सही अनुवाद किया है।

एकलव्य - 'लड़की काली है तो क्या हुआ दिलवाली है', इस पंक्ति में नकारात्मक भाव नहीं आ रहे हैं।

ऊपरवाला - यही तो असली मुद्दा है।

एकलव्य - दूल्हे के मन में यदि दहेज को लेकर नकारात्मक विचार आए तो वह महाअनुवाद क्या करे?

ऊपरवाला - सेहरा पहनाते समय यदि दूल्हे के मन में यह विचार आए कि 'दहेज में कुछ खास नहीं मिला' तब सेहरे की दिशा बदलकर यह अनुवाद करना चाहिए कि 'आज नहीं मिला मगर लड़की के साथ, उसके विचारों की वजह से मेरे जीवन में बहुत कुछ अच्छा आएगा।' यह विचार आते ही दूल्हे के अंदर की

नकारात्मक भावना विलीन हो जाएगी। उसी तरह किसी के मन में यह विचार आए कि 'बाराती ज़्यादा सुंदर हैं' तो वह यह अनुवाद करे, 'सुंदर हैं तो आगे भी सुंदर ही रहें, यही मेरी प्रार्थना है।'

एकलव्य – वाह, बहुत खूब! मैं तो एम.ए. करना सीख रहा हूँ।

ऊपरवाला – हाँ, इस तरह हर एक को एम.ए. (M.A.) करना सीखना है, सभी को महाअनुवादक (एम.ए.) बनना है। आज तक जीवन में जो-जो बातें तुम्हें दिक्कतें देती आई हैं, उन सभी बातों के लिए तुम्हें महाअनुवाद करना सीखना चाहिए।

एकलव्य – (कुछ सोचते हुए) क्या सभी के लिए एक ही महाअनुवाद कारगर है?

ऊपरवाला – नहीं, एक इंसान जो महाअनुवाद करता है, वह उसके लिए ही योग्य होता है। जिस अनुवाद से इंसान के मन की भावना बदलती है, ज़रूरी नहीं कि वही अनुवाद किसी और इंसान के मन की भावना को भी बदले। इसलिए समझ यह हो कि जो अनुवाद तुम्हारे मन में सकारात्मक भावना लाए, वही तुम्हारे लिए उचित है।

जैसे एक बच्चा अपने पिताजी की बात नहीं मानता है तो उसके पिताजी सोचते हैं कि बच्चा कितना बिगड़ गया है। यदि पिताजी ने इस वाक्य का इस तरह से अनुवाद किया कि 'बच्चा अब बड़ा हो रहा है, उसका इस तरह से व्यवहार करना स्वाभाविक है' तो पिताजी के मन में बेटे के प्रति उठ रहे तनाव, क्रोध और नकारात्मक भावना के विचार बंद हो जाएँगे।

एकलव्य – ऐसी बातें तो आए दिन घर-परिवारों में देखी जाती हैं। किशोर उम्र के बच्चों के माता-पिता को यह समझ अवश्य मिलनी चाहिए।

ऊपरवाला – इंसान को उम्र के हर पड़ाव पर अलग-अलग चिंताओं का सामना करना पड़ता है। अतः उन्हें हर पड़ाव पर अलग समझ होनी आवश्यक है।

एकलव्य – हाँ, सही है। मेरी माँ आज कल बढ़ती उम्र की वजह से चिंतित रहती है। उम्र संबंधी बीमारियों की चिंता का महाअनुवाद कैसे किया जाए?

ऊपरवाला – बढ़ती उम्र में इंसान के विचार इस प्रकार चलते हैं कि अब तो

उम्र बढ़ रही है और उम्र बढ़ने के साथ-साथ मुझे अब बहुत सी बीमारियाँ भी होंगी। इस प्रकार के विचारों का महाअनुवाद यह हो सकता है कि 'मैंने ऐसे कई अधिक उम्र के बूढ़े देखे हैं, जो अभी तक तंदुरुस्त हैं और ऐसे कई कम उम्र नौजवान भी देखे हैं, जो बीमार हैं।' इसका अर्थ है स्वास्थ्य का उम्र से कोई लेना-देना नहीं है।

एकलव्य - क्या सचमुच?

ऊपरवाला - यह किसी और के लिए सच्चाई हो न हो लेकिन तुम्हारे लिए यह सच्चाई बन सकती है।

एकलव्य - वह कैसे?

ऊपरवाला - तुम्हारे यकीन द्वारा। जब इंसान के अंदर ऐसे विचार चलते हैं कि 'मेरी उम्र बढ़ रही है और अब बीमारियाँ भी बढ़ेंगी' तब वह यह नहीं जानता कि इस तरह के विचारों को सच मानने से वे वास्तविकता में बदल जाते हैं। इंसान के जीवन में बीमारियाँ इसलिए आती हैं क्योंकि वह मानकर बैठा है कि 'यह आनुवंशिक बीमारी है, मेरे माता-पिता को यह बीमारी हुई थी इसलिए मुझे भी होगी ही। मेरी उम्र बढ़ रही है तो मेरे साथ भी यह होगा ही।'

एकलव्य - बिलकुल इसी तरह के विचार मुझे भी कभी-कभी आते हैं।

ऊपरवाला - इसी तरह सालों-साल जब इंसान इस तरह के छोटे-छोटे विचार बिना महाअनुवाद किया करता रहता है तब वे विचार हकीकत में प्रकट होते हैं।

एकलव्य - भला ऐसे क्यों होता है?

ऊपरवाला - यह कुदरत का नियम है कि जिस बात पर इंसान को यकीन होता है, उस यकीन के सबूत उसे मिलते हैं। अतः सभी को अपना यकीन बदलकर महाअनुवाद करना सीखना चाहिए। ऐसे समय कहना चाहिए - 'मेरे माता-पिता के वक्त का खान-पान आज के खान-पान से अलग था इसलिए यह ज़रूरी नहीं है कि जो बीमारियाँ उन्हें हुईं, वे मुझे भी हों।'

एकलव्य - मैं बिलकुल ऐसा ही कहूँगा।

ऊपरवाला - इसी में सबकी भलाई है।

एकलव्य - अगर मुझे कोई गाली दे तो मैं उसका महाअनुवाद कैसे करूँ ताकि

मुझे दुःख न हो ?

ऊपरवाला – कोई तुम्हें गाली देकर जाए तो उस गाली को भी गीता बनाना सीखो। गाली का भी महाअनुवाद करो। किसी ने तुम्हें 'रामखोर कहा' यानी रामखोर में 'ह' जोड़कर (ह-रामखोर) कहा तो उसका महाअनुवाद इस तरह करो– 'रामखोर यानी जो राम का खाता है... तो हाँ, हम रामखोर हैं। राम शबरी के बेर खाता था तो वह हमें भी शबरी के बेर ही खिलाएगा।' ऐसा महाअनुवाद गाली को भी गीत में, गीता में बदल देता है।

एकलव्य – आपने गाली को भी कितने प्यार से भक्ति में बदल दिया।

ऊपरवाला – तुम भी यह कर सकते हो।

एकलव्य – मैं तो अपना आत्मविश्वास बढ़ाना चाहता हूँ। क्या इसमें भी महाअनुवाद मुझे मदद करेगा?

ऊपरवाला – क्यों नहीं? ज़रूर करेगा। यदि तुममें आत्मविश्वास की कमी है तो उसके लिए भी महाअनुवाद करो। महाअनुवाद करते समय कहो कि 'आज की तारीख में मुझ में आत्मविश्वास की कमी है।' इस अनुवाद का अर्थ ही यह है कि आत्मविश्वास की कमी तुम में आज की तारीख में है, यह हमेशा नहीं रहेगी। आज तुम्हारे अंदर यह कमी है लेकिन निकट भविष्य में तुम्हारे अंदर विश्वास जागृत होगा। महाअनुवाद करके अपने अंदर की कमी को तुम नया मोड़ देते हो, न कि पुराने दुःख का, आत्मविश्वास की कमी का ऑर्डर दोहराते हो।

एकलव्य – क्या मुझे केवल इतना ही करना है या इसके अलावा भी कुछ करना है?

ऊपरवाला – महाअनुवाद करने के बाद तुम अपने चारों तरफ के लोगों में आत्मविश्वास देखो और उनकी सराहना भी करो। यदि तुम टी.वी. पर कोई कार्यक्रम देख रहे हो तो उस कार्यक्रम में काम करनेवाले कलाकारों में भी आत्मविश्वास देखो और उनका आत्मविश्वास देखकर खुश हो जाओ। जितना तुम दूसरों में आत्मविश्वास देखने लग जाओगे, उतना ही अपने अंदर भी आत्मविश्वास पाओगे।

एकलव्य – मैं तो इसी क्षण आपको देखकर आत्मविश्वास की भावना महसूस कर रहा हूँ।

ऊपरवाला - सही जा रहे हो, इस तरह तुम्हें हर नकारात्मक पंक्ति का, हर नकारात्मक भावना का महाअनुवाद करना सीखना है। जब भी तुम्हारे मन में नकारात्मक विचार आए तो तुरंत सेहरे की दिशा बदलो यानी सेहरा 'द सेहरा', ('दशहरा') बने, दस विकारों पर विजयादशमी मने।

एकलव्य - क्या आप मुझे महाअनुवाद के लिए कोई मुद्रा बता सकते हैं?

ऊपरवाला - (अंगूठे और तर्जनी को खोलकर)✵१ क्यों नहीं, पहले इस मुद्रा द्वारा अपने आपसे पूछो, 'क्या मैं यह स्वीकार कर सकता हूँ?' फिर स्वीकार करने के बाद मुद्रा घुमाओ✵२। मुद्रा घुमाने के बाद महाअनुवाद करना है। मुद्रा बदलना यानी ए साइड से बी साइड पर जाना, अर्थात स्वीकार करके महाअनुवाद करना। ए साइड से बी साइड पर कैसे जाएँ, यह समझने के लिए मैं तुम्हें एक उदाहरण बताता हूँ।

जैसे एक बार स्टेज पर एक प्रोग्राम चल रहा था। जिसमें दो लोग स्टेज पर गाना गा रहे थे। उनमें से एक इंसान सीधा खड़ा था और दूसरा इंसान पीछे मुँह मोड़कर उलटा खड़ा था। पहले इंसान ने गाना गाया, फिर दूसरे इंसान ने गाना गाया। एक को सीधे और दूसरे को उलटे खड़े देख, लोगों ने कार्यक्रम के संचालक से सवाल पूछा कि 'एक इंसान सीधा खड़े होकर गाना गा रहा है और दूसरा पीठ दिखाकर गाना गा रहा है, ऐसा क्यों?' तब संचालक ने जवाब दिया कि 'पहला इंसान टेप के ए साइडवाले गाने गा रहा है इसलिए वह सीधा खड़ा है और दूसरा इंसान टेप के बी साइडवाले गाने गा रहा है इसलिए वह मुँह मोड़कर उलटा खड़ा है।'

एकलव्य - (अपने हाथ की स्वीकार मुद्रा पलटते हुए) जोक अच्छा था और जोक बताने का कारण भी मैं सदा याद रखूँगा।

ऊपरवाला - इसी प्रकार तुम्हें स्वीकार की मुद्रा पलटनी है यानी अपने विचारों की दिशा बदलनी है। जैसे ही सेहरे की दिशा बदलोगे तो दशहरा आएगा यानी रावण की मौत होगी। उसी प्रकार तुम्हारे मन में उठनेवाले नकारात्मक विचार यानी रावण

✵१ स्वीकार मुद्रा    ✵२ महाअनुवाद मुद्रा

के दस नकारात्मक चेहरों की भी महाअनुवाद द्वारा मौत होगी।

एकलव्य – क्या रावण के भयंकर चेहरे से भी महाअनुवाद द्वारा मुक्ति मिल सकती है?

ऊपरवाला – केवल रावण ही नहीं, कंस, शकुनी, दुर्योधन जैसे सारे चेहरों से महाअनुवाद द्वारा मुक्ति मिल सकती है। जैसे शादी में दूल्हे को जब विचार आए कि 'लड़की का मामा बुरा इंसान लग रहा है' तो इस विचार का तुरंत यह महाअनुवाद हो कि 'लड़की का मामा बुरे इंसान का किरदार निभा रहा है, अपना रोल अच्छी तरह कर रहा है। इसके लिए डायरेक्टर को धन्यवाद और कैरेक्टर को शाबाश।'

एकलव्य – सुनकर तो अच्छा लगा लेकिन इस तरह महाअनुवाद करने से मेरा क्या लाभ होगा?

ऊपरवाला – ऐसा सोचते ही नकारात्मक विचार का असर तुरंत सकारात्मकता में बदल जाएगा। तुम्हें महाअनुवाद अच्छा लगा, यह उसी का परिणाम था। सकारात्मक भावना आते ही तुम एक ऐसा चुंबक बन जाओगे, जो तुम्हारी ओर सिर्फ खुशी ही आकर्षित करेगा। तुम अपने जीवन में जो चाहते हो, वह सब तुम्हारे जीवन में आएगा। स्वास्थ्य, पैसा, सफलता, प्रेम, परमेश्वर, आनंद सब कुछ तुम्हारे जीवन में आ सकता है, सिर्फ तुम्हें सकारात्मक चुंबक बनने की कला सीखनी है। जब भी तुम नकारात्मक विचारों का मनोरंजन करते हो तब तुम पीतल या लोहा बन जाते हो। पीतल बनकर मत जीओ, महाअनुवाद करके चुंबक बन जाओ, महा मैग्नेट बन जाओ।

एकलव्य – सब कुछ सुनकर कितना आसान लगता है लेकिन क्या इतना ही आसान है इसका फल आना?

ऊपरवाला – नासमझ के लिए महाअनुवाद का इशारा कड़वी चाय है और समझदार के लिए इशारा काफी है। हज़ारों लोहे के टुकड़ों को एक महामैग्नेट (चुंबक) दिशा देने के लिए काफी है। क्या नहीं है?

एकलव्य – बिलकुल काफी है। (सामने ही कॉफी की गुमटी की ओर देखते हुए) बढ़िया काफी है। क्यों न एक-एक कप कॉफी हो जाए।

ऊपरवाला – (हँसते हुए) क्यों नहीं, काफी समझदार हो गए हो।

दोनों के कदम कॉफी की गुमटी की ओर बढ़ गए...। गुमटी में बैठकर उन्होंने दो कप कॉफी और सैंडविच मँगवाया।

एकलव्य – (कृतज्ञतापूर्वक एकटक ऊपरवाले की ओर देखते हुए) वाकई में मैं महसूस कर रहा हूँ कि आप अकेले ही विश्व की चेतना बढ़ाने के लिए काफी हैं। अब मैं कड़वी चाय कभी नहीं पीना चाहता, हमेशा काफी ही पीना चाहता हूँ।

ऊपरवाला – (कॉफी की चुस्की लेते हुए) हमेशा यह काफी पीने से तुम यह कला सीख जाओगे तब तुम देखोगे कि तुम्हारे जीवन में सिर्फ खुशियाँ ही खुशियाँ आने लग जाएँगी इसलिए तुम्हें महाअनुवाद करना जल्द-से-जल्द सीख लेना चाहिए, नकारात्मक पंक्तियाँ और भावनाओं को तुरंत बदलना भी तुम्हें सीख लेना चाहिए।

एकलव्य – (कॉफी के साथ सैंडविच खाते हुए) हाँ ज़रूर, मेरा दामन खुशियों से भर देने के लिए 'महाअनुवाद' नामक कल्पवृक्ष ही मानो आपने मेरी झोली में डाल दिया है। क्या आप मुझे कुछ और उदाहरण बताएँगे, ताकि मैं महाअनुवाद करने की कला में माहिर हो जाऊँ?

ऊपरवाला – हाँ, ज़रूर। मैं तुम्हें कुछ महाअनुवाद बताता हूँ लेकिन कौन सी पंक्तियाँ सुनने से तुम्हारे भाव बदलते हैं, यह तुम्हें तय करना है।

एक इंसान ईश्वर से प्रार्थना करता है कि 'हे ईश्वर, मुझे यह मिल जाए... वह मिल जाए... मुझे इस संसार में उपलब्ध सारी वस्तुएँ दो ताकि मैं खुशी से जीवन जी पाऊँ, मेरा जीवन खुशी से कटे।'

इस पंक्ति का महाअनुवाद इस तरह होना चाहिए कि 'हे ईश्वर, मुझे ऐसा जीवन दो जिससे मुझे जो मिला है, उसे मैं खुशी से देख पाऊँ, उसका मैं खुशी से इस्तेमाल कर पाऊँ।

एकलव्य – क्या पहली पंक्ति गलत है? वह भी तो सही है।

ऊपरवाला – पहली पंक्ति भी सही है लेकिन दूसरी पंक्ति में महाअनुवाद का जादू है।

एकलव्य – मैं आपसे हार गया।

ऊपरवाला – इसमें हार-जीत नहीं, केवल सीख है। वैसे 'यह मेरी हार है,' इस पंक्ति का महाअनुवाद इस तरह हो कि 'यह हार नहीं बल्कि जीत की शुरुआत है, विजय की शुरुआत है।

एकलव्य – आपके उदाहरण मुझे स्वीकार मुद्रा को १८० डिग्री से घुमाने की याद दिला रहे हैं। मुद्रा को जैसे घुमाया है, शब्दों को भी वैसे ही घुमाना है। क्या बात है!

ऊपरवाला – और एक घुमाव सुनो-

एक विद्यार्थिनी, जो डॉक्टर बनने की चाहत रखती है, उसके मन में विचार चलते हैं कि 'मैं कामयाब डॉक्टर नहीं बन पाऊँगी... मैं इतनी पढ़ाई नहीं कर सकूँगी...।'

इन नकारात्मक पंक्तियों का महाअनुवाद इस तरह किया जा सकता है कि 'आज की तारीख में मेरे मन में ऐसे विचार आ रहे हैं। यदि मैं प्रयत्न करूँगी तो सब कुछ हो सकता है और अगर मैं ही पढ़ाई नहीं करूँगी तो फिर और कौन करेगा !'

एकलव्य – मैं नहीं जीतूँगा तो और कौन जीतेगा।

ऊपरवाला – सही जा रहे हो। महाअनुवाद करने के बाद निरंतरता से काम हुआ तो उसके परिणाम भी दिखाई देते हैं। उस विद्यार्थिनी ने अपने सारे सहपाठियों से कहा कि वे उसे पढ़ाई करने के लिए बार-बार रिमाईंडर दें। जिसका नतीजा यह हुआ कि आगे वह अच्छे अंकों से परीक्षा में उत्तीर्ण हो पाई। इस तरह एक बार परिणाम देखने के बाद महाअनुवाद करना उसके जीवन का अंग बन गया।

एकलव्य – मैं कुछ-कुछ बातें अब समझ पा रहा हूँ। जैसे नकारात्मक विचारों का महाअनुवाद करके सकारात्मक भावना का निर्माण किया जा सकता है ताकि चुंबक बनकर आनंद आकर्षित किया जा सके। दुःख आने पर अलग-अलग ढंग से महाअनुवाद करना सीखना चाहिए। इसके अलावा और क्या करना चाहिए?

ऊपरवाला – इसके अलावा महाअनुवाद की गई पंक्तियाँ अपनी डायरी में लिखकर रखनी चाहिए। जब भी तुम्हारा मन उदास हो तब डायरी में लिखी हुई पंक्तियाँ बोलकर देखो। जिस पंक्ति से तुम्हें तुरंत सकारात्मक भाव प्राप्त होगा, उस पंक्ति को सदा दोहराते रहो। किसी पंक्ति से यदि भावों में परिवर्तन नहीं आ

रहा हो तो इसका अर्थ है, वहाँ नए सिरे से सोचने की आवश्यकता है, नए ढंग से महाअनुवाद करने की ज़रूरत है।

एकलव्य – अच्छा बताइए कि किसी पंक्ति का महाअनुवाद सही हुआ है या नहीं, इसका क्या मापदंड है?

ऊपरवाला – नकारात्मक पंक्ति का महाअनुवाद नहीं किया तो मन में दुःखद भावना आती है और वापस नकारात्मक विचार आने लगते हैं। यदि नकारात्मक विचारों का सही अनुवाद किया जाए तो मन में सकारात्मक भाव भरने लगते हैं। ये भाव ही इस बात का मापदंड है कि आपका अनुवाद सही हुआ है।

जैसे एक इंसान तुमसे झगड़ा करता है और दूसरे ही दिन वह तुम्हारे साथ हँसकर बातें भी करता है तो अब इन दोनों घटनाओं में तुम्हें खुश रहने की कला सीखनी है। महाअनुवाद करने के बाद जब तुम किसी भी घटना से दुःखी नहीं होगे, चाहे सामनेवाला तुमको अच्छा प्रतिसाद दे या न दे तब समझो कि तुम्हारा महाअनुवाद सही हुआ है। फिर तुम जहाँ भी जाओगे मैग्नेट बनकर जाओगे और जब भी तुम्हें पीतल होने का अहसास होगा तो तुम तुरंत सजग हो जाओगे। जब तुम पीतल बनकर कोई कार्य करते हो तब वह खुशी की अभिव्यक्ति नहीं हो सकती।

महाअनुवाद से यदि तुम्हारे भाव बदलें तो समझो कि सही अनुवाद हुआ है। अगर भावना नहीं बदली तो समझो कि अनुवाद ठीक से नहीं हुआ है। भाव का प्रभाव तुरंत बताता है कि इंसान का महाअनुवाद सही दिशा में जा रहा है या नहीं। कुदरत द्वारा भाव के प्रभाव की उत्तम व्यवस्था की गई है, ज़रूरत है उस भाव को महसूस करने की। यदि इंसान अपने भावों को महसूस कर पाए तो उसे तुरंत मार्गदर्शन मिलता है कि उसे किस दिशा में जाना है।

एकलव्य – कई बार समझ होने के बावजूद भी मन निराश रहता है। ऐसा क्यों?

ऊपरवाला – यदि निराशा आए तो इसे ऐसे समझो कि इंसान के अंदर कुछ भावनाएँ सदा बदलती रहती हैं, आती-जाती रहती हैं। तुम्हारे ही पुराने ऑर्डर के अनुसार तुम्हारे साथ कुछ होता रहता है मगर तुम्हारी समझ और महाअनुवाद यही हो कि 'यह आज की तारीख में हो रहा है। आगे मेरी ज़िंदगी में इनका कोई काम नहीं है।'

एकलव्य – महाअनुवाद कब-कब करें?

ऊपरवाला – कुदरत द्वारा हर इंसान को उसके कर्म की तुरंत प्रतिपुष्टि यानी फीडबैक मिलती रहती है। अंदर की कुदरत से उसे तुरंत जवाब मिलता है कि 'तुम पीतल हो या मैग्नेट?' इंसान का भाव ही उसकी अवस्था बताता है। तुम्हारे अंदर यदि नकारात्मक भावना आए तो समझो कि तुम पीतल हो और सकारात्मक भावना आये तो समझो कि तुम मैग्नेट हो। भावना की यह फीडबैक निरंतर पकड़ में आने के लिए तुम्हें महाअनुवाद करना सीखना है। तुम यदि यह सीख गए तो धीरे-धीरे देखोगे कि तुम्हारी दिक्कतें और परेशानियाँ हल होती जाएँगी। फिर एक समय ऐसा आएगा कि तुम सिर्फ सकारात्मक चीज़ें ही अपने जीवन में आकर्षित करोगे। तुम्हारे द्वारा दिए गए कुछ पुराने आदेश, जिनका परिणाम आज तुम्हें अपने जीवन में दिखाई दे रहा है, जो तकलीफदेह है, उनके लिए आज तुम्हें महाअनुवाद करना है और फिर नए आदेश देना सीखना है।

एकलव्य – मुझे लगता है कि हर दुःखद भावना के साथ महाअनुवाद की पंक्ति बनाना तो एक कठिन कार्य है।

ऊपरवाला – पहले सिर्फ इतना ही करो कि जब भी दुःखद भावना आए तो उसका तुरंत महाअनुवाद करो कि 'आगे सब बेहतरीन होनेवाला है।' शुरू-शुरू में लगेगा कि महाअनुवाद करने के लिए कोई पंक्तियाँ नहीं बन रही हैं लेकिन धीरे-धीरे तुम इसमें प्रवीण बनते जाओगे। फिर किसी भी नकारात्मक विचार का अनुवाद तुम आसानी से कर पाओगे।

एकलव्य – तो क्या मुझे हमेशा अपने ऊपर ही काम करना है?

ऊपरवाला – हाँ, पहले तुम्हें अपने विचारों पर जीत प्राप्त करनी चाहिए क्योंकि विचारों में ही नकारात्मक बातें आती हैं। जैसे 'यह तो संभव नहीं है... यह परिस्थिति कभी नहीं बदल सकती..., सामनेवाला तो कभी बदलेगा ही नहीं...।' इस तरह यदि तुम विचारों पर ही हार गए तो आगे का कार्य कैसे होगा? पहली जीत विचारों में होती है, यह सदा याद रखो। जब तक तुम अपनी यह गलती नहीं सुधारते तब तक तुम पीतल ही बने रहोगे और लोग तुम्हारे सान्निध्य में खुश नहीं रहेंगे। यदि काम कहीं पर होना है तो वह अपने अंदर ही होना है। फिर महाअनुवाद का चमत्कार होने ही वाला है।

एकलव्य - क्या आप मुझे एक गलत महाअनुवाद का उदाहरण बताएँगे ताकि मैं उस गलती से बच पाऊँ?

ऊपरवाला - इसे ऐसे समझो कि एक इंसान बहुत बीमार है और वह यह सोचकर कई दिनों तक डॉक्टर के पास नहीं गया कि 'मैं इतना बीमार हूँ कि डॉक्टर को मुँह ही नहीं दिखा सकता।' यह विचार ही गलत अनुवाद का द्योतक है। बीमारी से छुटकारा पाना है तो उसे जल्द से जल्द डॉक्टर के पास जाना ही चाहिए।

एकलव्य - ऐसे केस में डॉक्टर की भी कोई भूमिका होती है क्या?

ऊपरवाला - हाँ बिलकुल, मरीज़ों के साथ-साथ डॉक्टर को भी महाअनुवादक बनना है। यदि कोई डॉक्टर खुद बीमार है तो उसे अपनी बीमारी तुरंत जान लेनी चाहिए ताकि वह मरीज़ों की अच्छी सेवा कर पाए।

डॉक्टर यदि यह सोचे कि मरीज़ को ऐसे ही बोलना चाहिए और डॉक्टर को इस-इस तरह की लिखावट में ही लिखना चाहिए तो वह कभी भी नए तरीके नहीं सोच पाएगा। अब सभी डॉक्टर को नए ढंग से प्रैक्टिस शुरू करनी चाहिए। डॉक्टर को अपनी हर तकलीफ के लिए महाअनुवाद करना चाहिए। तभी वह मरीज़ों का इलाज सही व रचनात्मक तरीके से कर पाएगा।

एकलव्य - जैसे?

ऊपरवाला - जैसे डॉक्टर मरीज़ से कहे, 'अपनी बीमारी बताओ मगर कविता में बताओ।' अब सोचकर देखो कि कोई मरीज़ अपनी बीमारी यदि कविता में बताएगा तो उसकी आधी बीमारी तो वहीं पर ठीक हो जाएगी। इसे नई होमिओपैथी कह सकते हैं यानी मरीज़ क्लीनिक को अपना घर समझकर, अपनी बीमारी कविता में गाकर बताता है।

कोई मरीज़ इस तरह अपनी तकलीफ बता सकता है, 'ज़िंदगी एक सफर है सुहाना, मैंने कल से नहीं खाया खाना...।' वरना मरीज़ दिनभर अपनी बीमारी के बारे में सोच-सोचकर परेशान होता रहता है मगर अब वह गाने में बीमारी को सोचेगा तो उसके अंदर अच्छी भावना का निर्माण होगा। बीमारी की भावना बीमारी को और बढ़ाती है और गाने से आई हुई भावना बीमारी को कम करती है।

बीमारी से बाहर आने के लिए हर मरीज़ को अलग-अलग महाअनुवाद की

आवश्यकता होती है इसलिए डॉक्टर को भी महाअनुवाद करने की कला में कुशल बनना चाहिए, मुन्ना भाई बनकर, चाहे मीराबाई बनकर। फिर डॉक्टर के लिए मरीज़ से उनकी बीमारी कविता में बुलवाना या उसका महाअनुवाद करवाना कठिन नहीं होगा।

एकलव्य - आपने तो आज के सैर-सत्र में स्त्री-पुरुष, जवान-बूढ़ा, डॉक्टर-मरीज़, विद्यार्थी-व्यवसायी, सफल-असफल सभी इंसानों के लिए महाअनुवाद करने की कला सिखाई है। आपके द्वारा बताए गए उदाहरणों से प्रेरणा पाकर हम अपनी ज़रूरत के अनुसार महाअनुवाद की पंक्तियाँ बना सकते हैं और सभी नकारात्मक विचारों को दूर भगाकर खुशियों को अपने पास आने का रास्ता साफ कर सकते हैं।

ऊपरवाला - हर नकारात्मक घटना में महाअनुवाद करने पर जब उसका नतीजा तुम्हें दिखाई देगा तब तुममें दृढ़ता आएगी कि अब ऐसे ही महाअनुवादक का जीवन जीना है, खुशी बनकर ही खुशी बाँटनी है।

एकलव्य - महाअनुवाद करने के परिणाम तो आगे मैं अपने जीवन में देखूँगा ही लेकिन आपकी बातों का इतना गहरा प्रभाव मेरे शरीर पर पड़ा है कि अब मुझे खुशी बनकर ही जीना है। अब मैं मौके की तलाश में ही रहूँगा कि कब महाअनुवाद करूँ।

ऊपरवाला - जीवन में मौकों की कोई कमी नहीं होती। सिर्फ उनका लाभ उठाना सीखो। अब मैं चलता हूँ। मुझे किसी ज़रूरी काम से बाहर भी जाना है।

यह सुनकर एकलव्य अनमना सा हो गया। ऊपरवाले का दो टूक जवाब सुनकर वह बुझ सा गया। उसने सोचा, ऊपरवाले को ऐसे कौन से काम होते हैं, जो यह इतना व्यस्त रहता है! इसके न परिवारवाले हैं, न ही कोई अन्य रिश्तेदार! पता नहीं यह क्या करता है? हर हफ्ते के सोमवार और शुक्रवार, साथ ही हर महीने की एक तारीख और पंद्रह तारीख को यह जाता कहाँ है? मेरे साथ रहते हुए तो यह जतलाता है कि उसे मुझसे कितना स्नेह है लेकिन ऐसे कौन लोग हैं, जिनसे मिले बिना चूके, तय किए दिनों में यह जाता ही है। मुझे तो उनसे ईर्ष्या होने लगी है। तभी उसके कानों में ऊपरवाले की आवाज़ गूँजने लगी... महाअनुवाद प्लीज़। एकलव्य तुरंत सजग हो गया और उसने तुरंत महाअनुवाद शुरू किया- 'ईर्ष्या होने लगी है

तो यह शुभ है क्योंकि यही ईश भक्ति की ओर ले जाएगी।' एकलव्य की आँखों के सामने लाल लकीर नाचने लगी। उसे तुरंत स्पेल चेक की याद आई। एकलव्य ने मन ही मन कहा, 'ईर्ष्या मेरे टेक्स्ट को सुधारने आई है। ईर्ष्या को धन्यवाद और एकलव्य तुम रहो सदा खुशियों से आबाद।' यह कहकर एकलव्य के मन के भाव बदल गए तथा वह आगे की कुछ सोच पाया। उसने खुद से कहा, 'एकलव्य तुम्हें तो ऊपरवाले से जो चाहिए, वह भरपूर मिल रहा है फिर अन्य लोगों को मिलने पर तुम्हें तकलीफ क्यों हो रही है? कहीं पड़ोसी का सुख देखकर तुम दुःखी तो नहीं हो रहे हो? एकलव्य को अपने मन का यह विकार स्पष्ट रूप से पकड़ में आया और उसकी ईर्ष्या की भावना का अपने आप अतिक्रमण हो गया।

एकलव्य खुशी से झूम उठा। उसे महाअनुवाद की महत्ता का स्पष्ट रूप से दर्शन हुआ। बड़े आनंद से उसने 'आनंद निवास' में प्रवेश किया। उसे लगा जैसे उसके सारे गम गायब हो गए हैं। उसे महाअनुवाद नामक जादुई छड़ी जो मिल गई थी।

18

खुशी का चश्मा

आज सुबह एकलव्य बहुत मौज़ में था। कल की सारी बातें उसके दिलो-दिमाग पर छाई हुई थीं। एकलव्य की प्रसन्नता का एक कारण और भी था कि आज उसका मित्र अर्जुन भी मॉर्निंग वॉक में उनके साथ शामिल होनेवाला था।

कल ऑफिस में अर्जुन एकलव्य से मिला और उसने खुद ही 'स्वीकार का चमत्कार' पुस्तक की बात छेड़ी। एक लंबा समय वह अपने माता-पिता की तीमारदारी में लगा था इसलिए उसे पुस्तक पढ़ने का समय ही नहीं मिल पाया था। दो दिनों पहले अर्जुन ने वह पुस्तक पढ़ी और भागते हुए वह उसका प्रभाव बताने के लिए एकलव्य के पास चला आया। उसने एकलव्य से स्वीकार संबंधी बातें और गहराई से जानने की इच्छा प्रकट की। एकलव्य चाहता भी था कि कम से कम एक बार तो अर्जुन को ऊपरवाले से मिलवाना चाहिए ताकि वह माता-पिता की दुर्घटना के सदमे से बाहर निकल सके। अर्जुन के बारे में एक बार एकलव्य ने ऊपरवाले से बात भी की थी। तब ऊपरवाले ने अर्जुन को किसी दिन मॉर्निंग वॉक पर लाने के लिए कहा था। आज वह दिन आ गया इसलिए एकलव्य बहुत खुश था।

यह सब सोचते हुए एकलव्य घर से बाहर निकला, सीढ़ियों पर ही ऊपरवाला उसके साथ हो लिया। दोनों जब बिल्डिंग के गेट के पास पहुँचे तो सामने से अर्जुन आता हुआ दिखाई दिया। एकलव्य ने अर्जुन का अभिवादन किया तथा ऊपरवाले से उसका परिचय करवाया। अर्जुन का पूर्ण परिचय तथा ऊपरवाले का अल्प परिचय पा लेने के बाद तीनों में इस तरह बातें होने लगीं।

एकलव्य - आज अपने दुःख से विदा लेने के लिए अर्जुन आपसे ज्ञान की बातें सुनने के लिए आया है।

ऊपरवाला - हाँ, हाँ क्यों नहीं! इसमें ही मेरी खुशी छिपी है। अर्जुन, हमारे साथ वॉक में शामिल होकर तुमने दुःख को वॉक-आऊट करने का नेक कदम उठाया है। पिछले कुछ दिनों से हम दोनों के बीच खुश रहने के उपायों पर ही बात की जा रही है। आज हम तीसरे उपाय पर पहुँचे हैं। दुःख में खुश रहने का तीसरा उपाय ही तुम्हारे दुःख का निवारण है।

अर्जुन - (उत्सुकता दर्शाते हुए) वह क्या है?

ऊपरवाला - वह उपाय है- कभी भी खुशी का चश्मा न उतारना, खुशी की मुद्रा न छोड़ना।

अर्जुन - (उलझन महसूस करते हुए) इसका क्या मतलब हुआ?

ऊपरवाला - इसे मैं तुम्हें एक मज़ेदार उदाहरण से समझाता हूँ। वैसे अर्जुन, क्या तुम्हें चुटकुले सुनना पसंद है?

अर्जुन - हाँ बिलकुल।

ऊपरवाला - तो सुनो।

एक बार नफरतीलाल ने बड़े गंभीर स्वर में अपने बेटे से पूछा, 'बेटे, क्या तुम पढ़ रहे हो?' बेटे ने कहा, 'नहीं पिताजी।' नफरतीलाल ने आगे पूछा, 'तो क्या तुम लिख रहे हो?' इस पर बेटे ने कहा, 'नहीं पिताजी।' नफरतीलाल ने फिर पूछा, 'फिर क्या तुम चित्र बना रहे हो?' बेटे ने कहा, 'नहीं पिताजी।'

हर सवाल पर बेटे की ना सुनकर इस बार नफरतीलाल ने गुस्से में कहा, 'फिर चश्मा पहनकर क्यों बैठे हो? मैं कब तक तुम्हारी फिजूलखर्ची सहता रहूँगा? कब तक तुम्हारी फिजूलखर्ची यूँ ही चलती रहेगी?'

अर्जुन - हा... हा... हा...। चुटकुला तो समझ में आया मगर आप हकीकत में क्या बताना चाहते हैं, वह नहीं समझा।

ऊपरवाला - इस उदाहरण में बच्चे का चश्मा खुशी के चश्मे का द्योतक है। जिस तरह पिताजी बच्चे को किसी काम के बिना चश्मा पहनने की मनाई करते हैं, उसी तरह तुम्हारे चारों तरफ के लोग तुम्हें यही सलाह देते हैं कि 'दुःख के होते हुए तुम यूँ खुश नहीं रह सकते, फिजूल में खुशी का चश्मा नहीं पहन सकते।'

एकलव्य – अब तक मिले मार्गदर्शन की वजह से मैं आजकल बिना किसी बाह्य कारण के ही खुश रहता हूँ तो मुझे भी लोग ऐसे ही कहते हैं।

ऊपरवाला – हाँ, माया में रहनेवाले लोगों का यही तो काम है। वे तुम्हें दृढ़तापूर्वक कहेंगे कि 'चारों तरफ दुःख होते हुए भी तुम सबको खुशी से क्यों देख रहे हो? दुनिया बहुत बुरी है, भलाई का ज़माना नहीं रहा। उनकी तरफ खुशी से देखना खतरनाक है। अतः तुम अपना आनंद का चश्मा उतारो, खुशी का चश्मा उतारो।'

अर्जुन – ऐसे समय में मैं क्या करूँ?

ऊपरवाला – ऐसे समय में तुम्हारे अंदर खुशी के अनुभव की दृढ़ता होनी चाहिए। लोग अज्ञान में ऐसा ही कहेंगे, इसमें उनकी कोई गलती नहीं है क्योंकि उन्हें समाज से यही शिक्षा मिली है। मगर तुम इसका ध्यान रखो कि तुम्हें उनका कहा अनसुना करके खुशी की स्वीकार मुद्रा कभी नहीं छोड़नी है, खुशी का चश्मा नहीं उतारना है। तुम्हें हर घटना को खुशी के चश्मे से ही देखना है।

अर्जुन – एकलव्य ने मुझे 'स्वीकार का चमत्कार' यह पुस्तक पढ़ने को दी थी। यह पुस्तक पढ़कर मुझे कुछ राहत तो मिली है लेकिन मुझे समझ में नहीं आ रहा कि मेरे माता-पिता बीमार हैं और आप मुझे खुशी का चश्मा न उतारने की सलाह दे रहे हैं। यह कैसे संभव है?

ऊपरवाला – हर इंसान के मन में अपने परिवारजनों के लिए प्रेम की भावना होती है। जब इंसान अपने परिवार के सदस्यों को दुःखी और बीमार देखता है तब वह भी दुःखी हो जाता है। इस तरह इंसान खुद दुःखी होकर दुःखभरी नज़रों से प्रियजनों को देखता है तो वे उसे और ही दुःखी दिखाई देते हैं। अज्ञान में इंसान से यह गलती हो जाती है। वह अपने प्रियजनों को दुःख की नज़रों से देखकर उनके दुःख को कम नहीं करता बल्कि और बढ़ाता है। अतः इंसान यदि किसी को दुःख से बाहर निकालना चाहता है तो पहले वह अपनी यह गलती सुधारे कि सामनेवाले को दुःख के चश्मे से नहीं बल्कि खुशी के चश्मे से देखे।

अर्जुन – मगर मुझे यह बात समझ में नहीं आ रही है कि सामनेवाले की खुशी और मेरे गलती सुधारने का क्या संबंध है? फलाँ इंसान दुःख भोग रहा है और मुझसे कहा जा रहा है कि मैं अपनी गलती सुधारूँ। ये कहाँ का तर्क है?

ऊपरवाला - जब तुम्हें दुःख में दुःखी होने की अपनी गलती पकड़ में आएगी और तुम उसे सुधारोगे तभी सामनेवाला दुःखी इंसान दुःख से बाहर आ सकता है। यदि तुमने अपनी यह गलती नहीं सुधारी तो दुःखी इंसान की दुःख से बाहर आने की संभावना कम है। तुम्हें यह बात अतार्किक लग सकती है लेकिन यह सीखने लायक है। सीख लेने पर यही बात तुम्हें तर्क संगत लगेगी।

अर्जुन- मुझे अपने माता-पिता को हर हालत में दुःख से बाहर निकालना ही है लेकिन इसमें मैं पूर्ण रूप से सफल नहीं हो पा रहा हूँ। क्या इस पर आप मुझे कुछ मार्गदर्शन देंगे?

ऊपरवाला - सबसे पहले यह बात याद रखो कि दुःखी होकर तुम अपने माता-पिता की मदद नहीं कर सकते बल्कि उनका नुकसान ही करोगे। किसी घटना में तुम दुःखी हो रहे हो यानी दिखावटी सत्य (तथाकथित दुःख) को तुम सत्य मान रहे हो।

यदि तुम अपने माता-पिता की मदद करना चाहते हो तो सबसे पहले अपने अंदर की नकारात्मक भावनाओं का त्याग करो। नकारात्मक विचारों तथा शब्दों से नकारात्मक भावना ही बढ़ती है। अतः ऐसा करना बंद कर दो। जब तक लोगों को यह सत्य मालूम नहीं होता तब तक वे किसी चीज़ का नकारात्मक पहलू ही देखते हैं और नकारात्मक ही सोचते हैं। जैसे - देश ऐसा ही चल रहा है... लोग बुरे हैं... सब गलत चल रहा है... यहाँ बाढ़ आ रही है... वहाँ भूकंप आ रहा है... यहाँ गरीबी है... वहाँ बीमारी हे... कुछ ठीक नहीं है... इत्यादि। इस तरह दुनिया में अधिकांश लोग नकारात्मक ही सोच रहे हैं और तुम भी उनका साथ देकर घटनाओं को और बुरा बना रहे हो। तुम्हें यह सोचना चाहिए कि 'मैं अपनी तरफ से किसी भी बात को या घटना को दुःखी होकर, बुरा बनाना बंद कर दूँगा। मुझे अकंप बनना है और किसी भी घटना में नकारात्मक सोच का योगदान नहीं देना है।'

अर्जुन - (हाँ में सिर हिलाते हुए) यदि मेरे माता-पिता को दुःखी देखकर मैं भी दुःखी हो रहा हूँ, इसका अर्थ मैंने खुशी का चश्मा उतार दिया है।

ऊपरवाला - और नहीं तो क्या, तुम ऐसा ही कर रहे हो। लेकिन याद रखो कि खुशी का चश्मा उतारने से तुम कभी आगे नहीं बढ़ सकते बल्कि दुःखी होकर, तुम अपनी उच्च चेतना की अवस्था को छोड़कर निम्न चेतना के स्तर पर आ जाते

दुःख में खुश क्यों और कैसे रहें 153

हो। तुम्हारा मन यदि अकंप है और तुम हर इंसान को खुशी के चश्मे से देखते हो तो तुम दुःखी इंसान को दुःख से बाहर निकाल सकते हो। शुरू में यह कार्य तुम्हें कठिन लग सकता है लेकिन दुःख से बाहर आने और बाहर लाने का यही सर्वोत्तम उपाय है।

अर्जुन - आपके कहने का यही तात्पर्य है कि चाहे सारा जहाँ इधर का उधर हो जाए मगर मुझे हमेशा खुश ही रहना चाहिए।

ऊपरवाला - तुमने ठीक पहचाना। सारा जहाँ इधर का उधर हो जाए मगर तुम्हें वहीं के वहीं रहना है - एक जगह, एक स्थान, तेजस्थान।

अर्जुन - यह आप किस नए स्थान की बात कर रहे हैं?

ऊपरवाला - यह नया नहीं, प्राचीनतम स्थान है, मूल स्थान है। यह हृदय स्थान है, जो विचारों का स्रोत है, आरंभ बिंदु है। तुम्हें इस आरंभ बिंदु पर रहकर विचारों को देखने की कला सीखनी है।

ऊपरवाले की बातें सुनकर एकलव्य सराहना भरी नज़रों से उसे देखने लगा। शब्दों में न आनेवाली बातों को शब्द देने के लिए वह मन ही मन ऊपरवाले को धन्यवाद देने लगा। ऊपरवाले ने आगे कहा -

तुम्हारे चारों ओर कुछ लोग तुम्हें दुःख में घिरे हुए दिखाई देते हैं। उन लोगों को देखकर तुम्हारे अंदर कौन से विचार उठते हैं? और समझ मिलने के बाद कौन से विचार उठेंगे? समझ मिलने से पहले के विचार और समझ मिलने के बाद के विचार, ये दो स्तर तुम्हें समझने हैं। सोचो कि तुम दोनों में से कहाँ पर हो। यदि विचारों के उठने पर तुम उनमें डूब जाते हो तो उन विचारों से आया हुआ दुःख तुम्हारे अंदर निर्माण होगा और यदि तुम विचारों को तटस्थ भाव से देख पाए तो तुम्हारी खुशी कहीं नहीं जाएगी।

अर्जुन- (हैरानी से) अपने विचारों का हमारे जीवन पर असर होता है, यह मुझे मालूम तो था लेकिन इतना गहरा असर होता है, यह मुझे मालूम नहीं था। अब तो मुझे अपने विचारों पर बहुत काम करना चाहिए।

ऊपरवाला - बेशक तुम्हें यही करना है क्योंकि अकसर इंसान अपने विचारों से नकारात्मक बातों को ही आकर्षित करता है। किसी का दुःख देखा तो वह भी

दुःखी हो जाता है। अतः तुम्हें अपने विचारों की शक्ति पर इतना काम करना है कि तुम्हारी नज़र में कोई भी नकारात्मक बात आए तो वह खुद-ब-खुद सकारात्मक होने लग जाए। इसके लिए तुम्हें कुछ करना भी न पड़े सिर्फ तुम्हारी दृष्टि यानी देखने का नज़रिया ही काफी हो। तुम्हें कहाँ पहुँचना है और तुम कहाँ पर हो, जब तुम्हें इन दोनों में फर्क समझ में आएगा तब तुम्हें अपने स्तर का पता चलेगा।

अर्जुन - सच कहूँ तो आपकी बातें सुनकर मुझे अपने अंदर एक शक्ति का एहसास हो रहा है। मुझे विश्वास हो रहा है कि एक दिन मेरे अंदर विचारों की अदम्य शक्ति ज़रूर जागृत होगी। (एक क्षण रुककर) अच्छा, अब यह बताएँ कि मैं कहाँ पर हूँ?

ऊपरवाला - जब भी तुम संसार में दुःख देखते हो तब तुम्हारे साथ जो होता है, तुम्हारे अंदर जो विचार उठते हैं तथा तुम्हारे अंदर जो भावना उभरती है, वह तुम्हारे लिए फीडबैक है कि तुम कहाँ पर हो और कहाँ हो सकते हो।

अर्जुन - अपने माता-पिता की अस्वस्थता का दुःख अब मुझे पहले जितना नहीं हो रहा है, काफी हद तक कम हो गया है। मुझे दिखाई दे रहा है कि एक दिन मैं उस मूल स्थान पर पहुँच सकता हूँ, जहाँ से हर दृश्य बिना किसी आसक्ति के देखा जा सकेगा। मैं हर घटना में अपना ध्यान सकारात्मक बातों पर ही लगाऊँगा, हर घटना के पीछे के सत्य को ही देखूँगा तो मुझे कोई हिला नहीं पाएगा।

ऊपरवाला - हाँ, ऐसा करने से तुम्हारा मन अकंप होने की संभावना शुरू हो जाएगी। दुःख की घटना में अपने आपसे पूछो कि 'क्या यह परिस्थिति मुझे सही और अकंप बना रही है या मैं कंपित और दुःखी हो रहा हूँ?' मन अकंप होने के बाद ही तुम लोगों की सही और खुशी से मदद कर पाओगे।

अर्जुन - यानी सतत खुशी का चश्मा पहनने की आदत मुझे डालनी ही चाहिए।

ऊपरवाला - अब समझा न! खुशी का चश्मा पहनने की आदत तुम्हारे खून में ही उतरनी चाहिए। इसे मैं तुम्हें एक उदाहरण से समझाता हूँ।

एक लड़के को पुस्तकें पढ़ना अच्छा लगता था। वह एक पुस्तक दो-तीन बार पढ़ लेता था। अपनी इस आदत से वह बहुत खुश भी था लेकिन कभी-कभी उसके

मन में यह सवाल उठता था कि 'हर पुस्तक मैं दो-तीन बार पढ़ता हूँ तो कहीं मुझमें कोई कमी तो नहीं है?' एक दिन वह अपने गुरुजी से मिला और उनके सामने उसने अपनी शंका रखी। गुरुजी ने उसके मन की शंका का समाधान इस प्रकार किया।

गुरुजी ने उससे कहा, 'बार-बार पुस्तक पढ़ना अच्छी आदत है। जैसे मीरा के पास एकतारा था, वैसे तुम्हारे पास पुस्तक है। हर पुस्तक बार-बार इसलिए पढ़नी चाहिए क्योंकि तुम सिर्फ अपने लिए ही पुस्तक नहीं पढ़ रहे हो। लोग इस पुस्तक का अधिकतम लाभ कैसे ले पाएँ, पुस्तक में और कौन सी सूचनाएँ होनी चाहिए, इन सब पहलुओं पर भी तुम्हें सोचना चाहिए।

अतः तुम्हारे मन में उठी इस शंका को दूर करके तुम्हें जब भी मौका मिले, पुस्तक पढ़ते रहना है। जब तक वह ज्ञान तुम्हारे खून में नहीं उतर जाता यानी जब तक तुम्हारी ब्लड रिपोर्ट बी + पॉजिटीव (सकारात्मक बनो) नहीं बताती तब तक तुम्हें पुस्तक पढ़ते रहना चाहिए। भविष्य में तुम्हारी ब्लड रिपोर्ट में सिर्फ बी + पॉजिटीव ही नहीं बल्कि सी + पॉजिटीव (see positive) भी आना चाहिए। बी + पॉजिटीव (be positive) के दिन लद गए, अब नई पीढ़ी के लोगों के ब्लड रिपोर्ट में सी + पॉजिटीव (C+ve) आना चाहिए। सी पॉजिटीव (See positive) से लोगों को आश्चर्य होगा। सी पॉजिटीव यानी सकारात्मक देखना।'

यह उदाहरण सुनकर अर्जुन और एकलव्य दोनों खिलखिलाकर हँस पड़े।

एकलव्य – (हँसते हुए) आपने तो सी + पॉजिटीव (see positive) नाम का एक नया ही ब्लड ग्रुप बना दिया।

ऊपरवाला– हाँ, क्योंकि हमारे समाज में अब सी + पॉजिटीव (see positive) ब्लड ग्रुपवालों की ही ज़रूरत है क्योंकि वे ही खुशी के दान दाता (युनिव्हर्सल डोनर) बन सकते हैं। अर्जुन, तुम्हें क्या लगा यह सुनकर?

अर्जुन – आपकी इस छोटी सी उपमा से मुझे यह समझ मिली है कि सकारात्मक बातें देखने की आदत मेरे खून में उतरने तक मुझे खुशी का चश्मा कभी नहीं उतारना है, खुशी की मुद्रा नहीं छोड़नी है। बहुत जल्द ही मेरे ब्लड रिपोर्ट में सी + पॉजिटीव (see positive) आनेवाला है।

ऊपरवाला – सही कहा तुमने, चाहे लोग कुछ भी कहें, मन कितनी भी शंका

लाए लेकिन तुम्हें हमेशा खुशी के चश्मे से ही देखना है।

एकलव्य दोनों को बीच में ही टोकते हुए बोला-

कुछ तो लोग कहेंगे, लोगों का काम है कहना,

छोड़ो बेकार की बातों को, कभी खुशी का चश्मा उतरे ना

ऊपरवाला - अब तो कविताएँ भी बनने लगीं!

एकलव्य - हाँ, यह सी पॉजिटीव (see positive) का कमाल है। अब मैं अपनी बहन को भी बताऊँगा कि परीक्षा के दौरान वह पढ़ाई का तनाव न लिया करे, हमेशा खुशी का चश्मा ही पहने।

ऊपरवाला - हाँ, उसे कहो-कम से कम यह प्रयोग करके तो देखे। एक बार वह प्रयोग और परिणाम के सुचक्र में प्रवेश कर लेगी तो सब कुछ बेहतर होता जाएगा।

एकलव्य - कितना अच्छा होगा जब इंसान परीक्षा में भी खुश हो पाएगा।

ऊपरवाला - हाँ, जब बच्चों की वार्षिक परीक्षा नज़दीक आती है तब कई बच्चे तनावग्रस्त हो जाते हैं लेकिन कुछ बच्चे, जिन्होंने पढ़ाई की होती है, वे परीक्षा को खुशी के चश्मे से देखते हैं। वे कहते हैं, 'परीक्षा आ रही है, चलो अच्छा है, अब छुट्टियाँ शुरू हो जाएँगी, स्कूल जाने की ज़रूरत नहीं रहेगी, रोज़-रोज़ स्कूल जाकर पढ़ने से कुछ समय राहत मिलेगी।'

खुशी का चश्मा पहनकर परीक्षा को देखनेवाले बच्चों की छुट्टियाँ तो परीक्षा की समय-सारणी मिलने के दिन से ही शुरू हो जाती है। खुशी की मुद्रा धारण करनेवाले बच्चे ही परीक्षा के पहले खुश होते हैं। अन्य बच्चे तनावग्रस्त रहते हैं इसलिए वे परीक्षा के सवाल भी खुलकर हल नहीं कर पाते। उनका मन कहता है, 'अभी तो मुझे तनाव में ही रहना चाहिए। पहले परीक्षा हो जाए, फिर मैं खुश होऊँगा।' अगर वे उस समय अपने मन से कहते, 'तुम्हारी छुट्टियाँ लग चुकी हैं, तुम अभी से ही खुश होना शुरू कर दो' तो वे खुशी से परीक्षा देने जाते और अच्छे ढंग से लिख पाते। फिर खुशी में उन्हें ऐसी बातें सूझतीं, जो पहले कभी नहीं सूझती थीं।

दुःख में खुश क्यों और कैसे रहें

अर्जुन - यानी खुशी हमसे कुछ नया सुचवाती है?

ऊपरवाला - वही तो... जैसे अभी प्राप्त हुई समझ भी खुशी के चलते ही मिली है न! अच्छा अब आगे सुनो-

परीक्षा में आनंदित रहनेवाले विद्यार्थियों को ही सही जवाब सूझते हैं, दुःखी विद्यार्थियों को नहीं। दुःखी विद्यार्थी यही सोचते हैं कि 'परीक्षा में कुछ विद्यार्थी कॉपी करके ज्यादा अंक प्राप्त कर रहे हैं तो हम क्यों न करें?' वे यह नहीं जानते कि 'जो कॉपी कर रहे हैं, उनका जीवन को देखने का दृष्टिकोण अलग है। यदि वे विद्यार्थी खुशी से पेपर लिखेंगे, विकास करेंगे, बड़े पद संभालेंगे तो नए कानून बनेंगे, नई व्यवस्थाएँ होंगी।'

अर्जुन - बहुत कम बच्चे परीक्षा के समय आनंदित रहते हैं। अधिकतर बच्चे तो परीक्षा का तनाव लेते हैं। ऐसा क्यों?

ऊपरवाला - अधिकतर माता-पिता परीक्षा के दिनों में अपने बच्चों से कहते हैं, 'परीक्षा नज़दीक आ रही है, पढ़ाई करो, इतने खुश क्यों हो रहे हो?' यदि बचपन से ही उन्हें बताया गया होता कि खुशी से परीक्षा दोगे तो सभी सवालों को सही ढंग से हल कर पाओगे तो वे परीक्षा के दिनों में भी खुश रह पाते। इस प्रकार बचपन से बच्चों पर चारों तरफ से मानसिक अत्याचार हो रहे हैं। उन्हें लगातार अलग-अलग शब्दों में यही बताया जा रहा है कि 'संसार में इतने दुःख हैं फिर भी तुम खुश क्यों हो रहे हो? तुम्हें खुश नहीं होना चाहिए।' लोगों को तर्क से यह बात सही लगती है कि ऐसे संसार में हम कैसे खुश रह सकते हैं? लेकिन संसार में चाहे कुछ भी हो जाय, हमारा खुश रहना और हर इंसान को खुशी के चश्मे से देखना, यही दुःख, गुलामी और अज्ञान को नष्ट करने का सबसे बड़ा इलाज है। जो इस बात पर यकीन करता है, वही खुशी की मुद्रा अपनाता है और खुशी के चश्मे से हर इंसान और घटना को देखता है।

अर्जुन - लगातार सामनेवाले इंसान को दुःख के चश्मे से देखने से क्या होगा?

ऊपरवाला - वह जल जाएगा।

अर्जुन - (घबराकर) क्या! मैं कुछ समझा नहीं।

ऊपरवाला - इसे ऐसे समझो कि जब इंसान किसी भी चीज़ को मैग्नीफाइंग

ग्लास से देखता है तब वह चीज़ जल जाती है। उसी प्रकार यदि पृथ्वी का हर इंसान एक-दूसरे को दुःख के चश्मे से देखेगा तो क्या होगा? इसलिए खुशी का चश्मा पहनकर लोगों को जलने से रोकना है, नफरत से रोकना है, उन्हें ठंडक देनी है। जब इंसान के अंदर ये सभी बातें गहराई से काम करने लगेंगी तब वह दूसरों के दुःख में खुद दुःखी होकर उनका दुःख नहीं बढ़ाएगा।

एकलव्य - आपकी बातें सुनकर लग रहा है कि हमें अब हर पल खुश रहना चाहिए।

ऊपरवाला - यही तो संगत का असर है। खुश इंसान के साथ रहने पर सामनेवाले में एक नई प्रार्थना उठने लगती है।

एकलव्य - (आनंद से रोमांचित होते हुए) मुझे आपका इशारा समझ में आ रहा है। आपके साथ रहने पर हमारे अंदर सदा खुश रहने की प्रार्थना ही तो निकलेगी।

ऊपरवाला - (मुस्कराते हुए) इसीलिए कहा गया है कि समझदार को इशारा काफी है। यदि तुम खुश रहोगे यानी खुशी का चश्मा पहनोगे तो अर्जुन के मन से भी नई प्रार्थना निकल सकती है कि 'मुझे भी एकलव्य की तरह हरदम खुश रहना है।'

एकलव्य व अर्जुन ऊपरवाले को धन्यवाद के भाव से निहारते रहे। ऊपरवाले ने आगे कहा-

अब तक तुमने दुःख मुक्ति का तीसरा अचूक तरीका समझा कि तुम्हें खुशी का चश्मा कभी नहीं उतारना चाहिए। तुम्हें खुश रहने की आदत ही पड़ जाए ताकि तुम असल में जो हो, जो तुम्हारा मूल स्वभाव है, वही बन जाओ। तुम्हें खुश रखने के लिए कोई कुछ करे या न करे, फिर भी तुम खुश रह सकते हो।

एकलव्य - इतना कुछ सुनकर दुःख में खुश 'क्यों' रहना चाहिए, इसकी दृढ़ता अब हममें आनी ही चाहिए।

एकलव्य के इस वाक्य पर अर्जुन ने भी हामी भरी।

ऊपरवाला - हाँ, यह दृढ़ता आनी एक महत्वपूर्ण पड़ाव है। अगर इस 'क्यों' का जवाब तुम्हें नहीं मिला तो तुम दुःख में दुःखी ही रहोगे। दुःख में खुश क्यों रहना चाहिए यदि इस बात पर तुम्हें शक आता है तो तुम इस ज्ञान (सच्चाई) को

नज़रअंदाज़ कर देते हो, उसकी खोज नहीं करते। यही गलती खतरनाक साबित होती है और वह तुम्हें दुःख की तरफ खींचती है। दुःख में खुश रहना ही चाहिए, इस बात पर दृढ़ता आने पर तुम्हें जो चाहिए, उसके लिए तुम्हें सिर्फ खुश रहना है। यह अपनी तरफ से होनेवाली आवश्यक बात है। यदि तुम दुःख में खुश नहीं रह पाओगे तो कभी भी अपनी मंज़िल तक नहीं पहुँच पाओगे।

अर्जुन – दुःख में खुश रहने का उपाय फिलहाल तो सरल लग रहा है।

ऊपरवाला – वाकई में दुःख में खुश रहने का यह उपाय सरल ही नहीं बल्कि मन को अच्छा लगनेवाला भी है क्योंकि यह स्वाभाविक है। कोई भी इंसान यह नहीं कहता कि 'मुझे खुश रहना अच्छा नहीं लगता है... गाना गाकर मुझे अच्छा नहीं लगता है... संगीत सुनकर मुझे अच्छा नहीं लगता है...।' दुनिया में कोई भी इंसान ऐसा नहीं कह सकता क्योंकि खुश रहना सभी को पसंद है।

हर इंसान यही कहता है कि 'जब मुझे खुशी होती है तब मुझे अच्छा लगता है।' क्योंकि खुशी प्राकृतिक चीज़ है, संगीत प्राकृतिक है। संसार में हर चीज़ रिदम यानी ताल से चल रही है। जब तुम रिदम से बाहर जाते हो तब डिस-इज़ (Dis-ease) हो जाते हो यानी आंतरिक संपन्नता, समृद्धि, आराम, चैन, विश्रांति, सहज भाव, सुख से बाहर हो जाते हो और तुम्हें डिसीज़ यानी शारीरिक या मानसिक रोग, व्याधि जकड़ लेते हैं। यह समझ तुम में आने पर तुम हर पल खुश रहोगे मगर बीच-बीच में जब तुम दुःखी होकर पीतल बनते हो तब यह खुशी चली जाती है।

जब भी तुम मैग्नेट बनते हो तब खुशी तुम्हारे साथ ही होती है। अतः तुम्हारा मैग्नेट बनने का समय बढ़ता जाए और पीतल बनने का समय कम होता जाए। फिर एक दिन तुम कहोगे कि 'पीतल बनने की, दुःखी रहने की कोई आवश्यकता थी ही नहीं।

एकलव्य – (ऊपरवाले की ओर मुखातिब होते हुए) इस महा मैग्नेट को प्रणाम। अब समझ में आया कि आप हरदम, हरपल खुश कैसे रह पाते हैं।

ऊपरवाला – तो इस समझ को मज़बूत करो और जिसके लिए तुम्हें करने होंगे नित्य प्रयोग। अपनी खुशी का चश्मा कभी मत उतारो और देखो कि क्या चमत्कार होता है। जब परिणाम सामने आएगा तो समझ मज़बूत होगी। इस तरह घटना दर घटना तुम्हारी समझ दृढ़ होती जाएगी। फिर तुम्हें रिमाईंडर देने की ज़रूरत नहीं पड़ेगी

कि 'खुशी का चश्मा पहनो... इसे मत उतारो'... क्योंकि वह तुम्हारा स्वभाव बन जाएगा।

एकलव्य – धन्यवाद, आज आपसे यही माँग करता हूँ कि आप मुझे ऐसी समझ दें ताकि मैं अपने आनंद स्वभाव में स्थापित हो जाऊँ।

ऊपरवाला – (हँसते हुए) इसी के लिए ही तो रोज़ सैर की जा रही है।

'अच्छा अब परसों मिलेंगे', कहकर ऊपरवाले ने घर का रुख किया। ऊपरवाले को घर की ओर जाता देखकर अर्जुन ने उसे रोककर कहा –

अर्जुन – आज आपने मेरी शंकाओं का समाधान कर मुझे तृप्त किया है, इस बात के लिए असीमित धन्यवाद। अगर आप अनुमति दें तो मैं एकलव्य की डायरी पढ़कर आपके बताए अमृत वचनों को अपने जीवन में उतारने का प्रयत्न करूँगा।

ऊपरवाले ने स्नेहभरी निगाहों से अर्जुन को देखकर आँखों ही आँखों में सिर हिलाकर डायरी पढ़ने की अनुमति दे दी और घर की ओर चल पड़ा। ऊपरवाले के बेशर्त प्रेम का अनुभव करके अर्जुन अभिभूत हो उठा। ऊपरवाले के जाने के बाद अर्जुन एकलव्य के साथ उसके घर गया। एकलव्य की डायरी पाकर अर्जुन किसी खज़ाने की चाभी पाने जैसी खुशी महसूस करते हुए अपनी दुनिया में लौट आया।

19

दुःख का उपवास

'अरे अर्जुन! तुम सुबह-सुबह कैसे?' 'एकलव्य, मैं तुम्हें धन्यवाद देने आया हूँ कि तुमने मुझे इतने बड़े तनाव से बाहर आने के लिए मदद की। लो मैं अब चला।' 'तुम अभी-अभी तो आए हो और चल भी दिए?' तभी एकलव्य का सपना टूटा। एकलव्य मुस्कराया और सपने में अर्जुन से हुई मुलाकात के कारण उसका मन प्रसन्नता से भर उठा।

सुबह के काम निपटाकर एकलव्य सैर के लिए निकल पड़ा। उसे याद था कि आज शुक्रवार है, आज ऊपरवाला नहीं आएगा। एकलव्य ने सोचा कि कल मैं ऊपरवाले से ज़रूर पूछूँगा कि आखिर शुक्रवार को वह जाता कहाँ है? अब तक उसे इतना तो समझ में आ गया था कि ऊपरवाले का एक ही काम है जन-जागरण, चैतन्य-जागरण। इसी सिलसिले में वह इधर-उधर जाया करता है। एकलव्य के मन में धीरे-धीरे यह इच्छा ज़ोर पकड़ने लगी कि ऊपरवाला जहाँ-जहाँ ज्ञान की बातें बताने जाता है, उन लोगों से मिलकर विचारों का आदान-प्रदान किया जाए। उसे लगा कि ऐसे लोगों से मिलकर 'ऊपरवाला कौन' यह गुत्थी भी सुलझ सकती है।

रास्ते में एकलव्य का कल बताई गई बातों पर मनन चलता रहा। एकलव्य ने निश्चय किया कि आज वह सारा दिन खुशी का चश्मा नहीं निकालेगा। आज दुःख का उपवास ही करेगा। कितना भी दुःख आए खुशी की मुद्रा नहीं छोड़ेगा। तभी उसे सामने से अपना एक पुराना मित्र आते हुए दिखाई दिया, जो कभी उसका सहकर्मी रह चुका था। बड़े जोश से दोनों ने एक-दूसरे का अभिवादन किया। मित्र ने पूछा-

मित्र- कहो, कैसे हो एकलव्य?

एकलव्य - मज़े में हूँ। क्या बात है, तुम बहुत दिनों बाद दिखाई दे रहे हो?

मित्र – मैं अभी-अभी अमेरिका से लौटा हूँ। क्या तुम अब तक उसी पुरानी कंपनी में काम कर रहे हो?

एकलव्य – हाँ, मैं वहीं पर हूँ।

मित्र – क्या... तुम भी! ज़रा हाथ-पैर मारो...। मुझे देखो, मैं तो देश-विदेश घूमता रहता हूँ। अच्छा-खासा कमा लेता हूँ। कहो तो तुम्हारे लिए कोशिश करूँ?

एकलव्य ने महसूस किया कि मित्र से इतने दिनों बाद मिलकर भी उसे खुशी नहीं हो रही है बल्कि अंदर ही अंदर हीन भावना उभर रही है। उसे याद आया कि अरे! मैं कहीं खुशी का चश्मा तो नहीं निकाल रहा हूँ? एकलव्य ने अपनी खुशी की ऐनक ठीक रखने के लिए स्वयं से मन ही मन में कहा, 'मुझे विदेश में नहीं स्वदेश में ही रहना है। बाहर नहीं अंदर ही सेटल होना है। यही मेरा लक्ष्य है।' यह महाअनुवाद करके उसे अपना लक्ष्य ताज़ा हो गया। जवाब में उसने मुस्कराते हुए अपने मित्र से पूछा–

एकलव्य – कहो तो मैं तुम्हारे लिए कोशिश करूँ?

मित्र – (आश्चर्य से) किस बात के लिए?

एकलव्य – इंडिया को जानने के लिए।

एकलव्य के इस विचित्र जवाब को सुनकर मित्र शंकाभरी नज़रों से उसे घूरने लगा–

मित्र – तुम कहना क्या चाहते हो?

एकलव्य – (हँसते हुए) इंडिया यानी (In) अंदर का दीया (dia)। अंदर का दीया जलाने के लिए यानी स्व की पहचान के लिए क्या मैं तुम्हारी मदद करूँ?

एकलव्य की बातें मित्र के पल्ले नहीं पड़ीं। उसकी बातें सुनकर मित्र बहाना बनाकर वहाँ से नौ दो ग्यारह हो गया। एकलव्य मुस्कराने लगा। खुशी के चश्मे की करामात उसके सामने ही थी। खुशी का चश्मा न उतारने के कारण वह समय पर सही महाअनुवाद कर पाया और हीन भावना से बाहर निकल पाया।

आज वह जल्दी ही घर की ओर चल पड़ा। घर पहुँचते ही पिताजी उस पर बरस पड़े। पिताजी ने उससे कहा, 'अभी-अभी कुछ दिनों पहले ही तुम्हें याद

दिलाया था कि अपने करियर के लिए एडवांस कोर्सेस करो लेकिन तुम हो कि ध्यान ही नहीं देते। पता नहीं किस ऊपरवाले के पीछे पागल हो।'

पिताजी की बातें सुनकर भी एकलव्य ने अपनी खुशी का चश्मा नहीं उतारा। उसने शांत स्वर में उत्तर दिया- 'पिताजी सारी दुनिया किसी न किसी के पीछे पागल है। कोई पैसे के लिए, कोई पद के लिए तो कोई प्रतिष्ठा के लिए। तो क्यों न सत्य के लिए पागल हुआ जाए?'

एकाएक पिताजी को एहसास हुआ कि वास्तव में आज की युवा पीढ़ी कितनी गुमराह हो रही है। उनके कारनामे आए दिन अखबार की सुर्खियाँ बनते जा रहे हैं। नशीले पदार्थों का सेवन, दौलत की अंधी दौड़ और अश्लीलता के अतिरेक में युवा पीढ़ी बरबाद हो रही है। उन्हें अच्छे-बुरे का ज़रा भी खयाल नहीं है। इससे तो अच्छा है कि एकलव्य ऊपरवाले के सत्संग में रहता है।

खुशी के चश्मे को न उतारने का परिणाम एकलव्य को पिताजी के रवैये में आई बदलाहट को देखकर मिला।

एकलव्य सारा दिन खुशी का चश्मा पहने रहा। अधिकतर घटनाओं में उसे सकारात्मक परिणाम दिखाई दिए लेकिन कहीं-कहीं वह सामनेवाले की भावना नहीं बदल पाया। ऑफिस में अपने बॉस द्रोणनाथन से हुई कहासुनी में खुशी का चश्मा पहनने पर भी उसे सकारात्मक परिणाम नहीं मिला। बॉस का गुस्सा शांत नहीं हुआ। अतः उसे दुःख होने लगा।

रात को एकलव्य दिनभर की घटनाओं पर मनन करके तथा दूसरे दिन ऊपरवाले से मिलने की उत्कंठा में सो गया।

20

इच्छा का बल

प्रातः एकलव्य नींद से जागकर मॉर्निंग वॉक में जाने की तैयारी करने लगा। कल घटी घटनाओं का ब्योरा देने के लिए वह ऊपरवाले से मिलने के लिए बेसब्र था। लेकिन साथ ही साथ वह ऊपरवाले से कुछ नाराज़ भी था। बीच-बीच में ऊपरवाले की अनुपस्थिति आजकल उसे बड़ी खटकने लगी थी। उसे इतना तो पता चल गया था कि ऊपरवाला ज्ञान के प्रसार के लिए कई जगहों पर जाता है। उसने सोचा, आज वह पूछकर ही रहेगा कि वह कहाँ-कहाँ जाता है। यह सोचकर वह नीचे उतरा। ऊपरवाला हमेशा की तरह प्रसन्न मुद्रा में उसके इंतज़ार में बिल्डिंग के गेट पर खड़ा था। एकलव्य के करीब पहुँचते ही उसने पूछा-

ऊपरवाला - आज तुम्हारे माथे पर बल क्यों पड़े हैं?

एकलव्य चाहकर भी शब्दों में अपनी नाराज़गी नहीं दिखा सका। फिर भी उसने तुनककर कहा-

एकलव्य - आप ये बीच-बीच में कहाँ गुम हो जाते हैं? सोमवार, शुक्रवार, महीने की एक तारीख, पंद्रह तारीख आदि दिन आखिर आप जाते कहाँ हैं?

चूँकि काफी दिनों से एकलव्य सत्य श्रवण कर रहा था, उसकी ग्रहणशीलता में भी फर्क आया था सो ऊपरवाले ने जवाब दिया-

ऊपरवाला - जानना ही चाहते हो तो सुनो। जिस तरह हर रोज़ सुबह तुम मॉर्निंग वॉक के समय नया दृष्टिकोण प्राप्त कर रहे हो, उसी तरह ऐसे कई लोग हैं, जिन्हें मैं समय-समय पर जाकर मार्गदर्शन देता हूँ। जैसे सोमवार को मैं चर्च के फादर से मिलने जाता हूँ, यह तो मैं तुम्हें पहले ही बता चुका हूँ।

एकलव्य - और बाकी दिन...?

ऊपरवाला – बता तो रहा हूँ। शुक्रवार को मैं मस्जिद में जाता हूँ, जहाँ इकबाल को इस्लाम धर्म का सार समझाता हूँ। रविवार को मैं एक फार्म हाऊस पर जाता हूँ, जहाँ एक ग्रुप के साथ चर्चा होती है। हर महीने की एक और पंद्रह तारीख को मैं ऐसे लोगों को मार्गदर्शन देने जाता हूँ, जो पहले ही दुःख से मुक्त हो चुके हैं और अब वे खुशी की अभिव्यक्ति कर रहे हैं।

एकलव्य हैरत से सारी बातें सुनता रहा। उसे यह दृश्य दिखाई देने लगा कि वह भी उन दुःख मुक्त लोगों की पंक्ति में जा बैठा है और कुछ अन्य लोग जो दुःख मुक्ति की चाहत रखते हैं, उन्होंने एकलव्य की जगह ले रखी है। अचानक कुछ याद कर एकलव्य ने ऊपरवाले से पूछा–

एकलव्य – एक दिन मैंने आपका रेल्वे स्टेशन तक पीछा किया था, उसके बाद आप जाने कहाँ गुम हो गए। इसमें क्या राज़ है?

ऊपरवाला – (हँसते हुए) पंद्रह दिन में एक बार मैं ट्रेन से अगले स्टेशन तक जाकर वापस आ जाता हूँ। तीन–चार विद्यार्थी उस ट्रेन से जाते हैं। परीक्षा, करियर तथा विद्यार्थी जीवन से संबंधित अन्य गतिविधियों में निर्णय लेने की क्षमता बढ़ाने के लिए मैं उन्हें मार्गदर्शन देता हूँ?

एकलव्य – क्या मैं इन लोगों में से किसी से मिल सकता हूँ?

ऊपरवाला – ठीक है, कल रविवार है। तुम बारह बजे तैयार रहो। मैं तुम्हें फार्म हाऊस ले चलूँगा। तुम्हारी इच्छा ज़रूर पूरी होगी।

एकलव्य – हाँ, ज़रूर। मुझे बड़ी खुशी होगी। आपका बहुत-बहुत धन्यवाद। साथ ही इस बात के लिए भी धन्यवाद कि आपने अर्जुन को उसके दुःख से बाहर आने में बहुत मदद की।

एकलव्य ने ऊपरवाले को कल दिन भर की घटनाओं में खुशी का चश्मा न उतारने के परिणाम बताए। साथ ही यह भी बताया कि उसके बॉस मि. द्रोणनाथन की डाँट को वह अब तक नहीं भूला है। बॉस की डाँट ने उसके आनंद की अवस्था को विचलित कर दिया। एकलव्य ने कहा–

एकलव्य – अच्छा, मुझे आप यह बताइए कि मेरी तो हमेशा के लिए दुःख मुक्त होने की चाहत होते हुए भी मेरे जीवन में दुःख क्यों आता है?

ऊपरवाला - हमेशा एक महत्वपूर्ण बात ध्यान में रखो कि दुःख आता है, तुम्हें जगाने के लिए न कि दुःखी करने के लिए। अतः हर घटना को तुम इस तरह देखो कि इस घटना से आया दुःख वास्तव में तुम्हें बल दे रहा है, यह बताने आया है कि तुम्हें हर हालात में अकंप रहना है। यह दुःख तुम्हारी अविचलित रहने की शुभ इच्छा को बल दे रहा है। दुःख मुक्ति का चौथा उपाय है- दुःख से आए बल का इस्तेमाल करना। जब भी कोई दुःख आए, कोई तुमसे बुरा व्यवहार करे तो उस समय अपने आपसे कहो कि 'यह घटना मेरी शुभ इच्छा को बल देने आई है।' जब इंसान की शुभ इच्छा को बल मिलता है तब उसके जीवन में वे चीज़ें आकर्षित होती हैं, जो वह चाहता है।

एकलव्य - अच्छा!

ऊपरवाला - हाँ, इंसान के जीवन में दुःख इसलिए आता है ताकि उसकी दुःख मुक्त होने की शुभ इच्छा को बल मिले। इंसान को चाहिए कि वह इस बल का इस्तेमाल करे, न कि यह दुःख करता रहे कि मेरे हिस्से में यह दुःख क्यों आया। सब कुछ यदि उसके मन मुताबिक होने लग जाए तो शुभ इच्छा को बल मिलना बंद हो जाएगा और हकीकत यह है कि बिना बल के इंसान के अंदर से प्रार्थना नहीं निकलती, उसके अंतर्मन से पुकार नहीं उठ पाती।

एकलव्य- इसका अर्थ यह हुआ कि दुःख शुभ इच्छा के बल को प्रबल बनाने की व्यवस्था है!

ऊपरवाला - हाँ, ऐसा ही है। जब तक कोई चीज़, वस्तु, गुण, सेहत, दौलत इत्यादि तुम्हारे जीवन में प्रकट नहीं होती तब तक उसे प्राप्त करने की इच्छा को बल मिलते रहना चाहिए, यह उसकी शर्त है। इच्छा को बल मिलते ही वह चीज़ प्रकट होती है, जो हम ईश्वर से चाहते हैं। जैसे गैस पर दूध गरम करने के लिए रखा हो और बीच-बीच में गैस बंद कर दिया जाए तो दूध कभी गरम होगा ही नहीं। दूध के पूरी तरह से गरम होने के लिए उसे निरंतर आँच मिलते रहना ज़रूरी है। उसी प्रकार इंसान के जीवन में सब कुछ अच्छा चलता रहे तो उसका मूल कार्य कभी पूर्ण नहीं होगा, जिसे करने के लिए ही वह पृथ्वी पर आया है। अतः मूल कार्य की पूर्ति के लिए इंसान को दुःख का बल मिलते रहना चाहिए ताकि वह अपने लक्ष्य अनुसार सारे अनुभव प्राप्त कर पाए।

एकलव्य – हमेशा की तरह आपने एकदम सटीक उदाहरण दिया है। कभी-कभी मुझे लगता है कि हर नकारात्मक बात को आप इस तरह समझाते हैं कि वह उचित ही जान पड़ती है। कहीं यह आपकी चाल तो नहीं? शब्दों का जाल तो नहीं?

ऊपरवाला – (हँसते हुए) अगर तुम इसे चाल समझते हो तो यह तुम्हारे भले के लिए ही है और अगर जाल समझते हो तो यह तुम्हें फँसाने के लिए नहीं बल्कि उड़ाने के लिए है।

एकलव्य – जाल फँसाने के लिए नहीं उड़ाने के लिए होता है, यह तो आज पहली बार सुना है।

ऊपरवाला – यह जाल साधारण जाल नहीं है। यह वह जाल है, जो तुम्हारी गलत वृत्तियों, आदतों को जलाता है। समझदार इंसान इस जाल में फँसकर अपनी वृत्तियों को जलाना चाहता है, जबकि नासमझ इंसान इसे जंजाल समझकर इस जाल से बचना चाहता है। कुदरत दुःख रूपी जाल द्वारा इंसान को सदा ही संकेत देते रहती है, जिन्हें समझकर यदि जीवन जीया जाए तो जीवन सहज, सरल और सुंदर होगा और एक दिन इंसान हंस की उड़ान भर सकेगा।

एकलव्य – (खिसियाते हुए) सत्य सुनकर भी मन उस पर शंका क्यों करता है, मुझे यह समझ में नहीं आता।

ऊपरवाला – शंका करना मन की आदत है लेकिन शंकाओं को दूर करने का मौका मिलना नियामत है।

एकलव्य – इस नियामत के लिए मैं आपका आभारी हूँ। मुझे यह बताएँ कि क्या दुःख आना भी कुदरत का संकेत है?

ऊपरवाला – हाँ, बेशक। दुःख आना इस बात का संकेत है कि वह इंसान से कुछ सुचवाना चाहता है। इंसान को जब कोई दुःख नहीं होता है तब उसे सब कुछ अच्छा-अच्छा लगता है और उसे यह महसूस होता है कि अब कोई दिक्कत ही नहीं है। फलतः उसका मन शुभ इच्छा (असली ज़रूरत) को छोड़कर अन्य चाहतों में भटकने लगता है।

एकलव्य – क्या आप बताएँगे कि दुःख किस तरह से शुभ इच्छा को बल देता है?

ऊपरवाला - हमेशा एक बात याद रखो कि जो दुःख इंसान को मार ही नहीं डालता, वह उसे और भी मज़बूत बनाता है, बल देता है। उस बल के कारण उसके मन में ये सवाल उठने लगते हैं कि 'क्या मैं हमेशा ऐसा ही रहूँगा...? क्या मैं लोगों के दुःखी होने से सदा परेशान होता रहूँगा?... क्या मेरे साथ हमेशा ऐसा ही चलता रहेगा...? क्या बाहरी परिस्थितियाँ ही मेरी खुशी को नियंत्रित करेंगी...?' ये सारे सवाल उठने पर शुभ इच्छा बताएगी कि 'नहीं, ऐसा मेरे साथ अभी हो रहा है मगर भविष्य में मैं ऐसे नहीं रहूँगा, मुझे इन दुःखों से मुक्त होना ही है।' इस तरह आपकी शुभ इच्छा को ज़बरदस्त बल मिलेगा।

एकलव्य - इससे मेरे रवैये में क्या परिवर्तन आएगा?

ऊपरवाला - शुभ इच्छा का बल पाकर तुम सही प्रार्थना करना शुरू कर दोगे कि 'लोग कैसे भी रहें, चाहे पूरी दुनिया दुःखी रहे लेकिन मुझ पर या मेरे जीवन पर उस दुःख का कोई असर नहीं होगा, मैं हमेशा खुश ही रहूँगा। मैं खुश रहूँगा तो उसका सकारात्मक असर दुनिया पर भी होगा।' जैसे अभी-अभी तुमने बताया कि बॉस के डाँटने पर तुम्हारे अंदर जो दुःख निर्माण हुआ, उसके कारण तुम्हें लगा कि चाहे कुछ भी हो जाए मैं हर हालत में अकंप रहना चाहता हूँ। यह इच्छा तुम्हारी ओर से कुदरत को दी गई प्रार्थना है।

एकलव्य- यानी 'खुश' रहने की प्रार्थना निरंतरता से करते रहने के लिए हमारे जीवन में दुःख आता है!

ऊपरवाला- हाँ बिलकुल, दुःख आने पर ही हम निरंतरता से खुशी पाने की प्रार्थना कर पाते हैं। उस प्रार्थना का परिणाम तुरंत दिखाई दे या न दे, तुम्हें खुशी प्राप्त करने की प्रार्थना लगातार करते रहनी चाहिए। किसी घटना में तुम्हें दुःख हो तो कहो कि 'ठीक है, मुझे इस घटना से सिर्फ बल लेना है।' इस तरह 'दुःख हमें बल देने आया है', इस सच्चाई पर तुम्हारी दृढ़ता बढ़ेगी तब तुम अपने जीवन में पूर्ण रूपांतरण पाओगे।

एकलव्य - हमारे इर्द-गिर्द रहनेवाले लोगों से मनमुटाव होने पर मुझे बहुत चोट पहुँचती है और मैं दुःखी हो जाता हूँ। ये घटनाएँ किस तरह हमें बल प्रदान करती हैं, कृपया यह समझाएँ?

ऊपरवाला - इसे ऐसा समझो कि किसी ने हमसे ठीक से बात नहीं की या

परिवार के सदस्यों से कोई अनबन हो गई तो हमें ये सवाल उठते हैं कि 'आखिर कब तक हम यूँ ही दुःखी होते रहेंगे? क्या हमारी खुशी लोगों पर निर्भर है? क्या लोग अच्छी-अच्छी, मीठी-मीठी बातें करेंगे तो ही हम खुश हो सकते हैं? यदि ऐसा है तो फिर हम आज़ाद कब होंगे?' तब हमारे अंदर यह तीव्र इच्छा जगती है कि 'चाहे हमारे आस-पास के लोग ना सुधरें..., चाहे पृथ्वी पर एक भी इंसान न बदले..., फिर भी हम खुश रहेंगे।' इस तरह के विचार ही तुम्हें आश्चर्यजनक बल प्रदान करते हैं, जिनका असर कुछ समय बाद तुम्हें अपने जीवन में दिखाई देता है।

एकलव्य - हाँ, यह सब सुनकर मेरी इस बात पर दृढ़ता बढ़ी है कि अपनी खुशी के लिए मुझे लोगों पर निर्भर नहीं रहना है।

ऊपरवाला - यह दृढ़ता ही रंग लाती है। यही इंसान की समझ बढ़ाती है। वरना अज्ञान में लोग यह मानकर बैठ गए हैं कि 'हम तब खुश होंगे, जब लोग हमारे साथ इस-इस तरह से व्यवहार करेंगे।' अब यह गलतफहमी जल्द से जल्द दूर हो जानी चाहिए।

घटनाओं से आनेवाले बल को प्राप्त करने में इंसान से कभी-कभी सूक्ष्म गलतियाँ हो जाती हैं।

एकलव्य - ये सूक्ष्म गलतियाँ कौन सी हैं और वे न हों इसलिए कौन सी सावधानियाँ बरतनी चाहिए?

ऊपरवाला - जैसे किसी ने तुम्हारी आलोचना की और वह बात तुम्हें तीर की तरह चुभ गई। तब तुम्हें लगता है कि 'कब तक मैं लोगों के व्यवहार से इस तरह दुःखी होता रहूँगा? अब मुझे इन सबसे बाहर आना है।' यह विचार आते ही तुम्हारी शुभ इच्छा में बल आ जाता है और इस बल का फल तुम्हारी तरफ आना शुरू हो जाता है। यह सब अदृश्य में घटित होता रहता है, जिसका इंसान को ज्ञान नहीं होता।

लेकिन दूसरे ही पल इंसान के मन में फिर से यह विचार आता है कि 'फलाँ-फलाँ ने मुझे ऐसा क्यों कहा?' बस... यहीं पर उससे गलती हो जाती है। ऐसा सोचकर वह फिर से नकारात्मक दृश्य की तरफ चला जाता है। नकारात्मक दृश्य पर ध्यान लगाते ही भावना दुःखद हो जाती है। इसलिए बल के फल को जीवन में आने तक बीच में जो खाली समय है, उसमें तुम्हें खुद को संभालना चाहिए। इसी समय

में सही बीज डालने का कर्म करना चाहिए, साथ ही मन को अकंप रखना चाहिए।

एकलव्य- तो अब बताइए कि सही बीज डालना और मन अकंप रखना, यह कैसे करना है? आपके सिवाय मुझे और कौन बताएगा?

ऊपरवाला - इसे ऐसे समझो कि एक बार घटना से बल प्राप्त कर लेने के बाद, वापस उस घटना की तरफ देखना ही नहीं है। यदि तुम वापस उस घटना को देखोगे तो उससे मिलनेवाला बल खत्म हो जाएगा क्योंकि दुःख पुनः परेशान करने लगेगा। इसलिए अपने अंदर यह दृढ़ता लाओ कि घटना को देखना ही है तो बल प्राप्त करने के लिए देखना है वरना देखना ही नहीं है।

एकलव्य - लेकिन ...

ऊपरवाला - (एकलव्य की बात बीच में ही काटते हुए) घटनाओं से सीख प्राप्त करके हमें बलवान बनना चाहिए। यह इतनी सूक्ष्म बात है कि इसमें हर एक से गलती हो जाती है। इसलिए तुम्हें अपने अंदर ऐसी तैयारी करके रखनी है कि हर घटना से बल प्राप्त करने के बाद उस घटना के नकारात्मक पहलू की तरफ फिर से देखना ही नहीं है। यह सहज भी है और सरल भी इसलिए इस सरल बात को इंसान आसानी से भूल जाता है। जैसे, तुमने कोई पहेली हल की तो पहेली का हल तुम्हें उस समय याद रहता है मगर सरलता की वजह से तुम कुछ दिनों उपरांत भूल जाते हो कि तुमने पहेली का हल कैसे निकाला था। अब वापस अपने अंदर वह सहजता लाओ। ऐसा यकीन हरगिज़ मत रखो कि हमारे काम बड़ी कठिनाई से, बहुत लड़-झगड़कर ही पूरे होते हैं बल्कि यह सोच रखो कि 'सब कुछ बहुत आसान है।' इसे याद रखने के लिए हर घटना में अपनी समझ की पूछताछ ईमानदारी के साथ करो। हर घटना में अपनी भावनाओं को जाँचो और दुःख देनेवाली घटनाओं से बल प्राप्त करो। अब बताओ तुम क्या कहना चाहते थे?

एकलव्य - मुझे मेरी शंका का समाधान मिल गया... (कुछ रुककर) अब मेरा सवाल यह है कि इंसान दुःख देनेवाली घटनाओं से बल प्राप्त क्यों नहीं कर पाता?

ऊपरवाला - दो कारणों की वजह से इंसान दुःख देनेवाली घटनाओं से बल प्राप्त नहीं कर पाता। पहला कारण यह है कि इंसान को दुःख का बटन दबाने, प्रतिरोध करने, स्पीड ब्रेकर लगाने की आदत लग चुकी है। अतः उसके जीवन में दुःख का मुक्त बहाव (फ्री फ्लो) नहीं हो पाता। वह अपने दुःख को किनारा देकर

दुःख की नदी बना रहा है।

एकलव्य - 'दुःख का मुक्त बहाव होना चाहिए', क्या आपने यही कहा या मैं समझा नहीं?

ऊपरवाला - तुमने सही सुना, आज़ादी का फ्री फ्लो, सभी को पसंद आता है मगर दुःख का भी फ्री फ्लो होना चाहिए यह बात लोगों को पता नहीं है। नमक भी जब जम जाता है तब आपको अच्छा नहीं लगता, आप चाहते हैं कि फ्री फ्लो हो। उसी प्रकार प्रतिरोध की वजह से दुःख का भी जब फ्री फ्लो नहीं होता है तब इंसान अपने ही पाँव पर कुल्हाड़ी मारता है और यह उसे पता नहीं चलता। अब उसे यह समझ प्राप्त होनी चाहिए कि सिर्फ दुःख का प्रतिरोध पिघल जाए, अस्वीकार पिघल जाए तो दुःख, दुःख नहीं लगेगा बल्कि दुःख को स्वीकार करने से बल प्राप्त होगा।

एकलव्य - और दूसरा कारण?

ऊपरवाला - दुःखद घटनाओं में बल प्राप्त न कर पाने का दूसरा कारण है इंसान का अज्ञान। इंसान जानता ही नहीं कि दुःख जीवन में बल लाता है, जिसे हमेशा प्रबल बनाए रखने की ज़रूरत है। दुःख आए तो लोग, 'दुःख आया है, निराशा आई है, उदासी आई है', ऐसे शब्द इस्तेमाल करते हैं और अपने ही शब्दों के जाल में फँस जाते हैं। लोगों को जब समझ में नहीं आता कि अपने भावों को क्या नाम दें तब वे अपने द्वारा कहे भारी-भरकम शब्दों में खुद ही फँस जाते हैं। जैसे मकड़ी अपने ही मुँह से जाल निकालती है और उसी जाल में स्वयं फँस जाती है। अतः शब्द बोलने से पहले इंसान को सोचना चाहिए कि दुःख आया है तो क्या कहें? निराशा आई है, उदासी आई है, ऐसा कहें या बल आया है, विकास आया है, जोकर आया है, फिडबैक आई है, ईश्वर का बुलावा, निमंत्रण, संदेश आया है, ऐसा कहें?

एकलव्य- यह तो बहुत ही महत्वपूर्ण बात आपने बताई, इससे मेरे जीवन में बड़ा परिवर्तन आएगा। अब मैंने ठान लिया है कि दुःख आने पर मैं इस तरह ही सोचूँगा।

ऊपरवाला - बढ़िया, दुःख को यदि जोकर समझोगे तो समझ जाओगे कि इस पृथ्वी रूपी सर्कस में हम आये हैं तो प्रतिपल ऐसे जोकर यानी तथाकथित दुःख आते

ही रहेंगे। हमें उससे आनंद लेना सीखना है न कि दुःखी होकर आँसू बहाने हैं।

दुःख को यदि तुम ईश्वर का बुलावा, संदेश या निमंत्रण के रूप में लोगे तो उस दुःख का तुम्हें आनंद ही आएगा क्योंकि दुःख के माध्यम से ईश्वर तुम्हें अपनी ओर खींच रहा है।

एकलव्य - सचमुच, आपने तो हर कोने से दुःख का दर्शन करवा दिया। आज मुझे नई बात पता चली है कि दुःख हमें दुःख देने के लिए नहीं आता है बल्कि हमें आनंद प्रदान करने के लिए निमित्त बनने आता है। हर घटना हमें बल देने के लिए आती है। अतः हमें उस बल का योग्य इस्तेमाल करना सीखना है।

ऊपरवाला - यदि तुम हर घटना से बल प्राप्त करते रहे तो तुम्हें और बल मिलता रहेगा...

एकलव्य - (हँसते हुए) और... यदि हम बल का इस्तेमाल नहीं करेंगे तो जो सुख हमें मिल रहा है, वह मिलना भी बंद हो जाएगा। ऐसा ही है न!

ऊपरवाला - बिलकुल ऐसा ही है लेकिन सत्य के वाक्य कोरे वाक्य बनकर न रह जाएँ। इन वाक्यों को मनन का बल देकर, महावाक्य बनाओ। इन महावाक्यों पर अमल कर दुःख से मुक्त हो जाओ।

एकलव्य - मैं आपसे वादा करता हूँ कि आपकी बताई हुई बातों पर सतत मनन करूँगा और जीवन में उन्हें प्रयुक्त करूँगा।

घर करीब आता हुआ देखकर एकलव्य ने ऊपरवाले से पूछा-

एकलव्य - कल फार्म हाऊस पर जाना है न!

ऊपरवाला - हाँ, लेकिन उससे पहले मॉर्निंग वॉक पर मिलेंगे। उठना न भूलना।

एकलव्य ने हँसकर हामी भरी और दोनों अपनी घर की ओर चल पड़े।

21

फार्म हाऊस के फरिश्ते

'एकलव्य उठो, उठो। क्या आज मॉर्निंग वॉक के लिए नहीं जाना है?' माँ की आवाज़ सुनते ही एकलव्य हड़बड़ाकर उठ बैठा। आज उसे किसी भी हालत में मॉर्निंग वॉक पर जाना ही था। एक तो उसे देर से उठने की अपनी आदत को तोड़ने की चाहत भी थी, साथ ही ऊपरवाले के संग का मौका वह किसी भी कीमत पर छोड़ना नहीं चाहता था।

एकलव्य इतनी नियमितता से रोज़ मॉर्निंग वॉक के लिए जाता था कि माँ-पिताजी भी उस वजह से नियमित रूप से सुबह जल्दी उठने लगे थे और घर पर ही योगासनों का अभ्यास किया करते थे। माँ की आवाज़ सुनते ही एकलव्य उठकर फटाफट फ्रेश हुआ और घर से बाहर निकल पड़ा। माँ ने आवाज़ दी, 'अरे, चाय तो पीते जाओ।' माँ को दूर से ही एकलव्य की आवाज़ सुनाई दी 'आकर पी लूँगा'।

सीढ़ियों से उतरते हुए एकलव्य को ऊपरवाले के कदमों की आहट सुनाई दी। ऊपरवाले को देखकर एकलव्य उत्साहभरे स्वर में बोला-

एकलव्य - गुड मॉर्निंग, आज मुझे आपसे कुछ व्यक्तिगत बातें जाननी हैं।

ऊपरवाला गुड मॉर्निंग कहकर, एकलव्य को देख हँसने लगा।

एकलव्य - (झेंपते हुए) आप हँस क्यों रहे हैं?

ऊपरवाला - लगता है तुम उलटे-सीधे में फर्क करना भूल गए हो?

एकलव्य अपने दाएँ-बाएँ देखते हुए ऊपरवाले की बात समझने की कोशिश करने लगा। अचानक उसका ध्यान अपनी टी-शर्ट पर गया, जो उसने उलटी पहन रखी थी। एकलव्य ने उसे निकालकर सीधा किया और कहा-

एकलव्य - उलटे सीधे में फर्क भूल गया था लेकिन अब याद आ गया है। शर्ट

उलटा पहन लिया तो कोई बात नहीं है, मॉर्निंग वॉक पर न आना ज़रूर उलटी बात है।

ऊपरवाला - (मुस्कराते हुए) काफी समझदार हो गए हो। अच्छा, पूछो क्या पूछना चाहते थे।

एकलव्य - आज हम जिनके फार्म हाऊस पर जा रहे हैं, वे आपको कहाँ मिले? मेरे पूछने का मतलब है, उनसे आपकी मुलाकात कैसे हुई?

ऊपरवाला - उनका नाम है- एकांत मल्होत्रा, जो एक लेखक भी है। एक बार दिल्ली से मुंबई की फ्लाइट में वे मेरे सहयात्री थे। वे किसी आध्यात्मिक शिविर से लौट रहे थे। बातों-बातों में उन्होंने बताया कि शिविर करने के बाद भी उन्हें अपने सवालों के जवाब नहीं मिले हैं। फिर मुंबई आने तक हमारी आपस में चर्चा चलती रही।

एकलव्य - चर्चा के दौरान तो वे आपसे बहुत प्रभावित हुए होंगे!

ऊपरवाला - हाँ, मुंबई पहुँचने पर उन्होंने मुझे अपने फार्म हाऊस पर आमंत्रित किया। उन्होंने बताया कि महाबलेश्वर में उनका एक फार्म हाऊस है, जहाँ हर रविवार को आध्यात्मिक चर्चा सत्र रखा जाता है। इस सत्र में शहर के कई मान्यवर उपस्थित होते हैं। एकांतजी ने मुझे भी हर रविवार को वहाँ आने का आग्रह किया। तब से हर रविवार दोपहर १२ बजे मैं वहाँ जाता हूँ।

एकलव्य - वहाँ और कौन-कौन लोग आते हैं?

ऊपरवाला - एकांत जी के स्नेही, परिचित, अलग-अलग धर्मों, अलग-अलग व्यवसाय के लोग वहाँ आते हैं। अपने-अपने ज्ञान और अनुभव के आधार पर हर कोई अपनी बात रखता है। कई बार उस पर जमकर वाद-विवाद भी छिड़ जाता है।

एकलव्य - आपकी बातें सुनकर तो वे चुप बैठ जाते होंगे!

ऊपरवाला - हाँ, उन्हें मेरी बातें पसंद तो आती हैं पर मैं यह नहीं चाहता कि लोग मेरी बातें सिर्फ पसंद करें। मैं चाहता हूँ कि वे बातें उनका अनुभव बनें।

एकलव्य - वे लोग तो बहुत बुद्धिमान होंगे! उन्हें सत्य जल्दी समझ में आ जाएगा।

ऊपरवाला - एकलव्य, अपनी यह धारणा छोड़ दो कि बुद्धिमान लोगों में सत्य जल्दी उतरता है।

एकलव्य - क्यों, क्या ऐसा नहीं है?

ऊपरवाला- इंसान यदि अपनी बुद्धि का प्रयोग सत्य की खोज के लिए करे तो उसे 'सत्य-समझ' जल्दी प्राप्त हो सकती है। लेकिन वह यदि अपने अहंकार को बढ़ाने के लिए बुद्धि का प्रयोग करे तो वही बुद्धि हानिकारक साबित हो सकती है।

एकलव्य - यानी बुद्धिबल बुद्धिछल बन जाता है लेकिन वह कैसे?

ऊपरवाला - बुद्धि से तर्क-कुतर्क के चक्कर में पड़कर इंसान किसी बात की तह तक नहीं पहुँच पाता। बात की तह तक पहुँचने के लिए प्रयोग करने की आवश्यकता होती है। यह बात बुद्धि से समझने पर वह प्रयोग करने के लिए राज़ी हो जाता है वरना वह अपनी बात पर अड़ा रहता है कि 'मुझे सब कुछ मालूम है।' इस तरह इंसान अपना ही नुकसान कर बैठता है।

एकलव्य - यानी बुद्धि आध्यात्मिक (आनंद की) खोज में बाधक है?

ऊपरवाला - न हाँ, न ना, यह इंसान पर निर्भर है कि वह इस हथियार (बुद्धि) का उपयोग कैसे करता है!

एकलव्य - एक बात सच-सच बताता हूँ कि मुझे आपके ये दोहरे जवाब बड़ी उलझन में डाल देते हैं। हर बात का जवाब हाँ और ना दोनों में कैसे हो सकता है?

ऊपरवाला - यही तो। मन एक निश्चित उत्तर चाहता है इस पार या उस पार। लेकिन ऐसा नहीं है। एक ही बात के अनेक पहलू होते हैं और उन पहलुओं को समझने के लिए चाहिए 'समझ'।

एकलव्य - आप अकसर जिस 'समझ' की बात किया करते हैं, वह अब मुझे समझ में आ रही है। वास्तव में हमारा दृष्टिकोण व्यापक होने की ज़रूरत है।

ऊपरवाला - (हँसते हुए) अब समझा न! अब इस समझ के जरिए हर घटना को नए नजरिए से देखोगे तो हाँ और ना के चक्कर से तुम बाहर निकल जाओगे।

एकलव्य - धन्यवाद। आज जल्दी घर चलें! हमें बारह बजे फार्म हाऊस पहुँचना है।

ऊपरवाला - ठीक है। समय पर 'अनाकार एकांत' के लिए तैयार रहना।

एकलव्य के लिए ऊपरवाले के आखिरी शब्द पहेली बन गए, जो कुछ ही घंटों में हल होने जा रही थी।

22

फार्म हाऊस का चर्चा सत्र

एकांत मल्होत्रा की सारी मित्र मंडली वहाँ पर बनाई बाँबू हट के अंदर बैठी है। उनके बीच हास्य विनोद जारी है। वातावरण खुशनुमा और बेहद हलका-

डेविड- कुछ भी कहो, रविवार का चर्चा सत्र बड़ा ही ताज़गीभरा होता है। हफ्तेभर में जमी धुँध साफ हो जाती है।

अक्षय - हाँ, बिलकुल। मैं भी यहाँ आकर बड़ा ताज़ा-तवाना हो जाता हूँ और बड़े जोश के साथ सारा हफ्ता गुज़ारता हूँ।

दलपत सिंह - (एकांत की ओर मुखातिब होते हुए) एकांत तुम्हें धन्यवाद, जो तुमने हमारे लिए इतनी बढ़िया व्यवस्था की है।

हमीद - अरे एकांत, आज मनोहर जैन, पंकज भाई मेहता, संजीव सखूजा, मीरा और मारिया कहाँ रह गए? (घड़ी की ओर देखते हुए) अब तक तो वे पहुँच जाते हैं।

एकांत - कल मुझे उनका एस.एम.एस. आया था कि उन्हें आज किसी की शादी में जाना है, अतः आज वे नहीं आ सकेंगे।

हमीद - और अनाकारजी नहीं आए?

डेविड - अनाकारजी आज वास्तव में निराकार हो गए हैं। (सभी हँसते हैं।)

एकांत - आज अनाकारजी को आने में ज़रा देर हो सकती है। आज उनके साथ उनका कोई परिचित भी आनेवाला है।

तभी सामने से अनाकारजी प्रसन्न मुद्रा में आते हुए दिखाई दिए।

अक्षय – वो देखो, अनाकारजी प्रकट हो गए।

सभी ठहाके लगाकर हँसते हैं। अनाकारजी सभी से एकलव्य का परिचय कराते हैं और पूछते हैं-

अनाकार- क्या बात है! किस बात के ठहाके गूँज रहे हैं?

अक्षय – अनाकार के प्रकट होने पर हम ठहाके लगा रहे हैं।

एकलव्य अचरज में पड़कर सबकी बातें सुन रहा था। सबसे पहले जो सवाल उसके मन में उठा वह था, 'क्या ऊपरवाले का नाम अनाकार है?' ऊपरवाले ने क्या अलग-अलग जगहों पर अलग-अलग नाम रखे हैं? और अगर ऐसा किया है तो उसने ऐसा क्यों किया होगा?

अनाकार – (हँसी का जवाब हँसी में देते हुए) फिर तो जो कुछ भी कर रहे हो, कुछ कम ही कर रहे हो।

डेविड – तो हमें क्या करना चाहिए?

अनाकार (ऊपरवाला) – झूमना चाहिए, गाना चाहिए, नृत्य करना चाहिए।

सभी मित्र असमंजस की स्थिति में अनाकारजी की ओर देखने लगे। तभी हमीद बोल पड़ा-

हमीद – अच्छा, अब मज़ाक बहुत हुआ मगर ये आकार और निराकार की गुत्थी बड़ी पेचीदा है। भई, ईश्वर तो निराकार है, एक ऊर्जा है। पता नहीं लोग उसे आकार में क्यों बाँधते हैं? अकल के अंधे लोग पोंगा-पंडितों की बातों में आकर ईश्वर की पता नहीं कितनी मूर्तियाँ मान बैठे हैं। मुझे तो ऐसे लोगों पर तरस आता है। इन्हें कैसे समझाया जाए? अनाकारजी आप इस बारे में कुछ नहीं कर सकते?

ऊपरवाला (अनाकार) – उनके लिए जो करना है, वह तो अवश्य किया जाएगा। पहले यह बताएँ कि आप ईश्वर को कितने करीब से जानते हैं?

हमीद – मतलब, मैं समझा नहीं।

ऊपरवाला – अभी आपने कहा, ईश्वर को किसी रूप में बाँधा नहीं जा सकता तो ईश्वर कौन है, कैसा है?

हमीद - (हड़बड़ाहट में) आज तक तो यही पढ़ने-सुनने में आया है कि ईश्वर निर्गुण-निराकार है, हालाँकि मुझे उसका कोई अनुभव नहीं है। लेकिन ईश्वर की कपोल-कल्पित कथाएँ और मुकट-गहनों से सजी भिन्न-भिन्न प्रकार की मूर्तियाँ मुझे किसी आडंबर से कम नहीं लगतीं।

ऊपरवाला - निराकार ही ईश्वर का आकार है। ईश्वर मन, शरीर और बुद्धि के परे स्वअनुभव है। इंसान हर चीज़ समझने के लिए मन और बुद्धि का इस्तेमाल करता है। जैसे बच्चे को कुछ सिखाने के लिए चित्र दिखाना आवश्यक है, वैसे ही अध्यात्म की शुरुआत करनेवालों के लिए ईश्वर की मूरत बनाई गई। इस आवश्यकता को समझते हुए ईश्वर का चित्र बनाने की गलती महापुरुषों द्वारा जानबूझकर की गई। ईश्वर (स्वअनुभव) प्राप्त करने के बाद यह गलती खत्म हो जाती है।

हमीद - (कुछ सोचते हुए) लेकिन क्या सीधे निराकार से ही शुरुआत नहीं की जा सकती? जो है ही नहीं, उसे बीच में क्यों लाया जाता है?

ऊपरवाला - (मुस्कराते हुए) बचपन में गणित हल करते समय आप अज्ञात अंक को एक्स (x) मानकर चलते थे कि नहीं? अंत में एक्स की वैल्यू मिलती थी कि नहीं?

हमीद - तर्क में तो कोई आपसे जीत नहीं सकता।

ऊपरवाला - मैं आप सभी का शुभचिंतक हूँ। आपका मंगल चाहता हूँ। तर्क दिए बिना लोग मानते नहीं इसलिए मुझे तर्क देने पड़ते हैं।

अनाकार यानी ऊपरवाले की बातें सुनकर हमीद गहरी सोच में डूब गया। उधर एकलव्य नए वातावरण में नई बातों के संग हर्ष महसूस कर रहा था।

अक्षय - मैं कुछ कहूँ!

ऊपरवाला - हाँ, हाँ।

अक्षय - मेरा एक मित्र किसी आध्यात्मिक संस्था से जुड़ा है। वह अकसर मुझसे कहता है, 'अध्यात्म कोई आसान चीज़ नहीं है। आध्यात्मिक उन्नति के लिए बहुत जप-तप करना पड़ता है, व्रत रखने पड़ते हैं। तब कहीं जाकर...। इसलिए तो हमारी संस्था में बहुत सीमित लोग आते हैं। आध्यात्मिक साधना सबके बस की बात नहीं है। क्या वाकई में ऐसा है?'

ऊपरवाला - यही तो मज़े की बात है कि आप जैसा विश्वास रखते हैं, वैसे सबूत आपको मिलते हैं। आप जीवन को सरल-सीधा मानेंगे तो कुदरत उस तरीके से आपके विश्वास को सार्थक करेगी।

अक्षय - एक हद तक यह यह बात सही लगती है लेकिन क्या... सत्य के लिए भी यह बात लागू होती है?

ऊपरवाला - क्यों नहीं! यह असीम सत्य (यूनिव्हर्सल ट्रुथ) है। आप जो सोचते हैं, वही खाना आपकी थाली में परोसकर आता है।

एकांत - यह वाकई में आश्चर्य है। किसी घटना के होने के बाद हम अकसर कहते हैं, 'मुझे मालूम था कि ऐसा ही होगा' इसका मतलब हमारा विश्वास वह घटना घटित करवाता है।

ऊपरवाला - बड़ी पते की बात कही है। यही सत्य है।

डेविड - मुझे तो लगता है कि कोई घटना हमारे विश्वास से नहीं घटती बल्कि वह हमारे कर्मों का फल है।

ऊपरवाला - इस बात को समझें कि विश्वास रखना भी एक कर्म है और उसी का फल हमें मिलता है।

डेविड - गीता में तो कहा है, 'कर्म किए जा फल की इच्छा मत रख, हे इंसान... और आप कह रहे हैं... विश्वास रखने का कर्म करो तो उसका फल तुम्हें ज़रूर मिलेगा। क्या हमें फल की इच्छा से कर्म करना चाहिए?

ऊपरवाला - वास्तव में कर्म करने के बाद फल की इच्छा रखने की ज़रूरत ही नहीं है, वह तो खुद-ब-खुद आता ही है। यह तो स्वचलित-स्वघटित कार्यप्रणाली है।

डेविड - इस बात से तो मैं सहमत नहीं हूँ। जीवन में मुझे कई बार ऐसा अनुभव आया है कि मैं किसी इंसान को मदद करता हूँ पर मुझे ज़रूरत पड़ने पर वह कतराकर निकल जाता है। कोई और ही मेरे काम आता है। फिर सब स्वचलित-स्वघटित कैसे हुआ?

ऊपरवाला - यही तो छूटी हुई कड़ी है। आप किसी को मदद करने का कर्म

करते हैं और फल की इच्छा भी उसी से करते हैं।

डेविड - तो क्या यह जायज़ नहीं है?

ऊपरवाला - फल की इच्छा करें लेकिन किसी व्यक्ति से नहीं बल्कि कुदरत से करें। कुदरत किसी न किसी इंसान के माध्यम से आपको ज़रूर मदद करेगी। कुदरत आपको सिर्फ फल ही नहीं महाफल भी देगी।

डेविड - मैं कुछ समझा नहीं।

ऊपरवाला - अभी-अभी आपने कहा न कि आड़े वक्त पर कोई और ही मेरे काम आता है?

डेविड - हाँ, कहा तो...।

ऊपरवाला - तो समझें कि कुदरत का यही स्वचलित-स्वघटित तरीका है। वह किसी न किसी मनोशरीर यंत्र द्वारा आपको मदद करती है।

डेविड - और... आप किस महाफल की बात कर रहे थे? यह महाफल क्या है?

ऊपरवाला - अच्छा, ज़रा बताएँ कि फल पाने की इच्छा कौन कर रहा है?

डेविड - मेरा मन।

ऊपरवाला - यदि यह इच्छा करनेवाला मन ही न रहे तो मिल गया न महाफल!

डेविड - (असमंजस में पड़कर) मतलब?

ऊपरवाला - आपके कर्मों का फल तो वैसे भी आपको मिलने ही वाला है लेकिन उसके मिलने तक तोलू मन की जो बड़बड़ चलती है कि फल कब मिलेगा? अच्छा फल मिलेगा या बुरा? समय पर मिलेगा कि नहीं? कहीं देर से तो नहीं मिलेगा? समय पर मदद नहीं मिली तो हम क्या करेंगे आदि सवालों से यदि आपको मुक्ति मिल जाए तो क्या यह महाफल नहीं है?

डेविड - (सोचते हुए) हाँ... वाकई में यह तो महाफल होगा। मन मुझे बड़ा परेशान करता है। हर कर्म को और उसके फल को तौलता रहता है। लेकिन निष्काम

कर्म होगा कैसे? यह मन चुप होगा कैसे?

ऊपरवाला - अपने आपको जानकर, अपने आपको पहचानकर ही इंसान निःस्वार्थ कर्म कर सकता है। असली अध्यात्म हमें यही सिखाता है।

अक्षय - ये तो बड़ी ऊँची-ऊँची बातें लग रही हैं। जब तक हम अपने आपको पहचान नहीं पाते तब तक हम क्या करें?

डेविड - अक्षय, तुम ज़रा चुप रहोगे? अनाकारजी आप बोलते रहें।

ऊपरवाला - जब तक हम अपने आपको पहचान नहीं पाते तब तक हमें करना है- स्वीकार। स्वीकार करके देखो इसका चमत्कार। क्यों एकलव्य!

एकलव्य इतनी देर से सबकी बातें सुन रहा था। उसे इस ज्ञान गोष्ठी में बड़ा मज़ा आ रहा था। हालाँकि उसने मॉर्निंग वॉक में बहुत सी बातें ऊपरवाले से सुन रखी थीं फिर भी लोगों के सवाल उसे अपने लग रहे थे और ऊपरवाला उन्हें क्या जवाब देता है, इसे वह उत्सुकता से सुन रहा था। उसने ऊपरवाले के सवाल पर हाँ में गरदन हिलाई और कहा-

एकलव्य - आपकी बात सौ फीसदी खरी है क्योंकि इसे मैं प्रयोग कर चुका हूँ।

अक्षय - यदि हम हर बात स्वीकार कर लेंगे तो सामनेवाला तो हमें पल में उखाड़ फेंकेगा। हमें शक्तिहीन समझेगा।

ऊपरवाला - स्वीकार का अर्थ हर बात आँख मूँदकर मान लेना नहीं है। हमारा मन यदि किसी बात को अस्वीकार कर रहा है तो इस अस्वीकार का भी स्वीकार करना चाहिए।

अक्षय - आपके कहने का क्या मतलब?

ऊपरवाला - जैसे डेविड ने तुम्हें अपशब्द कहे और प्रत्युत्तर में तुमने भी उसे उलटा-सीधा बोल दिया तो तुम्हें इस पूरी घटना को स्वीकार करना चाहिए। वरना होता यह है कि सामनेवाले ने गाली दी, इसे तो इंसान अस्वीकार करता ही है लेकिन अपना नाराज़ होना भी अस्वीकार करता है। उसका मन इस बात पर कलाबाज़ियाँ खाने लगता है कि 'मैंने सामनेवाले को नाराज़ होकर ऐसा क्यों कहा? मुझे ऐसा नहीं

कहना चाहिए था।

अक्षय - यानी हमें संपूर्ण घटना को स्वीकार करना चाहिए?

ऊपरवाला - हाँ, यही असली स्वीकार है।

दलपत सिंह - आज तक स्वीकार का जो अर्थ मैंने समझा था, आप उससे कुछ अलग ही बता रहे हैं। स्वीकार का सीधा संबंध मैं अपनी अस्मिता से जोड़ा करता था। सामनेवाले की हर बात मानने में मैं अपनी तौहीन समझता था लेकिन आज पता चला कि हमें सामनेवाले को ही नहीं स्वयं को भी स्वीकार करना है।

ऊपरवाला - बात सिर्फ यहीं खत्म नहीं होती।

दलपत सिंह - फिर आगे क्या है...?

ऊपरवाला - स्वीकार करके ही आगे का कदम आता है। स्वीकार करके ही हम समस्या का समाधान ढूँढ़ पाते हैं। स्वीकार करना यानी वास्तव में अपने दोनों हाथ खोलना है। वरना अस्वीकार करके हम अपने दोनों हाथ बाँध लेते हैं।

एकांत - स्वीकार से संबंधित एक बहुत बड़ी छूटी हुई कड़ी आज आपने बताई है। चलो, अब सभी मिलकर भोजन को भी स्वीकार करें।

सभी मिलकर भोजन कक्ष में जाते हैं। सभी के चेहरे खुशी से चमक रहे हैं। सभी महसूस करते हैं कि उन्हें कुछ ऐसी बातें सुनने को मिल रही हैं, जो इस आपाधापी के जीवन में विरले ही सुनने को मिलती हैं।

भोजन उपरांत ज्ञान वार्ता का अमृत पान चलता रहा। सभी ने प्रकृति के सौंदर्य और पक्षी-निरीक्षण (bird watching) का आनंद भी उठाया। शाम ढले कुछ लोग अपने-अपने घर की ओर रवाना हुए तो कुछ लोगों ने दूसरे दिन वापस घर जाने का निर्णय लिया।

23

मनबुद्धिआत्मबल

रोज़ की तरह एकलव्य प्रातः उठकर सैर के लिए तैयार हुआ। अभी तक उसके मन में फार्म हाऊस का दृश्य ताज़ा था। प्रकृति की गोद में, हर तरह के प्रदूषण से मुक्त, हरियालीभरे वातावरण में ऊपरवाले और एकांत मल्होत्रा के दोस्तों के संग खूब रंग जमा। उन सभी के सवालों से एकलव्य को भी स्पष्टता मिली।

जैसे ही एकलव्य घर से बाहर निकला, लिफ्ट का दरवाज़ा खोलकर ऊपरवाले ने एकलव्य को अंदर आने तथा शांत रहने का इशारा किया और उसे टैरेस पर ले गया। एकलव्य आश्चर्य और आनंद से चुपचाप ऊपरवाले के कहे का अनुकरण करता रहा। टैरेस के एक कोने तक पहुँचने के बाद ऊपरवाले ने कहा, 'आज सुबह-सुबह कोई मुझसे मिलने आनेवाला है इसलिए आज हम यहीं घूमेंगे। यहाँ से हम आने-जानेवालों पर नज़र रख सकते हैं।'

एकलव्य - (ऊपरवाले के व्यवहार का रहस्य जानकर) ठीक है, आपने तो मेरी बुद्धि को ही चकरा दिया था।

ऊपरवाला - अच्छा चलो अपने मन की अवस्था भी बताओ।

एकलव्य - आज मैं इतना खुश हूँ, इतना खुश हूँ कि लग रहा है, जीवन में मुझे और क्या चाहिए! ऊपरवाला मिल गया है, साथ ही उसके संगी-साथी भी मिल गए हैं। अब कोई कमी ही नहीं बची।

ऊपरवाला - (हँसते हुए) इंसान के जीवन में थोड़ा भी आनंद आने लगता है तो वह उसी में खुश हो जाता है।

एकलव्य - इसे आप थोड़ा कहते हैं?

ऊपरवाला - तुमने अभी आनंद की पूरी संभावना को जाना ही कहाँ है!

एकलव्य - (बेफिक्री से) ठीक है, ठीक है, थोड़े में खुश होने से मेरा कुछ बिगड़ जाएगा क्या?

ऊपरवाला - मेरे कहने का तुम गलत अर्थ ले रहे हो। मेरे कहने का मतलब ऐसा है कि थोड़े से विकास में खुश होने से इंसान वहीं पर रुक जाता है। नतीजन वह आगे नहीं बढ़ पाता और आगे जो उच्चतम आनंद की संभावनाएँ पूरी तरह से खुलना चाहती थीं, वे खुल नहीं पातीं। थोड़े से विकास में खुश होने की इस आदत के कारण इंसान वह काम करना बंद कर देता है, जिसे करने की वजह से आनंद की अवस्था आई थी।

एकलव्य - (कुछ सोचते हुए) अच्छा...!!!

ऊपरवाला - इसका परिणाम ऐसा होता है कि इंसान की फिर से पुराने ढाँचे में, पुराने रास्ते से जाने की संभावना बढ़ जाती है। अतः वह जिस रास्ते से हर रोज़ घर जाता है, बिना सोचे उसके कदम उसी रास्ते की ओर बढ़ जाते हैं। यदि सजगता होगी तो वह नया रास्ता ढूँढ़ निकालेगा। यदि सजगता थोड़ी सी भी कम हुई तो उसकी पुराने रास्ते पर जाने की संभावना बनी रहती है।

एकलव्य - ओह, ऐसी बात है...। मुझे इससे बचने के लिए क्या करना चाहिए?

ऊपरवाला - इससे बचने के लिए आज की तारीख में तुम्हें जो मिला है, उसका तो पूरा आनंद लो ही लेकिन वहाँ पर ही रुक मत जाओ। अपनी आगे की संभावनाओं को प्रार्थनाओं द्वारा बल भी देते रहो। थोड़े विकास से ही खुश होकर न बैठ जाओ। हर इंसान में गुण देखो कुदरत का यह नियम है कि जिस चीज़ पर तुम ध्यान देते हो, वह तुम्हारे अंदर आने लगती है। निरंतरता और इस समझ की वजह से तुम्हारा ध्यान दूसरों के गुणों पर जाने लगेगा और दुःख से हटने लगेगा।

एकलव्य - लेकिन समाज में ज़्यादातर लोग दुःखी ही दिखाई देते हैं। उनसे निश्चित रूप से क्या गलती होती है?

ऊपरवाला - समाज में ज़्यादातर लोग दुःखी ही दिखाई देते हैं क्योंकि वे दुःख में आए हुए बल को प्रबल बनाने के बजाय घटना का अयोग्य विश्लेषण करते हैं। जैसे गाली मिलने पर इंसान सोचता है कि 'फलाँ ने मुझे ऐसे-ऐसे अपशब्द कहे तो निश्चित रूप से वह मुझे क्या कहना चाहता था...? मुझे वह क्या समझता है...?

वह खुद कैसा है... ? मैंने ऐसा उसे क्या कहा था, जो मुझे वह गाली देने लगा?' इत्यादि।

इस तरह के अयोग्य विश्लेषण से वह अपने बल को प्रबल बनाने के बजाय नकारात्मक बातों को दोहराकर गलत प्रार्थना करते रहता है।

एकलव्य - तो फिर बल को प्रबल बनाने के बजाय इंसान नकारात्मक बातों को क्यों और कैसे दोहराता है।

ऊपरवाला - इंसान के जीवन में जो भी घटनाएँ हो रही हैं, वे सब उसकी प्रार्थनाओं की वजह से ही हो रही हैं ताकि उसकी उच्च इच्छाओं और संभावनाओं को बल मिले, उसका विकास हो। ईश्वर उसके जीवन में वे सारी चीज़ें पहुँचा रहा है, जो उसकी इच्छा को बल देंगी। मगर प्रार्थना का फल आने तक वह धीरज नहीं रख पाता और प्रार्थना रोक देता है। उसकी सोच फिर से नकारात्मक होने लगती है। इसे तुम्हें मैं घने जंगल में खोए हुए इंसान के उदाहरण से समझाता हूँ, ध्यान से सुनो।

एकलव्य - (उत्सुकता दर्शाते हुए) हाँ, हाँ सुनाइए।

ऊपरवाला - एक बार एक इंसान घने जंगल में खो गया। अतः वह मदद मिलने की उम्मीद में ज़ोर-ज़ोर से ढोलक बजाने लगा। ढोलक की आवाज़ सुनकर लोग उसकी मदद करने के लिए निकल पड़े मगर बीच-बीच में वह ढोलक बजाना बंद कर देता था। अतः जो लोग उसकी मदद के लिए आ रहे थे, वे बीच में ही रुक जाते थे। उन्हें पता ही नहीं चलता था कि कहाँ से मदद माँगने की आवाज़ आ रही है और कहाँ जाना है। जब फिर से वह ढोलक बजाना शुरू करता तब लोग उस आवाज़ की दिशा की ओर उसे बचाने के लिए चल पड़ते।

एकलव्य - (थोड़ा सोचकर) शायद हम भी उस इंसान की तरह ही व्यवहार करते हैं। हम प्रार्थना करते हैं, वह चीज़ हमारी तरफ आनी शुरू भी हो जाती है मगर हम बीच में ही प्रार्थना रोक देते हैं।

ऊपरवाला - अधिकांश लोग ऐसा ही करते हैं। इंसान की प्रार्थना की वजह से उसकी तरफ वे सब चीज़ें आ रही हैं, जो वह अपने जीवन में चाहता है। मगर ये सब बातें अदृश्य में होने के कारण अथवा उसे दिखाई न देने के कारण, वह अनुमान लगाता है कि प्रार्थना से तो कुछ हो ही नहीं रहा और वह प्रार्थना रोक देता है तथा

अपना विश्वास खो देता है। इस कारण उसकी सोच फिर से नकारात्मक होने लगती है। प्रार्थना करके यदि वह उस खाली समय में, कोई भी नकारात्मक बीज न डालते हुए सिर्फ रुका होता तो उन चीज़ों (मदद) को उसकी ओर आने से कौन रोकता?

'क्या बात है' कहते हुए एकलव्य ने आँखें मूँद लीं। कुछ पल वह इस सत्य के एहसास में डूबा रहा। उसे अनुभव हुआ कि निश्चित तौर पर उससे क्या गलती हो रही है। ऊपरवाले ने भी चुप रहकर एकलव्य को मौन में डूबने का मौका दिया। कुछ क्षण मौन में रहकर एकलव्य ने शांत स्वर में कहा –

एकलव्य – यानी इंसान को अदृश्य में होनेवाली बातों का ज्ञान न होने के कारण, उससे अकसर यह गलती हो जाती है कि वह खाली समय में खाली नहीं बैठ पाता।

ऊपरवाला – यही तो! यदि इस समय को उसने सही समझ के साथ काटा होता, अपनी ओर से कुछ भी नकारात्मक विचार न किया होता तो उसके जीवन में वह सब कुछ उसे मिलता, जो उसने चाहा था। ईश्वर तो यही चाहता है कि इंसान इस पृथ्वी पर आया है तो वह अपनी उच्चतम संभावना खोल पाए। इसके लिए उसे शुभ इच्छा के बल को प्रबल बनाना चाहिए। अपने ध्यान को सही दिशा में लगाना चाहिए।

एकलव्य – अपने ध्यान को सही दिशा में न लगाने के और क्या परिणाम होते हैं?

ऊपरवाला – ध्यान का प्रशिक्षण न मिलने के कारण इंसान हर घटना में शुभ इच्छा को थोड़ी देर के लिए बल देता है और वापस उस घटना का अयोग्य विश्लेषण करने लगता है। इस कारण जो बल बढ़ा था, प्रबल हुआ था, वह खत्म हो जाता है साथ ही नकारात्मक भावना भी तैयार होती है। इस तरह अज्ञान में वह नकारात्मक प्रार्थना कर बैठता है।

एकलव्य – इंसान ऐसी गलती क्यों करता है?

ऊपरवाला – अज्ञान जो करवाए कम है, अनजाने में इंसान बहुत सारी बातें देखता और सोचता रहता है। अखबार पढ़ने से लेकर, आस-पास के लोगों की बातें सुनते वक्त वह सजग नहीं होता और कई सारी नकारात्मक बातों को अपने अंदर ले लेता है। जैसे, यहाँ ऐक्सीडेंट हो गया... यहाँ मृत्यु, हिंसा, चोरी हो गई...

वहाँ कोई बीमार हो गया...। इस तरह वह धीरे-धीरे अपने अंदर नकारात्मकता को देखने की आदत बना लेता है।

एकलव्य – काश! यह बात मुझे बचपन में ही किसी ने बताई होती। खैर, देर आए, दुरुस्त आए। अब आप मुझे बताइए कि यह आदत कैसे विकसित करनी चाहिए?

ऊपरवाला – सबसे पहले यह तय करो कि किसी भी नकारात्मक घटना को कितनी देर तक देखना चाहिए। यदि घर का वातावरण बिगड़ गया है तो उस पर कितनी देर तक सोचते रहना है, यह तुम्हें तय करना होगा। जो समस्या आई है, उस पर जितना सोचना ज़रूरी है, उतना ही सोचो। ज़रूरत से ज़्यादा सोचने की आवश्यकता नहीं है। यदि तुम दिनभर नकारात्मक घटनाओं पर ही सोचते रहोगे तो अज्ञान में तुम उस नकारात्मक घटना को टिके रहने की शक्ति देते रहोगे। अतः हर घटना में ध्यान को सही दिशा में लगाकर, उस घटना से जो बल आया है, उसे प्रबल बनाने की ओर बढ़ो। वरना लगातार नकारात्मक घटना पर सोचने से भविष्य में वे ही घटनाएँ बार-बार होती रहती हैं।

एकलव्य – इससे बचने के लिए क्या करना चाहिए?

ऊपरवाला – इससे बचने के लिए महाअनुवाद करना चाहिए ताकि उस घटना के प्रति तुम्हारी भावना तुरंत बदल जाए। तुम्हारी भावना बदलेगी तो तुम लोगों की भावना बदल पाओगे। यह खुद तय करो कि जीवन की वे घटनाएँ, जो ठीक-ठाक नहीं चल रही हैं, उन पर तुम्हें कितनी देर तक ध्यान देना है? यदि नकारात्मक बातों की ओर ध्यान दिया तो तुम पीतल बन जाओगे और सकारात्मक बातों की ओर ध्यान दिया तो तुम सकारात्मक मैग्नेट बन जाओगे।

एकलव्य – मगर हमें तो पता ही नहीं चलता कि कब हम पीतल बनते हैं और कब मैग्नेट?

ऊपरवाला – तुम्हारा कहना सही है। अज्ञान की वजह से तुम कब मैग्नेट बनते हो और कब पीतल बनते हो, यह तुम्हें पता ही नहीं चलता। यदि ऐसी व्यवस्था होती कि जब तुम मैग्नेट बन जाओगे तब तुम्हारे चारों तरफ का वातावरण बदल जायेगा, वहाँ रोशनी छा जाएगी और जब तुम पीतल बन जाओगे तब वातावरण में नमी होगी, अंधेरा छा जाएगा तो उस वक्त तुम्हें पल में पीतल तो पल में मैग्नेट बनने

का दृश्य दिखाई देता। अब तक ऐसी कोई व्यवस्था नहीं हुई है।

एकलव्य - तो ऐसी कोई व्यवस्था होने तक क्या किया जाए?

ऊपरवाला - (हँसते हुए) ऐसी कोई व्यवस्था होने तक अपने ध्यान को प्रशिक्षण देना आवश्यक है ताकि हर घटना से आए हुए बल को तुम प्रबल बना सको।

एकलव्य - मुझे तो प्रबल मैग्नेट बनना ही है।

ऊपरवाला - (आनंद से) अच्छा फैसला है। अब किसी घटना में यदि तुम्हें दुःख आए तो अपने आपसे पूछो कि 'क्या इस घटना में इतना दुःखी होने की आवश्यकता है?' यह सवाल तुम अपने आपसे कभी नहीं पूछते और परिणामवश दुःख पर ही तुम्हारा पूरा ध्यान लगा रहता है इसलिए भविष्य में भी तुम्हारे जीवन में दुःख ही आता है। अब खुद को यह सवाल पूछते ही जवाब आएगा, 'नहीं, मुझे इतना दुःखी होने की आवश्यकता नहीं है।'

एकलव्य- आपके कहने का मतलब किसी घटना में यदि हम दुःखी होते हैं तो उसका कारण हम खुद ही हैं।

ऊपरवाला - बिलकुल सही है। यह मैं तुम्हें पहले भी बता चुका हूँ। किसी काम के न होने में कई लोगों का दोष हो सकता है। लेकिन किसी के कुछ कहने पर अगर तुम दुःखी होते हो तो तुम्हारे दुःखी होने में १०० प्रतिशत सहयोग तुम्हारा ही होता है। कोई भी दूसरा इंसान तुम्हें दुःखी नहीं कर सकता। तुम अगर खुश या दुःखी रहते हो तो दोनों परिस्थितियों के ज़िम्मेदार तुम ही हो। कोई अन्य तुम्हारे जीवन में आनंद या दुःख नहीं लाता। सामनेवाला इंसान तुम्हारे साथ कितना भी नकारात्मक व्यवहार करे, उसमें भी तुम खुश रह सकते हो और यह संभव है।

एकलव्य - मेरे साथ भी ऐसा हुआ है। मेरे बॉस मिस्टर द्रोणनाथन के पक्षपातपूर्ण व्यवहार से विचलित न होते हुए मैं खुश रहा। नतीजन आजकल मिस्टर द्रोणनाथन का व्यवहार बहुत बदल चुका है। अब वे मेरे साथ बहुत नर्मी से पेश आते हैं। मुझे आश्चर्य होता है कि उनमें ऐसा बदलाव कैसे आया?

ऊपरवाला - तुम मिस्टर द्रोणनाथन के लिए प्रार्थना करते थे न! प्रार्थना करने की वजह से तुम्हारे अंदर बदलाहट आई। अतः उनके प्रति तुम्हारी देह बोली (body language) पहले की तरह नहीं रही, बल्कि बदल गई। उस वजह से मिस्टर

द्रोणनाथन की तरंग भी बदल गई और उन्हें तुम से अच्छा व्यवहार करने की आंतरिक प्रेरणा मिली। इस तरह जब भी तुम सकारात्मक तरंग प्रसारित करते हो तो ब्रह्माण्ड की सारी सकारात्मक शक्तियाँ तुम्हें मदद करने लगती हैं।

एकलव्य - फिर तो मैं अपने बल को प्रबल बनाने का उपाय अवश्य करूँगा। वैसे तो अनजाने में मिस्टर द्रोणनाथन के साथ बल को प्रबल बनाने का प्रयास और अभ्यास हो चुका है। वे मेरे लिए दुःख मुक्ति के निमित्त बने। उनकी वजह से ही मुझ से दुःख मुक्ति की प्रार्थना निकली।

ऊपरवाला - हाँ, इतना भी तुमने कर लिया तो बहुत जल्द ही तुम देखोगे कि तुम्हारा बल, बुद्धिबल और मनोबल बढ़ चुका है। बुद्धिबल जैसे बीरबल के पास था और मनोबल जैसे सुकरात, जीज़स, तुकाराम, मीरा और ज्ञानेश्वर के पास था। उनके जीवन में क्या-क्या घटनाएँ नहीं हुईं मगर उन्होंने अपने बल को प्रबल रखा। उनका आत्मबल और मनोबल कभी नहीं टूटा।

एकलव्य - मैं बुद्धि, मनो और आत्मबल के बारे में विस्तार से सुनना चाहूँगा।

ऊपरवाला - दुःख में खुश रहने का पाँचवाँ उपाय ही है- हर बल यानी बुद्धिबल, मनोबल और आत्मबल प्रबल बनाना। ये तीन बल प्रबल हो जाएँ तो हर दुःख में खुश रहा जा सकता है। इन तीन बलों का विकास होने पर ही रचनात्मकता, एकाग्रता, मौन और समाधि का अभ्यास होता है। मैं एक-एक करके तीनों बलों के बारे में बताता हूँ। पहले अपने बुद्धिबल को कैसे बढ़ाना है, इसे समझो।

एकलव्य - (हँसते हुए) बीरबल की तरह ?

ऊपरवाला - बिलकुल सही। विवेक और बुद्धिबल से तुम कठिन से कठिन निर्णय चुटकियों में ले सकते हो बिलकुल बीरबल की तरह। बुद्धिबल प्राप्त करने पर इंसान न सिर्फ समस्याओं को सुलझा सकता है बल्कि ईमानदारी से अपनी पूछताछ करके खुद को जानने का कार्य भी पूरा करता है। इंसान को अपना बुद्धिबल इसलिए भी बढ़ाना चाहिए ताकि ज़्यादा से ज़्यादा लोगों को इसका लाभ मिल सके।

एकलव्य - यानी बुद्धिबल प्राप्त करके ही इंसान बुद्धि का सही उपयोग कर सकता है।

ऊपरवाला - नहीं, ऐसा नहीं है। कभी-कभी बुद्धिबल होते हुए भी लोग अज्ञान में विवेकहीन होकर बुद्धि का गलत इस्तेमाल करते हैं। जो इंसान बुद्धि का

इस्तेमाल मात्र पैसे कमाने, लोगों को ठगने के लिए करता है, वह बुद्धि का निम्न उपयोग करता है। अशुद्ध बुद्धिवाला बुद्धिमान, बहानों को प्राथमिकता देने में बुद्धि का इस्तेमाल करता है।

एकलव्य - क्या आप मुझे उदाहरण के साथ समझाएँगे कि बुद्धिबल होते हुए भी लोग अज्ञान में उसका गलत इस्तेमाल कैसे करते हैं?

ऊपरवाला - ज़रूर, किसी बगीचे के बाहर एक बोर्ड लगा हुआ था, 'यहाँ फूल तोड़ना मना है।' यह पढ़कर एक लड़का वहाँ से पूरा पौधा ही उखाड़कर ले गया। फिर किसी के पूछने पर उसने जवाब दिया, 'मैंने फूल कहाँ तोड़ा है, मैंने तो पौधा उखाड़ा है, यहाँ ऐसा तो नहीं लिखा है कि पौधा उखाड़ना मना है।'

एकलव्य - (मुस्कराते हुए) यह लड़का तो सबको फूल (fool) बना रहा है।

ऊपरवाला - हाँ, कोशिश तो वह यही कर रहा है लेकिन वह अपने जीवन में फूल नहीं, काँटे बो रहा है। अब तुम सोच सकते हो कि उस लड़के का दिमाग कितना तेज़ है लेकिन उसने अपने बुद्धिबल का इस्तेमाल गलत तरीके से किया। पूरा पौधा उखाड़कर उसने बगीचे की सुंदरता बिगाड़ने के साथ-साथ नियमों का उल्लंघन भी किया।

एकलव्य - (कुछ क्षण उपरांत) बुद्धि के विकास के लिए हमें क्या करना चाहिए?

ऊपरवाला - बुद्धि को प्रबल बनाने के लिए पहली महत्वपूर्ण बात यह है कि इंसान को हरदम सजग रहकर बुद्धि का उपयोग करना चाहिए। इसके लिए इंसान को प्रज्ञावान लोगों के संघ में रहना चाहिए। प्रज्ञावान लोगों की बातें सुनकर, उनके कार्य करने का तरीका देखकर बुद्धि खिल-खुल जाती है। किसी की गगन-चुंबी उड़ान देखकर हमें भी उड़ने की प्रेरणा मिलती है।

बुद्धि का विकास करने के लिए दूसरी महत्वपूर्ण बात है- उसे मलिन होने से बचाना चाहिए।

एकलव्य -वह कैसे?

ऊपरवाला - बुद्धि को मलिन होने से बचाने के लिए इंद्रियों पर संयम रखना ज़रूरी है। साथ ही नियमित रूप से धार्मिक तथा आत्मविकास में मदद करनेवाली

पुस्तकों का पठन करना चाहिए। बुद्धि को कुशाग्र बनाने के लिए इंसान को लोगों की समस्याएँ सुलझाने में मदद करनी चाहिए। सेवा से अपने अंदर के गुणों को अभिव्यक्त करना चाहिए। बुद्धि का बेहतरीन उपयोग होने के लिए व्यर्थ की बातों में समय नहीं गँवाना चाहिए। खाली समय में पुनर्विचार करना चाहिए कि जिस तरीके से जीवन चल रहा है, क्या उसमें कोई बदलाहट लाना ज़रूरी है? यदि बदलाहट की आवश्यकता है तो तुरंत उस कार्य को अंजाम देना चाहिए। नए प्रयोग और काम करने के नए तरीके इस्तेमाल करने चाहिए। अपने विचारों को सकारात्मक बनाना चाहिए और नकारात्मक विचारों से अनासक्त होकर उन्हें देखने की कला सीखनी चाहिए। इस तरह बुद्धि का सर्वांगीण विकास करके विश्व की बड़ी ज़िम्मेदारियाँ लेनी चाहिए।

एकलव्य – अरे, बाप रे! ये तो बहुत लंबी फेहरिस्त बता दी आपने! इतना सब मुझसे कैसे होगा?

ऊपरवाला – बुद्धिबल बढ़ाओगे तो कोई काम, काम नहीं लगेगा। वह अभिव्यक्ति होगा।

एकलव्य – यानी नया कुछ सीखने का काम भी आनंद के वास्ते ही होगा!

ऊपरवाला – ठीक समझा तुमने।

एकलव्य – (बड़े उत्साह से) ये तो हुआ बुद्धिबल के बारे में। हम कैसे जानेंगे कि हमारा मनोबल कमज़ोर है या मज़बूत?

ऊपरवाला – यदि किसी घटना में तुम ज़्यादा दुःखी हो रहे हो तो तुम्हारा दुःखी होना ही यह दर्शाता है कि तुम्हारा मनोबल टूट चुका है।

एकलव्य – अच्छा अब मुझे बताइए कि मनोबल बढ़ने के क्या-क्या फायदे होते हैं?

ऊपरवाला – उच्च मनोबल की बदौलत इंसान का मन अकंप हो जाता है। किसी भी घटना में वह नहीं हिलता। यदि मन अकंप नहीं है तो दरवाज़े की घंटी बजने पर भी हिल जाता है। घंटी की आवाज़ सुनकर अंदर तुरंत नकारात्मक संवाद शुरू हो जाते हैं कि 'अब फिर एक नई मुसीबत आ गई... बेवक्त अनचाहे मेहमान आ गए... पता नहीं कब जाएँगे?' इत्यादि। कंपित मन किसी भी घटना में तुरंत हिल जाता है। ऐसा मन हमेशा दुःख को ही आमंत्रित करता है। इसलिए अपने मनोबल

को प्रबल बनाना चाहिए।

एकलव्य - मनोबल बढ़ाने के लिए मुझे क्या करना चाहिए?

ऊपरवाला - जिस तरह कपड़ों से मैल निकालकर उन्हें साफ किया जाता है, उसी प्रकार अपने मन से मैल निकालकर मन को स्वच्छ तथा पवित्र बनाना चाहिए। मनोबल बढ़ाने के लिए तुम्हें अपने जीवन की हर घटना की कीमत तय करनी होगी।

एकलव्य - क्या घटना की भी कीमत होती है?

ऊपरवाला - क्यों नहीं, बुद्धि ही कीमत निर्धारित करती है। इसलिए जिस घटना को जितनी कीमत देनी चाहिए, उसे उतनी ही कीमत दो, उससे ज़्यादा न दो। स्वयं से पूछो कि इस घटना की कीमत कितनी? यदि जवाब आए कि 'इस घटना की कीमत दस मिनट दुःखी होना है' तो फिर तुम दस मिनट ही दुःखी होना, उससे ज़्यादा नहीं। घड़ी देखने के बाद तुम्हें लगेगा कि 'दस मिनट के पहले ही दुःखद भावना चली गई।' इसका अर्थ है कि उस घटना के लिए दस मिनट दुःखी होना भी ज़्यादा है। ऐसा करते-करते तुम देखोगे कि एक दिन ऐसा आएगा कि नकारात्मक घटना होने के बाद मात्र घड़ी देखते ही तुम्हारा दुःख विलीन हो जाएगा। इस तरह मनोबल बढ़ने के बाद अकंप होकर हर तूफान में तुम अपने निर्णय सही ले पाओगे।

एकलव्य - यह सब सुनकर मैं अपना मनोबल बढ़ा हुआ महसूस कर रहा हूँ। कृपया आप आगे बोलते रहिए।

ऊपरवाला - मनोबल बढ़ाने के लिए तुमको अपने मन की अलग-अलग अवस्थाओं को जानना होगा। मन की चाहत और अवस्था हर पल बदलती रहती है। कंपित मन का स्वभाव है अशांति। तुम देखोगे कि कभी मन व्याकुल हो रहा है तो कभी खुश हो रहा है। कभी गुस्से में है तो कभी लोभ, लालच से रंजित हो रहा है। कभी डरा व सहमा हुआ है तो कभी परेशान व चिंतित है। कभी किसी के प्रति नफरत और घृणा से भरा है तो कभी अपराध बोध से भरा हुआ है। कभी अहंकारी तो कभी इच्छाधारी है। कभी कपटी तो कभी तार्किक है। कभी तोलू तो कभी कल्पनाओं का दास बना बैठा है। कभी नशे में तो कभी उत्तेजित है।

एकलव्य - हाँ, बिलकुल ऐसा ही है। आप तो मनोवैज्ञानिक जान पड़ते हैं।

ऊपरवाला - जैसे तुम समझो, जो अपने मन की इन अलग-अलग अवस्थाओं को जानने लगेगा, वह अपना मनोबल आसानी से बढ़ा पाएगा। मनोबल बढ़ने से

जीवन में अमन और शांति फैलेगी। आत्मनिरीक्षण द्वारा जब तुम मन की सच्चाई देखने लगोगे तब मन ज्ञान लेने और कपट मुक्त होकर आत्मनिरीक्षण करने के लिए तैयार हो जाएगा।

एकलव्य - आपकी बातें सुनकर मुझे समाधान मिला है। अब आप मुझे आत्मबल के बारे में कुछ बताएँगे?

ऊपरवाला - हाँ, ज़रूर। बिना आत्मबल के दया, करुणा, अहिंसा और प्रेम धोखा है। आत्मबल से काम-क्रोध, लोभ-मोह और अहंकार रूपी राक्षस पराजित किए जा सकते हैं।

हमें जो शक्तियाँ बाहर से मिलती हैं, वे जल्द ही खत्म भी हो जाती हैं मगर हमारे अंदर एक ऐसी शक्ति है, जिसका जितना ज़्यादा इस्तेमाल होता है, वह उतनी ही बढ़ती जाती है। वह शक्ति है- आत्मशक्ति यानी आत्मबल।

एकलव्य - आत्मबल बढ़ाने के लिए हमें क्या करना चाहिए?

ऊपरवाला - आत्मबल बढ़ाने के लिए तुम्हें निर्णय लेने की शक्ति पर काम करना चाहिए। किसी दिन यदि तुम किसी महापुरुष का आत्मचरित्र पढ़ने का निर्णय लेते हो तो इसका अर्थ है तुमने आत्मविकास करने का निर्णय लिया है। किसी दिन तुम व्यायाम करने का निर्णय लेते हो तो इसका अर्थ है तुमने स्वस्थ जीवन जीने का निर्णय लिया है। किसी दिन तुमने सत्संग में जाने का निर्णय लिया है तो इसका अर्थ है कि तुमने सत्य सुनने का निर्णय लिया है। इन निर्णयों पर डटे रहने से आत्मबल में बढ़ोतरी होती है।

एकलव्य - यानी ये सारे छोटे-छोटे निर्णय हमारे आत्मबल को बढ़ाते हैं।

ऊपरवाला - हाँ, हर निर्णय के साथ तुम आत्मविश्वास की मीनार में एक-एक ईंट जोड़ते हो। हर निर्णय पर काम करके तुम मीनार के शिखर की ओर अग्रसर हो रहे हो। जब तुम सही निर्णय लेते हो तब ज़िंदगी में बहुत कुछ सही होने लगता है। सत्य-संग, पुस्तक-पठन और व्यायाम की जगह तुम उस समय टी.वी. के प्रोग्राम भी देख सकते थे मगर तुमने सत्य पर चलने का, विकास करने का निर्णय लिया है तो तुम खुद-ब-खुद इन मायावी आकर्षणों से दूर रहोगे। ये निर्णय निरंतर लेते रहो और अपना आत्मिक बल बढ़ाते चलो।

एकलव्य - उच्च आत्मबल प्राप्त लोगों का जीवन कैसा होता है?

ऊपरवाला - आत्मबल बढ़ते ही इंसान बड़े-बड़े कार्य धीरज और सभी का मंगल सोचकर कर पाता है। उसके मन में ऐसे विचार उठते हैं कि उसे जो ज्ञान मिला है, वह सभी को कैसे मिले। अव्यक्तिगत जीवन जीनेवाले कभी भी अपने अंदर आत्मबल की कमी महसूस नहीं करते। दूसरों की सेवा में दिन-रात कार्य करनेवाले साहस और निडरता से जीते हैं। यदि उन्हें डर महसूस भी हो तब भी वे अपना कार्य बीच में नहीं छोड़ते।

एकलव्य - मुझे लग रहा है कि मुझ में आत्मबल की कमी है।

ऊपरवाला - यदि तुम में आत्मबल की कमी है तो सोचो कि 'क्या मैं अव्यक्तिगत जीवन जी रहा हूँ? दूसरों के लिए मैं ऐसा क्या कर रहा हूँ, जो निःस्वार्थ और अव्यक्तिगत है?' इन सवालों के जवाब पाने से तुम्हारा आत्मबल बढ़ने लगेगा। आत्मबल प्राप्त करके तुम दुःख-सुख के पार स्थितप्रज्ञ अवस्था में पहुँच जाओगे। तुम यह जान जाओगे कि तुम्हारी ज़िंदगी किस लिए है, किस महा जीवन से जुड़ने के लिए है?

तभी ऊपरवाले की दृष्टि नीचे दूर से आती हुई एक प्रौढ़ महिला पर पड़ी, जो उनके घर की तरफ ही आ रही थीं। ऊपरवाला एकलव्य से कल मिलने का वादा करके घर चला गया। एकलव्य सोचता रह गया कि ऊपरवाले से मिलने भला कौन आ सकता है? इसी सोच में वह सीढ़ियाँ उतरने लगा।

ऑफिस में जाते हुए एकलव्य के मन में बुद्धिबल, मनोबल, आत्मबल, बुद्धिछल आदि शब्द गूँज रहे थे। ऑफिस पहुँचकर वह अपने काम-काज में व्यस्त हो गया। दोपहर के भोजन अवकाश में खाना खाते हुए एकलव्य के मन में कुछ ऐसे विचार चलने लगे- 'कल मेरा जन्मदिन है। इस बार जन्मदिन के आने पर मुझे हमेशा से कुछ अलग ही एहसास हो रहा है। पहली बार जीवन में धन्यता महसूस हो रही है। इस नीचेवाले के जीवन में ऊपरवाले का पदार्पण किसी महा कृपा से कम नहीं है। मैं ऊपरवाले का धन्यवाद कैसे अदा करूँ? ऐसा मैं क्या करूँ, जिससे ऊपरवाले को खुशी मिले?'

एकलव्य के मन में अचानक एक विचार ने दस्तक दी और उसके पीछे आनंद ने भी हाजिरी लगाई। शाम को एकलव्य ने घर जाते हुए फूलों की दुकान से एक पुष्पगुच्छ खरीदा और दुकान से कुछ मिठाइयाँ भी लीं।

दुःख में खुश क्यों और कैसे रहें 195

24

जीवन की स्क्रीन

आज एकलव्य का जन्मदिवस था। जन्मदिवस की खुशी में वह सुबह जल्दी उठा। कल एकलव्य ने अपना जन्मदिवस नए तरीके से मनाने की योजना बनाई थी। मन ही मन वह अपनी योजना पर खुश था क्योंकि इस योजना के तहत उसके हाथों कुछ तो अव्यक्तिगत कार्य पूरा होने जा रहा था। इन विचारों के साथ वह गुलाबों का गुच्छ लेकर, जो वह पहले ही खरीद चुका था, ऊपरवाले के घर पहुँचा। ऊपरवाले के घर का दरवाज़ा खुला ही था क्योंकि वह सैर के लिए बाहर निकल ही रहा था। एकलव्य के हाथों मे पुष्पगुच्छ देखकर उसने आश्चर्य से पूछा-

ऊपरवाला - आज क्या विशेष है?

'आज मेरा जन्मदिन है', कहते हुए एकलव्य ने प्रसन्न होकर फूलों का गुच्छा ऊपरवाले को भेंट किया और झुककर उसे प्रणाम किया। ऊपरवाले ने बड़े प्रेम से उसके सिर पर हाथ रखकर उसे आशीर्वाद दिया। उस मृदु, करुणामयी, दिव्य स्पर्श से एकलव्य का रोम-रोम आनंद से नहा उठा। उसका समूचा अस्तित्त्व पुलकित हो उठा। एकलव्य को खुद पता नहीं चला कि कितनी देर वह इस अनुभव में खोया रहा। कुछ समय उपरांत एकलव्य ने आँखें खोलीं।

ऊपरवाला - बधाई हो जन्मदिवस की।

एकलव्य - (उत्साहपूर्वक) धन्यवाद, आज मैं कुछ अलग ढंग से इस दिन को मनाने जा रहा हूँ।

ऊपरवाला - बहुत अच्छे, वह कैसे?

एकलव्य - मैं चाहता हूँ कि अपने जन्मदिवस के उपलक्ष्य में किसी अनाथाश्रम जाकर बच्चों को मिठाई बाँटूँ।

ऊपरवाला – बड़ा नेक विचार है, सुनकर खुशी हुई।

एकलव्य – क्या आप मुझे किसी अनाथाश्रम का पता बता सकते हैं?

ऊपरवाला – ज़रूर। मैं एक प्रौढ़ महिला को जानता हूँ, जो 'हॅपी होम' नामक बाल आश्रम चलाती हैं।

एकलव्य – अच्छा...! क्या नाम है उनका?

ऊपरवाला – एकाम्बरम मैडम। यह महिला उन लोगों में से है, जो आत्मज्ञान पाकर वृत्ति मुक्त हो चुके हैं। अब वे अनाथाश्रम चलाकर अपने आनंद और प्रेम की अभिव्यक्ति कर रही हैं।

एकलव्य – वाह...! तब तो दोहरा लाभ मिलेगा। आप उनका फोन नंबर और आश्रम का पता दे दीजिए, मैं उनसे संपर्क कर लूँगा।

ऊपरवाला – ठीक है, मॉर्निंग वॉक से वापस आने के बाद पता और नंबर ले लेना।

दोनों अब तक सोसायटी के बाहर बगीचे की ओर जानेवाले रास्ते तक पहुँच चुके थे।

एकलव्य – (शरारतभरे अंदाज़ में) अब यह भी बता दीजिए कि वे आपको किस नाम से संबोधित करती हैं वरना किसी अनजान नाम के सुनते ही मैं बेवजह असमंजस में पड़ जाऊँगा।

ऊपरवाला – (हँसते हुए) उन्होंने मेरा नाम 'नचिकेता' रखा है। क्या अब... आज की खुराक हो जाए?

एकलव्य – हो जाए। बस एक मिनट... मुझे कुछ कहना है...। जबसे मैंने अनाथाश्रम जाने का फैसला लिया है तबसे मेरे मन में बार-बार अनाथ बच्चों की पीड़ा व दुख-दर्द के विचार कौंध रहे हैं। ईश्वर ने उनके साथ यह नाइंसाफी क्यों की है?

ऊपरवाला – यह भी ईश्वर की ही व्यवस्था है।

एकलव्य – (अचरज से) मैं कुछ समझा नहीं।

ऊपरवाला – इंसान को मज़बूत, दमदार, तेजस्वी और प्रभावशाली बनाने के लिए कुदरत ने एक अनोखी व्यवस्था की है।

एकलव्य – (उत्सुकता से) कौन सी व्यवस्था?

ऊपरवाला – इंसान के जीवन में जो समस्याएँ या तकलीफें उसे दिखाई दे रही हैं, वे वास्तव में फल, उपहार, सीढ़ी, सीख और चुनौती हैं लेकिन इंसान उसे समझ नहीं पाता। इसे समझ पाना ही दुःख मुक्ति का उपाय है।

एकलव्य – ओह...!

ऊपरवाला – वरना इंसान उन समस्याओं को अपने बुरे कर्मों के फल मान बैठता है।

एकलव्य – हाँ, मेरे साथ भी ऐसा ही होता है। क्या समस्याएँ बुरे कर्मों का फल नहीं हैं?

ऊपरवाला – अभी-अभी मैंने कहा न कि समस्याएँ वास्तव में फल, उपहार, सीढ़ी, सीख और चुनौती हैं तो वे बुरे कर्मों के फल कैसे हुईं? वे तो तुम्हारे भले के लिए ही आई हैं।

एकलव्य – (असमंजस में) अं... इसे थोड़ा स्पष्ट करेंगे?

ऊपरवाला – यह समझ प्राप्त कर अपने कार की स्क्रीन को साफ करना ही दुःख मुक्ति का छठवाँ उपाय है। इसे ऐसे समझो कि यदि विषम परिस्थितियों का तूफान इंसान को मज़बूत बनाता है तो यह 'मज़बूती' उसके लिए कितना बड़ा उपहार है। यदि वे परिस्थितियाँ उसके जीवन में न आतीं तो उसका मन कभी फौलादी नहीं बन पाता।

एकलव्य – अरे हाँ...! मैंने तो कभी इस तरह सोचा ही नहीं था। इसका अर्थ समस्या आने पर यदि इंसान यह बात याद रख पाए कि यह समस्या मुझे मज़बूत बनाने के लिए आई है तो वह यकीनन उसे उपहार अथवा चुनौतीस्वरूप ही दिखाई देगी।

ऊपरवाला – हाँ, बेशक। यदि इंसान के पास यह ज्ञान होता तो उसे परेशानी के अंदर छिपा उपहार ही दिखाई देता। यह ज्ञान न होने के कारण इंसान नकारात्मक

दिखाई देनेवाली घटनाएँ देखकर दुःखी होता है। जैसे कोई रिश्तेदार गुज़र गया, कोई मित्र बीमार हो गया, नौकरी में बढ़ोतरी नहीं हुई, नौकरी से निकाल दिया गया, बेटा अनुत्तीर्ण हो गया... इत्यादि। अगर इंसान पीछे मुड़कर घटनाओं का मुआयना करे तो उसे पता चलेगा कि जिन घटनाओं को वह परेशानी समझ रहा था, वास्तव में वे उसे उपहार दे चुकी हैं। सब कुछ दिव्य योजना अनुसार चल रहा है फिर भी बिना वजह वह कितना परेशान हो रहा था।

एकलव्य - परेशान होना यानी शान (खुशी) से परे हो जाना है न!

ऊपरवाला - संगत का रंग चढ़ते हुए दिखाई दे रहा है। शब्दों का विच्छेदन यदि समझ बढ़ाने के लिए कर रहे हो तो सही जा रहे हो।

एकलव्य - (खुश होकर) अब मैं परेशान होने पर शान से परे नहीं होऊँगा बल्कि हर परेशानी में उपहार खोजने की कोशिश करूँगा।

ऊपरवाला - हाँ, तुम्हें यही करना चाहिए क्योंकि अब तुम जान गए हो कि हर परेशानी में सिर्फ हल ही नहीं बल्कि हल के अलावा उपहार भी होता है। जिन लोगों की ज़िंदगी में समस्या आती ही नहीं, वे लोग बुद्धू के बुद्धू ही रह जाते हैं। जिनकी ज़िंदगी में समस्याएँ आती हैं, वे ही संपूर्ण विकास कर पाते हैं।

एकलव्य - वह भला कैसे?

ऊपरवाला - देखो, हर समस्या का हल उस समस्या के अंदर ही छिपा होता है। समस्याएँ सुलझाने से समस्या के अंदर छिपे हुए हल को पकड़ने की सजगता और कला इंसान के अंदर विकसित होने लगती है।

एकलव्य - अच्छा... तो यह बात है!

ऊपरवाला - यही नया नज़रिया, नया दृष्टिकोण तुम्हें संपूर्ण विकास करने के लिए दिया जा रहा है यानी सत्य देखने का दृष्टिकोण तुम्हें उपहारस्वरूप दिया जा रहा है। वैसे भी आज तुम्हारा जन्मदिन है।

एकलव्य - ज्ञान का उपहार देने के लिए मैं आपको तहे दिल से धन्यवाद देता हूँ।

ऊपरवाला - समस्या को दूर करने का व्यायाम करने के साथ तुम्हें एक महा

उपहार भी मिलेगा। इस उपहार की विशेषता यह है कि उसे तुम जितना परखोगे, उतना तुम्हारा आनंद बढ़ता जाएगा।

एकलव्य - यानी?

ऊपरवाला - इसे ऐसे समझो कि तुम्हें आज तक जन्मदिन, त्योहार, शादी-ब्याह पर बहुत सारे उपहार मिले होंगे। याद करो कि उन उपहारों को खोलते वक्त तुम्हें बहुत आनंद आया होगा लेकिन दूसरे दिन फिर से उस उपहार को देखकर क्या तुम्हें उतनी ही खुशी हुई, जितनी पहली बार हुई थी?

एकलव्य - (सोचते हुए) नहीं।

ऊपरवाला - इसी तरह तीसरे दिन फिर से वही उपहार खोलो... चौथे दिन फिर से उसे खोलो... धीरे-धीरे तुम देखोगे कि तुम्हारी खुशी कम होती जा रही है और एक दिन तुम देखोगे कि तुम्हें लगता ही नहीं है कि वह उपहार तुम्हें मिला है।

एकलव्य - हाँ, ठीक ऐसा ही होता है और एक दिन हम उसे शोकेस में रख देते हैं। फिर कभी उस पर नज़र भी नहीं जाती।

ऊपरवाला - हर एक के साथ ऐसा ही होता है मगर यदि तुम समस्या के मूल स्थान पर जाओगे तो तुम्हें एक ऐसा उपहार मिलेगा, जिसे जितनी बार तुम खोलकर देखोगे, उतनी बार तुम्हारा आनंद बढ़ता ही जाएगा। हर दिन तुम्हारी खुशी बढ़ती जाएगी। ऐसा महा उपहार तुम्हें मिल सकता है।

एकलव्य - (उत्सुकता से) ऐसा महा उपहार...! यह मिलने के लिए मुझे क्या करना चाहिए?

ऊपरवाला - यह महा उपहार हमारे विचारों के पीछे मौजूद है, जिसे देखने के लिए जीवन के कार की स्क्रीन साफ होनी चाहिए। वही समझ तुम्हें दी जा रही है ताकि तुम जीवन के कार की स्क्रीन साफ करके जल्द ही सच्चे विकास की सीढ़ी चढ़ पाओ।

एकलव्य - यानी विकास की सीढ़ी दिखाने के लिए ही हमारे जीवन में समस्याएँ आती हैं।

ऊपरवाला - हाँ, समस्या को ईश्वरीय गुणों की अभिव्यक्ति का मौका

समझकर पार करो। इससे तुम्हें पता चलेगा कि जो घटनाएँ रोज़ के जीवन में नहीं होतीं, कभी-कभार ही होती हैं, उन घटनाओं की वजह से ही तुम्हारा मनन हो पाता है वरना तुम रोज़ के जीवन में कभी मनन नहीं करते।

एकलव्य - यानी हमारे जीवन में यदि समस्याएँ नहीं आई होतीं तो हमारा पूरा जीवन कोल्हू के बैल की तरह गोल-गोल घूमते हुए कट जाता।

ऊपरवाला- बिलकुल सही है। अतः जीवन के धक्के का स्वागत करो क्योंकि वे हमें कुछ सिखाने आते हैं और समस्या इंसान को दुनिया से भगाने नहीं, जगाने के लिए आती है।

एकलव्य - यह तो बहुत अद्भुत बात कही आपने!

ऊपरवाला - तुम एक बहुत बड़ा अपना लक्ष्य लेकर इस दुनिया में आए हो। समस्याओं में अटककर कहीं उस लक्ष्य को भूल न जाओ। जब तुम्हारे मन में यह सवाल आता है कि 'मुझे यह समस्या क्यों अटका रही है?' तब उसे निमित्त समझो, साधन समझो। जैसे तुमने अपने जन्मदिवस को आज पहली बार निमित्त दिवस समझकर मनाने का निश्चय किया है।

एकलव्य - पता नहीं क्यों मेरे मन में आज केवल धन्यवाद के भाव हैं।

ऊपरवाला - बस अब इन्हीं भावों में रहना सीख लो। भविष्य में जब भी कोई समस्या तुम्हारे जीवन में आएगी तब तुम उसे भी धन्यवाद दोगे और प्रार्थना करोगे।

समस्या आने पर उसका निवारण करने के लिए इंसान को जो ईश्वरीय शक्ति दी गई है, वह है प्रार्थना।

एकलव्य - मैं तो बचपन से ही प्रार्थना करता आया हूँ।

ऊपरवाला - यह तो अच्छी बात है। तुम्हारी प्रार्थना की वजह से ही आज यह मार्गदर्शन तुम्हें मिल रहा है मगर अब आज की समझ के साथ होश में प्रार्थना करो। यदि ऐसा हो जाए तो फिर तुम्हें किसी चीज़ की कमी नहीं रहेगी।

एकलव्य - (आश्चर्य से) प्रार्थना यानी हर मर्ज़ की दवा...!

ऊपरवाला - मर्ज़ से पहले ही उसका जवाब, उसका समाधान प्रार्थना के रूप में दे दिया गया है। तुम्हें सिर्फ अपने अंदर उस जवाब को टटोलना है। अगर तुम्हारे

पास प्रार्थना की ऐसी अद्भुत शक्ति है तो उस शक्ति का इस्तेमाल करना सीखो। कहीं ऐसा न हो कि अलादीन का चिराग तुम्हारे पास ही पड़ा हो और तुम उसका इस्तेमाल ही नहीं कर रहे हो।

एकलव्य – यदि हमारे जीवन में कोई ऐसी समस्या है, जिसे हम कई दिनों से हल करने की कोशिश कर रहे हैं लेकिन प्रार्थना करने पर भी असफल हो रहे हैं और हमें समझ में ही नहीं आ रहा है कि इस परिस्थिति का सामना कैसे करें तो ऐसे समय पर क्या करना चाहिए?

ऊपरवाला – ऐसे समय पर अपने आपसे यह सवाल पूछो कि 'इस समस्या से मुझे कौन सी सीख प्राप्त करनी है?' समस्या जो सबक सिखाने आई है, वह सबक सीखो। वास्तव में समस्या हल करना तुम्हारे जीवन का लक्ष्य नहीं है बल्कि उससे जो सबक मिलते हैं, वह सीखना तुम्हारा लक्ष्य है।

एकलव्य – आपके आशीर्वाद से मैं सभी सबक जल्द ही सीख जाऊँगा।

ऊपरवाला – बहुत अच्छे। आज की समस्या को तुम इस तरह देखो जैसे दस साल के बाद तुम उस समस्या को देखोगे। इस तरह देखने से तुम्हें वह समस्या बहुत छोटी लगेगी। यानी जो तुम दस साल के बाद देखोगे उसे अभी देखना सीखो।

एकलव्य – जैसे दस साल पहले दसवीं कक्षा में पढ़ते समय मैंने परीक्षा का कितना तनाव लिया था। अब सोचो तो लगता है कि उसकी कोई ज़रूरत ही नहीं थी। जब हम किसी समस्या से होकर गुज़र जाते हैं तब हमारा उसकी ओर देखने का नज़रिया बदल जाता है।

ऊपरवाला – हाँ, यही तो मैं बता रहा हूँ। हर समस्या में हल, फल, सीढ़ी, सीख और चुनौती ये पाँच बातें होती हैं मगर ये पाँचों बातें इंसान को बाद में पता चलती हैं। दस साल के बाद तुम देखोगे कि तुम्हारी समस्या मिट चुकी है तो उस वक्त तुम जिस दृष्टिकोण से समस्या को देखोगे, क्या आज उसी दृष्टिकोण से देखना संभव है? हाँ, अब भी तुम उसी दृष्टिकोण से देख सकते हो सिर्फ तुम्हारे जीवन के कार की स्क्रीन साफ होनी चाहिए।

एकलव्य – समस्या आने पर मुझे और क्या सोचना चाहिए?

ऊपरवाला – समस्या में यह मनन भी होना चाहिए कि कौन सी बातें धुँधली हो

गई हैं, तुम्हें किन बातों की स्पष्टता नहीं है? क्योंकि समस्या तुम से होमवर्क करवाने के लिए आती है। जब तक तुम अपने सबक नहीं सीखते तब तक तुम्हारे जीवन में वह समस्या बार-बार आती रहती है।

एकलव्य - कभी-कभी मेरे मन में नकारात्मक विचार बार-बार आते हैं, तब मुझे क्या करना चाहिए?

ऊपरवाला - जब भी तुम्हारे मन में नकारात्मक विचार आएँ तब अपने आपसे सवाल पूछो कि इन विचारों को शक्ति किसने दी? जवाब आएगा कि तुम खुद अपने विचारों को शक्ति देते हो। नकारात्मक विचारों को शक्ति देने से उन विचारों को नकारात्मक भावना तैयार करने का बल मिलता है। अज्ञान में इंसान यही कर रहा है। जब भी तुम्हारे साथ ऐसा हो तब अपने आपको याद दिलाओ कि अब कुछ होमवर्क करने का समय आया है। तब तुम आई हुई समस्या पर रचनात्मक तरीके से सोचोगे।

एकलव्य - यदि किसी इंसान को स्वास्थ्य की समस्या है, उसके शरीर में हमेशा दर्द रहता है और उसके मन में दर्द के विचार चलते रहते हैं तो उसे किस तरह सोचना चाहिए?

ऊपरवाला - इलाज के अलावा उसे यह सोचना चाहिए कि 'दर्द क्यों ज़रूरी है।' फिर वह अपने आपसे यह पूछे कि 'मुझे इसके सबूत दो कि यह दर्द क्यों होना चाहिए?' तब उसे खुद को ही रचनात्मक ढंग से सोचकर मनन सबूत देने होंगे।

एकलव्य - कौन से?

ऊपरवाला - देखो, मनन सबूत गहरा मनन करने के बाद इस तरह मिल सकते हैं। दर्द ज़रूरी है ताकि...

१) दर्द की वजह से स्वास्थ्य के महत्त्व का पता चलता है, जिस कारण शरीर का योग्य इलाज होगा। २) 'अपना लक्ष्य' पूरा करने के लिए अपने शरीर का साथ मिलना बहुत ज़रूरी है इसलिए इसका स्वस्थ होना आवश्यक है। ३) शरीर का तंदुरुस्त रहना और शरीर में दर्द होना, इन दो बातों की तुलना की जा सके। ४) दर्द ही यह बताता है कि हम दर्द से अलग हैं। आज तक हमें, जो असल में हम हैं, उसे न दर्द पहले आया था, न आज है और न कभी आगे आएगा। ५) यदि शरीर

में दर्द है और उसकी प्रतिपुष्टि (फीडबैक) हमें न मिली तो उसका इलाज करना भी कठिन हो जाएगा और शरीर की उम्र कम होती जाएगी। ६) दर्द हुआ तो हम अपने शरीर को थोड़ी देर के लिए आराम दे पाते हैं। वरना अंधी दौड़ चलती रहती है। ७) शरीर की अनेक शक्तियों का पता चल सकता है। इंसान का शरीर अपने आपमें एक अजूबा है, जिसका अवलोकन होना ज़रूरी है। ये कुछ मनन सबूत के उदाहरण हैं, जो मदद कर सकते हैं।

एकलव्य – इस तरह मनन सबूत देने के क्या लाभ होंगे?

ऊपरवाला – इस तरह मनन सबूत देने से तुम्हें आई हुई समस्या अथवा रोग के कई आयाम दिखाई देंगे। फिर तुम उस समस्या से लड़ने के बजाय, उसका शांति से इलाज करोगे और साथ में आनंद भी लोगे।

एकलव्य – यानी हमें अपनी समस्या पर रचनात्मक ढंग से सोचना चाहिए।

ऊपरवाला – हाँ, रचनात्मक ढंग से सोचने से हम ठीक विपरीत सोचने के लिए स्वयं को अनुमति देते हैं। रचनात्मक तरीका ऐसा ही होता है। जैसे पहले लोग आइस्क्रीम डिब्बों में खाते थे और फिर डिब्बों को फेंक दिया करते थे। फिर किसी ने सोचा कि 'क्यों न आइस्क्रीम के साथ डिब्बे भी खाए जाएँ।' इस विचार से आइस्क्रीम कोन का आविष्कार हुआ। इस तरह जब तुम रचनात्मक सोचते हो तब तुम अपने विचार को दिशा दे पाते हो।

एकलव्य – रचनात्मक तरीके से सोचने से और क्या फायदे होते हैं?

ऊपरवाला – रचनात्मक तरीके से सोचने से चाहे समस्या हल नहीं हुई तो भी इंसान खुश रह पाता है। कम से कम जब समस्या आए तब तो हँसना ही चाहिए। इस तरह कई बार तुरंत समस्या के सुलझने का तुम्हें चमत्कार भी दिखाई देता है।

एकलव्य – रचनात्मक तरीके से सोचने की वजह से हम प्रतिकूल परिस्थिति में भी खुश रह सकते हैं, यह बहुत ही बड़ा फायदा है।

ऊपरवाला – मन की अनुकूल परिस्थितियों में तथा समस्याओं की अनुपस्थिति में तो सभी हँस सकते हैं। एक मूर्ख भी मन मुताबिक, मनोरंजक वातावरण में हँस सकता है, उसमें कोई बड़ी बात नहीं है। लेकिन मन मुताबिक कुछ भी नहीं हो रहा है, फिर भी हँस पाने के लिए सत्य की समझ और साहस की आवश्यकता होती

है। बत्तीस के बत्तीस दाँत सही-सलामत, सुंदर हैं और तुम हँस रहे हो तो कोई बड़ी बात नहीं है मगर तुम्हारे आगे के दाँत टूटे हों, फिर भी तुम मुँह खोलकर ज़ोर से हँस रहे हो तो यह साहस है। हँसना हर रोग के ठीक होने के लिए मरहम का काम करता है। बहुत कम लोग ऐसे हैं जो अपनी परेशानियों पर हँसने और दुःख में भी खुश क्यों रहें, यह राज़ जानते हैं।

एकलव्य - (कृतज्ञतापूर्वक) मैं खुशकिस्मत हूँ कि आपने मेरे लिए यह राज़ बेनकाब किया है।

ऊपरवाला - हाँ, क्योंकि हँसनेवालों के साथ दुनिया चलती है, हँसनेवालों का साथ दुनिया देती है। समस्या सुलझाने के लिए दुनिया का सहयोग बहुत ज़रूरी है। सभी के सहयोग से कठिन से कठिन कार्य भी आसानी से और कम समय में किए जा सकते हैं। मुस्कराते हुए कार्य करने से समस्या जल्द व बेहतरीन तरीके से सुलझ जाती है। अपनी समस्या पर हँस सकना, यह इलाज भी है और आनंद भी है।

एकलव्य - आज मैं आपको वचन देता हूँ कि अब मैं समस्याओं को हल, फल, सीढ़ी, सीख और चुनौती के रूप में ही लूँगा व सदा खुश रहकर उच्चतम अभिव्यक्ति के लिए दुनिया का सहयोग प्राप्त करूँगा।

बातें करते-करते कब 'आनंद-निवास' नज़दीक आ गया, पता ही नहीं चला। एकलव्य ऊपरवाले के साथ उसके फ्लैट में गया और एकाम्बरम मैडम का पता व फोन नंबर लेकर घर लौट आया।

दोपहर को ऑफिस में भोजन अवकाश में एकलव्य ने एकाम्बरम मैडम को फोन किया। एकलव्य ने उन्हें अपना परिचय देकर अनाथाश्रम में बच्चों के साथ कुछ समय व्यतीत करने की इच्छा जतलाई। एकाम्बरम मैडम ने एकलव्य की इच्छा को सहर्ष स्वीकार किया और उसे शाम छह बजे के बाद आने के लिए कहा।

आज एकलव्य ऑफिस से जल्दी निकला। रास्ते में बाज़ार से ढेर सारी मिठाइयाँ व चॉकलेट खरीदकर वह बताए गए पते पर ठीक समय पर पहुँच गया। अनाथाश्रम के अंदर जाकर एकलव्य ने देखा कि बच्चे अलग-अलग खेल खेलने में मशगूल थे। उसे महसूस हुआ कि वह बेवजह ही इन बच्चों को निराधार और लाचार समझ रहा था। ये बच्चे तो कितने आनंदित हैं, पक्षियों की तरह चहचहा रहे

हैं।

अनाथाश्रम के ऑफिस में जाकर वह एकाम्बरम मैडम से मिला। वे उसे बच्चों के पास ले गईं और एकलव्य से उनका परिचय करवाया। बच्चों ने गाना सुनाकर उसे जन्मदिवस की बधाई दी। एकलव्य कुछ देर खुद बच्चा बनकर उनके साथ खेलता रहा। जाते समय उसने सभी को चॉकलेट व मिठाइयाँ बाँटीं। मिठाई पाकर बच्चों की आँखों में जो खुशी की चमक दिखाई दी, उसे देखकर एकलव्य तृप्त हो गया। उन्हें अलविदा कहकर वह आश्रम के ऑफिस में गया। वहाँ एकाम्बरम मैडम को उसने हार्दिक धन्यवाद दिए। दोनों में कुछ इस तरह वार्तालाप हुआ।

एकाम्बरम मैडम – आज सुबह नचिकेताजी ने फोन पर मुझे आपके बारे में बताया था।

एकलव्य – आप नचिकेताजी को कब से और कैसे जानती हैं?

एकाम्बरम मैडम – तकरीबन आठ साल पहले मैं उन्हें एक पुस्तकालय में मिली थी। उस दौरान मैं 'मृत्यु' के भय से सदा ग्रसित रहा करती थी। मृत्यु के विचार से मेरे जीवन को ही ग्रहण लग गया था। मैं किसी भी कीमत पर उससे बाहर निकलना चाहती थी। फिर इसके लिए मैंने मृत्यु पर किताबें पढ़ना शुरू कीं। इसी मिशन के दौरान एक दिन पुस्तकालय में नचिकेताजी के साथ मुलाकात हो गई। जान-पहचान होने के बाद लगातार मैं उनसे मिलती रही। उन्होंने बड़े सुनियोजित ढंग से मुझे ज्ञान देकर मृत्यु के भय से बाहर निकाला तथा 'मृत्यु उपरांत जीवन' का ज्ञान कराया। मृत्यु के भय से बाहर निकलकर मैं हर भय से मुक्त हो गई। मुझे स्पष्ट हुआ कि 'मैं कौन हूँ और इस पृथ्वी पर आने का मेरा क्या उद्देश्य है?' सभी भयों और मान्यताओं से मुक्त होकर ही आज मैं यह अभिव्यक्ति कर पा रही हूँ। इन मासूम बच्चों के जीवन में खुशी की फुलवारी खिलाने के लिए नचिकेताजी ने ही मुझे प्रेरित किया। आज भी मुझे इस तरह का मार्गदर्शन उनसे मिलता रहता है। मिलने पर उन्हें मेरा असीमित धन्यवाद ज़रूर कहना।

एकलव्य स्तब्ध होकर एकाम्बरम मैडम की सारी बातें सुनता रहा। उसे तीव्रता से नचिकेता उर्फ ऊपरवाले की महिमा का एहसास होने लगा। उसे लगा कि अब तक वह इस बात से अनजान था कि उसके जीवन में कितनी महान हस्ती का प्रवेश हो चुका है।

25

रिपीट ऑर्डर

एकलव्य प्रातः धन्यवाद भाव में ही नींद से जागा। ऊपरवाले को कल का सारा वृत्तांत कह सुनाने के लिए व्याकुल एकलव्य आज सुबह कुछ जल्दी ही घर से निकल पड़ा। सोसायटी के गेट के नज़दीक रखी बेंच पर वह ऊपरवाले के आने का इंतज़ार करता रहा। एकाम्बरम मैडम से मिलने के बाद एकलव्य को ऊपरवाला अब और भी रहस्यमयी दिखाई देने लगा। उसे लगा 'ऊपरवाला कौन' यहाँ तक उसकी समझ पहुँच ही नहीं सकती। उसे सिर्फ यह सत्य पता है कि वह ऊपरवाले के संग है। बस... इससे ज़्यादा वह कुछ नहीं जानता।

तभी उसे सामने से ऊपरवाला आते हुए दिखाई दिया। ऊपरवाले की प्रसन्न मुद्रा को अपलक निहारते हुए एकलव्य को महसूस हुआ कि आनंद और आत्मज्ञान का संगम कितना विलोभनीय होता है। ऊपरवाले के रहन-सहन, आचार-व्यवहार, वाणी-विचार सभी में एक उन्मुक्त व्यक्तित्व के दर्शन होते हैं। ऊपरवाले के नज़दीक आते ही एकलव्य ने गुड मॉर्निंग कहकर उनका अभिवादन किया। कल अलग तरीके से मनाए गए अपने जन्मदिवस का सारा वृत्तांत उसने एक ही साँस में कह सुनाया। साथ ही एकाम्बरम मैडम का प्रणाम भी ऊपरवाले तक पहुँचाया।

ऊपरवाले ने मुस्कराते हुए गरदन हिलाई और कहा, 'अब चलें?' दोनों सैर के लिए गेट से बाहर निकल पड़े।

एकलव्य - अच्छा, आज आप दुःख दूर करने का आठवाँ उपाय बताने जा रहे हैं न ?

ऊपरवाला - दुःख दूर करने का सातवाँ उपाय है, दुःख की पुनः माँग न करना यानी दुःख का रिपीट ऑर्डर देना बंद करना।

एकलव्य - रिपीट ऑर्डर मतलब?

ऊपरवाला - रिपीट ऑर्डर का अर्थ है जब कोई चीज़ तुम्हें बहुत पसंद आती है तब तुम उसे दोबारा मँगवाते हो। जैसे- जब तुम होटल में खाना खाते हो तब तुम्हें यदि कोई व्यंजन ज़्यादा पसंद आता है तो तुम वेटर से कहते हो, 'इसे और लेकर आओ।' अर्थात तुम उस चीज़ की पुनः माँग करते हो यानी उसका रिपीट ऑर्डर देते हो। इसी तरह इंसान अज्ञान और बेहोशीवश अपने जीवन में भी दुःख का रिपीट ऑर्डर देता है।

एकलव्य - (उलझन महसूस करते हुए) दुःख का रिपीट ऑर्डर...? यह मूर्खता भला कौन कर सकता है?

ऊपरवाला - (मुस्कराते हुए) इंसान! इसे इस तरह समझो कि जब भी इंसान दुःख पर ध्यान देता है, दुःख पर ही सोचता है या दुःखद भावनाओं में ही रहता है तब वह दुःख का रिपीट ऑर्डर दे रहा होता है। जिसके परिणामस्वरूप उसके जीवन में आगे भी दुःख ही आता है।

एकलव्य - अच्छा... ऐसी बात है! तो अब दुःख का रिपीट ऑर्डर बंद करने के लिए मुझे क्या करना चाहिए?

ऊपरवाला - दुःख का रिपीट ऑर्डर न जाने के लिए नकारात्मक विचारों का मनोरंजन मत करो। जो अच्छे ऑर्डर्स तुमने पहले दिए थे, उन्हें फिर से देना शुरू करो ताकि उनका फल तुम्हें अपने जीवन में दिखाई दे। अपने विचारों, शब्दों, भावों में दुःख का रिपीट ऑर्डर देना बंद करो और अपने वे निर्णय याद करो, जो तुम्हारे हृदय (तेजस्थान) से आए थे।

अपने ध्यान को दुःख के पीछे छिपे सकारात्मक दृश्य को देखने का प्रशिक्षण दो। वर्तमान में तुम्हारे साथ कितनी भी दर्दनाक घटना हो रही हो मगर फिर भी अपने आपसे पूछो कि 'मेरा ध्यान किस पर है?'

एकलव्य - यदि मेरा ध्यान दुःख पर है तो मैं अनजाने में दुःख की पुनः माँग कर रहा हूँ। है न!

ऊपरवाला - बिलकुल सही कहा तुमने। यह सब अदृश्य में चल रहा है इसलिए तुम्हें पता ही नहीं चलता कि तुम क्या कर रहे हो। यदि इंसान खुशी पर,

सब कुछ अच्छा होने पर ध्यान दे रहा है तो समझो कि वह भविष्य के लिए खुशी की पुनः माँग कर रहा है।

एकलव्य - (सुलझन महसूस करते हुए) इसका अर्थ यदि हम इतना भी सीख गए कि दुःख का रिपीट ऑर्डर नहीं देना है तो हमारा वर्तमान और भविष्य दोनों खुशियों से भरपूर होगा।

ऊपरवाला - हाँ, तुम सही जा रहे हो। वर्तमान में दुःख आया है तो यह समझ रखो कि भूतकाल में तुमने ज़रूर कोई दुःख का ऑर्डर दिया होगा।

एकलव्य - एक बात याद आई इसलिए बताना चाहता हूँ कि मेरी बहन अंकिता आजकल परीक्षा में बिलकुल तनाव नहीं लेती है। अब वह हर घटना को खुशी की नज़र से देखती है। परीक्षा के तनाव की पुनः माँग करना उसने पूरी तरह से बंद कर दिया है।

ऊपरवाला - बढ़िया।

एकलव्य - (थोड़ा सोचकर) क्या आप मुझे बताएँगे कि इंसान से वर्तमान में दुःख का रिपीट ऑर्डर देने की यह गलती निश्चित रूप से किस तरह होती है ताकि मैं उस गलती से बच पाऊँ?

ऊपरवाला - अवश्य। देखो, इंसान पहले दूसरों का दुःख देखता है और फिर वह अपने दुःखों को याद करने लगता है। इस तरह उसका सारा ध्यान दुःख पर ही केंद्रित होता है और वह बेहोशी में बिना सोचे यही ऑर्डर देता है कि 'भविष्य में मुझे दुःख ही चाहिए।' हालाँकि वह शब्दों में कहकर दुःख का ऑर्डर नहीं देता है पर उसके भाव दुःख भरे होते हैं और यही भाव भविष्य के लिए दुःख का ऑर्डर बनते हैं। अतः हमेशा अपने भाव और विचारों पर कड़ी नज़र रखनी चाहिए।

एकलव्य - (कुछ देर सोचते हुए) मेरे भावों की वजह से मेरे द्वारा दुःख का रिपीट ऑर्डर न जाए इसके लिए मुझे अपनी सजगता बढ़ानी होगी। हर घटना में सावधान रहना होगा कि 'इस वक्त मेरे अंदर कौन से विचार उठ रहे हैं? मेरी भावना मुझे क्या बता रही है? मैं अंदर से कैसा महसूस कर रहा हूँ?' यदि मेरे मन में नकारात्मक भाव हैं तो मुझे तुरंत खुशी के विचार लाकर उन नकारात्मक भावनाओं को बदलना चाहिए। लोग चाहे मुझे अपना कितना भी दुःख बताएँ या मुझे खुद का

कितना भी दुःख दिखाई दे, मुझे अपने आनंद भाव पर अटल रहना चाहिए।

ऊपरवाला - तुम्हारी सोच की दिशा बिलकुल सही है। यह आनंद भाव ही तुम्हारी भावी खुशी का ऑर्डर बनेगा! अतः तुम्हारे जीवन में जो भी अच्छा चल रहा है, खुशियाँ आ रही हैं, उसे याद करो, दोहराओ। कहो कि 'आगे भी मुझे यही चाहिए, इससे भी बढ़कर चाहिए।' इस तरह खुशी का रिपीट ऑर्डर देना सीखो। खुशी का ऑर्डर देने के लिए वह सोचो जो ईश्वर तुमसे सुचवाना चाहता है। ईश्वर तुमसे नए विचार सुचवाना चाहता है ताकि नवनिर्माण हो, पुराने सारे दुःख समाप्त हों और महाजीवन शुरू हो। ईश्वर इंसान को नए विचार और नई दिशा देकर उसकी उच्चतम संभावना पूर्ण करने की तैयारी करवा रहा है।

एकलव्य - कितनी अच्छी बात है यह। हम जिन भी तरीकों से दुःख के रिपीट ऑर्डर देते हैं, मैं वे सभी तरीके जानना चाहता हूँ।

ऊपरवाला - अब तक मैं तुम्हें यही बताते आ रहा हूँ, अब दुःख का रिपीट ऑर्डर देने का अगला कारण सुनो। हकीकत में इंसान बेहोशी में कुछ माँग करता है और माँग पूरी होने पर वह भूल जाता है कि उसने ही माँग की थी। उलटा वह कहने लगता है कि यह मेरे जीवन में क्यों आया?

एकलव्य - इसे समझाने के लिए अपने पिटारे में से कोई उदाहरण निकालिए न!

ऊपरवाला - एक इंसान ने होटल में वेटर को डोसा लाने का ऑर्डर दिया और वह भूल ही गया कि उसने डोसे का ऑर्डर दिया है। जब वेटर उसके लिए डोसा लेकर आया तब वह इंसान वेटर से झगड़ने लगा कि 'तुमने डोसा क्यों लाया?' कल्पना करो कि तुम भी वहाँ पर बैठे हो और मज़े से यह देख रहे हो कि सामने क्या चल रहा है। तुम देख रहे हो कि वह इंसान ऑर्डर भी दे रहा है, झगड़ा भी कर रहा है और फिर दूसरा ऑर्डर दे रहा है, फिर वापस झगड़ रहा है।

यह सब बेहोशी में चल रहा है इसलिए अपनी गलती उस इंसान को समझ में नहीं आती। वह इस बात से बेखबर है कि वह क्या बोल रहा है, कौन सा ऑर्डर दे रहा है? बिलकुल यही गलती अधिकांश लोगों से हो रही है।

एकलव्य - यह सब सुनकर मुझे समझ में आया कि मैं जो ऑर्डर दूँगा, वही

मेरे टेबल पर आएगा। अब मैं सजग रहूँगा, आजू-बाजू के लोगों को भी मैं देखूँगा और अपने सही ऑर्डर का आनंद भी लूँगा।

ऊपरवाला - हाँ, यह विचार भी तुम्हारा आदेश है, ऐसा ही करना चाहिए। वरना इंसान अनजाने में खुद ही दुःख का आदेश दे रहा है और ईश्वर से लड़ भी रहा है कि 'हे ईश्वर, मेरे जीवन में ये दुःख क्यों हैं, ये कब खत्म होंगे?' जबकि उस इंसान को यह नहीं पता कि यह दुःख उसने ही आकर्षित किया है।

एकलव्य - मेरे साथ भी एक बार ऐसा ही हुआ था। मैं आपको वह किस्सा सुनाना चाहता हूँ।

ऊपरवाला - हाँ, ज़रूर सुनाओ।

एकलव्य - पिछले साल मैं अपने बीमार मित्र को देखने एक सुसज्जित अस्पताल में गया था। वहाँ की सुख-सुविधाएँ जैसे आरामदेह बिस्तर, टी.वी., ए.सी., फोन इत्यादि देखकर मेरे मन में विचार आया कि 'काश! मुझे भी कुछ दिनों के लिए ऐसी जगह मिलती, जहाँ पर मैं कुछ पल आराम से बिता पाऊँ... शांति से अपने पसंदीदा कार्यक्रम देख पाऊँ... मित्रों से फोन पर बातचीत कर पाऊँ... मुझसे भी सभी मिलने आएँ, वे मेरी पूछताछ करें... फूल देकर मेरा हालचाल पूछें...। यदि ऐसा हो तो इस रोज़मर्रा की भागदौड़ से कुछ दिनों के लिए ही सही राहत मिलेगी...' इत्यादि। इस तरह के विचार करके मैं नहीं जानता था कि मैंने अनजाने में खुद ही अस्वस्थ जीवन की माँग की थी। कुछ दिनों के बाद मैं यह बात भूल भी गया।

फिर एक दिन मैं बहुत बीमार पड़ा, अस्पताल पहुँचा, मुझे बहुत शारीरिक पीड़ाएँ भुगतनी पड़ीं तो मैं लगा ईश्वर को कोसने कि 'मेरे साथ ही ऐसा क्यों हुआ?'

ऊपरवाला - अनजाने में इंसान के द्वारा दिया गया आदेश अदृश्य में पूरा होता रहता है, जो वह खुद भी नहीं जानता। उसे लगता है सिर्फ विचार करने से, ऐसी कल्पना में रमने से क्या होगा! वह खुद भी नहीं समझ पाता कि उसका अंतर्मन इन बातों को अपने अंदर कितनी गहराई से लेता है। फिर किसी दिन यदि उसे पीड़ादायी बीमारी ने जकड़ लिया तो वह सोचता है कि 'मेरे साथ ही ऐसा क्यों होता है... मैं तो भला-चंगा था, अचानक मैं बीमार कैसे हुआ?' उस वक्त उसे यह बात याद भी नहीं आती कि भूतकाल में अज्ञानवश कभी उसने ही बीमारी का ऑर्डर दिया था।

एकलव्य - इसका अर्थ कोई भी नकारात्मक दृश्य देखने के बाद, फिर चाहे वह किसी का ऐक्सिडेंट, किसी की बीमारी या किसी की मृत्यु का हो, हमें बहुत सजग रहने की आवश्यकता है। है न!

ऊपरवाला - हाँ, निस्संदेह। अपने अंदर उठनेवाले नकारात्मक विचारों पर फिर चाहे वे दुःखद, निराशाजनक या असुखद हों, तुम्हें सावधान रहना चाहिए। हर वह घटना चाहे बाहरी तौर पर कितनी भी सुखद, आरामदेह और रुचिकर लगे, उनसे हमेशा खबरदार रहो क्योंकि उन्हीं के रूप में इंसान अपने जीवन में वे चीज़ें बार-बार आकर्षित करता है, जो उसके लिए आगे दुःख देनेवाली साबित होती हैं।

एकलव्य - क्या कोई और भी वजह है जिस कारण इंसान कुदरत को दुःख लाने का आदेश देता है ?

ऊपरवाला - कई बार ऐसा होता है कि एक ही विचार को इंसान अपने मन में बार-बार दोहराकर उसका रिपीट ऑर्डर देता है। जैसे तुम किसी दुकान में गए हो और दुकानदार तुम्हें कोई वस्तु दिखाता है, उस वस्तु के बारे में बार-बार जानकारी देता है इसलिए न चाहते हुए भी सिर्फ दुकानदार के दवाब के कारण वह वस्तु तुम्हें विवशतापूर्वक खरीदनी पड़ती है। जिसे सोच-सोचकर बाद में तुम्हें दुःख होता है।

एकलव्य - हाँ, मेरे साथ ऐसा ही होता है। यदि कोई विक्रेता (सेल्समैन) हमारे घर पर आता है तो न चाहते हुए भी मुझे उसकी वस्तु खरीदनी पड़ती है।

ऊपरवाला - फिर तुम दुःखी होते हो और बार-बार यही विचार मन में दोहराते रहते हो कि 'दुकानदार जो भी वस्तु दिखाता है, मुझे वह खरीदनी ही पड़ती है।' इस तरह अपने विचारों में रिपीट ऑर्डर देकर तुम खुद ही दुःख को अपने जीवन में आकर्षित करते हो। इंसान से और भी कुछ गलतियाँ होती हैं, जिस वजह से वह दुःख की पुनः माँग करता है।

एकलव्य -कौन सी?

ऊपरवाला - सुख का ऑर्डर देने में इंसान से सूक्ष्म गलती यह होती है कि सुख का ऑर्डर देते समय बीच-बीच में वह उसे स्टॉप भी कहता जाता है। यह उसे उस वक्त समझ में नहीं आता कि स्टॉप कहने से जो खुशी उसके जीवन में आ रही थी, वह रुक गई है। इंसान की इस गलती की वजह से अनजाने में उससे दुःख की

पुनः माँग हो जाती है।

एकलव्य - स्टॉप कहना यानी क्या, मुझे कुछ समझा नहीं...?

ऊपरवाला - जैसे किसी इंसान ने यह पंक्ति कही कि 'मुझे बहुत तकलीफ हो रही है... मैं बहुत तनाव में हूँ' तो इसका अर्थ है, वह अपनी तरफ आनेवाली खुशी को स्टॉप कह रहा है। स्टॉप कहकर वह खुशी को अपनी ओर आने से रोक रहा है। हालाँकि उसने शब्दों में स्टॉप नहीं कहा मगर उसने जो पंक्तियाँ दोहराईं, उसका अर्थ है स्टॉप। अर्थात कुदरत उसे सुविधा देना चाह रही है लेकिन वह कह रहा है, 'मुझे बहुत तकलीफ हो रही है।' अतः वह सुविधा उसकी ओर आने से रुक जाती है।

एकलव्य - यानी हम जो देखते हैं, वही हमें मिलता है।

ऊपरवाला - बिलकुल सही। इंसान को तकलीफ दिखाई देती है इसलिए उसे तकलीफ ही मिलती है। यदि हर घटना में इंसान को खुशी दिखाई देगी तो उसे खुशी, सेहत, दौलत या हर वह वस्तु जो वह चाहता है, मिलेगी। जो दिखाई देगा, वही मिलेगा। दुःख दिखाई देगा तो आगे भी दुःख ही मिलेगा, यही सत्य है। यदि इंसान कहे कि 'मुझे बहुत तकलीफ है' यानी उसका सत्य तकलीफ है। अर्थात जिसका जो सत्य है, उसे वही मिलता है। अपने आपसे पूछो कि 'मेरा सत्य क्या है?'

एकलव्य - वाह क्या पंक्ति है! 'मेरा सत्य क्या है?' इस सवाल को मैं घर के हर कमरे में लिखकर रखूँगा ताकि जब भी मैं सत्य से विमुख हो जाऊँ, यह पंक्ति मुझे मेरे सत्य की याद दिलाए।

ऊपरवाला - ज़रूर लिखो और देखो अगला सीन! वरना इंसान को तकलीफ ही सत्य लगती है इसलिए वह कहता है कि 'मुझे बहुत तकलीफ हो रही है।' लेकिन इस नकारात्मक पंक्ति से वह अपनी तकलीफ को कम नहीं बल्कि उसे और भी बढ़ाता रहा है। अतः उसे ऐसी पंक्ति नहीं कहनी चाहिए, चाहे उसे कितनी भी तकलीफ हो क्योंकि जिस चीज़ पर ध्यान दोगे, वही तुम पा लोगे। जिसे जितना टोकोगे वह उतनी टिकेगी।

यदि इंसान को किसी बात का दुःख है तो वह 'मुझे दुःख है', ऐसा कहकर अपने दुःख को और बढ़ाता है। दुःख पर ध्यान देकर उसे टिके रहने का संकेत देता

है।

एकलव्य - आज आपने बहुत ही सूक्ष्म समझ दी इसके लिए हृदय से धन्यवाद।

ऊपरवाला - यह तुम्हारा सत्य भी है और ऑर्डर भी है इसलिए पूरा हो रहा है। अध्यात्म में यह सूक्ष्म समझ ही छूटी हुई कड़ी (मिसिंग लिंक) है। कोई और तुम्हें देखकर कुछ कहे तो उसका तुम्हारे जीवन पर उतना असर नहीं होता, जितना तुम्हारे विचारों का, तुम्हारे भावों का होता है।

एकलव्य - यानी जिस इंसान को तकलीफ है, उसने तो नकारात्मक पंक्तियाँ कभी कहनी ही नहीं चाहिए।

ऊपरवाला - हाँ, बिलकुल ठीक कहा तुमने। यदि कोई आनंद में है तो वह यह कह सकता है कि 'बहुत तकलीफ है।' अर्थात उसके कहने का अर्थ है, 'मेरे पास इतना आनंद है कि अब उसे कैसे अभिव्यक्त करूँ, इसकी मुझे समस्या है' मगर जिन्हें वाकई तकलीफ हैं, उन्हें ऐसा कभी नहीं कहना चाहिए। जिन्हें तकलीफ है, वे कहें, 'सब कुछ बहुत अच्छा हो रहा है।' फिर बहुत जल्द ही उनके सारे ऑर्डर्स पूरे हो जाएँगे। स्टॉप कह-कहकर जितनी चीज़ें स्टॉप हो गई थीं, वे सभी चीज़ें उनके जीवन में फिर से आने लगेंगी।

एकलव्य - यानी हमें अपनी हर पंक्ति पर ध्यान रखना चाहिए कि 'मैंने यह पंक्ति कही है तो इसका अर्थ क्या है- वेलकम है या स्टॉप है ?'

ऊपरवाला - बिलकुल सही है। जो स्वाभाविक रूप से तुम्हारे पास आ रहा है, उसे स्टॉप नहीं कहना है। कुदरत तुम्हें बहुत कुछ देना चाहती है, उसे देने दो। अपनी खुशियों में खुद ही रुकावट न डालो। वरना इंसान अनजाने में अपने आपका दुश्मन बन जाता है।

एकलव्य - वह कैसे ?

ऊपरवाला - इंसान नकारात्मक बातें ही ज़्यादा देखता है। टी.वी., अखबार, सिनेमा, न्यूज़ चैनल पर वह जितने भी कार्यक्रम देखता है, उनमें वह नकारात्मक बातों को ही अपनी ओर आकर्षित करता है। उन सभी बातों की वह अपने जीवन से तुलना करता है। जैसे 'मेरा दोस्त भी ऐसा ही है... मेरी देवरानी भी ऐसी है... मेरा

भाई भी ऐसा ही है... मेरी सास भी ऐसी है, वह भी ऐसा ही करती है...' इत्यादि। ऐसा सोचते वक्त उसे यह पता नहीं होता कि वह अनजाने में नकारात्मक ऑर्डर देकर अच्छी बातों को अपनी ओर आने से रोक रहा है।

ऐसा करने की वजह से बहुत जल्द ही लोग उसके साथ वैसा व्यवहार करने लगते हैं जैसा उसने सोचा था। इस तरह उसको अपने विचारों के सबूत मिलते हैं यानी लोग उसके साथ बुरा व्यवहार करने लगते हैं तब वह अपने आपको सही मानने लगता है। उसे लगता है कि 'देखो, मैंने कहा था ना कि लोग बुरे हैं, मैं कितना सही था।'

एकलव्य – यानी यकीन करने से सबूत मिलते हैं और सबूत मिलते ही यकीन बढ़ता है।

ऊपरवाला – हाँ, ऐसा ही है। फिर अपने आपको सही मानने की इस सोच के कारण वह अपने ही पाँव पर कुल्हाड़ी मारकर, दुगनी गलती करता है। यदि वह एक गलती करता तो कम दुःख भोगता मगर दुगनी गलती करने पर दुःख से बाहर निकलने का उसे मौका ही नहीं मिलता।

यदि उसने अपनी गलती सुधारी है तो उसकी खुशी की एक नज़र भी दूसरों के लिए बहुत बड़ा काम कर सकती है वरना चारों तरफ लोग एक-दूसरे को दुःख की नज़र से देखते हैं और समस्याओं को ही बढ़ावा देते हैं। इंसान को खुशी के ऑर्डर्स देकर अपने तथा लोगों के जीवन में खुशियाँ लानी हैं। दुःख के ऑर्डर्स देकर दुःख नहीं फैलाना है।

एकलव्य – एक बात बताइए कि कोई इंसान यदि हमेशा खुश ही दिखाई दे तो उसे कोई चिंता करने की ज़रूरत नहीं है, उसका सब सही चल रहा है, ऐसा ही है न?

ऊपरवाला – नहीं, ऐसा नहीं है। यदि वर्तमान में इंसान को अपने जीवन में सिर्फ खुशियाँ ही खुशियाँ दिखाई देती हों तो भी उसे जागरुक रहना चाहिए क्योंकि अदृश्य में जो बातें चलती हैं, वे इंसान को पता भी नहीं होतीं। फिर एक दिन अचानक उनका परिणाम सामने आने पर उसे लगता है कि 'मैंने तो कुछ भी नहीं किया था, फिर भी मेरे साथ यह हादसा क्यों हुआ?' मगर वह यह नहीं जानता कि अज्ञानवश वह इतने दिन अपने अंदर नकारात्मक भावनाओं को पालता-पोसता रहा

है। यदि इंसान चुपचाप भी बैठ गया तो भी वह अपने भाव और विचारों से बहुत कुछ करता रहता है क्योंकि कुछ भी नहीं करना उसे नहीं आता। अतः कुछ करने ही जा रहे हो तो ऐसा कुछ करो, ऐसा विश्वास बीज डालो, जिससे तुमसे अनावश्यक गलतियाँ न हों और दुःख की पुनः माँग न हो।

एकलव्य – अब मैं सुख में भी सजग रहूँगा तथा दुःख की नहीं खुशी की पुनः माँग करूँगा ताकि खुशियों से मेरा जीवन आबाद हो जाए।

ऊपरवाला– और उसके लिए चाहिए 'मॉर्निंग टॉक पर वॉक।'

'आपकी बताई राह पर अवश्य चलूँगा, मॉर्निंग टॉक पर वॉक ज़रूर करूँगा', हँसते हुए यह कहकर एकलव्य अपने घर की ओर चल पड़ा, ऊपरवाले ने भी यही किया।

26

इस्लाम धर्म का असली अर्थ

सुबह-सुबह एकलव्य के बिस्तर छोड़ते ही फोन की घंटी घनघना उठी। इतनी सुबह कौन हो सकता है, यह सोचकर एकलव्य ने फोन उठाया। फोन करनेवाले ने अपना नाम इकबाल बताया। उसने एकलव्य से मिलने की इच्छा प्रकट की। एकलव्य ने उसे शाम सात बजे अपने घर के पास स्थित प्रसिद्ध 'गणेश मंदिर' में आने के लिए कहा। फोन रखकर एकलव्य ने सोचा, 'हो न हो यह ऊपरवाले का ही इकबाल है।' उसे याद हो आया कि ऊपरवाले ने एक बार इस नाम का ज़िक्र किया था। एकलव्य को खुद पर आश्चर्य हुआ कि बिना पूछताछ किए उसने इकबाल को मंदिर में आने का न्योता कैसे दिया!

आज शुक्रवार होने के कारण एकलव्य अकेले ही मॉर्निंग वॉक पर गया। मन ही मन वह शाम की मुलाकात के बारे में सोचने लगा। उसके मन में रह-रहकर यह सवाल उठ रहा था कि इकबाल मुझसे क्यों मिलना चाहता है?

शाम को ठीक सात बजे एकलव्य गणेश मंदिर पहुँचा। वह इकबाल के इंतज़ार में मंदिर के द्वार पर ही खड़ा रहा। चूँकि एकलव्य ने इकबाल को कभी देखा नहीं था, अतः वह कुछ ज़्यादा सतर्क होकर खड़ा था। तभी सामने से एक धीर-गंभीर नवयुवक सीधे उसके पास आया और उसने एकलव्य से पूछा-

इकबाल - क्या आप एकलव्य हैं?

एकलव्य- (अपना हाथ आगे बढ़ाते हुए) हाँ, मैं एकलव्य।

इकबाल ने एकलव्य से हाथ मिलाते हुए कहा-

इकबाल - आपसे मिलकर खुशी हुई।

दुःख में खुश क्यों और कैसे रहें 217

एकलव्य – मुझे भी। चलो मंदिर के चबूतरे पर बैठकर बातें करेंगे।

दोनों चबूतरे के एक कोने में बैठते हैं।

इकबाल – मैं 'श्री संदेशाकाशजी' का शिष्य हूँ, जो आपकी ही बिल्डिंग में रहते हैं।

एकलव्य मुस्कराकर रह गया। इस बार ऊपरवाले का यह नया नाम सुनकर उसे कोई आश्चर्य नहीं हुआ। उसने इकबाल से पूछा-

एकलव्य – आप किस कारण मुझसे मिलना चाहते हैं?

इकबाल – दरअसल 'श्री संदेशाकाशजी' से मुझे मालूम हुआ कि आप भी उनसे ज्ञान ग्रहण कर रहे हैं। सो मैंने सोचा क्यों न आपसे मिलकर सुनी हुई अमूल्य बातों का आदान-प्रदान किया जाए!

एकलव्य – बहुत अच्छा किया, मैं खुद आपसे मिलना चाहता था। अच्छा, एक बात बताइए कि 'श्री संदेशाकाशजी' से ज्ञान प्राप्त करते हुए आपके जीवन में क्या परिवर्तन हुए हैं?

इकबाल – 'श्री संदेशाकाशजी' ने ही मुझे इस्लाम धर्म का असली अर्थ बताया है। अब कहीं जाकर मैं सच्चे अर्थों में हृदय पर रहकर नमाज़ पढ़ने लगा हूँ और समर्पण साधना का रोज़ अभ्यास करने लगा हूँ। वे मेरे लिए मोहम्मद पैगंबर से कम नहीं।

एकलव्य – (उत्सुकता दिखाते हुए) उन्होंने आपको इस्लाम धर्म का क्या अर्थ बतलाया?

इकबाल – उन्होंने बतलाया कि इस्लाम शब्द का अर्थ है, 'ईश्वर की इच्छा के आगे समर्पण'(Submission to the will of God.)। जो भी इंसान (विद्यार्थी) सही समर्पण (सब्मिशन) करता है, उसे पूरे मार्क्स मिलते हैं यानी ईश्वर, अल्लाह जो भी कहें, मिलता है।

एकलव्य – वैसे ही जैसे हिंदू कहता है तेरा तुझको अर्पण, समर्पण।

इकबाल – बिलकुल, चाहे शब्द अलग हों लेकिन भाव हर धर्म के यही हैं। जिसका भी पूर्ण समर्पण हुआ है, वह इस्लाम धर्म का है, वह मुसलमान है।

मुसलमान का अर्थ ही है, जो एक में ईमान या विश्वास रखता है। एक में ईमान वह मुसलमान।

एकलव्य – अरे वाह, 'श्री संदेशाकाशजी' ने इस्लाम का कितना व्यापक अर्थ बताया है!

इकबाल – इसका अर्थ मुसलमान यह शब्द नहीं दिया तो वह इंसान समर्पण नहीं कर रहा है, ऐसा नहीं है। जैसे एक इंसान पानी पी रहा हो और कोई उससे पूछे, क्या आप पानी पी रहे हो?' और वह कहे, 'नहीं, मैं जल पी रहा हूँ लेकिन मुझे वॉटर से नफरत है (I hate water)' तो आप उसे क्या कहेंगे? वैसे ही कोई पूछे, 'तुम मुसलमान हो क्या?' और वह कहे, 'बिलकुल नहीं' तो इसका अर्थ है, वह ईश्वर के सामने समर्पित नहीं है।

एकलव्य – आज तो इस्लाम का एक नया ही अर्थ पता चला। हर वह इंसान जो ईश्वर के प्रति समर्पित है, मुसलमान है, ना कि विशेष वेशभूषा धारण करनेवाला व्यक्ति।

इकबाल – हाँ। शब्द चाहे अरबी हो या संस्कृत में हो अर्थ वही है। हिंदू मुसलमान है, मुसलमान क्रिश्चियन है, क्रिश्चियन अगर सीख रहा है तो वह सिख है, सिख अगर सीखकर मन पर विजय प्राप्त कर रहा है तो वह जैन है। जैन ध्यान का ध्यान कर रहा है तो वह बौद्ध है। बौद्ध अनुभव (वेद) को महत्त्व दे रहा है तो वह हिंदू है।

एकलव्य – वाह, आपने तो सभी धर्मों को एक धागे में जोड़ दिया।

इकबाल – मुसलमान 'इंशा अल्लाह' कह रहा है, क्रिश्चियन 'तुम्हारी इच्छा पूर्ण हो' (Thy will be done) कह रहा है, कोई 'प्रभु इच्छा' तो कोई 'जो हुक्म मालिक का' कहता है, इसका अर्थ सभी तो वही कह रहे हैं, सिर्फ वॉटर की जगह पर जल कहा तो क्या पानी का धर्म अलग हो गया?

एकलव्य – बिलकुल नहीं। धर्म तो इंसान का सच्चा स्वभाव है।

इकबाल – यदि कोई कहे, 'मैं वॉटर नहीं पीता' तो ठीक था मगर कहे, 'मैं केवल जल पीता हूँ और वॉटर से नफरत करता हूँ' तो हद हो गई। इंसान को चाहिए कि थोड़ा सोचे, रुके, वह क्या कह रहा है, उस पर मनन तो करे। मनन करने के

लिए ही रमज़ान का महीना आता है और ईद मनाने की पात्रता तैयार होती है।

एकलव्य – बेमिसाल, लाजवाब!

इकबाल – लोग दिन में पाँच बार नमाज़ पढ़ते हैं। दिन में पाँच बार 'लाय इल्लाह– इल्लाह' दोहराते हैं। इसका अर्थ यह है कि ईश्वर के अलावा कोई ईश्वर नहीं है। एक ही ईश्वर है वही कर्ता है, तुम कर्ता नहीं हो।

इकबाल लय में बोलता चला गया, 'इस्लाम धर्म में नमाज़ पढ़ने को जीवन का अंग बना दिया गया है। जीवन से उसे अलग नहीं किया जा सकता। बचपन से मैं नमाज़ पढ़ता आ रहा हूँ। अतः बड़े होकर नमाज़ पढ़ना मेरे लिए यंत्रवत हो गया। मैं रटे-रटाए शब्दों को ही दोहराता रहता था। लेकिन वे शब्द बोलते वक्त उनका अर्थ क्या है? मैं क्या बोल रहा हूँ? नमाज़ पढ़ते वक्त हकीकत में क्या चल रहा है, यह मैं नहीं जानता था। अब मुझे समझ में आया है कि हकीकत में नमाज़ पढ़ते वक्त अल्लाह, ईश्वर, चैतन्य की ही सराहना होती है कि चेतना महान है, वही कर्ता है, उसने ही संसार बनाया है। यह सब अनुभव करके अब मैं रोज़ नमाज़ पढ़ता हूँ और नमाज़ का महत्त्व बखूबी जान गया हूँ।'

एकलव्य – यानी इस्लाम धर्म क्या है, यह 'श्री संदेशाकाशजी' ने आपको अनुभव करवाया!

इकबाल – (मुस्कराते हुए) जी हाँ। अब तुम भी तो मुझे अपनी गीता सुनाओ।

अब एकलव्य ने अपने जीवन में हुए परिवर्तनों से इकबाल को वाकिफ कराया। 'खुशी से खुशी की खोज' के बारे में विस्तार से बताया जिसे सुनकर इकबाल ने यह महसूस किया कि एकलव्य से मिलकर उसने कोई गलती नहीं की।

एकलव्य ने इकबाल से दोबारा मिलने का आग्रह करके विदा ली तो दूसरी तरफ इकबाल ने ऊपरवाले से तुरंत मिलने की ठान ली।

27

खुशी का कोई रास्ता नहीं

आज एकलव्य को इकबाल की मुलाकात के बारे में ऊपरवाले को बताने की बड़ी उत्सुकता थी। इस्लाम धर्म का नया अर्थ सुनकर वह चकित भी था और आनंदित भी। इन्हीं विचारों के साथ वह सीढ़ियाँ उतरने लगा। तभी ऊपरवाला भी नीचे पहुँचा। दोनों ने मुस्कराकर एक दूसरे का अभिवादन किया और चल पड़े।

एकलव्य - (हँसते हुए) कल मैं 'श्री संदेशाकाशजी' की सिखावनियाँ सुनकर आ रहा हूँ। आज मुझे पक्का यकीन हो गया है कि-

ऊपरवाला, नचिकेता, रॉबर्ट कहो, चाहे कहो, संदेशाकाश

तत्त्व तो सबमें एक है, हो गया है विश्वास।

ऊपरवाला - (हँसते हुए) चलो अच्छा है...। अब हम अपने आज के विषय पर आते हैं। क्या तुम तैयार हो?

एकलव्य - हाँ, आज दुःख मुक्ति का अगला उपाय जानना है।

ऊपरवाला - हर इंसान असली खुशी की तलाश में भटक रहा है। वह धन-दौलत, मान-सम्मान, पद-प्रतिष्ठा, नाम-शोहरत, सुख-सुविधा, घटिया मनोरंजन में ही असली खुशी ढूँढ़ रहा है।

एकलव्य - तो क्या इन सब बातों से असली खुशी नहीं मिल सकती है?

ऊपरवाला- नहीं, ये रास्ते असली खुशी पाने के नहीं हैं बल्कि खुशी खुद ही असली खुशी पाने का रास्ता है। दुःख में खुश होने का आठवाँ उपाय यही संदेश देता है। अतः प्रतिदिन बीच-बीच में खुद को ये पंक्तियाँ याद दिलाओ कि **'खुशी पाने का कोई रास्ता नहीं है, खुशी खुद रास्ता है** (There is no way to happiness,

happiness is the only way). '**खुशी पाने की कोई दवा नहीं है क्योंकि खुशी खुद दवा है**' (There is no medicine to happiness because happiness is the only medicine).

एकलव्य - दिनभर यदि ये पंक्तियाँ मैं अपने आपको याद दिलाऊँ तो मैं सहजता से खुश रह पाऊँगा। है न!

ऊपरवाला- हाँ, निरंतरता से इन पंक्तियों को याद रखने और बीच-बीच में दोहराने से तुम अपने अनुभव से कहोगे कि 'अरे, असली खुशी पाने की यही तो दवा है, मुझे सदा खुश रहना ही चाहिए।' एकलव्य, इस बात को समझो कि खुशी ही खुशी को पाने का सबसे बेहतर और अमूल्य इलाज है, साथ ही यह इंसान को कुदरत द्वारा मिली हुई सौगात भी है। अब तुम्हें दुःख में खुश क्यों रहें का जवाब गहराई से समझ में आया होगा।

एकलव्य - हाँ, यदि खुशी ही खुशी पाने का रास्ता है तो अब मुझे दुःख में खुश होना ही पड़ेगा। किंतु-परंतु की कोई गुंजाइश ही नहीं है।

ऊपरवाला- (हँसते हुए) अब आया न ऊँट पहाड़ के नीचे! खुशी तो सदा से इंसान के अंदर है ही। उसे पाने के लिए किसी थिएटर में या किसी बगीचे में जाने की आवश्यकता नहीं है। नौकरी में प्रमोशन होने का इंतज़ार करने की या किसी की शादी होने का इंतज़ार करने की आवश्यकता नहीं है बल्कि अपने आपको सिर्फ यह याद दिलाने की आवश्यकता है कि 'खुशी पाने का कोई रास्ता नहीं है, खुशी खुद रास्ता है।' इंसान के अंदर खुशी होने के बावजूद भी वह उसे नहीं मिल रही है, क्योंकि वह खुश रहना भूल गया है, उसने अपनी मान्यताओं को सच मान लिया है।

एकलव्य - असली खुशी और मान्यताओं की आँख-मिचौली किस तरह चलती है, क्या इसे समझाएँगे?

ऊपरवाला - जब तुम रात को गहरी नींद में होते हो तब तुम स्वअनुभव में यानी असली खुशी में होते हो। मगर जैसे ही सुबह तुम्हारी आँख खुलती है तो तुम उस स्वअनुभव से बाहर आ जाते हो और असली खुशी को भूल जाते हो। सुबह आँख खुलते ही विचारों के डाकू तुम्हारे अंदर घुस आते हैं और तुम्हारी खूबसूरत सुबह को नकारात्मक विचारों में परिवर्तित कर देते हैं। तुम जानते हो कि मेले में डाकू घुस आने पर क्या होता है? ऐसा दृश्य तुमने फिल्मों में देखा होगा कि किस

तरह डाकू मेले में घुसकर सब कुछ तहस-नहस करके चले जाते हैं।

एकलव्य - कभी-कभी मेरे साथ भी बिलकुल ऐसा ही होता है। सुबह उठते ही नकारात्मक विचारों के डाकू मेरे अंदर घुस आते हैं और सब तहस-नहस करके चले जाते हैं। जैसे... जैसे...

ऊपरवाला - जैसे आज का दिन तो कुछ खास नहीं है... बोर लग रहा है... फलाँ-फलाँ इंसान ने मेरा यह काम नहीं किया... मुझे ही सब कुछ करना पड़ता है... यह रोज़-रोज़ की झंझट पता नहीं कब खत्म होगी... सिर में दर्द हो रहा है... कब मुझे इन सबसे छुटकारा मिलेगा... ऑफिस, कॉलेज अथवा घर में इतना काम है और मेहमानों को भी आज ही आना था... इत्यादि। इन सारे विचारों से तुम्हारी खुशी ध्वस्त हो जाती है। फिर इन विचारों से दिनभर जो तोड़-फोड़ हुई होती है, उसकी दुरुस्ती करने में तुम लग जाते हो और पूरा समय उसी में गँवा देते हो।

एकलव्य - (स्वयं पर हँसते हुए) ऐसी अवस्था में असली खुशी, असली आनंद हमें कैसे और कब याद आएगा?

ऊपरवाला- इसलिए दिन में बीच-बीच में हृदय से खुश हो जाओ, अपने मूल स्वभाव को याद करो। खुशी पाने के लिए किसी कारण की आवश्यकता नहीं होती। बस! खुश हो जाओ। इसके लिए तुम आँखें बंद करके एक प्रयोग करके देखो।

एकलव्य - क्या अभी हम वह प्रयोग कर सकते हैं?

ऊपरवाला - (एक घने बरगद के वृक्ष की ओर इशारा करते हुए) ठीक है, आओ इस पेड़ के नीचे बैठते हैं।

पेड़ के नीचे आमने-सामने बैठकर-

ऊपरवाला - एक मिनट के लिए अपनी आँखें बंद कर अपने जीवन के कुछ ऐसे क्षण देखो, जहाँ तुम बहुत खुश थे। (कुछ क्षण उपरांत)

- अब वह दृश्य सामने लाकर, उस समय उठे हुए भावों का स्मरण करो।

- फिर उस मूल्यवान खुशी के क्षण को सभी इंद्रियों द्वारा महसूस करो।

- अब अपनी आँखें खोलो। मुझे बताओ कि तुम जिस वक्त खुश हुए थे, क्या उसके पीछे कोई कारण था? क्या उस समय कोई घटना घटी थी, जिस वजह

से तुम खुश थे?

एकलव्य – (कुछ सोचकर) हाँ, खुशी के जिन क्षणों को मैं याद कर रहा था, उन सभी के पीछे कुछ न कुछ कारण अवश्य था।

ऊपरवाला – अब इनमें से कारणों को निकाल दो तो तुमने पायी असली खुशी।

एकलव्य – अकारण खुशी।

ऊपरवाला – हाँ, तुम्हें जिस भी कारण से आनंद आया था – जैसे लॉटरी लगी थी... प्रमोशन मिला था... कोई करीबी दोस्त मिला था... पहाड़ों पर घूमने गए थे... वह कारण हटा दो। जो खुशी तुम महसूस कर रहे थे, वही खुशी अगर बिना कारण तुम्हें मिल जाए तो कैसा होगा? वही खुशी जब चाहो बिना कारण प्राप्त कर पाओ तो तुम्हारा जीवन कैसा होगा?

एकलव्य – (आनंद से) सीधा, सरल व शक्तिशाली। अब मुझे समझ में आया कि खुशी पाने का कोई रास्ता नहीं है, कोई कारण नहीं है बल्कि खुशी खुद रास्ता बन सकती है।

ऊपरवाला– हाँ, जो खुशी कारणों पर निर्भर होती है, वह स्थायी खुशी नहीं होती है। यदि कोई ऐसा सोचे कि 'फलाँ-फलाँ रिश्तेदार सुधर जाए तो हम खुश होंगे... कंपनी में काम करनेवाले कर्मचारी ठीक से काम करें तो हम खुश होंगे... सरकारी नेता और कर्मचारी ईमानदार हो जाएँ तो हम खुश होंगे...' अर्थात उसकी खुशी दूसरों पर निर्भर है और भविष्य की कोख में है। हालाँकि खुश होने के लिए इतना इंतज़ार करने की आवश्यकता नहीं है। तुम अभी खुश हो सकते हो। दूसरों पर निर्भर रहकर मिलनेवाली खुशी तो अस्थायी और खतरनाक होती है।

एकलव्य – (चकित होकर) खतरनाक खुशी! वह कैसे?

ऊपरवाला – इसे ऐसे समझो, जैसे एक इंसान ने कहा, 'मेरे मित्रों ने व्यायाम करना शुरू किया है इसलिए मैं भी अब नियमित रूप से व्यायाम करता हूँ।' अब यह अच्छी बात है कि उस इंसान ने नियमित व्यायाम करना शुरू किया है मगर वह नहीं जानता कि वह खतरे में है क्योंकि उसका व्यायाम करना मित्रों पर निर्भर है। भविष्य में यदि उसके मित्र व्यायाम करना छोड़ देंगे तो संभावना है कि वह इंसान भी

व्यायाम करना बंद कर दे।

एकलव्य – मुझे महसूस होता है कि मेरी खुशी कई बार घर के सदस्यों की खुशी पर निर्भर होती है तो क्या यह भी खतरनाक है?

ऊपरवाला – हाँ, बेशक। यदि तुम सोचोगे कि 'मेरे घर के सभी सदस्य खुश रहेंगे तो ही मैं खुश रहूँगा' तो फिर तुम खुशी पाने का केवल इंतज़ार ही करते रह जाओगे क्योंकि लोग तुम्हारे हिसाब से खुश नहीं होंगे। जब तक स्थायी खुशी नहीं मिलती तब तक हर एक की खुशी की परिभाषा अलग-अलग होती है। किसी को भीड़ में रहकर खुशी महसूस होती है, किसी को शांति में। किसी को स्वादिष्ट भोजन करने से खुशी मिलती है, किसी को भोजन बनाने से। हर एक अपनी खुशी की तलाश अलग-अलग जगह पर कर रहा है।

इंसान परिवार के सदस्यों को खुश करने के लिए क्या-क्या नहीं करता! वह उन्हें सारी सुख-सुविधाएँ बहाल करता है फिर भी वे खुश नहीं होते क्योंकि इंसान खुद भी नहीं जानता कि परिवार के सदस्य किस तरह खुश होंगे। इस तरह वह ज़िंदगीभर लोगों को खुश करने में ही लगा रहता है और उनके खुश न होने पर स्वयं दुःखी होता है।

एकलव्य – तो फिर हम समाज में कैसे जी पाएँगे?

ऊपरवाला – अभी बात पूरी कहाँ हुई है, ज़रा सुनो तो। घरवालों को खुश करने से पहले स्वयं तुम खुश हो जाओ। यही सबसे मज़ेदार बात है कि यदि तुम खुश हो गए तो परिवार के सदस्यों की खुश होने की संभावना खुलेगी। यह बात इतनी सरल है कि लोग इसे जल्द ही भूल जाते हैं। उसकी सरलता ही उसकी कठिनाई है, उलझन है। खुश रहने का सूत्र इतना सरल है कि इससे कुछ होगा, ऐसा लगता ही नहीं। खुशी प्राप्त करने के लिए अपना होना ही काफी है। आनंद प्राप्त करने के लिए तुम हो, यही काफी है।

एकलव्य – (ऊपरवाले के प्रति सद्भावना से भरकर) आज तक मुझे ऐसा कोई इंसान नहीं मिला है, जो यह कहता है कि 'मैं हूँ इसलिए खुश हूँ, मेरा होना ही काफी है, मैं ज़िंदा हूँ इतना ही काफी है।'

ऊपरवाला – मरते वक्त जब किसी की साँस अटकती है तब उसे पता चलता

है कि वह जी रहा था, उसकी साँस चल रही थी वरना इंसान को पता ही नहीं होता है कि वह ज़िंदा है। इंसान ज़िंदा है, यह खुशी का कितना बड़ा कारण है मगर उसकी मान्यताएँ उसे खुश नहीं होने देतीं। मान्यताएँ कहती हैं, 'इसमें कौन सी बड़ी बात है? सभी तो ज़िंदा हैं।' मगर जिंदा होना क्या चीज़ है? ऐसी क्या बात है, जिसकी वजह से हमें यह शरीर चलते-फिरते दिखता है? ऐसी क्या बात है जिसकी वजह से यह शरीर बोलता, सोचता, हँसता, रोता, गाता है? बुलबुल गीत गाती है तो ऐसी कौन सी चीज़ उसके अंदर है? उसके अंदर ऐसा क्या हुआ है? क्या वह आपके साथ नहीं हुआ है?

एकलव्य - उसके अंदर जो चैतन्य है, वह हमारे अंदर भी है मगर...!

ऊपरवाला - अपने आप से यह सवाल पूछो कि ऐसे कौन से नकारात्मक विचार तुम्हारे अंदर काम कर रहे हैं, जो तुम्हें गीत गाने से रोक रहे हैं? कुछ तो ऐसा हुआ है, जिस कारण तुम खुश नहीं रह पाते।

ऐसे सवालों से ही अंतिम सत्य की खोज शुरू होती है। इसलिए जब दुःख आए तो उससे डरो नहीं बल्कि खोज शुरू करो। खोज करने के बाद तुम कहोगे, 'अरे! कितना अच्छा हुआ, इस दुःख की वजह से तो मैं आगे बढ़ा, अपने आपको जान पाया, आत्मविकास कर पाया।'

एकलव्य - अब मैं निराशा और दुःख को बुरा न मानते हुए, उसे अंतिम सत्य जानने के लिए सीढ़ी बनाऊँगा और अपने आपको यह बात बार-बार याद दिलाऊँगा कि 'खुशी खुद रास्ता है, खुशी पाने का कोई रास्ता नहीं है।'

ऊपरवाला - (हाथ ऊपर करते हुए) तथास्तु।

एकलव्य ऊपरवाले के 'तथास्तु' में आनंदविभोर होकर एवं ऊपरवाला एकलव्य के आनंद को देखकर हँसते हुए अपने-अपने घर की ओर चल पड़े। एकलव्य को उस वक्त पता नहीं था कि आशीर्वाद पाकर ऑफिस में आज क्या चमत्कार होनेवाला है।

28

खुशंग संग

आज सुबह एकलव्य नए विचारों के साथ नींद से जागा। कल की यह पंक्ति 'मैं हूँ इसलिए खुश हूँ, खुश होने के लिए मेरा होना ही काफी है' उसके ज़हन में बार-बार गूँज रही थी। उसे आज १०८ दिनों में दुःख मुक्ति के संकल्प की भी याद हो आई। एकलव्य को यह महसूस हुआ कि इस संकल्प को पूर्ण करके ही वह ऊपरवाले के ऋण से मुक्त हो सकेगा। संकल्प पूर्ति के प्रण ने उसकी चेतना में मानो नए प्राण फूँक दिए। वह उत्साहपूर्वक घर से बाहर निकल पड़ा। बिल्डिंग के गेट पर ही उसे ऊपरवाला दिखाई दिया। दोनों ने हँसकर एक दूसरे का अभिवादन किया। एकलव्य की प्रसन्न मुद्रा देखकर ऊपरवाले ने पूछा-

ऊपरवाला - क्या बात है, आज कुछ ज़्यादा ही ऊर्जावान दिखाई दे रहे हो?

एकलव्य - आज सुबह से मुझे ये विचार आ रहे हैं कि अब १०८ दिनों में दुःख मुक्त होना ही है। यह विचार ही मुझे उर्जा प्रदान कर रहा है। कल ऑफिस में एक घटना हुई, उस वजह से भी मैं खुश हूँ। आपकी बताई हुई राह पर चलने से कैसे आस-पास के लोग बदल जाते हैं, इसका मैंने अनुभव किया। वह मैं आपको बताना चाहता हूँ।

ऊपरवाला - हाँ, ज़रूर बताओ।

एकलव्य - मेरे सहकर्मी अश्विन पर मिस्टर द्रोणनाथन की विशेष मेहरबानी हुआ करती थी। अश्विन एक ऊँचा पूरा रोबीले व्यक्तित्व का मालिक था। मिस्टर द्रोणनाथन को अपनी लड़की एकता के लिए उपयुक्त वर की तलाश थी। अश्विन में उन्हें वे सारी बातें नज़र आती थीं, जो उनके दामाद में होनी चाहिए। उन्होंने अश्विन के लिए काफी कुछ किया था मगर एक दिन उन्हें गहरा सदमा लगा जब अश्विन

इतनी मोटी तनख्वाह की नौकरी छोड़कर किसी और जगह चला गया। उसे एक बार भी मिस्टर द्रोणनाथन का खयाल नहीं आया। इस घटना के बाद उन्हें मेरी कार्यनिष्ठा का एहसास होने लगा। काम के प्रति मेरी लगन व ईमानदारी का गुण उन्हें प्रभावित करने लगा। जो लड़का उन्हें फूटी आँख नहीं सुहाता था अब वही एकता के लिए 'उपयुक्त पात्र' बन चुका है। उन्हें एहसास हुआ है कि रूपरंग ही नहीं, दामाद में गुण भी होने चाहिए।

ऊपरवाला – (हँसते हुए) देखो, तुम्हें तो लगता था कि द्रोणनाथन द्वारा मेरा अंगूठा काटा जा रहा है लेकिन हुआ ठीक उलटा। अंगूठा तो नहीं कटा बल्कि तुम्हें सगाई की अंगूठी मिल रही है, क्या मैं सही कह रहा हूँ?

एकलव्य – हाँ, यही होने जा रहा है।

ऊपरवाला – (मज़ा लेते हुए) अंगूठा बचा और लाखों पाए, लौट के एकलव्य एकता लाए।

एकलव्य – (शर्माते हुए) हाँ, सही है। आपके द्वारा मिली समझ का ही यह कमाल है। (बात का रुख बदलते हुए) वैसे, आज आप दुःख मुक्ति का अगला उपाय बतानेवाले हैं न!

ऊपरवाला – 'खुशंग करना।'

एकलव्य – खुशंग! क्या मतलब?

ऊपरवाला – खुशंग का अर्थ है खुश लोगों के साथ रहना। दुःख में खुश रहने का यह नौवाँ उपाय है। कुसंग के ठीक विपरीत शब्द है खुशंग। कुसंग से मिलती है कच्ची खुशी और खुशंग से मिलती है सच्ची खुशी। खुशंग करना यानी खुश लोगों के साथ रहना तथा दूसरों के गुण देखना।

एकलव्य – इस वाक्य में मुझे बहुत गहराई महसूस हो रही है लेकिन मैं तो बुरे लोगों का संग नहीं करता।

ऊपरवाला – सिर्फ बुरे इंसान के साथ रहना ही कुसंग नहीं है बल्कि दूसरों में अवगुण देखना भी कुसंग करना है। अच्छे लोगों के साथ रहते हुए भी यदि तुम उनके अवगुण देख रहे हो जैसे 'यह इंसान ऐसा व्यवहार कर रहा है, वैसा कर रहा है, उसे यह नहीं आता, उसे वह नहीं आता, उसे इतना भी नहीं समझता' तब तुम

कुसंग ही कर रहे हो। अतः सदा खुश रहने के लिए सरल उपाय अपनाओ, कुसंग में नहीं, खुशंग में रहो।

हर इंसान के लिए ही यह ज़रूरी है। किसी फल, फूल, पक्षी या जानवर को इसकी कोई ज़रूरत नहीं है।

एकलव्य - (कुछ सोचते हुए) हाँ सो तो सही है। इसे ज़रा विस्तार से समझाएँगे?

ऊपरवाला - अगर करेले के पौधे के साथ आम के पेड़ को लगाया जाए तो आम कभी करेला नहीं बनता मगर एक अच्छा इंसान बुरे इंसान के साथ रहे तो पूरी संभावना है कि संगतिवश वह भी बुरा बन जाए। बंदर शेर के साथ रहे और शेर बन जाए, ऐसा कभी नहीं होता। बंदर, बंदर ही रहेगा; करेला, करेला ही रहेगा और आम, आम ही रहेगा लेकिन आम इंसान खास इंसान के साथ रहकर आम नहीं रहेगा।

एकलव्य - हाँ, १०८ दिनों में वह बदल जाएगा।

ऊपरवाला - (हँसते हुए) हाँ, १०८ दिनों में आम इंसान पक जाएगा।

एकलव्य - क्या आप मुझे पका रहे हैं?

ऊपरवाला - नहीं, मैं तुम्हें पक्का कर रहा हूँ ताकि तुम्हारा संकल्प ना टूटे।

एकलव्य - (खिलखिलाते हुए) धन्यवाद! धन्यवाद दो बातों के लिए। एक संकल्प पक्का करवाने के लिए और दूसरा हँसते-खेलते उच्चतम ज्ञान देने के लिए। मैं सोच भी नहीं सकता कि इस तरह आम बातचीत से इतनी खास बातें ग्रहण की जा सकती हैं।

ऊपरवाला - इंसान को ही यह आज़ादी दी गई है कि वह जिसके साथ रहेगा, वैसा बन सकता है। द्रोणनाथन के साथ खुश रहोगे तो एकता मिलेगी इसलिए अब अपनी आज़ादी का उपयोग करते हुए कहाँ जाऊँ, किसका संग करूँ, इसकी सजगता तुम्हें रखनी चाहिए।

एकलव्य ने मुस्कराते हुए मन ही मन तय किया कि मुझे हमेशा ऊपरवाले के साथ ही रहना चाहिए ताकि मैं भी एक दिन उसके जैसा बन जाऊँ।

दुःख में खुश क्यों और कैसे रहें

एकलव्य – दूसरों के गुणों को देखना खुशंग करना है यानी हमें गुणगान रहस्य सीखना चाहिए, है न?

ऊपरवाला – हाँ ऐसा ही है। पुराने ज़माने से गुणगान की प्रथा बनाई गई है। ईश्वर के सामने बैठकर ईश्वर का गुणगान करना, भजन गाना अच्छा माना जाता है। ईश्वर के गुणों की सराहना करने की प्रथा बनाने के पीछे यह रहस्य है कि इंसान, इंसान के गुण नहीं देख सकता तो कम-से-कम ईश्वर के गुण तो देखे। कहीं से तो शुरुआत हो जाए, चाहे पत्थर की मूरत ही सही। कुछ लोग ऐसे होते हैं, जो किसी की तारीफ कर ही नहीं पाते। उनके मुख से तारीफ करने के लिए शब्द ही नहीं निकलते इसलिए पत्थर की मूर्ति बनाई गई ताकि उसके जरिए लोग अच्छे गुणों की तारीफ करना सीखें। जिन चीज़ों को सराहोगे उन्हें खुद में पाओगे।

एकलव्य – कुछ ऐसे लोग भी होते हैं जो न तो दूसरों के गुणों की प्रशंसा कर पाते हैं, न ही उनके सामने अपने अवगुणों व गलतियों को कबूल कर पाते हैं।

ऊपरवाला – इसीलिए तो पत्थर की मूर्ति बनाई गई। मूर्ति के सामने सराहना करना, अपनी गलतियों को स्वीकार करना इंसान को सहज लगता है। ज़िंदा मूर्ति के आगे अपनी गलतियाँ कबूल करना इंसान को खतरनाक लगता है। पत्थर की मूर्ति उसे सुरक्षित लगती है।

वास्तव में पत्थर की मूर्तियाँ बनानेवाले लोग बहुत रचनात्मक और समझदार थे। उन्हें पता था कि लोग दूसरों में गुण कम और दोष ज़्यादा देखते हैं। लोग जल्दी कुसंग कर लेते हैं इसलिए उन्होंने ऐसे रचनात्मक तरीके ढूँढ़ निकाले ताकि लोगों को खुशंग करने का स्वाद मिले।

एकलव्य – दुःख के मूलभूत कारण में आपने मुझे हाथ की उँगलियों के उदाहरण से पाँच तरह के लोग बताए थे। कृपया यह बताइए कि किसने किसका संग करना चाहिए?

ऊपरवाला – हाँ, यह जानकारी हर एक को होनी चाहिए। इसके बारे में ध्यान से सुनो।

हाथ की सबसे छोटी उँगली यानी कनिष्ठा, जो कर्मचारी का प्रतीक है, उसे अपनी बाजूवाली उँगली अनामिका का थोड़ा संग करना चाहिए। इसका अर्थ यह

है कि छोटी उँगली, अनामिका की केवल अंगूठी पहने। यदि गृहिणियाँ, कर्मचारी, सेवक अपने काम में रचनात्मकता (क्रिएटिविटी) लाएँ तो उनका काम पूजा बन जाएगा और उन्हें अपने काम में आनंद भी आएगा।

एकलव्य - यह तो बड़े पते की बात कही।

ऊपरवाला - चंचल उँगली यानी अनामिका को तर्जनी का संग करना चाहिए। अर्थात जिनका मन चंचल है, उन्हें सीधे, सहज, सरल लोगों के साथ यानी तर्जनी के साथ रहना चाहिए।

एकलव्य - हं...।

ऊपरवाला - अंगूठे को मध्यमा का संग करना चाहिए। अंगूठा शक्ति का प्रतीक है और मध्यमा महानता का प्रतीक है। महानता के अभाव में शक्ति दूषित हो जाती है। शक्ति के अहंकार में इंसान भ्रष्ट न हो जाए इसलिए उसे बीच की उँगली यानी मध्यमा का संग करना चाहिए।

एकलव्य - वाकई...।

ऊपरवाला - तर्जनी को अंगूठे का संग करना चाहिए। तर्जनी यानी सीधे, सहज, सरल लोग। इन्हें अंगूठे से थोड़ी शक्ति प्राप्त करनी चाहिए। थोड़ी सी शक्ति मिल जाए तो इनका जीवन सीधा, सहज, सरल और शक्तिशाली बन जाएगा। फिर ये लोग बड़ी ज़िम्मेदारी लेकर महानता को उपलब्ध हो सकते हैं।

मध्यमा को चाहिए कि सभी उँगलियों का संग करके ऐसा ग्रुप (संघ) बनाए, जिसमें सारे गुण विद्यमान हों। विश्व को ऐसे संघ की नितांत आवश्यकता है। ग्रुप गुरु रूप होता है, जिससे बहुत से लोगों का कल्याण हो सकता है।

एकलव्य - आपने कहा है कि रचनात्मकता तब खुलती है जब हम ऐसे लोगों के साथ रहते हैं, जो रचनात्मक हैं, जो खुश हैं यानी मेरा काम तो बन गया क्योंकि मैं आपके संग रोज़ श्रवण करता हूँ।

ऊपरवाला - यह बात सही है इसलिए अब विचारों के सूक्ष्म कुसंग से भी बचो।

एकलव्य - क्या विचारों में भी कुसंग या खुशंग होता है?

ऊपरवाला – हाँ, यदि तुम्हारे मन में किसी इंसान के लिए द्वेष, घृणा या नफरत के विचार हैं तो तुमने कुसंग किया है और यदि तुम्हारे मन में प्रेम करुणा या धन्यवाद के भाव हैं तो तुमने खुशंग किया है। तुम्हारे अंदर के विचार तुम्हें दुःख या खुशी प्रदान करते हैं। अब यह तुम पर निर्भर है कि तुम्हें कुसंग करना है या खुशंग। सफलता, आरोग्य, प्रेम और आनंद की चाहना करनेवाले सदा खुशंग करते हैं।

एकलव्य – मैं सकारात्मक विचारों के अमृत से अपना कलश भरना चाहता हूँ। इसके लिए मुझे खुद को सकारात्मक विचारों के लिए ग्रहणशील रखना चाहिए। है न!

ऊपरवाला – हाँ, यह अमृत कलश तुम्हारे लिए सुरक्षा कवच का कार्य करेगा। यह सुरक्षा कवच दूसरों के नकारात्मक विचारों, ईर्ष्या, जलन और बद्दुआओं से यानी कुसंग से आपकी रक्षा करेगा। जो लोग अपना मस्तिष्क दूसरों के नकारात्मक विचारों के लिए खुला छोड़ते हैं, वे जल्द ही कुसंग कर लेते हैं और अपने जीवन में दुःख को ही बढ़ाते हैं।

एकलव्य – मुझे लगता है कि खुशंग करने के लिए हमारे आस-पास के लोग सकारात्मक विचारों से भरे होने चाहिए।

ऊपरवाला – हाँ, यदि तुम चाहते हो कि तुम्हारे आस-पास के लोग जैसे माता-पिता, भाई-बहन, मित्र आदि सकारात्मक विचारों से भरे हों तो इसके लिए पहले तुम्हें खुश होना पड़ेगा। लोगों की भी यह ज़रूरत है कि तुम उन्हें खुश दिखाई दो ताकि वे खुशंग कर सकें। यह सच्चाई ध्यान में रखते हुए सदा खुश रहकर ही लोगों से संपर्क करो। तुम्हारी खुशी विश्व के महान लोगों को तुम्हारी ओर खींच लाएगी। फिर केवल खुशंग ही खुशंग रहेगा।

एकलव्य – यदि मैं ऐसा नहीं कर पाया तो क्या हो सकता है?

ऊपरवाला – कुसंग गलत नजरिए को जन्म देता है। गलत नजरिए की वजह से कई बार इंसान रस्सी को साँप समझ लेता है और साँप मारने के लिए छड़ी की चाहत करने लगता है। अज्ञान में इंसान रस्सी को साँप समझकर दुःखी और परेशान होता है।

एकलव्य – ऐसे वक्त में खुशंग क्या कर सकता है?

ऊपरवाला - इंसान की अज्ञानयुक्त बातें सुनकर उसका सच्चा मित्र, खुश मित्र उसे सही समझ और सलाह देगा कि 'तुम्हें छड़ी की नहीं बल्कि टॉर्च (समझ की रोशनी) की ज़रूरत है। तुम्हें टॉर्चर सहने (डरने, दुःख भोगने) की ज़रूरत नहीं है। तुम टॉर्च का बंदोबस्त करो ताकि तुम्हें खुद यह दिखाई दे कि तुम जो माँग रहे हो, उसकी तुम्हें कोई ज़रूरत नहीं है।' खुशंग की यही खासियत है कि दुःख के अंधेरे में तुम्हारा खुश मित्र तुम्हें असली खुशी यानी रोशनी दिखलाता है ताकि तुम अपने दुःख को साफ-साफ देख और जान पाओ।

एकलव्य - आज मुझे सच्चे मित्र की व्याख्या समझ में आई।

ऊपरवाला - वरना तुम ऐसे ही लोगों को अपना मित्र मानते हो, जो ज़रूरत के वक्त काम आते हैं मगर तुम्हें पता नहीं है कि तुम्हारी असली ज़रूरत क्या है। दुःख के समय में तो कोई भी इंसान तुम्हारा साथ देगा लेकिन खुशंग उसी के साथ करना है, जो तुम्हें दुःख में खुश रहने की कला सिखाए। दुःख में तुम ऐसी माँग करते हो, जिसकी तुम्हें आवश्यकता नहीं होती। उस समय तुम्हें ऐसा लगता है कि 'कोई तो मेरी बात सुने, मुझसे प्रेम करे, मुझ पर ध्यान दे।' जो इंसान तुम्हारे लिए ये सब करता है, तुम उसी का संग पसंद करते हो लेकिन यह खुशंग नहीं है।

एकलव्य - यानी खुशंग उसके साथ करना चाहिए, जो हमें हर घटना में, हर परिस्थिति में सत्य दिखाए, खुश रहना सिखाए।

ऊपरवाला - हाँ, लेकिन अधिकतर इसके विपरीत ही होता है। स्कूल, कॉलेज के विद्यार्थी अकसर अपने दोस्तों का अनुकरण करके कई बार गलत लोगों का संग करते हैं। गलत मित्रों के संघ में रहकर उनके अंदर भी अवगुण घर करने लगते हैं। गलत संगत की वजह से इंसान अपना नियंत्रण खो बैठता है और ऐसी बातें करने लगता है, जिससे उसका चरित्र दिन-ब-दिन गिरता जाता है।

एकलव्य - उदाहरण मिलेगा?

ऊपरवाला - लो, हाज़िर है। एक मित्र, दूसरे मित्र को फिल्म की टिकट ब्लैक में लाकर देता है और कहता है, 'यह टिकट तुम्हारे लिए है, पहले दिन पहला शो जाकर देखो।' अब दूसरे मित्र को लगता है कि 'यह मेरा सच्चा मित्र है, जिसने मुझे फिल्म की टिकट लाकर दी वरना मुझे टिकट के लिए लंबी कतार में खड़ा रहना पड़ता। इसने मुझे उस तकलीफ से बचा लिया इसलिए वह मेरा सच्चा मित्र है' लेकिन

वह मित्र नहीं, धोखा है। ऐसे मित्र का संग कुसंग है और यह बात याद रखो कि कुसंग अच्छे लोगों को भी बुरे मार्ग पर चलने के लिए उत्तेजित करता है।

एकलव्य – वह कैसे?

ऊपरवाला – जैसे शुरू में इंसान शराबखाने में किसी को साथ देने के लिए जाता है, खुद शराब नहीं पीता मगर लंबे समय तक साथ देने से वह ज़्यादा दिनों तक अपने आपको पीने से रोक नहीं पाता। इस प्रकार गलत संगति से इंसान कुसंग के मार्ग पर चल पड़ता है और अच्छी संगति से खुशंग उसके साथ हो लेता है।

एकलव्य – (कृतज्ञता से) संघ और खुशंग के बारे में आज आपने जो अमूल्य ज्ञान दिया, उसके लिए बहुत-बहुत धन्यवाद।

बातें करते-करते घर नज़दीक आ गया। एकलव्य को आज सही मायने में खुशंग का अर्थ समझ में आया। उसे यह नई बात समझ में आई की वास्तव में मेरा मुझसे खुशंग होना अति आवश्यक है। एक नकारात्मक विचार धीरे-धीरे पैर फैलाकर सारे जीवन को ढँक लेता है। अतः कुसंग कितना भी खूबसूरत लगे, उसके आकर्षण में न पड़ना ही बुद्धिमानी है।

29

शरीर को आप नहीं मिले

सुबह उठकर एकलव्य के मन में यही वाक्य गूँज रहा था, 'मेरा मेरे साथ खुशंग हो।' कल उसे बहुत ही सूक्ष्म बात पकड़ में आई थी, जिसे उसने हमेशा की तरह अपनी डायरी में भी दर्ज कर दिया था। उसे महसूस हुआ कि जब भी मेरा शरीर अस्वस्थ होता है, मेरा मुझसे खुशंग टूट जाता है। अर्थात खुशंग और शरीर का बहुत गहरा ताल्लुक है। इस बारे में ऊपरवाले से स्पष्टता पाने की उत्सुकता में वह घर से बाहर निकल पड़ा। नीचे उतरकर उसने देखा कि सामने ही दो वृद्ध लकड़ी का सहारा लेकर बड़ी मुश्किल से एक-एक कदम बढ़ाकर चल रहे थे। एकलव्य ने सोचा कि शरीर की ऐसी हालत में कोई कैसे खुशंग कर सकता है। तभी पीछे से ऊपरवाला आया और एकलव्य को चिंतित मुद्रा में देखकर पूछा, 'क्या बात है? किस सोच में खोए हो?'

एकलव्य ने अपनी दुविधा कह सुनाई।

ऊपरवाला - दुःख में खुश रहने के आखिरी उपाय के अंतर्गत आज इसी विषय पर मैं तुम्हें बताने जा रहा हूँ।

एकलव्य - आखिरी उपाय, सुनने के लिए मैं कितना उत्सुक हूँ यह आप जानते हैं।

ऊपरवाला - हाँ, मैं जानता हूँ। शरीर के अस्वस्थ होने पर खुशंग क्यों नहीं हो पाता, यह जानने के लिए तुम्हें अपने अंदर यह समझ गहराई से उतारनी होगी कि जो भी दुःख तुम्हें हो रहा है, वह दुःख तुम्हारे शरीर के साथ है, तुम्हारे मन के साथ है लेकिन तुम्हारे साथ नहीं है क्योंकि तुम्हें शरीर मिला है, शरीर को तुम नहीं मिले हो।

एकलव्य – (असमंजस में) इसे थोड़ा स्पष्ट करेंगे?

ऊपरवाला – यह पंक्ति सुनकर शुरुआत में तुम्हें इसका अर्थ समझना थोड़ा कठिन लग सकता है मगर जैसे-जैसे तुम आगे सुनते जाओगे, तुम्हें इसकी स्पष्टता मिलती जाएगी।

एकलव्य – अच्छा, आगे सुनाइए।

ऊपरवाला – जब तुम घड़ी पहनते हो तो कहते हो कि 'मेरे पास घड़ी है।' तुम ऐसा नहीं कहते कि 'घड़ी के पास मैं हूँ।' उसी प्रकार जब तुम कहते हो कि 'यह मेरा शरीर है' तो इसका अर्थ यही है कि तुम शरीर नहीं हो।

एकलव्य – हं...

ऊपरवाला – यदि तुम्हारी शर्ट फट गई तो तुम ऐसा नहीं कहते कि 'मैं फट गया?' तुम कहते हो, 'मेरी शर्ट फट गई है।'

एकलव्य – (हँसते हुए) अच्छा, जब भी हमें कोई दुःख, समस्या, परेशानी या तनाव आए तब हमें यह समझ रखनी चाहिए कि वह हमारे मन, बुद्धि या शरीर के साथ है, हमारे साथ नहीं है। आप ऐसा ही कहना चाहते हैं न?

ऊपरवाला – हाँ, बिलकुल यही कहना चाहता हूँ। तुम जो हकीकत में हो, वह इन सबसे परे है। यह समझ जब तुम में उतरेगी तब तुम घटनाओं को अलग दृष्टिकोण से देखोगे, न कि उनमें दुःखी होगे। क्या तुमने कभी यह सोचा है कि बचपन और खुशी ये शब्द एक जैसे क्यों लगते हैं?

एकलव्य – (थोड़ा सोचकर) नहीं।

ऊपरवाला – हर बच्चा ढाई साल की उम्र तक असली आनंद के अनुभव में, सहज मन के साथ होता है। इसलिए ही बचपन और खुशी का अटूट रिश्ता है। ढाई साल की उम्र के बाद बच्चे में तुलना करनेवाले मन यानी तोलू मन का जन्म होता है। इस तोलू मन के आने से ही इंसान असली आनंद खोने लगता है।

किसी छोटे बच्चे को गौर से देखो कि वह कैसे अपने आस-पास की चीज़ों को देखता है। उसे यह बिलकुल नहीं लगता कि जैसे सामने खड़े इंसान का शरीर है, वैसे ही उसका भी एक शरीर है। अर्थात वह अपने शरीर से बेखबर होता है।

बच्चे ऐसा महसूस करते हैं क्योंकि वे निराकार के अनुभव से सब कुछ देखते हैं।

एकलव्य – (हैरानी से) तो फिर अब क्या किया जाए?

ऊपरवाला – अब समय आया है कि तुम फिर से बच्चे बनो, उसी अनुभव में जाओ, जहाँ तुम बचपन में रहा करते थे। वह अनुभव जो हर बच्चा महसूस करता है, तुमने भी कभी महसूस किया है। कोई ऐसा नहीं कह सकता कि 'मैं बच्चा नहीं था', हर एक इंसान कभी न कभी बच्चा था और वह अनुभव ले रहा था।

एकलव्य – अब फिर से वह अनुभव प्राप्त करके क्या होगा?

ऊपरवाला – जब तुम फिर से वह अनुभव प्राप्त करोगे, जो हर बच्चे में होता है तब तुम्हें पता चलेगा कि एक ऐसी चीज़ है, जो सभी शरीरों में एक समान है। उसी चीज़ से सभी जुड़े हुए हैं, चाहे बाहर से हम अलग-अलग लगते हैं। इसे ही स्वअनुभव से प्राप्त हुई खुशी कहा गया है। यह खुशी बाकी सब खुशियों से अलग है। इस खुशी में तुम मान्यताओं से मुक्त होते हो, 'मैं कौन हूँ' यह जानते हो तब तुम्हें वह खुशी प्राप्त होती है, जो आत्मअनुभव द्वारा मिलती है।

इस खुशी की झलक तो सभी को हर रात जब वे गहरी नींद में होते हैं तब मिलती है। उस वक्त उन्हें अपने शरीर का एहसास तक नहीं होता।

एकलव्य – यानी हर रात गहरी नींद में हम स्वअनुभव पर होते हैं इसलिए हमें आनंद आता है?

ऊपरवाला – हाँ। इसी लिए सुबह जब तुम उठते हो तो कहते हो, 'कल रात मैंने बहुत अच्छी नींद ली।' सोचो कि क्या सोचकर तुम ऐसा कहते हो? गहरी नींद में इंसान वाकई आनंद में रहता है। इसलिए ही विश्व का हर इंसान नींद लेना चाहता है। जिन्हें नींद नहीं आती, वे गोलियाँ लेकर भी नींद लेना चाहते हैं क्योंकि नींद में मन के सारे दुःख और शरीर की सभी पीड़ाएँ खत्म हो जाती हैं।

एकलव्य – जो स्वअनुभव गहरी नींद में होता है क्या वही खुशी हमें जागृत अवस्था में मिल सकती है?

ऊपरवाला – हाँ, ज़रूर लेकिन उसके लिए तुम्हें कुछ बातें गहराई से समझनी होंगी।

दुःख में खुश क्यों और कैसे रहें

237

एकलव्य – कौन सी बातें?

ऊपरवाला – तुम्हारे अंदर स्वयं को शरीर मानने की मान्यता गहराई तक बैठ गई है। अब तुम्हें यह समझना होगा कि शरीर का तुम इस्तेमाल कर रहे हो मगर तुम शरीर नहीं हो। जैसे तुम कार चलाते हो तो यह कभी नहीं कहते कि 'मैं कार हूँ', तुम हमेशा यही कहते हो कि 'यह मेरी कार है।' इसका अर्थ है कि जिस चीज़ के साथ तुम 'मेरा' या 'मेरी' शब्द इस्तेमाल करते हो, वह तुम नहीं हो सकते। इस बात को अधिक गहराई से समझने के लिए आओ एक प्रयोग करें।

एकलव्य – (उत्साहित होकर) हाँ, हाँ... चलो।

ऊपरवाला – (इधर-उधर नज़र घुमाते हुए) इसके लिए हमें शांत और एकांत जगह चाहिए।

एकलव्य – (सामने के एक मंदिर की ओर इशारा करते हुए) चलो, इस मंदिर में चलते हैं। सुबह-सुबह यहाँ कोई नहीं रहता।

मंदिर में प्रवेश कर दोनों एक कोने में जाकर आमने-सामने बैठ गए।

ऊपरवाला – अपनी आँखें बंद करो और मैं जैसा बताते जाऊँ वैसा करते जाओ।

अपने हाथों को एक मिनट देखकर, अनुभव करके, अपने आपसे यह सवाल पूछो कि 'क्या मैं यह हाथ हूँ?' (कुछ क्षण रुककर) तुम्हें अपने हाथ के साथ कौन सा संबंध महसूस होता है, कौन सा भाव आता है, यह गौर से देखो। इसमें दो तरह के भाव आ सकते हैं – कुछ लोगों को लगता है, 'मैं यह हाथ हूँ' और कुछ लोगों को लगता है, 'मैं यह हाथ नहीं हूँ।' यदि तुम्हें ऐसा लग रहा है कि 'मैं यह हाथ हूँ' तो तुम यह सोचो कि 'यदि उस हाथ को काट दिया जाए तो क्या मैं नहीं रहूँगा? क्या मैं खत्म हो जाऊँगा?'

मंदिर के आँगन में एकलव्य का मन अंदर ज्ञानानुभव की शुरुआत कर रहा था। कुछ समय उपरांत ऊपरवाले ने अगली सूचना प्रकट की।

ऊपरवाला – अब धीरे-धीरे आँखें खोलो... और मुझे बताओ कि हाथ काट देने की परिकल्पना करने पर क्या तुम्हें लगा कि तुम अपूर्ण हो?

एकलव्य – (आँखें खोलकर सोचते हुए) नहीं, ऐसा तो नहीं लगा। हाथ कट जाने पर भी मुझे महसूस हुआ कि मैं पूर्ण हूँ।

ऊपरवाला – किसी अंग के कट जाने पर भी अंदर का एहसास, अनुभव यही कहता है कि 'मैं तो पूर्ण हूँ।' इसे एक उदाहरण से और ठीक से समझो। जैसे दुर्घटना में किसी इंसान के दोनों हाथ-पैर कट जाएँ तो क्या वह है या नहीं है? अगर है तो वह पूरा है या आधा है? यदि उसकी आँखें चली जाएँ, उसका सुनना बंद हो जाए, उसकी जुबान कट जाए, फिर भी क्या वह खुद को आधा समझेगा?

एकलव्य – (कुछ सोचकर) नहीं। ऐसी अवस्था में भी वह पूर्ण ही महसूस करेगा।

ऊपरवाला – यदि ऑपरेशन द्वारा उसका गुरदा निकाल दिया जाए या उसे कृत्रिम हृदय बिठा दिया जाए, फिर भी उसे अंदर से पूर्णता का ही एहसास होता है। वह ऐसा कभी नहीं कहेगा कि 'पहले मैं पूरा था, अब आधा हो गया हूँ।'

एकलव्य –(आश्चर्य और खुशी से) यानी शरीर कटने से भी अंदर की चीज़ नहीं कटती।

ऊपरवाला – हाँ, शरीर कटने से तुम नहीं कट जाते, जब यह सत्य तुम अनुभव करने लगोगे तब तुम्हें यह बात समझ में आएगी कि तुम जो हकीकत में हो, वह इस शरीर से अलग है। इसके लिए पहले तुम्हें यह जानना होगा कि 'तुम क्या नहीं हो?' फिर यह जानना होगा कि 'तुम क्या हो?' एक-एक कदम द्वारा तुम्हें यह बात जाननी है कि शरीर तुम्हें मिला है, शरीर को तुम नहीं मिले हो।

यह बात गहराई से उतरने के लिए यही प्रयोग तुम शरीर के हर अंग के साथ करके जानो कि क्या मैं यह आँख हूँ...? क्या मैं यह पैर हूँ...? क्या मैं यह कान हूँ...? क्या मैं यह त्वचा हूँ...? इस तरह अपने आपको जानते ही तुम्हें स्वअनुभव का, असली खुशी का एहसास होगा और तुम्हारी अपने शरीर के साथ जुड़ी आसक्ति मिटने लग जाएगी।

एकलव्य – (आँखें बंद करते हुए) क्या अभी मैं यह करके देखूँ?

ऊपरवाला – देखो नहीं जानो, इस ज्ञान को अपना अनुभव बनाओ।

पंद्रह मिनट ऐसे बीत गए जैसे कुछ क्षण। 'आँखें खोलो', ऊपरवाले की

आवाज़ सुन एकलव्य ने धीरे-धीरे अपनी आँखें खोलीं।

एकलव्य - (कृतज्ञता के भाव से) धन्यवाद! आपने अभी-अभी करवाए प्रयोग से ही यह बात प्रकाश में आ गई है कि 'मैं क्या नहीं हूँ।' आगे मैं शरीर के सभी अंगों के साथ यह प्रयोग गहराई से करके देखूँगा।

ऊपरवाला - 'असल में तुम कौन हो ?' यह जानने के लिए इस बात पर मनन भी किया करो कि 'मैं क्या नहीं हूँ?' जैसे-

'मैं यह शरीर नहीं हूँ' क्योंकि जब मैं यह कहता हूँ कि यह मेरा शरीर है तब वह मेरा है, 'मैं' नहीं। मेरा स्कूटर मैं नहीं हूँ क्योंकि मैं स्कूटर चलाता हूँ। इस शरीर की पंच इंद्रियाँ मैं नहीं हूँ। मैं नाक, कान, आँख, ज़ुबान, त्वचा नहीं हूँ क्योंकि मैं इंद्रियों का इस्तेमाल करता हूँ। मैं साँस भी नहीं हूँ, जिसकी वजह से यह मनोशरीर यंत्र चल रहा है। मैं मन और बुद्धि भी नहीं हूँ, जो सोचता है कि मुझे क्या होना चाहिए।

अगर तुम ये सब नहीं हो तो बाकी बचा ही क्या जो तुम हो सकते हो? सिर्फ तुम ही तो बचे बाकी।

तुम ही तो हो शरीर के मित्र । तुम ही तो हो बुद्धि के मालिक। तुम ही तो हो मन के साक्षी। अब अगर तुम शरीर नहीं रहे तो तुम इंजीनियर, बेटा, भाई, पंजाबी, हिन्दू इत्यादि भी कहाँ रहे? अब तुम ही तो बचे शुद्ध खालिस कोरे, बिना रंग-रूप की कल्पना के।

एकलव्य - (हैरानी से आसमान की ओर देखते हुए) हे ऊपरवाले, ऐसा मेरा असली रूप है!

ऊपरवाला - अपने असली रूप को स्वीकार करो और जैसे हो वही रहो। तुम जो नहीं हो, वह बन बैठे हो। अब समय है अपनी चेतना में स्थापित होने का; समय है असल में तुम जो हो, वह होने का; स्वसाक्षी, चैतन्य होने का।

कुछ पल के लिए दोनों ने आँखें मूँद लीं। उनके बीच था सिर्फ मौन। कुछ समय मौन में डूबकर एकलव्य ने कहा, आज हम यहीं बैठकर आगे की बातें करेंगे। कृपया अपना कथन जारी रखें। ऊपरवाले ने आगे बोलना आरंभ किया-

जब तक तुम यह नहीं जानते कि शरीर तुम्हें मिला है, शरीर को तुम नहीं मिले

हो तब तक तुम स्वयं को शरीर मानने की गलतफहमी में ही जीते हो। यदि इसकी खोज ही न की जाए कि तुम असल में कौन हो और शरीर तुम्हें क्यों मिला है तो जीवन के अंत तक तुम्हें मालूम नहीं होगा कि जिसे तुम 'मैं' मान रहे थे, वह तो तुम थे ही नहीं।

जब तुम बच्चे थे तब तुम्हें यह स्पष्ट था कि तुम शरीर नहीं हो। जैसे बच्चों को ये बातें साफ-साफ दिखाई देती हैं कि वे शरीर नहीं हैं, वैसे ही यदि तुम्हें भी दिखाई देने लग जाए तो तुम इस शरीर का इस्तेमाल असली उद्देश्य पूरा करने के लिए करोगे। जब भी तुम 'मैं' शब्द कहोगे तब तुम सजग रहोगे। फिर तुम्हारे द्वारा हर क्रिया बेहोशी में नहीं बल्कि अपने आपको जानकर होगी।

एकलव्य – (सोचते हुए) अगर हम अपने आपको जान गए तो फिर यह शरीर किसलिए?

ऊपरवाला – शरीर तुम्हारी अभिव्यक्ति के लिए केवल निमित्त है। अपने आपको जानने के बाद तुम शरीर के साथ कुछ होते हुए देखोगे तब यह नहीं कहोगे कि 'यह मेरे साथ हो रहा है' बल्कि तुम कहोगे, 'मेरे संग जो मित्र है, उसके साथ ये सब हो रहा है।'

जैसे दो लोग कहीं जा रहे हैं और उनमें से एक आपका मित्र है, साथी है, हमराही है, हमराज है, हमसाया है, हमकदम है तो तुम उसे कैसे देखोगे? अगर उसके साथ कुछ हुआ तो तुम यह नहीं कहोगे कि 'यह मेरे साथ हुआ' बल्कि तुम्हें बहुत स्पष्ट होता है कि यह मेरे मित्र के साथ हुआ। जब तुम्हारा मित्र कहता है 'मुझे भूख लगी है' तब तुम कहते हो, 'मेरे मित्र को भूख लगी है, मुझे नहीं।'

जिस तरह तुम अपने मित्र के बारे में कहते हो कि 'यह मेरा मित्र है', उसी तरह तुम अपने शरीर के बारे में भी कहो कि 'शरीर मेरा मित्र है।' तुम अपने शरीर को अपना मित्र मानो। तुम शरीर के संग हो मगर शरीर नहीं हो। तुम्हें भूख लगी तो मन में कहो, 'मेरे मित्र को भूख लगी है।' तुम्हारे शरीर में दर्द हो रहा है तो कहो कि 'मेरे मित्र को दर्द हो रहा है।' ऐसा कहने से यानी अपने शरीर को मित्र मानने से शरीर को होनेवाली तकलीफ तुम महसूस नहीं करोगे।

एकलव्य – तो क्या शरीर के दर्द के लिए कोई इलाज करने की ज़रूरत नहीं पड़ेगी?

ऊपरवाला - नहीं, ऐसा नहीं है। 'मेरे मित्र को दर्द हो रहा है' ऐसा कहते वक्त तुम्हें सामान्य ज्ञान (कॉमन सेन्स) का इस्तेमाल करना चाहिए। अपने शरीर को अनदेखा नहीं करना है क्योंकि वह तुम्हारी अभिव्यक्ति का माध्यम है। तुम्हारे साथ रहनेवाले मित्र यानी शरीर को ज़रूरत पड़ने पर दवाइयाँ देना है, उसे चोट लगे तो मरहम भी लगाना है।

यह करते वक्त इस बात का भी खयाल रखो कि शरीर से आवश्यकता से अधिक चिपकाव न रहे। जैसे कोई रिश्तेदार गुज़र गया तो तुम यह नहीं कहोगे कि 'मेरा रिश्तेदार गुजर गया है।' तुम कहोगे कि 'मेरे मित्र (शरीर) का रिश्तेदार गुजर गया है।' फिर वह दादा, नाना, चाचा या चाची कोई भी हो। ऐसा कहने से तुम्हें दुःख या चिपकाव नहीं होगा। अगर दुःख हुआ भी तो पहले जितना नहीं होगा, कम होगा।

अब मैं यह राज़ भी तुम्हारे लिए खोल रहा हूँ कि जब-जब भी मैंने तुम्हें कहा कि आज मैं नहीं आ पाऊँगा क्योंकि मेरे मित्र की तबीयत ठीक नहीं है तब-तब मैंने अपने शरीर का ही ज़िक्र किया था।

एकलव्य - ओह माय गॉड! (कुछ सोचकर) अब समझा, पुरानी बातें मुझे याद आ रही हैं, जो मैंने अपनी डायरी में भी लिखी हैं। आप जो बताते हैं वह करके दिखाते हैं।

ऊपरवाला - इस राज़ को तुम्हारे लिए खोलने का कारण यह है कि तुम सदा यह याद रखो कि 'जो भी दुःख आया है, जो भी घटना हुई है, वह मित्र के साथ हो रही हैं, तुम्हारे साथ नहीं।'

मित्र में कुशलता और निपुणता लाओ, मित्र की काबिलीयत और योग्यता बढ़ाओ, मित्र के लिए जो करना आवश्यक है, वह ज़रूर करो मगर वह तुम्हारी समस्या है, ऐसा न समझो।

एकलव्य - जब हम किसी और मित्र की समस्या सुलझाते हैं तब उसकी समस्या सुलझाना हमें आसान लगता है और जब अपनी समस्या सुलझाते हैं तो उसे सुलझाना हमें कठिन लगता है। ऐसा क्यों होता है?

ऊपरवाला - क्योंकि अपनी समस्या सुलझाते समय तुम अपनी समस्या को 'मेरी समस्या' कहकर उससे आसक्त हो जाते हो और सोचने लगते हो कि 'मेरी

शादी कब होगी...? कैसे होगी...? और किसके साथ होगी...? नौकरी कब मिलेगी...? नहीं मिलेगी या अच्छी मिलेगी... इत्यादि?' मगर अब इन परिस्थितियों में तुम कहोगे कि ये सब मेरे मित्र (शरीर) के साथ हो रहा है, मेरे साथ नहीं।

एकलव्य - जब मैं इस नये दृष्टिकोण से अपना तथा औरों का जीवन अनासक्त भाव से देख पाऊँगा तब मुझमें यह दृढ़ता आएगी कि मैं शरीर नहीं हूँ। है न?

ऊपरवाला - हाँ, तब तुम्हें कोई गाली दे या ताली दे, दोनों ही परिस्थितियों में तुम इस नाटक का आनंद लोगे। पहले तुम्हें तारीफ मिलती थी तो तुम्हें बहुत खुशी होती थी और आलोचना होती थी तो बड़ा दुःख होता था मगर अब ऐसा नहीं होगा क्योंकि अब तुम यह जान रहे हो कि हकीकत में दुःख तुम्हें नहीं मिलता, तारीफ या गाली शरीर को मिलती है, तुम्हें नहीं।

लोग रात को दिनभर की परेशानियों के बारे में सोचते हुए गहरी नींद में जाते हैं मगर अब तुम्हारे साथ ऐसा नहीं होगा क्योंकि तुम अपने आपको जानने लगे हो इसलिए तुम्हारा नींद में जाना नए नज़रिए के साथ होगा।

एकलव्य - (कल्पना में खोते हुए) यदि हर इंसान इस नए नज़रिए से नींद में जाएगा तो क्या चित्र होगा!

ऊपरवाला - तब तुम देखोगे कि बहुत जल्द ही तुम्हारे चारों तरफ सभी लोग अपने आपको जानने लगेंगे। तुम सभी के साथ मिलकर आनंद की अभिव्यक्ति करोगे क्योंकि हर इंसान की समझ और चेतना उच्च होगी। हर इंसान से नफरत और हिंसा खत्म हो चुकी होगी। हर इंसान तब अपने मूल स्वभाव में स्थापित होगा। हर एक के चेहरे पर खुशी और प्रेम होगा।

एकलव्य - तब इंसान का एक दूसरे के साथ अलग ढंग से वार्तालाप होगा!

ऊपरवाला - हाँ, जब तुम्हारे चारों तरफ सभी लोग उच्च चेतना के होंगे तब तुम एक-दूसरे से इस तरह विचार-विमर्श कर पाओगे कि 'तुम्हारा आज का दिन कैसा था? क्या तुमने आज बहुत आनंद लिया? क्या आज तुम आश्चर्य कर पाए? आज कब-कब तुम यह बात भूल गए कि 'मुझे शरीर मिला है, न कि शरीर को मैं मिला हूँ।' उच्च चेतना के लोगों की बातचीत होगी तो वह इस तरह से ही होगी। जब कोई तुम्हें बताएगा कि 'आज मैं केले के छिलके पर से फिसल गया और आश्चर्य

यह हुआ कि उसका दुःख नहीं हुआ बल्कि आनंद आया' तब इस तरह के वार्तालाप का तुम आनंद उठाओगे। चूँकि अब तुम जान चुके हो, 'शरीर फिसल गया, तुम नहीं, शरीर में पीड़ा हुई, तुम्हें नहीं।'

इस तरह की समझ पाकर जब तुम्हारा अपने शरीर से चिपकाव टूटेगा तब यदि तुम्हारे शरीर में कहीं दर्द हो, तकलीफ हो, कमर दुखती हो, गरदन में अकड़न हो तो तुम उसे अनासक्त होकर देखोगे और अपने ज़िंदा होने के एहसास पर खुश होगे।

एकलव्य - (आनंद से रोमांचित होते हुए) वाकई यह असली खुशी होगी।

ऊपरवाला - जब तक तुम यह सत्य नहीं समझते तब तक 'तुम ज़िंदा हो', यह बात तुम्हें खुशी नहीं देती मगर अब सत्य की समझ मिलने पर यह समझ ही अपने आप में आनंद का कारण बनेगी। लोग खुशी का कारण बाहर तलाशते रहते हैं, जब कि वह कारण (आनंद) तुम्हें पहले ही मिल चुका है। सर्वेक्षण करने पर कितने लोग तुम्हें ऐसे मिलेंगे जो कहेंगे कि 'मैं ज़िंदा हूँ इसलिए खुश हूँ, मेरा होना ही खुशी का कारण है।'

एकलव्य - बहुत कम।

ऊपरवाला - तुम्हें जीवन में जो अन्य खुशियाँ मिलती हैं, वास्तव में वे बोनस हैं। जैसे प्रमोशन मिलना, अच्छा भोजन मिलना, अच्छे लोगों के साथ घूमने जाना, कुछ अधूरे काम पूर्ण होना, किसी की शादी होना, किसी का जन्मदिन मनाना, ये सब बोनस हैं। तुम्हारे लिए सबसे बड़ी कृपा यही है कि तुम ज़िंदा हो इसलिए खुश हो वरना लोग खुशी पाने के लिए अस्वस्थ मनोरंजन में उलझ जाते हैं। जिस वजह से उन्हें अपने होने के एहसास से कोई सरोकार नहीं होता, अपने होने का एहसास उन्हें कोई खुशी नहीं देता।

एकलव्य - हाँ, क्योंकि लोगों को पता ही नहीं है कि वे असल में कौन हैं? मैं खुशनसीब हूँ कि आपने मुझे स्वअनुभव का स्वाद दिलाया।

ऊपरवाले को धन्यवाद देकर एकलव्य उसके समक्ष नतमस्तक हो उठा। अपनी इस निःशब्द अवस्था में एकलव्य ऊपरवाले को अपलक देखता रहा। मानो सारा बह्मांड उस दृष्टि-भेंट में समा गया हो। धन्यवाद और कृतज्ञता से सारा वातावरण ओत-प्रोत हो उठा।

30

खुशी का संकल्प

आज सुबह एकलव्य कुछ इस भाव के साथ घर से निकला। मानो एक पर्व समाप्त हुआ हो। उसे महसूस हुआ कि अब तक जो जीवन चला आ रहा था, पिछले महीने उसमें सबसे महत्वपूर्ण अध्याय जुड़ा है। इस अध्याय के जुड़ने से उसे पूर्णता का एहसास होने लगा। अपनी इस अवस्था पर एकलव्य को आश्चर्य के साथ-साथ आनंद भी हुआ। इस हर्ष मिश्रित पूर्णता के भाव को लेकर एकलव्य गेट पर पहुँचा।

ऊपरवाला उसकी प्रतीक्षा में पहले से ही खड़ा था। उसने हँसते हुए एकलव्य से पूछा-

ऊपरवाला - कहो, कैसा है तुम्हारा मित्र...?

एकलव्य - (हँसते हुए) दुःख से मुक्त और संकल्प से युक्त।

ऊपरवाला - और तुम...?

इस प्रश्न पर एकलव्य निरुत्तर हो उठा। कुछ पल बाद चुप्पी तोड़कर वह बोला -

एकलव्य - अब तक आपने मुझे बहुत ही महत्वपूर्ण विषय की 'समझ' दी है। अब १०८ दिनों में दुःख मुक्ति के संकल्प पर टिके रहने का आशीर्वाद भी दे दीजिए।

ऊपरवाला - (हँसते हुए) वह तो तुम्हारे साथ है ही। जीवन में अपने संकल्प पर डटे रहना बहुत ज़रूरी है। मैं रहूँ या न रहूँ, तुम्हें इससे हटना नहीं है।

एकलव्य - क्या मतलब?

ऊपरवाला - अब मैं यह फ्लैट छोड़कर जा रहा हूँ।

'नहीं' अविश्वास और आश्चर्य से एकलव्य का मुँह खुला का खुला रह गया। कुछ पलों बाद उसने पूछा –

एकलव्य – क्या आप कोर्ट केस हार गए हैं? इसलिए घर छोड़कर जा रहे हैं?

ऊपरवाला – नहीं, १३ नंबर का फ्लैट होने के बावजूद भी, जो लोगों की गलत मान्यता है, मैं कोर्ट केस जीत गया हूँ लेकिन किसी दूसरे प्रोजेक्ट के तहत तकरीबन सालभर के लिए मैं शहर से बाहर जा रहा हूँ।

एकलव्य – कहाँ?

ऊपरवाला – वहाँ जहाँ एक और एकलव्य ऊपरवाले से दुःख मुक्ति की प्रार्थना कर रहा है।

एकलव्य –अब मेरे संकल्प का क्या होगा?

ऊपरवाला – एकलव्य, यह बताओ कि संकल्प लेनेवाला कौन है?

एकलव्य – मेरा मित्र।

ऊपरवाला – वह कहाँ है?

एकलव्य – यहीं, मेरे पास।

ऊपरवाला – फिर संकल्प पूरा करने में समस्या क्या है?

एकलव्य – (कुछ सोचते हुए) लेकिन आगे समस्या आए तो?

ऊपरवाला – तो फिर तुम क्या करोगे?

एकलव्य – अं... खुशी की नज़र से देखूँगा।

ऊपरवाला – (हँसते हुए) समस्या को खुशी की नज़र से देखोगे तो समझो कि मेरी नज़र तुम पर ही है।

ऊपरवाले ने आगे बोलना जारी रखा –

घबराओ नहीं, मैं तुम्हें अपनी खबर देता रहूँगा। जब भी तुम्हें मेरी ज़रूरत पड़ेगी मैं तुम्हारी मदद के लिए उपस्थित हो जाऊँगा।

एकलव्य की आँखें खुशी और ऊपरवाले से होनेवाली जुदाई की वजह से भर

आईं। १०८ दिनों में दुःख मुक्ति के संकल्प की एक अनहोनी घटना उसके जीवन में घटी थी और उसे अपने संकल्प के पूर्ण होने में तनिक भी संदेह न था। एकलव्य ने ऊपरवाले से कहा -

एकलव्य - मैं आपको वचन देता हूँ कि मैं प्रतिपल अपने संकल्प का स्मरण रखूँगा व उसे पूर्ण करने के लिए कटिबद्ध रहूँगा।

ऊपरवाला - मुझे विश्वास है कि तुम्हारे द्वारा यह संकल्प अवश्य पूर्ण होगा।

एकलव्य - आपसे एक निवेदन है कि आप अपना फोन नंबर यदि आपके पास हो तो देकर जाइए ताकि १०८ दिन पूर्ण होने पर मैं आपसे संपर्क स्थापित कर सकूँ व अपने अनुभव आपको बता सकूँ।

ऊपरवाला - (मन में) तुम्हारे अनुभव तो दुनिया सुनेगी।

दोनों बातें करते-करते पास के बगीचे में जाकर एक बेंच पर बैठ गए। एकलव्य की आँखों के सामने से आज तक सुनी अमृत की बूँदें, जीवन में घटी घटनाएँ, ऊपरवाले के साथ बिताए मौन के लम्हे, ज्ञान के मोती, सच्चे हास्य के फौवारे एक चलचित्र की भाँति सरकने लगे।

उसे ऊपरवाले की पहेलीयुक्त बातों का अर्थ अब समझ में आ रहा था। वह मन ही मन बुदबुदाने लगा- क्या कभी एकलव्य को जानने का प्रयास किया है... अकाल मूरत, एक मूरत एकलव्य यानी कौन... खुश होने के लिए मैं ज़िंदा हूँ, इतना ही काफी है... मैं खुद ही खुशी हूँ...।

ऊपरवाला एकलव्य के मुख से निकल रहे अस्फुट स्वरों को आँखें बंद कर सुनता रहा। कुछ समय बाद दोनों तरफ मौन छा गया।

लंबे मौन अनुभव के बाद ऊपरवाले ने आँखें खोलकर एकलव्य को चलने का इशारा किया। रोज तो एकलव्य को एक अलग समझ मिल ही रही थी लेकिन आज उसे अलग से भी कुछ अलग महसूस हो रहा था। उसका मुख तेज संकल्प की आभा से दमकने लगा। नया जोश व उमंग भाव उसके रोम-रोम से फूटने लगा। कुछ कर गुज़रने की इस शुभ इच्छा को मन में संजोकर उसके पग घर की ओर बढ़ गए और साथ में था अदम्य, अटूट, असीम प्रेरणा स्रोत..... ऊपरवाला।

■ ■ ■

ऊपरवाले के आनंद सोसायटी से जाने के पश्चात कुछ दिनों बाद एकलव्य और एकता का विवाह बड़े धूमधाम से संपन्न हुआ। विवाह में मि. द्रोणनाथन ने इकबाल, एकाम्बरम मैडम, एकांत मल्होत्रा, हमीद, डेविड, फादर फ्रान्सिस, अक्षय... इत्यादि का स्वागत बड़ी गर्मजोशी से किया। सभी को एकता बहुत पसंद आई।

शादी के दूसरे दिन तोहफे खोलते वक्त एक तोहफे पर एकलव्य की नज़र अटक गई। एकलव्य का दिल खुशी से झूम उठा। तोहफा देनेवाले का नाम था- 'अनाकार, संदेशाकाश, नचिकेता, सर रॉबर्ट'। तोहफा खोलते हुए एकलव्य का दिल ज़ोरों से धड़कने लगा। एकलव्य के हाथ में थी ऊपरवाले द्वारा लिखित डायरी, जिसके पहले पन्ने पर लिखा था,

> 'प्यारे एकलव्य, इस डायरी को केवल तब पढ़ना जब तुम अपने संकल्प में नाकामयाब हो जाओ। मैं तुम्हारे लिए यह प्रार्थना करूँगा कि तुम्हें यह डायरी पढ़ने की ज़रूरत कभी न पड़े। हाँ, चाहो तो तुम अपनी लिखी डायरी से, जो तुम अर्जुन को पढ़ने देते रहते हो, एक पुस्तक छपवाओ। मि. द्रोणनाथन और एकांत मल्होत्रा इस काम में तुम्हारी मदद करेंगे। पुस्तक के उद्घाटन समारोह में मैं ज़रूर आऊँगा और हाँ, द्रोणनाथन की, एकता द्वारा तुम्हें दी गई अंगूठी, सदा अपने संकल्प और 'अपना' लक्ष्य की याद दिलाते रहेगी।'
>
> 'आपके लिए नव जीवन और नव वर्ष शुभ हो।'
>
> आपका कल्याण मित्र
>
> **सरफरोश (मेरा नया नाम)**

यह पढ़कर काफी समय तक एकलव्य बुत बना बैठा रहा। उसकी आँखें शून्य में टिकी रहीं। डायरी के सारे शब्द धुँधले पड़ गए। एकलव्य के मन में नानाविध भावों की छटा बिखर गई। आश्चर्य के समुंदर में गोते लगाते हुए वह बड़बड़ाया, 'ऊपरवाले आपको समझना असंभव है लेकिन आपकी आज्ञा सिर आँखों पर है। मैं यह डायरी नहीं पढूँगा और अपना संकल्प पूरा करके पुस्तक ज़रूर छपवाऊँगा। पुस्तक का नाम होगा, **अपना लक्ष्य-अपना संकल्प**।'

■ ■ ■

एकलव्य जिस कंपनी में काम करता था, उस कंपनी की एक शाखा दिल्ली में भी थी। वहाँ एक नया प्रोजेक्ट शुरू किया गया था। अतः द्रोणनाथन ने प्रोजेक्ट मैनेजर के पद पर एकलव्य को नियुक्त कर दिया और उसका तबादला दिल्ली कर दिया गया। दिल्ली में ऑफिस के नज़दीक ही एक उच्चवर्गीय सोसायटी में द्रोणनाथन का फ्लैट खाली पड़ा था। इस तरह दिल्ली जैसे बड़े शहर में उनके रहने की समस्या भी हल हो गई।

एकलव्य के माता-पिता व बहन इन दिनों एकलव्य के व्यवहार से बहुत खुश थे। घर में सुख-समृद्धि की मानो बाढ़ सी आ गई थी। ऊपरवाले के सत्-संग में रहकर एकलव्य में हुए आमूल परिवर्तन के वे साक्षी थे। इस शादी से वे बहुत खुश थे क्योंकि वे जानते थे कि यह 'आनंदी जोड़ी' सारे घर को आनंद में सराबोर कर देगी और हुआ भी यही।

एक दिन सभी से विदा लेकर एकलव्य और एकता दिल्ली के लिए रवाना हुए – नई नौकरी, नया जीवनसाथी और नई समझ के साथ एक नई ज़िंदगी शुरू करने के लिए।

दिल्ली रेल्वे स्टेशन पर नई-नवेली ज़िंदगी ने एकलव्य और एकता का स्वागत किया। दोनों खुशी-खुशी टैक्सी स्टैण्ड की ओर गए। वहाँ उन्होंने देखा कि पहले से ही उनके लिए कंपनी ने कार की व्यवस्था करके रखी हुई थी। अपना सारा सामान कार में रखकर वे नए फ्लैट की ओर निकल पड़े। करीब २०-२५ मिनट बाद उनकी कार 'प्रेम निलय' नामक सोसायटी के मुख्य द्वार पर जा खड़ी हुई। अंदर जाकर वॉचमैन से पूछताछ करके वे अपने घर की बिल्डिंग की ओर चल पड़े। बिल्डिंग के आते ही एकलव्य कार से उतरा और जैसे ही उसने एकता की मदद से कार में से अपना सामान निकालना शुरू किया, एक छरहरे बदन का नौजवान उसके सामने आकर खड़ा हो गया। उसने एकलव्य से पूछा –

'पहले कभी आपको यहाँ देखा नहीं, क्या आप इस बिल्डिंग में नए रहने के लिए आए हैं?'

एकलव्य – जी हाँ।

नौजवान – मैं भी इसी बिल्डिंग में रहता हूँ, मेरा नाम सिकंदर है।

एकलव्य – सुनकर खुशी बढ़ी।

नौजवान – आपके पास काफी कुछ सामान दिखाई दे रहा है। क्या मैं आपका सामान ऊपर ले जाने में आपकी कुछ मदद कर सकता हूँ?'

एकलव्य ने हँसते हुए जवाब दिया, 'हाँ, यदि तुम खुश हो तो!'

■ ■ ■

यह कहानी पढ़ने के बाद अपने अभिप्राय (विचार सेवा) इस पते पर भेज सकते हैं:
Tej Gyan Global Foundation,
Pimpri Colony Post office, P.O. Box 25,
Pune - 411 017. Maharashtra (India).

परिशिष्ट

1

एकलव्य की कथा

अधिकांश पाठकों को एकलव्य की कथा विदित ही होगी। आप चाहे यह कथा जानते हों या न जानते हों, इस परिशिष्ट को ज़रूर पढ़ें ताकि आप इस पुस्तक को गहराई से समझ सकें और कहानी का समुचित लाभ ले पाएँ।

गुरु द्रोणाचार्य के आश्रम के पास ही एक नाविक पुत्र 'एकलव्य' रहता था। बचपन से ही उसकी महत्वाकांक्षा थी कि वह एक श्रेष्ठ धनुर्धर बने। अतः वह गुरु द्रोणाचार्य से, जो कौरवों और पाण्डवों के कुलगुरु थे, धनुर्विद्या सीखना चाहता था।

जैसे प्रस्तुत पुस्तक की कहानी में एकलव्य एक निम्न मध्यमवर्गीय परिवार का सदस्य है। बचपन से ही वह जीवन में होनेवाली घटनाओं का बारीकी से अवलोकन किया करता था। अपने आस-पास फैले दुःख को देखकर वह व्यथित हो जाता था और उससे बाहर आने की प्रार्थना किया करता था।

जब नाविक पुत्र एकलव्य की महत्वाकांक्षा का पता उसकी माता को चला तो उसने एकलव्य को बहुत समझाया कि वह भील जाति का शूद्र बालक है इसलिए

द्रोणाचार्य कभी उसे अपना शिष्य स्वीकार नहीं करेंगे। परंपरा के अनुसार केवल ब्राह्मण और क्षत्रिय बालकों को ही कुलगुरु शिक्षा दिया करते थे। परंतु एकलव्य मन ही मन द्रोणाचार्य को अपना गुरु मान चुका था। अतः उसका हौसला कम नहीं हुआ। वह अपने लक्ष्य को पूरा करने के लिए अटल रहा। सो उसने अपने घर के निकट ही एक पेड़ के नीचे द्रोणाचार्य की मिट्टी की एक प्रतिमा बनाई और प्रतिदिन उसके सामने बाण चलाने का अभ्यास करने लगा। प्रतिभाशाली तो वह था ही, इसीलिए जल्दी ही वह इस कला में निपुण हो गया।

प्रस्तुत कहानी में एकलव्य के माता-पिता को जब पता चला कि एकलव्य ने दुःख मुक्ति का संकल्प लिया है और इसके लिए वह प्रतिदिन किसी से मार्गदर्शन लेता है तो आरंभ में उन्होंने एकलव्य को यह कहकर हतोत्साहित किया कि 'यह अवस्था इतनी सहजता से नहीं मिलती है।' परंतु एकलव्य ने उनकी एक न सुनी और नियमित रूप से उसने सुबह की सैर पर मार्गदर्शन लेना जारी रखा।

एक दिन आचार्य द्रोण और अर्जुन एकलव्य की कुटिया के पास से गुज़र रहे थे। दोपहर का समय था तथा चारों ओर शांति छाई हुई थी परंतु एक कुत्ते के लगातार भौंकने से उस वातावरण की शांति भंग हो रही थी तथा साधना में मग्न एकलव्य का ध्यान विचलित हो रहा था। कुत्ते का भौंकना रोकने के लिए एकलव्य ने एक-एक करके कई बाण उसके मुँह में छोड़ दिए। बाण इस प्रकार छोड़े गए थे कि कुत्ते को कोई चोट भी न आई और उसका भौंकना भी रुक गया।

यह देख गुरु द्रोणाचार्य एकलव्य के पास जाकर बोले, 'युवक, तुम्हें धनुषबाण चलाने की इतनी अच्छी कला किसने सिखाई, तुम्हारे गुरु कौन हैं?'

एकलव्य खुशी से बोल उठा, 'गुरुदेव, यह सब आप ही का प्रताप है। मैं अपने गुरु के रूप में आप ही की पूजा करता हूँ। देखिए, उस प्रतिमा के रूप में आप मेरे पास उपस्थित हैं।'

गुरु द्रोण ने एकलव्य से कहा, 'युवक, मेरा आशीर्वाद सदैव तुम्हारे साथ है। तुमने मुझे अपना गुरु माना है और अब तो तुम्हारी शिक्षा भी पूरी हो गई है। क्या तुम मुझे गुरुदक्षिणा नहीं दोगे?'

एकलव्य समर्पण भाव से बोला, 'आदरणीय गुरुदेव, आपको गुरुदक्षिणा में क्या चाहिए?'

गुरु द्रोण ने अर्जुन को श्रेष्ठ धनुर्धर बनाए रखने के लिए एकलव्य से कहा, 'गुरुदक्षिणा के रूप में मुझे तुम्हारा दाहिने हाथ का अंगूठा चाहिए।' एकलव्य जानता था कि बिना अंगूठे के वह श्रेष्ठ धनुर्धर नहीं रह पाएगा, फिर भी उसने बिना विरोध किए एक झटके में अपना अंगूठा काटकर गुरुजी के चरणों में समर्पित कर दिया।

विश्व के इतिहास में एकलव्य जैसा दृढ़ निश्चयी और गुरु के प्रति समर्पित शिष्य सदा अमर रहेगा।

इसी तरह ऑफिस में एकलव्य के बॉस का एकलव्य के साथ ठीक ऐसा ही सलूक रहा करता था जैसा द्रोणाचार्य का एकलव्य के साथ था। फिर भी उसने हिम्मत न हारी और अपने बॉस का दिल जीत ही लिया।

आज के परिपेक्ष्य में साँप को भी सीढ़ी बनाकर उसके सामने साधना कैसे की जा सकती है? सामनेवाले के नकारात्मक रवैये के बावजूद भी हम किस तरह उससे मदद ले सकते हैं? किसी के द्वेष-दुर्भाव को किस तरह बल बनाया जा सकता है? पृथ्वी पर आने का असली लक्ष्य क्या है? खुशी से खुशी की खोज कैसे की जाती है? इन सारे सवालों का जवाब है–'**अपना लक्ष्य**, दुःख में खुश क्यों और कैसे रहें।'

गुरु द्रोणाचार्य ने तो गुरु दक्षिणा के रूप में एकलव्य का अंगूठा माँग लिया लेकिन इस कहानी में क्या हुआ? एकलव्य को अंगूठा देना पड़ा या नहीं? एकलव्य को ऐसी कौन सी अदृश्य प्रेरणा ने प्रेरित किया कि जिससे उसके बॉस का हृदय भी द्रवित हो उठा? आइए, यह जानने के लिए पढ़ते हैं, खुशी से खुशी पाने का राज़, दुःख में खुश क्यों रहें का रहस्य, '**अपना लक्ष्य**', जो पृथ्वी से लुप्त होता जा रहा है का संपूर्ण ज्ञान।

आनंद सूची

भाग १	अपना लक्ष्य - दुःख में खुश क्यों और कैसे रहें प्रस्तावना		09
भाग २	अनोखा तरीका-ऊपरवाला		17
भाग ३	मस्तिष्क की केबिन		25
भाग ४	खुशी की नजर		31
भाग ५	बेहोशी का फल		36

नौ कारणों के बीच अपना लक्ष्य 39		**खण्ड १**
भाग ६	खुद, खुदा, जुदा	कारण १	41
भाग ७	खुशी रोकने का बटन	कारण २	47
भाग ८	सीक्रेट इज सी ग्रेट	कारण ३	53
भाग ९	दुःख का दुःख	कारण ४	62
भाग १०	लक्ष्य पर ध्यान	कारण ५	71
भाग ११	ज्ञानयुक्त कर्म	कारण ६	80
भाग १२	अकल से कल का बीज	कारण ७	87
भाग १३	सुख ही दुःख है	कारण ८	95
भाग १४	अलग अस्तित्व	कारण ९	108

खुशी से खुशी की खोज 113		खण्ड २
भाग १५ विश्वास का सूर्य	–	115
भाग १६ स्वीकारयुक्त अनुमति	उपाय १	120
भाग १७ महाअनुवादक	उपाय २	134
भाग १८ खुशी का चश्मा	उपाय ३	150
भाग १९ दुःख का उपवास	–	162
भाग २० इच्छा का बल	उपाय ४	165
भाग २१ फार्म हाऊस के फरिश्ते	–	174
भाग २२ फार्म हाऊस का चर्चासत्र	–	177
भाग २३ मनबुद्धिआत्मबल	उपाय ५	184
भाग २४ जीवन की स्क्रीन	उपाय ६	196
भाग २५ रिपीट ऑर्डर	उपाय ७	207
भाग २६ इस्लाम धर्म का असली अर्थ	–	217
भाग २७ खुशी का कोई रास्ता नहीं	उपाय ८	221
भाग २८ खुशंग संग	उपाय ९	227
भाग २९ शरीर को आप नहीं मिले	उपाय १०	235
भाग ३० खुशी का संकल्प	–	245

परिशिष्ट २५१

१	एकलव्य की कथा	252
२	तेजज्ञान फाउण्डेशन की जानकारी	257-266

सरश्री अल्प परिचय

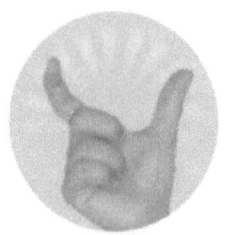

स्वीकार मुद्रा

सरश्री की आध्यात्मिक खोज का सफर उनके बचपन से प्रारंभ हो गया था। इस खोज के दौरान उन्होंने अनेक प्रकार की पुस्तकों का अध्ययन किया। अपने आध्यात्मिक अनुसंधान के दौरान उन्होंने लगभग सभी ध्यान पद्धतियों का भी अभ्यास किया। उनकी इसी खोज ने उन्हें कई वैचारिक और शैक्षणिक संस्थानों की ओर बढ़ाया। जीवन का रहस्य समझने के लिए उन्होंने **एक लंबी अवधि तक मनन करते हुए अपनी खोज जारी रखी, जिसके अंत में उन्हें आत्मबोध प्राप्त हुआ।** आत्मसाक्षात्कार के बाद उन्होंने जाना कि **अध्यात्म का हर मार्ग जिस कड़ी से जुड़ा है वह है- समझ (अंडरस्टैण्डिंग)।** उसके बाद उन्होंने अपने तत्कालीन अध्यापन कार्य को विराम लगाते हुए, लगभग दो दशकों से भी अधिक समय अपना समस्त जीवन मानवजाति के कल्याण और उसके आध्यात्मिक विकास हेतु अर्पण किया है।

सरश्री कहते हैं, 'सत्य के सभी मार्गों की शुरुआत अलग-अलग प्रकार से होती है लेकिन सभी के अंत में एक ही समझ प्राप्त होती है। '**समझ**' ही सब कुछ है और **यह 'समझ' अपने आपमें पूर्ण है।** आध्यात्मिक ज्ञान प्राप्ति के लिए इस 'समझ' का श्रवण ही पर्याप्त है।' इसी समझ को उजागर करने के लिए उन्होंने आज तक **तीन हज़ार से अधिक आध्यात्मिक विषयों पर प्रवचन दिए हैं**, जिनके द्वारा वे अध्यात्म की गहरी संकल्पनाएँ सीधे और व्यावहारिक रूप में समझाते हैं। समाज के हर स्तर का इंसान सरश्री द्वारा बताई जा रही समझ का लाभ ले सकता है।

यह समझ हरेक को अपने अनुभव से प्राप्त हो इसलिए सरश्री ने '**महाआसमानी परम ज्ञान शिविर**' और उसके लिए आवश्यक कार्यप्रणाली (सिस्टम) की रचना की है, **जिसका लाभ लाखों खोजी ले रहे हैं।** यह व्यवस्था आय.एस.ओ. (ISO 9001:2015) प्रमाणित है, जिसने अनेक लोगों को सत्य की राह पर चलने की प्रेरणा दी है। इसी समझ के प्रचार और प्रसार के लिए उन्होंने 'तेजज्ञान फाउण्डेशन' नामक आध्यात्मिक संस्था की नींव रखी है। इस संस्था का मुख्य उद्देश्य है- '**हॅपी थॉट्स द्वारा उच्चतम विकसित समाज का निर्माण**'।

विश्व का हर इंसान आज सरश्री के मार्गदर्शन का लाभ ले सकता है, जिसके लिए किसी भी धर्म, जाति, उपजाति, वर्ण, पंथ, रंग या लिंग का बंधन नहीं है। विश्व के हर कोने में बसे लोग आज तेजज्ञान की इस अनूठी ज्ञान प्रणाली (System for Wisdom) का लाभ ले रहे हैं। इस व्यवस्था के एक हिस्से के रूप में **लाखों लोग रोज़ सुबह और रात को ९ बजकर ९ मिनट पर विश्व शांति के लिए प्रार्थना करते हैं।**

सरश्री को **बेस्टसेलर पुस्तक 'विचार नियम' श्रृंखला के रचनाकार** के रूप में भी जाना जाता है, जिसकी **१ करोड़ से ज़्यादा प्रतियाँ केवल ५ सालों** में वितरित हो चुकी हैं। इसके अलावा उन्होंने विविध विषयों पर **१०० से अधिक पुस्तकों का लेखन** किया है, जिनमें से 'विचार नियम', 'स्वसंवाद का जादू', 'स्वयं का सामना', 'स्वीकार का जादू', 'निःशब्द संवाद का जादू', 'संपूर्ण ध्यान' आदि पुस्तकें बेस्टसेलर बन चुकी हैं। ये पुस्तकें दस से अधिक भाषाओं में अनुवादित की जा चुकी हैं और प्रमुख प्रकाशकों द्वारा प्रकाशित की गई हैं, जैसे पेंगुइन बुक्स, जैको बुक्स, मंजुल पब्लिशिंग हाऊस, प्रभात प्रकाशन, राजपाल ऍण्ड सन्स, पेंटागॉन प्रेस, सकाळ प्रकाशन इत्यादि।

तेजज्ञान फाउण्डेशन – परिचय

तेजज्ञान फाउण्डेशन आत्मविकास से आत्मसाक्षात्कार प्राप्त करने का एक रास्ता है। इसके लिए सरश्री द्वारा एक अनूठी बोध पद्धति (System for Wisdom) का सृजन हुआ है। इस पद्धति को अन्तर्राष्ट्रीय मानक ISO 9001:2015 के आवश्यकताओं एवं निर्देशों के अनुरूप ढालकर सरल, व्यावहारिक एवं प्रभावी बनाया गया है।

इस संस्था की बोध पद्धति के विभिन्न पहलुओं (शिक्षण, निरीक्षण व गुणवत्ता) को स्वतंत्र गुणवत्ता परीक्षकों (Quality Auditors) द्वारा क्रमबद्ध तरीके से जाँचा गया। जिसके बाद इन पहलुओं को ISO 9001:2015 के अनुरूप पाकर, इस बोध पद्धति को प्रमाणित किया गया है।

फाउण्डेशन का लक्ष्य आपको नकारात्मक विचार से सकारात्मक विचार की ओर बढ़ाना है। सकारात्मक विचार से शुभ विचार यानी हॅपी थॉट्स (विधायक आनंदपूर्ण विचार) और शुभ विचार से निर्विचार की ओर बढ़ा जा सकता है। निर्विचार से ही आत्मसाक्षात्कार संभव है। शुभ विचार (Happy Thoughts) यानी यह विचार कि 'मैं हर विचार से मुक्त हो जाऊँ।' शुभ इच्छा यानी यह इच्छा कि 'मैं हर इच्छा से मुक्त हो जाऊँ।'

ज्ञान का अर्थ है सामान्य ज्ञान लेकिन तेजज्ञान यानी वह ज्ञान जो ज्ञान व अज्ञान के परे है। कई लोग सामान्य ज्ञान की जानकारी को ही ज्ञान समझ लेते हैं लेकिन असली ज्ञान और जानकारी में बहुत अंतर है। आज लोग सामान्य ज्ञान के जवाबों को ज़्यादा महत्त्व देते हैं। उदाहरण के तौर पर कर्म और भाग्य, योग और प्राणायाम, स्वर्ग और नर्क इत्यादि। आज के युग में सामान्य ज्ञान प्रदान करनेवाले लोग और शिक्षक कई मिल जाएँगे मगर इस ज्ञान को पाकर जीवन में कोई बड़ा परिवर्तन नहीं होता। यह ज्ञान या तो केवल बुद्धि विलास है या फिर अध्यात्म के नाम पर बुद्धि का व्यायाम है।

सभी समस्याओं का समाधान है- तेजज्ञान। भय से मुक्ति, चिंतारहित व क्रोध से आज़ाद जीवन है- तेजज्ञान। शारीरिक, मानसिक, सामाजिक, आर्थिक और आध्यात्मिक उन्नति के लिए है- तेजज्ञान। तेजज्ञान आपके अंदर है, आएँ और इसे पाएँ।

यदि आप ऐसा ज्ञान चाहते हैं, जो सामान्य ज्ञान के परे हो, जो हर समस्या

का समाधान हो, जो सभी मान्यताओं से आपको मुक्त करे, जो आपको ईश्वर का साक्षात्कार कराए, जो आपको सत्य पर स्थापित करे तो समय आ गया है तेजज्ञान को जानने का। समय आ गया है शब्दोंवाले सामान्य ज्ञान से उठकर तेजज्ञान का अनुभव करने का।

अब तक अध्यात्म के अनेक मार्ग बताए गए हैं। जैसे जप, तप, मंत्र, तंत्र, कर्म, भाग्य, ध्यान, ज्ञान, योग और भक्ति आदि। इन मार्गों के अंत में जो समझ, जो बोध प्राप्त होता है, वह एक ही है। सत्य के हर खोजी को अंत में एक ही समझ मिलती है और इस समझ को सुनकर भी प्राप्त किया जा सकता है। उसी समझ को सुनना यानी तेजज्ञान प्राप्त करना है। तेजज्ञान के श्रवण से सत्य का साक्षात्कार होता है, ईश्वर का अनुभव होता है। यही तेजज्ञान सरश्री महाआसमानी परम ज्ञान शिविर में प्रदान करते हैं।

महाआसमानी परम ज्ञान शिविर परिचय और लाभ (निवासी)

क्या आपको उच्चतम आनंद पाने की इच्छा है? ऐसा आनंद, जो किसी कारण पर निर्भर नहीं है, जिसमें समय के साथ केवल बढ़ोतरी ही होती है। क्या आप इसी जीवन में प्रेम, विश्वास, शांति, समृद्धि और परमसंतुष्टि पाना चाहते हैं? क्या आप शारीरिक, मानसिक, सामाजिक, आर्थिक और आध्यात्मिक इन सभी स्तरों पर सफलता हासिल करना चाहते हैं? क्या आप 'मैं कौन हूँ' इस सवाल का जवाब अनुभव से जानना चाहते हैं।

यदि आपके अंदर इन सवालों के जवाब जानने की और 'अंतिम सत्य' प्राप्त करने की प्यास जगी है तो तेजज्ञान फाउण्डेशन द्वारा आयोजित 'महाआसमानी परम ज्ञान शिविर' में आपका स्वागत है। यह शिविर पूर्णतः सरश्री की शिक्षाओं पर आधारित है। सरश्री आज के युग के आध्यात्मिक गुरु और 'तेजज्ञान फाउण्डेशन' के संस्थापक हैं, जो अत्यंत सरलता से आज की लोकभाषा में आध्यात्मिक समझ प्रदान करते हैं।

महाआसमानी परम ज्ञान शिविर का उद्देश्य :

इस शिविर का उद्देश्य है, 'विश्व का हर इंसान 'मैं कौन हूँ' इस सवाल का

जवाब जानकर सर्वोच्च आनंद में स्थापित हो जाए।' उसे ऐसा ज्ञान मिले, जिससे वह हर पल वर्तमान में जीने की कला प्राप्त करे। भूतकाल का बोझ और भविष्य की चिंता इन दोनों से वह मुक्त हो जाए। हर इंसान के जीवन में स्थायी खुशी, सही समझ और समस्याओं को विलीन करने की कला आ जाए। मनुष्य जीवन का उद्देश्य पूर्ण हो।

'मैं कौन हूँ? मैं यहाँ क्यों हूँ? मोक्ष का अर्थ क्या है? क्या इसी जन्म में मोक्ष प्राप्ति संभव है?' यदि ये सवाल आपके अंदर हैं तो महाआसमानी परम ज्ञान शिविर इसका जवाब है।

महाआसमानी परम ज्ञान शिविर के मुख्य लाभ :

इस शिविर के लाभ तो अनगिनत हैं मगर कुछ मुख्य लाभ इस प्रकार हैं-

* जीवन में दमदार लक्ष्य प्राप्त होता है।
* 'मैं कौन हूँ' यह अनुभव से जानना (सेल्फ रियलाइजेशन) होता है।
* मन के सभी विकार विलीन होते हैं।
* भय, चिंता, क्रोध, बोरडम, मोह, तनाव जैसी कई नकारात्मक बातों से मुक्ति मिलती है।
* प्रेम, आनंद, मौन, समृद्धि, संतुष्टि, विश्वास जैसे कई दिव्य गुणों से युक्ति होती है।
* सीधा, सरल और शक्तिशाली जीवन प्राप्त होता है।
* हर समस्या का समाधान प्राप्त करने की कला मिलती है।
* 'हर पल वर्तमान में जीना' यह आपका स्वभाव बन जाता है।
* आपके अंदर छिपी सभी संभावनाएँ खुल जाती हैं।
* इसी जीवन में मोक्ष (मुक्ति) प्राप्त होता है।

महाआसमानी परम ज्ञान शिविर में भाग कैसे लें?

इस शिविर में भाग लेने के लिए आपको कुछ खास माँगें पूरी करनी होती हैं। जैसे-

१) आपकी उम्र कम से कम अठारह साल या उससे ऊपर होनी चाहिए।
२) आपको सत्य स्थापना शिविर (फाउण्डेशन ट्रुथ रिट्रीट) में भाग लेना होगा, जहाँ आप सीखेंगे- वर्तमान के हर पल को कैसे जीया जाए और निर्विचार दशा में

कैसे प्रवेश पाएँ।

३) आपको कुछ प्राथमिक प्रवचनों में उपस्थित होना है, जहाँ आप बुनियादी समझ आत्मसात कर, महाआसमानी परम ज्ञान शिविर के लिए तैयार होते हैं।

यह शिविर एक या दो महीने के अंतराल में आयोजित किया जाता है, जिसका लाभ हज़ारों खोजी उठाते हैं। इस शिविर की तैयारी आप दो तरीके से कर सकते हैं। पहला तरीका- मनन आश्रम (पूना) में पाँच दिवसीय निवासी शिविर में भाग लेकर, दूसरा तरीका- तेजज्ञान फाउण्डेशन के नजदीकी सेंटर पर सत्य श्रवण द्वारा। जैसे- पुणे, मुंबई, दिल्ली, सांगली, सातारा, जलगाँव, अहमदाबाद, कोल्हापुर, नासिक, अहमदनगर, औरंगाबाद, सूरत, बरोडा, नागपुर, भोपाल, रायपुर, चेन्नई, वर्धा, अमरावती, चंद्रपुर, यवतमाल, रत्नागिरी, लातूर, बीड, नांदेड, परभणी, पनवेल, ठाणे, सोलापुर, पंढरपुर, अकोला, बुलढाणा, धुले, भुसावल, बैंगलोर, बेलगाम, धारवाड, भुवनेश्वर, कोलकत्ता, राँची, लखनऊ, कानपुर, चंदीगढ़, जयपुर, पणजी, म्हापसा, इंदौर, इटारसी, हरदा, विदिशा, बुरहानपुर।

इनके अतिरिक्त आप महाआसमानी की तैयारी फाउण्डेशन में उपलब्ध सरश्री द्वारा रचित पुस्तकें या यू ट्यूब के संदेश सुनकर भी कर सकते हैं। मगर याद रहे ये पुस्तकें, यू ट्यूब के प्रवचन शिविर का परिचय मात्र है, तेजज्ञान नहीं। आप महाआसमानी परम ज्ञान शिविर में भाग लेकर ही तेजज्ञान का आनंद ले सकते हैं। आगामी महाआसमानी परम ज्ञान शिविर में अपना स्थान आरक्षित करने के लिए संपर्क करें : 09921008060/75, 9011013208

महाआसमानी परम ज्ञान शिविर स्थान :

यह शिविर पुणे में स्थित मनन आश्रम पर आयोजित किया जाता है। इस शिविर के लिए भोजन और रहने की व्यवस्था की जाती है। यदि आपको कोई शारीरिक बीमारी है और आप नियमित रूप से दवाई ले रहे हैं तो कृपया अपनी दवाइयाँ साथ में लेकर आएँ। वातावरण अनुसार गरम कपड़े, स्वेटर, ब्लैंकेट आदि भी लाएँ। 'मनन आश्रम' पुणे शहर के बाहरी क्षेत्र में पहाड़ों और निसर्ग के असीम सौंदर्य के बीच बसा हुआ है। इस आश्रम में पुरुषों और महिलाओं के लिए अलग-अलग, कुल मिलाकर 700 से 800 लोगों के रहने की व्यवस्था है। यह आश्रम पुणे शहर से 17 किलो मीटर की दूरी पर है। हवाई अड्डा, हाइवे और रेल्वे से पुणे आसानी से आ-जा सकते हैं।

मनन आश्रम : मनन आश्रम, पुणे, सर्वे नं. ४३, सनस नगर, नांदोशी गाँव, किरकट वाडी फाटा, तहसील – हवेली, जिला : पुणे – ४११०२४. फोन : 09921008060

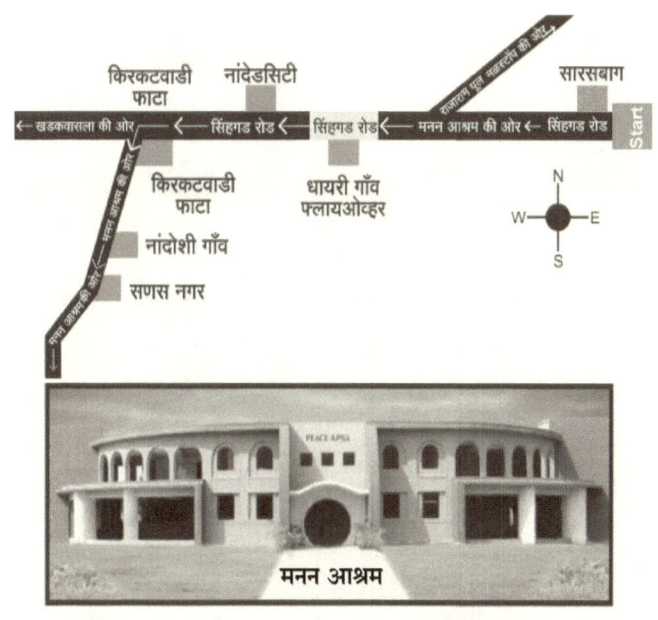

N
W
E

अब एक क्लिक पर ही शिविर का रजिस्ट्रेशन !

तेजज्ञान फाउण्डेशन की इन शिविरों के लिए
अब आप ऑनलाईन रजिस्ट्रेशन भी कर सकते हैं–

* महाआसमानी परम ज्ञान शिविर परिचय और लाभ (पाँच दिवसीय निवासी शिविर)
* मैजिक ऑफ अवेकनिंग (केवल अंग्रेजी भाषा जाननेवालों के लिए तीन दिवसीय निवासी शिविर)
* मिनी महाआसमानी (निवासी) शिविर, युवाओं के लिए

रजिस्ट्रेशन के लिए आज ही लॉग इन करें

www.tejgyan.org

सरश्री द्वारा रचित अन्य साहित्य

विचार नियम
आपकी कामयाबी का रहस्य

विश्वास नियम
सर्वोच्च शक्ति के सात नियम

विचार नियम का मूल प्रार्थना बीज
विश्वास बीज एक अद्भुत शक्ति

समय नियोजन के नियम
समय संभालो, सब संभलेगा

स्वसंवाद का जादू
अपना रिमोट कंट्रोल कैसे प्राप्त करें

क्षमा का जादू
Say Sorry Within and Be Free

इमोशन्स पर जीत
दुःखद भावनाओं से मुलाकात कैसे करें

वार्तालाप का जादू
कम्युनिकेशन के बेहतरीन तरीके

– तेजज्ञान इंटरनेट रेडियो –

२४ घंटे और ३६५ दिन सरश्री के प्रवचन और भजनों का लाभ लें, तेजज्ञान इंटरनेट रेडियो द्वारा।

देखें लिंक- http://www.tejgyan.org/internetradio.aspx

हर रविवार सुबह १०.०५ से १०.१५ रेडियो विविध भारती, एफ. एम. पुणे पर 'तेजविकास मंत्र'

नोट : उपरोक्त कार्यक्रमों के समय बदल सकते हैं इसलिए समय की पुष्टि करें।

www.youtube.com/tejgyan पर भी सरश्री के प्रवचनों का लाभ ले सकते हैं।

For online shoping visit us - www.tejgyan.org, www.gethappythoughts.org

e-books - • The Source • Celebrating Relationships • The Miracle Mind • Everything is a Game of Beliefs • Who am I now • Beyond Life • The Power of Present • Freedom from Fear Worry Anger • Light of grace • The Source of Health and many more.

Also available in Hindi at www. gethappythoughts.org

e-mail - mail@tejgyan.com

website - www.tejgyan.org, www.gethappythoughts.org

Free apps - U R Meditation & Tejgyan Internet Radio on all platforms like Android, iPhone, iPad and Amazon

e-magazines - 'Yogya Aarogya' & 'Drushtilakshya' emagazines available on www.magzter.com

पुस्तकें प्राप्त करने के लिए नीचे दिए गए पते पर मनीऑर्डर द्वारा पुस्तक का मूल्य भेज सकते हैं। पुस्तकें रजिस्टर्ड, कुरियर अथवा वी.पी.पी. द्वारा भेजी जाती हैं।

पुस्तकों के लिए नीचे दिए गए पते पर संपर्क करें।

* WOW Publishings Pvt. Ltd. रजिस्टर्ड ऑफिस-E-4, वैभव नगर, तपोवन मंदिर के नज़दीक, पिंपरी, पुणे- 411017

* पोस्ट बॉक्स नं. 36, पिंपरी कॉलोनी पोस्ट ऑफिस, पिंपरी, पुणे - 411017

फोन नं.: 09011013210 / 9146285129

आप ऑन-लाइन शॉपिंग द्वारा भी पुस्तकों का ऑर्डर दे सकते हैं।

लॉग इन करें - www.gethappythoughts.org

500 रुपयों से अधिक पुस्तकें मँगवाने पर 10% की छूट और फ्री शिपिंग।

तेजज्ञान फाउण्डेशन – मुख्य शाखाएँ

पुणे (रजिस्टर्ड ऑफिस) – विक्रांत कॉम्प्लेक्स, तपोवन मंदिर के नज़दीक, पिंपरी, पुणे-४११ ०१७. फोन : 020-27411240, 27412576

मनन आश्रम – सर्वे नं. ४३, सनस नगर, नांदोशी गाँव, किरकटवाडी फाटा, तहसील- हवेली, जिला- पुणे - ४११ ०२४. फोन : 09921008060

- विश्व शांति प्रार्थना -

'पृथ्वी पर सफेद रोशनी (दिव्य शक्ति) आ रही है।
पृथ्वी से सुनहरी रोशनी (चेतना) उभर रही है।
विश्व से सारी नकारात्मकता दूर हो रही है।
सभी प्रेम, आनंद और शांति के लिए
खुल रहे हैं, खिल रहे हैं।'

यह 'सामूहिक अव्यक्तिगत प्रार्थना' तेजज्ञान फाउण्डेशन के सदस्य पिछले कई सालों से निरंतरता से कर रहे हैं। खुश लोग यह प्रार्थना कर सकते हैं और बीमार, दुःखी लोग उस वक्त एक जगह बैठकर इस प्रार्थना को ग्रहण कर स्वास्थ्य लाभ पा सकते हैं।

यदि इस वक्त आप परेशान या बीमार हैं तो रोज़ सुबह या रात 9:09 को केवल ग्रहणशील होकर इस भाव से बैठें कि 'स्वास्थ्य और शांति की सफेद रोशनी जो इस वक्त प्रार्थना में बैठे कई लोगों द्वारा नीचे पृथ्वी पर उतर रही है, वह मुझमें भी अपना कार्य कर रही है। मैं स्वस्थ और शांत हो रहा हूँ।' कुछ देर इस भाव में रहकर आप सबको धन्यवाद देकर उठें।

यह पुस्तक पढ़ने के बाद आप अपना अभिप्राय (विचार सेवा) इस पते पर भेज सकते हैं
... Tejgyan Global Foundation, Pimpri Colony Post office, P.O. Box 25, Pune - 411 017. Maharashtra (India).

www.ingramcontent.com/pod-product-compliance
Lightning Source LLC
LaVergne TN
LVHW040136080526
838202LV00042B/2932
9788184156317